Cessari – Kathedralenzyklus I

Michela Cessari

Kathedralenzyklus I

Fragmente *ad decorem militantis Ecclesiae et fidei augmentum*

Königshausen & Neumann

Umschlag-Photographie: Niccolò Cessari, „Pierrette solaire, 27.12.1975"
© Michela Cessari

Bibliografische Information der Deutschen Nationalbibliothek

Die Deutsche Nationalbibliothek verzeichnet diese Publikation in der Deutschen
Nationalbibliografie; detaillierte bibliografische Daten sind im Internet
über http://dnb.d-nb.de abrufbar.

© Verlag Königshausen & Neumann GmbH, Würzburg 2022
Gedruckt auf säurefreiem, alterungsbeständigem Papier
Umschlag: skh-softics / coverart
Alle Rechte vorbehalten
Dieses Werk, einschließlich aller seiner Teile, ist urheberrechtlich geschützt.
Jede Verwertung außerhalb der engen Grenzen des Urheberrechtsgesetzes ist
ohne Zustimmung des Verlages unzulässig und strafbar. Das gilt insbesondere
für Vervielfältigungen, Übersetzungen, Mikroverfilmungen und die Einspeicherung
und Verarbeitung in elektronischen Systemen.
Printed in Germany
ISBN 978-3-8260-7271-0
www.koenigshausen-neumann.de
www.ebook.de
www.buchhandel.de
www.buchkatalog.de

Michela Cessari, geboren am 27. Dezember 1962 in Pisa, Muttersprache Italienisch, lebt seit 1986 in Deutschland und schreibt seit 1992 auf Deutsch.
Humanistisches Gymnasium in Pisa. Abitur im Sommer 1981. Zwei Semester Biologie, aus Interesse für die Neurowissenschaften, in Pisa. Studium der Germanistik und Romanistik in Pisa, Freiburg im Breisgau und Frankfurt am Main. Promotion in Frankfurt am 23. Mai 1995.
Bekehrung zum Katholizismus im Oktober 2005.
3 Lehraufträge im Fachbereich Germanistik: in Frankfurt, Eichstätt und Berlin.
Arbeit als freie Dozentin, Nachhilfelehrerin und Museumspädagogin in Frankfurt und Berlin.

Zahlreiche Beiträge in Literaturzeitschriften, u.a. „Federwelt", „Neue Sirene", „Dulzinea" „Zeichen & Wunder", „Lyrik frontal".
Sie lebt seit 2003 als freie Schriftstellerin in Berlin.

Sie arbeitet zur Zeit an „Lavinia II. Fortgesetzte Traum-Aufzeichnungen. Ein Autodafé (*actus fidei*)".

Veröffentlichte Schriften:

„Der Erwählte, das Licht und der Teufel. Eine literarhistorisch-philosophische Studie zur Lichtmetaphorik in Wolframs <Parzival>", Heidelberg: Universitätsverlag Carl Winter, 2000
„Abendliche Grammatik in Blau. Gedichte und Prosa", Würzburg: Königshausen & Neumann, 2006
„Mona Lisas Enkelinnen. Reflexionen über die femme fragile", Würzburg: Königshausen & Neumann, 2008
„Lavinia della Torre. Bildungsroman in Traum-Aufzeichnungen", Würzburg: Königshausen & Neumann, 2018

„Turris fortissima nomen Domini, ad illam confugiet iustus."

(Hl. Bonaventura, *„Collationes in Hexaëmeron"*, XXIII 28)

„Die Wurzel Gott hat Frucht getragen.
Seid ernst und seht."

(Rainer Maria Rilke)

Für Benedikt XVI., Joseph Ratzinger,
den Papst aus Deutschland

Inhaltsverzeichnis

Exposé: Photographie „*Cinema Paris*" 15

1) Prooemion: „Von der Stimme, vom Stall und vom Siechtum der Hexe"; Photographie „*Enter*" 21

2) „Najadengeschichte. Eine realistische Reise"; Photographien „*Animula parvula*" + „*Fragile*" 29

3) „Liebe in der Kathedrale. Ein europäisches Kunstmärchen"; Photographien „Morgenland" + „Selbstbiographie" 37

4) „Hunde in der Kathedrale. Ein Schauermärchen"; Photographie „*Fanciullo musico*" 57

5) „Blumen in der Kathedrale. Ein Vernehmungsprotokoll"; Photographienfolge „Berlin" 73

6) „Das Glücksspiel. *Comme une opéra féerie*"; Photographie „Leeres Gitter" 111

7) „Die Kindsräuberin. Ein sentimentaler Bericht"; Photographie „*Gineceo*" 135

8) „Die blaue Katze. Ein maritimes Märchen"; Photographie: „Rose mit Fenster, rot" 151

9) „Antigone oder Die Kunst der Verweigerung. *Chanson Gala*"; Photographie „*Grana*. Herbst 1994" 163

10) „Die Strandgesellschaft. Eine Bildbetrachtung"; Photographie „Strandhaus Mary" 179

11) „Man hatte ihn am Notschalter. Eine Echtzeit-Aufnahme";
Photographie „Sprösslinge" 213

12) „Mordsglück. Ein unbotmäßiges Elbenmärchen";
Photographie *„Patronimico"* 229

13) „Die Fee Magnificent. Eine indianische Legende von
Michela Cessari"; Photographie „Betty *rides again*" 243

Prolog: Das Lied von der Mondgeburt 249
a) Die Jagdgründe der Ewigen Büffel 263
b) Die Listen der Gefallenen 264
c) Die Hunde des Asmodeus 267
d) Die Fee Magnificent 269
e) *Rat races* 271
f) Raphaela, die ungeborene Elbin 274
g) Das Pferdeknechtslied oder Wie die Elbenfährte
den Raum der Erschwernis betraf 279

14) „Der Tintenfleck. Ein Dialog"; Photographie „Lust auf
Oper" 291

15) „Das Patenkind. Ein wundersames Ergebnis"; Photographie
„Across my memory" 309

16) „Die Ähre der Proserpina. Eine phantastische Erzählung,
durch 19 Photographien ergänzt"; Photographien im Ordner
„Bilder für Ähre" 335

17) „Dolores und Fiammetta. Ein pränatales Märchen";
Photographien „An den verwundeten Vogel" + *„Elevator"* 409

18) „Emilia. Eine Gnadenmär"; Photographie *„Anima
ecclesiastica"* 439

19) „Die Geheimtaufe oder Die Schaltsekunde. Ein
musikalisches Märchen"; Photographie *„Genio huius loci"*... 477

20) *„Petite messe solennelle.* Eine Endzeitparabel";
Photographien im Ordner *„Petite messe"* 511

Exposé zu dem im Entstehen begriffenen
„Kathedralenzyklus. *Fragmente ad decorem militantis
Ecclesiae et fidei augmentum*"

Geneigter Juror,
gewiss brauche ich nicht eigens zu sagen, dass es hochinteressant ist, die Frage zu stellen: Wohin will ich mit diesem Text? Wie kann man auf diese Frage antworten?
Will ich vorwärtskommen? Will ich lieber zurückkehren? Ich selbst habe intensiv darüber gegrübelt; da ich nichts zu erwidern fand, habe ich nach langem Nachdenken beschlossen, den Text zu fragen. Nun, in meiner Unbedarftheit ist mir dennoch nicht entgangen, dass ein Text keine Person ist; somit habe ich zu diesem Thema nur indirekt etwas zu sagen. Die Aussage einer menschlichen Person ist immer empirisch nachprüfbar, die einer fiktiven hingegen kaum. Der historische Text wird das als haarsträubend empfinden, aber ich kann Sie, geneigter Leser, beruhigen: mein Text ist kein historischer, er hat nur in bezug auf meine Wenigkeit eine historische Bedeutung, obgleich ich einen derart pompösen, mit Realienballast befrachteten Ausdruck nicht um alles in der Welt verwenden würde, auch dann nicht, wenn ich dafür von einer Literaturjury mit Wohlwollen bedacht würde.
Geneigter Leser, das wird in diesem ganzen Manuskript, das aus einer Vielzahl von Texten und Photographien besteht, eine Art *„cantus firmus"*. Ich wünsche Gesundheit, wenn Sie jetzt verschnupft reagieren; Sie werden in der Tat eine gute Immunabwehr brauchen, denn zyklische Texte sind von Natur aus unberechenbar, hartnäckig und rauflustig. Das versetzt Autor und Leser in eine ungemütliche Lage, denn beide stehen in einem unabdingbaren Dienstverhältnis zum geschriebenen Wort, welches nun einmal scheinbar so launisch und unvernünftig wie das Wetter ist.
Das Wetter ist heute nicht schön, und kosmetische Maßnahmen bringen uns nicht weiter. Ich gestehe Ihnen unumwunden: Ich bin nicht zuversichtlich. Mich treibt eine tiefverwurzelte Angst um, die da lautet: nach meinem biologischen Tod auf ewig in der Scheol,

im Nebel zwischen den Welten, wandern zu müssen. Ich habe Angst, weil diese Schemen, Lamien und Lemuren längst unter uns weilen. Was, wenn ich selbst dereinst ein Schatten meiner selbst werden muss, weil ich nicht rechtzeitig, zu Lebzeiten, geschrieben habe, was ich schreiben muss?
Es ist die existentielle Angst vor der geistlichen Desintegration, die mich umtreibt.
Was erwarten Sie auch von einer Zigeunerin? Doch wohl nicht so etwas wie *„metaphysical correctness"*?
Im Hades wäre ich zur Unruhe des Wiedergängers verurteilt. Dies ist der Grund, warum ich nicht aufhöre, zu lesen und zu schreiben, obwohl meine Umgebung höchst misstrauisch und alles andere als günstig ist: Die Abneigung mancher Zeitgenossen verstärkt sogar meine Arbeitskraft. Wenn Sie fragen, wohin ich mit meinem Werk will, muss ich, wie man heute sagt, Sie enttäuschen: ich kann Ihnen nur sagen, wohin ich nicht will. Mich treibt die Angst um, meine Zeit hier wie eine endlose Strafe abzusitzen, ohne Freude zu empfinden; die Angst, meine teuren Toten nie wiederzusehen, die bei Gott sind und auf mich warten.
Und die Rachsucht treibt mich um (o je, jetzt wird es feierlich; jetzt bin ich aus dem Rennen, bevor ich mich bewerben kann): die Rache, die ich an jedem einzelnen nehmen will, der meinen Freunden und Geliebten und den Mitgliedern meiner Sippe, den hier weilenden und den heimgegangenen, auch nur einmal ein einziges Haar gekrümmt hat. Ich bin nicht willens, zu vergeben, was man diesen von mir geliebten Personen angetan hat. Und sie sind zahlreich, meine Geliebten und Verwandten, zahlreicher vielleicht als Sie, geneigter Leser, aufgrund meines abendländischen Theologietemperaments annehmen, denn ich bin nicht verheiratet und habe auch nicht vor, eine ordentliche Regenbogenfamilie zu gründen (Sie wissen schon, mit Kabelanschluss, W-LAN und Flachbildschirmfernseher). Ich ziehe umher mit meinen Brüdern und Schwestern und mit Kindern, von denen ich nicht genau weiß, von wem sie abstammen, und ich liebe an jedem Ort und zu jeder Zeit, wen ich will. Ich bin eine Nomadin von Geblüt: Nehmen Sie das nicht allzu feuilletonistisch. Ich kenne die Wüste und ihre brennende Sonne, die auch die Sonne meiner Seele aufblühen lässt. Ich kenne Ulan Bator, die Steppenhauptstadt, mein Heim, nach dem ich Sehnsucht habe, in dem ich aus der Unterwelt herausgekrochen bin, weil ich mich umgedreht und das Licht am Anfang des Tunnels gesehen habe,

das Licht und die Wärme, die mich aus den Nebeln der Scheol herausgeholt hat. Die Sonne, die meinem blassen Schemengesicht die Farbe des Lebens zurückgegeben hat. Die verhindert hat, dass ich immerdar wiederkehren muss, ohne jemals wirklich herauszukommen.

„*Inhiabamus ore cordis*": so drückt es der heilige Augustinus aus, anders als es derzeit unter den Exegeten und Begabten üblich ist: so habe ich mich gefühlt, als ich nach meiner endlosen Wanderschaft aus meinem unterirdischen Gefängnis herausgefunden habe und in Ulan Bator, der Hauptstadt des Mongolischen Reiches, angekommen bin. Jetzt müsste man Priester und Dichter zugleich sein und diesen lateinischen Sachverhalt „*Inhiabamus ore cordis*" übersetzen; ich kann es nicht. Nur dies kann ich mit Sicherheit sagen: Ich war ein Gespenst und bin ins Leben zurückgekommen. Ich bin eine „revenante": ich kenne die Verlorenheit in den Nebeln zwischen den Welten, und ich will nie wieder dorthin zurück. Ich werde keine Rücksicht nehmen auf gewachsene Strukturen und Redensarten. Ich muss diesen Zyklus von Geschichten, Gedichten und Photographien zu Ende aufzeichnen, weil ich sonst wieder in die Gullyöffnung zurückfalle, die sich mitten in Ulan Bator ausgerechnet jetzt, für mich, kleine Seele ohne Leib und Leben, aufgetan hat, um mich freizulassen; weil ich sonst wieder zu einer Untoten werde, die keine Ruhe finden kann und die Liebe nie wieder zu Gesicht bekommt. Verzeihen Sie, dass ich nicht mit radikalprosaischen Texten aufwarte; ich stehe nicht an, zu behaupten, dass ich dies nicht rechtfertigen muss. Unternehmen Sie als Leser den kühnen Versuch, das Paradoxon auszuhalten, das der Zyklus beinhaltet.

Es ist eine James-Ensor-Landschaft, hier draußen in Ulan Bator. Keine Ahnung, warum ich mich an diesem Ort wiederfinde. Unten, in der Dunkelheit, atmete ich den Geruch der Masken ein; aus Angst, selbst eine Maske zu werden, finde ich mich unter Masken wieder. Das hat eine gewisse Folgerichtigkeit. Ich kann nicht anders und denke an meine Kindheit zurück: das treibt mich jedesmal in den Wahnsinn der Melancholie; dann nehme ich mich zusammen und wasche meine Kleidung, mit Gullywasser, damit der Geruch der Kanalisation kein Alleinherrscher bleibt. Hier unten werden die Gerüche immer gemischt schmecken; ich will aber verhindern, dass die Verwesung den Ton angibt. Ich will wenigstens nicht nur nach Dunkelheit und Zerfall riechen, wenn ich dereinst das Licht der Welt erblicke.

Das ist nicht viel; ich denke nicht darüber nach, wie ich rieche, sonst verliere ich die Spur, die nach oben führt, dorthin, wo die *Fake*-Erde, das Gespenst schlechthin, nicht nur fern, sondern endgültig nicht mehr vorhanden ist. Überall lauert der morsche Boden unter meinen Füßen, der Anschein von Boden, der mich ins Nichts einholt, wenn ich nur hinuntersehe, in das Nichts, aus dem ich aufgetaucht bin.

Das ist eine lange Geschichte, aber ich sage Ihnen, worum es geht: Ich bin dem Geruch einer Altberliner Kneipe gefolgt, die voll von Fernfahrern und sonstigen angetrunkenen männlichen Gestalten war. Dieser markante, nicht idealische Geruch erinnerte mich an die Zeit meines Baccalaureus-Studiums, die schon so lange zurückliegt und die ich in der Stadt Frankfurt am Main verbracht habe. Keine Ahnung, wo diese Kneipe in Wirklichkeit zu lokalisieren ist; ich kann mit Raum und Zeit nicht viel anfangen, aber der Geruch, der sich aus Spirituosen, Spülmitteln, Katarrh und Kreatur zusammensetzt, ist hier, in Ulan Bator, mitten im Mongolischen Frieden, der so wortkarg und langlebig ist, deutlich auszumachen. In der Kanalisation konnte ich überhaupt nichts mehr riechen; wie hätte ich es sonst dort unten ausgehalten?

Mein Freund Estragon, der Allegorische Akrobat, der Ihnen aus anderen Texten bekannt ist, der öfter Ausflüge in die mongolische Steppe und zurück unternimmt, weil er nun einmal eine Libelle ist und überall hinfliegen kann, wohin er will, behauptet steif und fest (und er ist ein glaubwürdiger Zeuge, darauf verwette ich Feder und Schwert) (Sie haben richtig gehört: Feder und Schwert, nicht Uhr und Urkunde), die Hauptstadt der Mongolei sei früher eine europäische römisch katholische Kathedrale gewesen, die zerstört und wiederaufgebaut wurde. Er war mit einer Handvoll Freunde bei dem letzten Hochamt vor dem Abriss anwesend, das vom Bischof an einem Ostersonntag gehalten wurde. Als die Invasoren, rein geistige Wesen aus einem unnennbar fernen Planeten, die Kathedrale in Schutt und Asche gelegt haben, ist der Bischof mit Estragon und der Christengemeinde in die unterirdischen Höhlen geflüchtet, in eben den Tunnel, in dem auch ich mich zu dem Zeitpunkt aufhielt. Anscheinend verlaufen die Katakomben, in denen meine kleine Brigade und ich dereinst ein Refugium und ein Obdach fanden, am Grundriss der Kathedrale entlang, dem Sumpfboden parallel, auf dem jetzt der Götzentempel steht.

Daher hört dieser Zyklus nicht auf, immer wieder neu anzufangen; ich weiß nicht, wie lange er wird und wieviel Zeit jeder Text, jede Photographie einnehmen wird. Anfangs dachte ich, er würde eine „Kathedralentrilogie" werden; ich habe meine Kraft überschätzt, ich musste weitermachen, weil ich die Trilogie nicht vollenden konnte. Der Kathedralenzyklus ist keine Biedermeiernovelle, mit einem Anfang, einer Mitte und einem Schluss. Er ist gewissermaßen exzentrisch. Sein Ziel ist nicht er selbst, sondern die göttliche Perspektive, die er nicht erreichen kann. Nehmen Sie den Text nicht zum Vorwand, um aus Ihren eigenen Gedanken nicht herauszukommen: Das würde Sie als Leser in einen unendlichen Regress, in die „schlechte Unendlichkeit" führen. Die Kleine Brigade ist keine Menschengruppe, das ist die Schlussfolgerung, die Estragon, mein Freund, meine unsterbliche ubiquitäre Libelle, daraus zieht; diese Handvoll ist nicht aus Fleisch und Blut und braucht sich demnach wirklich und wahrhaftig keine Sorgen ums Überleben zu machen. Wir sind übriggeblieben, als die Invasoren, die ich im Zyklus sowohl „die Chimären" als auch „die geistlich Auswärtigen" nenne, die Kirche von innen heraus attackiert und urplötzlich per Mehrheitsbeschluss entschieden haben, den Tempel des Jupiter dort wiederzubauen, wo die Kathedrale stand (die Handlung der urchristlichen Gemeinden auf den Kopf zu stellen, die ihre Kirchen an die Stelle der heidnischen Kultstätten setzten, um deren Boden zu heiligen und für künftige geistliche Gaben fruchtbar zu machen); es begann damals die Sedisvakanz, die bis heute andauert.

Die Kathedrale ist zerstört, aber die Kirche bleibt. Bis zum nächsten Hochamt müssen wir in Ulan Bator verbleiben und unsere Kleidung so oft es geht reinigen, um den Geruch der Götzen loszuwerden, den wir in der Kanalisation angenommen haben. Das kann, das muss uns gelingen, um unserer Existenz willen, gleichgültig, wie das Wetter draußen ist. Wir müssen wetterunabhängig werden, wenn Sie so wollen. Vorerst harren wir in der Mongolischen Steppe aus; doch umziehen müssen wir uns jetzt schon. Das Wetter hat sich geändert, und die Raumzeit wird nachziehen.

Wie könnten wir auch in diesen übelriechenden Fetzen an der Freude des kommenden Gottesdienstes teilhaben, den unser Bischof zelebrieren wird, sobald er uns alle aus allen Teilen des Universums versammelt und hier, in der Zukünftigen Stadt, zusammengeführt hat?

....

Zu diesem Text gehört das Bild:

„Cinema Paris"

....

1)   Prooemion

Von der Stimme, vom Stall und vom Siechtum der Hexe

Die kranke Hexe verstummte,
legte sich hin.
Es erging
der Ruf an den Engel,
die Hexe
anzuhören und zu bewahren

Es erging
der Ruf an den Engel,
mit der Kranken zu leiden

                    Es stand

diesseits des Ufers, wo wankend, zergänglich
lauter die Zurufe sich mehren, sich ob der sich kreuzenden
Windwege leicht überschlagend,
ein Spiegel, der Hexen-
stimme unwiderrufbar Ge-
fängnis, stille Herberge der Ankunft
die sich beständig verweigert,
dem beinlosen Vogel,
so die zermürbte
zwiefache Erde
wie eine Geliebte umfing,
Wundmal und Empfängnis

Der Engel
machte sich auf den Weg

der Eingekerkerten
Nachricht, der Hungernden
Nahrung
zu überbringen

Der Spiegel zerbrach, doch die Hexe starb nicht

Es begann
ein Aufruhr im Hause der Engel; niemand
wusste
warum
die Hexe es getan, was sie
davon ab-
gehalten hatte, die Heilung
anzunehmen und gut-
zuheißen, welche
die reiherge-
sichtige Muhme
ihr angetan, vor Zeiten, als sie
am schwankenden Ufer
auf einer Bank hockend
auf sie gewartet hatte, unerkannt, in Bandagen ge-
wickelt, der Unberufenen auf-
lauernd, als sich
der aussterbende Winter
wehrte gegen den Untergang,
Wirrung und Drangsal
zeitigend in den Geschicken der Sterblichen,
als sich die Hexe
dem Wachstum verweigerte, welches die Saat
in sich barg.
Nun hungerte sie. Nun
war der Spiegel zerbrochen; die Hexe
vermisste
Nahrung und Heimstatt.

                      Die Erde war zu wie
ein unfruchtbarer Schoß. Die Hexe
                siechte dahin.

Abermals
suchte die Muhme mit duldsamer Miene
im dumpfen Kerker sie heim,
an-
erbot sich, die Scherben zu sammeln, die sie verursacht, den Spiegel
geduldig
von neuem
zu bauen, welcher die Stimme
auferstehen zu lassen, das Echo
zu stärken und zu verbreiten vermochte.
Aber die Hexe
wollte nicht wachsen. Sie
wartete. Wartete
auf den beinlosen Vogel, welcher an sie
vor Zeiten er-
gangen, am Ufer
gestrandet war,
fügte sich in das Tiersein, das heimtückische, schwelende,
wartete, wandte
von der Base
ab das Gesicht. Sie
erstickte den Keim, ver-
grub
sich in der Erde, tief
in dem unergründlichen Schoß, welches ihr
Sterben und Schutz,
                  Sterben und Heimstatt versprach.

Verbannung, Hiersein
währte schon lang.
                            In der Zeit
irrte der Engel am Fluss
entlang, glühend vor Kranksein, aus-
gestoßen, von
den Gefährten verlassen,
von Stimmen um-
geben, die in Bedrängnis ihn
brachten. Warum
eine Hexe hüten wollen, sprachlos,
einstmals

von einer Wölfin gesäugt,
warum
auf sie hören, mit Nahrung
sie trösten, sorg-
sam das Kranken-
lager
mit Hin-
zug
besänftigen? Die Qual mildern?
Die Elbin bewahren?
Das Federkleid, das sie befleckt, rein,
ohne Makel
sich vorstellen? Warum?
          Einzig
der Seidenspinner, aus einstigen Tagen verwandt,
umflog jeden Abend die Furt und brachte Kunde
vom Kreuz-
bogen, den Unwettern, der allnächtlichen Morgen-
gabe, dem stetig
sich neu windenden Labyrinth und von
den unentwirrbaren Pfaden der Umkehr.
Von der Hexe, die siech war und starb.

Sie presste die Zähren
nach innen zurück, saß
in dem Kerker, sagte der Engel,
unterdrückte den Knoten, als wollte die Elbin
von den Sichtbaren
nicht gesehen werden.

          Manchmal
wollte sie gehen, schaute hinaus
auf das Feld, auf die Flur,
darin der Aufprall der feindlichen Vögel
nicht aufhörte zu sein.
Manchmal stockte das Blut
ihr in den Adern.
Sie verlor die Besinnung.
Ein drittes Mal
krallte sich

bleich und beständig
der Base
geierartiges Glied-
maß, Tod und Ver-
derbnis auf-
zeigend,
ihr
in das Herz.

                                        Aber es kamen
die Nächte, die schwanenhalsigen, schweren.
Die Nächte
kamen; es verschloss sich
zärtlich die Rose dem Zugriff, dem Zorn. Überwand die Wundmale, trotzte
dem Frost, dem zu-
dringlichen. Es
ver-
schwand
der Tiergeruch, der über-
bevölkerte
Stall verschwand, darin der Makel,
darin die Schmerzen sich suhlten.
In der Mond-
lilie
öffneten sich
geheime, uneinsehbare
Pfade, vor Schnee langwierig,
ins Nirgendwo führend,
und die Ernährerin
kam
das Kind zu stillen, das sie geboren.

Es stand
schmal und gerade
ein Anderer, ein Mitgefangener,
ihr gegenüber, zerdrückte
mit zwei Fingern die schwankenden Schemen zu Staub
und nahm ihren Kopf in die Hand.

Er sprach von Geschehnissen,
die sie nicht gekannt hatte.

Nicht gekannt hatte. Un-
aufhaltsam
hörte sie zu. Das Fieber, von Siechtum be-
siegelt,
verschwand
von der Stirn, kehrte
zum Staub
zurück, der es war. Wer
war es, wer
konnte das, frei sein
von der Angst vor der Hexe,
die durch eigene Schuld
dahin-
darbte, die un-
schuldig starb?
Sie wusste es nicht. Sie
erkannte den Sang und ließ ihn nicht los.

                                      An der Furt
tummelten sich unter dem Bogen
die Gefährten des Beinlosen,
es herrschte ein Wunder.
Der Spiegel trieb in dem Fluss,
grübelnd und ganz,
vor sich selbst
unverhofft, wie wenn ein Himmlischer
ungläubig
übt
den merklichen Lidschlag.

                                       Die Elbin
stand auf, sagte dank,
                              roch
sichtlich
an der Mond-
lilie, am unberührten Hinsprung des Ufers,
warf

ein Netz
in das Wasser, und es verfing
sich, über sich
staunend, der Spiegel
darin.
        Sie überquerte
           die Furt.

     ……………………………

Zu diesem Text gehört das Bild:

„Enter"

2) Najadengeschichte

Eine realistische Reise

Eine kleine Najade machte blau und verließ ihren Unterwasserpalast. Als sie den Kai erreichte, kletterte sie auf eine Bank, verschränkte die Hände hinterm Nacken und sprach die ganze Nacht mit den Sternen.

In der Bahnhofshalle wartete sie auf den Zug und lernte mühsam die Sprache der Menschen.
In der großen Stadt schneite es zu dieser Zeit, und der Wind blies kalt auf die Pflastersteine. Das Haar des Mädchens verfing sich in den blinden Gassen. An einem Morgen blieb sie vor einem Antiquitätenladen stehen und bewunderte die Katzenportraits im Schaufenster.
Sie bestach den Bibliothekspförtner mit einer Aquamarinkerze und durfte im Keller schlafen. Tagsüber saß sie oft in den Lesesälen, las die Menschenbücher und brannte vor Sehnsucht, selbst ein Mensch zu werden.

Als nicht leiblichen Vater hatte sie sich einen Greis ausgesucht, der blondweiße Haare und ein schmales Gesicht hatte und der immer viele große Folianten, die in seltsamen Charakteren verfasst waren, miteinander verglich. Die kleine Najade wusste nicht, dass ein so junger Mensch sich nur sehr selten verheiratet.

....

Drei Monate Zeit hatte sie sich von der Großmutter als Frist ausbedungen, um eine Menschenmutter zu finden. Aber sie wusste nicht, dass sie die einzige war, die der blondweiße Greis mit dem schmalen Gesicht liebte. Er liebte sie wie eine Tochter, die ihm bis aufs Haar glich. Sie lernte die Schrift seiner Folianten lesen und unterhielt sich mit ihm in den ältesten Menschensprachen. Der Greis und das Meermädchen schliefen unbehelligt in den berüchtigtsten Winkeln der Großen Stadt ein, und jeder Sonnen- und Mondaufgang entdeckte ihnen ein neues Gesicht der Menschensphinx. Millionen Augen grüßten sie kameradschaftlich, wenn sie, die Rucksäcke auf den Schultern, auf dem treuen Chrysolithenfahrrad zur Bibliothek fuhren. Die kleine Najade hatte blaue Haare, aber das fiel niemandem auf.

Der Winter wollte nicht enden, und ein Bettler wünschte der kleinen Najade einen schönen Abend, obwohl sie keine Münzen bei sich hatte. Die drei Monate verstrichen lautlos; die kleine Najade ertrank eines Morgens in den Kanälen der Vorstadt. Ein tröstlicher Wind blies ihren kalten Leib in die Große Stadt, in den Fluss, der diese bewässerte und der sich am Abend mit dem Meer vermählte.
Die Große Stadt weinte bitterlich und liebkoste die tote Najade mit ihrem salzigen Menschenodem.

....

Glutäugig lächelte ringsum die Nacht. Die hohe See sang das Meervolk in den Schlaf, doch die Großmutter erwachte und fand die tote Enkeltochter, die auf den Fluten trieb; sie verfluchte die Menschensippe, die sie ihr geraubt hatte, und alle Menschenfrauen, weil sie ihr kein Leben hatten schenken wollen, und das Echo ihrer Stimme bebte purpurn über dem wankenden Horizont. Sie flehte den Sturmwind an, ihr beizustehen, sie beschwor den Atem des Schnees und den Zorn des Meervolks, über das sie herrschte.

Die kleine Najade schlief in den Armen der Großmutter ein.

....

Das Mädchen machte sich auf den Weg. Der Atem der Großmutter brannte noch heiß auf ihren Wangen.
Es war Abend, und in der Großen Stadt erwachten leise die Nachtlichter wie die tausend Augen eines schlummernden Tieres. Die Najade freute sich über das Gewimmel auf den breiten Straßen, über die Ledertaschen hinter dem Glas eines Kaufhoffensters und über die trostlosen Arztschilder in den Arbeitervierteln. Sie bewunderte die Feuersozietätshinweise an den Bürogebäuden der Innenstadt, die wie verkleideter Schmuck am Firmament leuchteten.

Sie besuchte das Grab ihres leiblichen Vaters und stellte eine Aquamarinkerze auf die Ruhestätte. Sie ging in die Bibliothek und bedankte sich beim Pförtner für die Gastfreundschaft. An der Stadtmauer brach sie in Tränen aus und schlief in der Hand der Großmutter ein.
Der Sturmwind leckte ihre Wunden, und die Sterne wachten über ihren Schlaf. Der Atem des Schnees flüsterte eine Kantilene; die Stimme des Meervolks sang ihren blauen Reigen. Die Großmutter machte sich auf den Weg.

Die kleine Najade weinte, und die Krähenschrift am Himmel wusch ihr die Tränen vom Gesicht.

....

Zu diesem Text gehören die Bilder:

„Animula parvula"

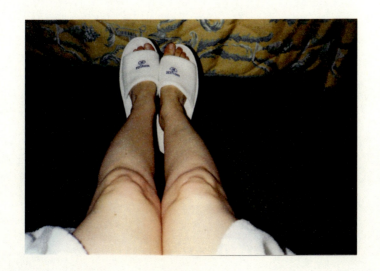

„Fragile"

3) Liebe in der Kathedrale

Ein europäisches Kunstmärchen

Die alte Hexe hatte in späten Jahren ein Kind geboren.
Ihren wohlbekannten Freund hatte sie dafür nicht gewinnen können, und so hatte sie sich einem Menschen hingegeben, der ihr dafür geeignet schien. Ihr Vorhaben war es gewesen, einen Jungen zur Welt zu bringen, der ihr ähnlich und in allem gehorchen würde.
Der Herr, der sie geehelicht hatte, war launisch und selbstsüchtig; er hatte sie kurz nach der Geburt des Mädchens verlassen und sich mit einer anderen Frau vermählt. Sie erhielt die Villa am Meer und eine gute finanzielle Zuwendung, sah aber den Vater des Kindes nicht mehr. Er war in eine andere Stadt, in ein anderes Land gezogen und wusste nichts von ihren Verwandlungen.
Tagsüber nahm sie die Gestalt an, die sie menschenähnlich machte, und arbeitete als Sekretärin in einem Anwaltsbüro. Das Kind betrachtete sie als ihr Eigentum und schirmte es von allen fremden Einflüssen ab. Ab und zu lud sie ihren wohlbekannten Freund zum Tee ein und machte ihm Vorwürfe, weil er es kein Junge hatte werden lassen.
„Es ging nicht, Serpentine, die Bedingungen waren nicht erfüllt", bemerkte er trocken, als hätte sie eine Mitschuld daran, und sie sprachen nicht mehr davon.

Jeden Abend ging die alte Hexe auf die Seeterrasse hinaus, schaute besorgt auf die Meeresfluten hinab, die sich wie ein Heer von unzähligen körperlosen Armen mit missgünstiger Gebärde zu ihr emporhoben; sie murmelte unverständliche Worte in sich hinein, nahm das Kind auf den Schoß und wiegte es leise summend in den Schlaf. Das Kind weinte nie. Es bekam die Milch einer fremden Frau. Die Mutter hatte es ohne Schmerzen geboren.
Das Mädchen gefiel sich in seiner Einsamkeit und glaubte sich als Einzelkind geliebt. Es dachte sich jeden Tag, wenn die Mutter zur Arbeit ging, Geschichten aus, die es den Dienstboten und dem Meer erzählte. Die Köchin umsorgte sie liebevoll, mit einer treuen Anhänglichkeit, die sie dem Vater zu schulden glaubte.
„Wahrlich, Elise", beteuerte Camilla ihr gegenüber, „da draußen im Meer wohnen die anderen Kinder. Ich sehe sie im Traum und spiele mit ihnen auf weiten Wiesen mit Sandhügeln und Tuberosenblüten und in türkisblauen Seen, die sich immer wieder verwandeln. Auf den Inseln und Landzungen tanzen sie jede Nacht,

sie halten dort ihre Hofbälle. Sie laden Könige und Prinzessinnen ein und tragen auserlesene Kleidung. Jemand hält sie dort fest; sie können nicht hinaus in die wirkliche Welt. Aber eines Tages werde ich stark genug sein, und dann werde ich sie befreien."
Die Köchin schwieg und bereitete sich auf die Ankunft der Herrin vor. Camilla lief der Mutter entgegen und warf ihr einen Eisenkrautkranz um den Hals. Die alte Hexe konnte nicht lachen, aber sie streichelte das Haar des Kindes.
„Mutter, wer ist die Frau in dem langen schwarzen Kleid, die wir gestern im Bus gesehen haben?"
„Das ist ein Mann, mein Kind; er trägt eine Soutane, meide ihn sorgfältig, meide alle, die so gekleidet sind, sie sind Betrüger und Kinderfänger."
„Kinderfänger? Sie entführen die Kinder?"
„Ja, wenn sie allein spazieren gehen. Vor allem aber halte dich von ihrer Hochburg fern, von dem schmalen Gebäude mit dem Hohen Turm. Dort versammeln sie sich mit ihren Anhängern und vollführen sinnlose Handlungen und ausgestorbene Riten."

....

Segen, Verwünschung, Exorzismus

Vielleicht dass die Windrose dich küsst
ich wünsche es dir
ich wünsche dich nah am Meer
und wünsche mir
den Silberkranz aus Mondentau
um dein Gesicht

und in alle Ewigkeit sei Friede
bei deinen Händen und bei deinem Schoß
sei meine Liebe

und in alle Ewigkeit sei Fluch
und in alle Ewigkeit sei Folter
und in alle Ewigkeit Verderbnis

sei dem Verfolger, der Urfinsternis

dem Reiter und dem Schattenriss

Ratte *recede*

....

Im Büro fiel Serpentine nicht auf. Sie hatte sich den Namen Simone gegeben, und jeder glaubte ihr. Sie war nicht freundlich zu den Kollegen, aber man führte dies auf ihre hohe Durchsetzungskraft zurück. Sie hatte sich mit der Zeit zur Chefsekretärin hochgearbeitet. Das Kind schickte sie mit allen anderen zur Schule, ließ es aber auch zu Hause von ihrem wohlbekannten Freund unterrichten.
„Du musst sie mir für eine Weile überlassen", sagte er einmal nach einer Klavierstunde, „Sie wirkt seltsam abwesend in letzter Zeit. Hast du die Erbanlagen des Vaters genau geprüft?"
Er trug einen gut geschnittenen Anzug in einem metallenen Anthrazitton und eine schmale, mal zu fest, mal zu locker gebundene einfarbige Seidenkrawatte. Er hatte spärliches graues Haar, das an seinen Schläfen herabhing.
„Aber ja", gab Serpentine zurück, „du weißt, dass mir nichts entgeht. Die Familie ist alt und blaublütig, in allen Fallstricken des Bösen zu Hause."
„Ah, sie sind also nicht namenlos", sagte er nachdenklich, mit den Fingern auf der Tischplatte trommelnd, „das ist schlecht, das passt nicht zu meinem Vorhaben."
„Es ist mein Vorhaben", sagte sie spitz und gab Eiswürfel in sein Getränk.

Es war Sommer, und der Tag des Großen Hexensabbats nahte. Serpentine besuchte allnächtlich die Schwestern im Wald, verjüngte sich, breitete die Arme aus, spreizte die Hände und säte den Wind der Verzweiflung über die Dächer der kleinen Stadt, in der ihre Tochter zur Schule ging. Auf unerklärliche Weise mehrten sich die Morde in der Umgebung, zahlreiche Paare trennten sich, und die Kinder bekamen Keuchhusten und starben. Camillas beste Freundin, Andrea, die kleine Rothaarige, die mit ihr zusammen im Ballettunterricht war, fiel dem Blutkrebs zum Opfer; ihre Mutter starb an Herzenskummer. Alle machten die genveränderte Nahrung, die wundersamen Zeitläufte und die schlechte Lage der Wirtschaft dafür verantwortlich und gingen wie gewohnt ihren alltäglichen Beschäftigungen nach.

In der Schlafkammer, zu der niemand im Haus, nicht einmal Camilla, Zutritt hatte, nähte sich Serpentine heimlich in den frühen Morgenstunden ein Kleid aus Zorn, aus Blut und aus Neid für den Tag des Hochfestes.

....

Eines Tages badete das Mädchen sehr lange im Meer und kam mit einem blassen Gesicht nach Hause. Beim Abendessen schaute sie der Mutter andauernd in die Augen und sagte ihr, dass sie sehr hässlich sei. Die alte Hexe achtete nicht darauf und verschwand frühzeitig in der Kemenate, um ihre Arbeit fortzusetzen.

„Ihre Augen sind schmutzig, Elise, bring mich fort von hier, bitte!", flüsterte Camilla der Köchin ins Ohr, als diese sie zu Bett brachte. „Meine Mutter hat die Augen des Bösen! Ich muss fort von hier! Es muss in diesem Sommer geschehen, sonst werde ich für immer ihre Sklavin sein!"

Doch auch die Köchin maß ihren Worten keine Bedeutung bei und begab sich wie jeden Abend pünktlich in den Dienstbotentrakt.

Serpentine war misstrauisch geworden, erinnerte sich an den Rat des wohlbekannten Freundes und beschloss, ihm Camilla zur Erziehung zu überlassen.

„Das ist aber nur für eine Weile", kreischte sie ihn etwas nervös an, „Sie gehört mir! Hörst du, sie gehört mir!"

Der Namenlose blieb ungerührt und reichte ihr mit einem knappen Lächeln die Hand:

„Das bleibt dir unbenommen", versicherte er, „dein Vorhaben ist auch mein Vorhaben, meine Liebe."

Es sollte in der Nacht des Hexensabbats geschehen, während in der örtlichen Kathedrale das Hochfest von Mariae Himmelfahrt gefeiert wurde.

Die eifersüchtige Tote wachte über das goldene Etui, das Camilla ihr geschenkt hatte.
Es war verschlossen, und niemand außer ihr sollte es öffnen. Es enthielt einen puderartigen Staub, den sie auf ihren nächtlichen Flügen über die Erde streute.
Zuweilen, an den Winterabenden, wenn der sonntägliche Kirchhof sich bereits geleert hatte und die Häuser der Menschen blank wie Messerschneiden den Himmel heimsuchten, sich bogen und wie unsichere Arme über Wald und Meer hingen, wenn die Rosen auf dem Grab im Schneeschlaf versunken waren, schüttelte sie den weißen, filigranen Puder lustvoll auf Hände und Wangen und betrachtete sich wie einst, als sie noch lebte, im Spiegel des sinkenden Sonnenlichts. Ein namenloser Schauder durchlief ihren inneren Sinn.
Der Meeresstern hielt sie fest umschlungen und flüsterte ihr eine Melodie ins Ohr, lang und geduldig.

Sie hatte durch inständiges Bitten erwirkt, dass Camilla kein Junge wurde. Sie hatte sie vor ihrer Geburt geliebt. Die alte Hexe versuchte immer wieder, sich in die Träume des Mädchens zu drängen und sie zu beherrschen. Doch Natalie streute ihr jedes Mal Sand in die Augen und verschloss die Pupillen des schlafenden Kindes.
Einmal hatte sie es zu dem größten See geführt, der sich unter dem Meer befand; seitdem besuchte Camilla sie regelmäßig. Sie tauschten Geschenke aus und ließen sich von den blauen Unterwassergestirnen unterhalten. Diese fabulierten gern, erfanden Liedstrophen und Refrains für die Feldarbeit der Bauern und berichteten von Reisen in ferne Länder, von den Geschicken der Menschen und den zahlreichen Unternehmungen der Engel. In der Mitte des Sees stand eine durchsichtige Leiter, auf der Natalie und das Kind auf und ab gingen und Verstecken spielten.
„Wo ist der Anfang?", fragte Camilla, ausgelassen lachend.
„Ganz tief im Meer, hier, wo ich stehe!"
„Du stehst nicht tief! Ich stehe viel tiefer!"
„Folge mir, du wirst sehn!"
Die Tote konnte durch Camillas Leib hindurchschreiten und brachte sie damit zum Lachen.
Die Leiter veränderte ihre Gestalt, doch die Abstände zwischen den einzelnen Sprossen blieben sich immer gleich. Sie enthiel-

ten verschiedenartige Blüten.
„Wo ist das Ende? Kannst du es sehen?"
„Nein, ich kann es auch nicht sehen", sagte die Tote und legte sich längs auf eine weiße Sprosse, auf der eine etwas außer Atem gekommene Lilie sich Luft zufächelte. Camilla schwebte träumerisch zu der Freundin hin, verbeugte sich tief und legte das goldene Etui in ihre Hand.
„Ich habe es meiner Mutter gestohlen", beteuerte sie.
Die Tote küsste sie auf die Stirn und zeigte auf eine höhere Sprosse, die in einer rötlichen Farbe schimmerte:
„Ich schenke dir die Blutblume. Sie soll dich beschützen. Jedes Mal, wenn du sie bei dir hast und meinen Namen inwendig aussprichst, werde ich zu dir eilen und dir helfen, egal, was geschieht oder geschehen ist. Verzage nicht und hüte sie gut."
Camilla nickte ernst und küsste zurück.
Die Blutblume verwandelte sich in ein Mädchen von zehn Jahren, das ein rotseidenes Abendkleid trug und die Größe von Camillas Mittelfinger hatte. Sie stieg die Leiter hinunter, nahm Platz in einer Nuss-Schale, welche die lebendige Tote ihr darreichte, und nahm die Blütengestalt wieder an.
„Wie tief ist der See?", fragte Camilla.
„Niemand weiß es", sagte Natalie und schaute auf die bläulichen Reflexe der Sterne im Wasser, die wie ineinander geschlungene Zahlen aussahen, „Ich bade oft darin. Ich erinnere mich dann an mein früheres Leben. Ich sehe auch dich, deine Schlafkammer und die Villa am Strand. Jemand besucht euch regelmäßig und gibt dir Klavierunterricht, ist es so?"
„Ja. Das ist der Mann mit dem rundlichen Gesicht und der hakigen, dünnen Nase, vor dem die Meereskinder Angst haben."
„Hast du auch Angst vor ihm?"
„Nein. Ich sehe ihn nur ungern, obwohl ich die Notenschrift von ihm gelernt habe."
„Vergiss nicht, Camilla: Er darf meinen Namen nicht erfahren. Es ist Zeit, wir müssen aufbrechen", sagte die Tote und half dem Kind die Leiter hinunterzusteigen.
Der grünhäutige Fährmann wartete wie gewohnt am Ufer und setzte sie bei Sonnenaufgang rechtzeitig über.
Die Gestirne, die im Schoß des Gewölbes geboren waren, schlossen den Vorhang und senkten die Arme über den Horizont.

....

Liebeslist

Du kamst am Abend
mit dem Engel am Arm

In den Armen des Engels
schlafe ich ein

In den Armen des Engels
will ich sein

(Mir ist nicht kalt)

In den Armen des Engels
dulde ich nichts

Wiegt mich der Abend
in die Arme des Engels
vergeude ich die Treue der Sterblichen
an den Sternsinn der Nacht

Die Zeit verträgt
unsre Ver-
abredungen
unsere heimlichen Reden
unsere zärtlichen Streite

Der Mond schweigt taktvoll
zu unseren Verkleidungen
zu unseren Verwechslungen
Zur Not
vertauscht er
die verwechselten Dinge
und steckt einem Passanten
Über-
flüssiges ein

(Bonbons vielleicht oder auch
eine Handvoll Himbeeren, in Zeitungspapier)

Das alles
damit wir Verwechselnden
uns verwechseln
Wir müssen uns die Mauer merken
die Mauer aus Himmel
den Wipfel aus Aufschaun

darin der Vorhang
aus Zuschaun
zuckend erzittert, merklich und bang

(Geliebter, erinnerst du dich
an den Abend, da
du allein warst neben mir?

Die Nacht
nähte sich Blessuren zu,
blank aus Erschöpfung
die Winterstiefel zu-
geschnürt
sämtliche Hüte im Schrank
Beere aus Schwarz, vollwangig und leer

Ich
schrubbte die Bühne, die Hand
in der schäumenden Lauge,
du
hingst am Artistenseil, bloß)

So warten wir des Nachts
wenn die Narben sich ins Kirschrot wiegen
wenn die Liebenden ruhen
Wie aus Ohnmacht
stoßen wir aufeinander, staunen
über die Schritte, die wir
seltsam zu gehen geneigt sind,
den Mond
in der anderen Hand, staunen
über den blanken Asphalt, der uns trennt

In den Armen des Engels
verspotte ich mein Irdisches – alles –

Der Engel
vergibt mir die gewohnte List
Barmherzig
liest er die Bettlerin
auf den Straßen der Betenden auf

Schwach ist das Menschengeschlecht, außer es liebt

Ich bin nichts
als ein unfertiges Junges
in ihrem Schoß
nichts als ein Fingerhut,
glücksam und schmal
ohne das peinliche Blut

Am Flussufer, nachts,
bin ich nichts als der Hauch
einer Apfelblüte in einer Kinderhand
der Staub eines alten Buches
an einem Sommertag
Lose
entschwebt meine Schwere
im Wind

Schwer
ist das Los des Engels
darum verzeiht ihm die List der Liebe

(Flüsterschrei am Flussufer
wenn Mondesschleier um die Erde webt
wenn dein Anblick mein Blut berührt
und meine Sinne erzittern

Kommt die vergangene Stimme
wieder
zu mir zurück
flüstert der Wald zurück
stößt

Seinsschwäche
zurück
scheu der Fluss an-
schwillt
Erlkönig lauert
Um ein entschwundenes Kleid
Feenkönigin trauert
Zerdehnt
Erinnerung
ans Ufer drängt
Sei still und tritt nicht vor

Der Souffleur
wirft den Kopf in den Nacken und lacht

Im Banne der Asphodelenfinger
vergessen
dass Mitternacht ist und der Tag bald anbricht,
unwohl die Glieder auf den Kissen ruhn
Lavendel auf Lavendel
Blume wie einst
Blume aus Weiß

die Nachtigall
ans Fenster klopft, hungrig
nach Morgenland)

Darum, Geliebter,
vernimm
die Rede vom Gelöbnis

Ich finde mich
in den Armen des Engels
wieder
Geliebter, du weißt es wohl: draußen
lauert der Tod

Engelshut
unsterblich gut

ohne Fleisch und Blut
ohne Kleid und Hut
ohne Rück-Sichten

Ein Zugvogel ruft vorüber
Seine Hand der Schrecken der Tage
Ich kämme die Haare der Nacht
Über Berg und Tal
lausche ich
dem Flug
des Erden-
waisen

Tagelang
rede ich in Zungen
von seinem Leib und Blut

Sein Arm
dem Abgrund
so fern
so schwer
auch sein Los
so kalt
auch sein Himmel

dieser unser Himmel
er ist himmlisch

Mein Unsterbliches seine Absicht

Verzeiht uns
dass wir uns vertauschen
dass wir uns verkleiden
dass wir Worte sagen
dass wir Küsse wechseln

dass wir alles vergessen

Wir müssen uns verwechseln
um uns nicht zu verpassen
Wir müssen achtgeben

dass wir uns vergeben
dass wir uns wiederfinden
wenn alle Menschen schlafen
wenn alle Lichter schwindeln

Wir müssen uns verbergen

Niemals, wie besessen
steht die Bühne, daran wir hängen

Verzeiht uns
die List der Liebe

....

Natalie hatte vor der Hexenheirat die Gebärmutter der Kindesmutter verhext. Sie hatte sich auf die Felseninsel begeben und ein Lied gesungen, das die Möwen, die Meeresungeheuer und den immer höflichen Mond auf den Strand lockte. Sie hatte den Hexenuterus in die Hand genommen und minutenlang geknetet. Dann hatte sie ihn mit einem weißen Pulver bestreut, das sie der Liliensprosse entnommen hatte. Seitdem zeigte sich immer wieder ein Linienmuster darauf, welches aber in der üblichen Ultraschalluntersuchung nicht sichtbar war. Es sah aus wie eine antike Schrift, die nicht wirklich existiert hatte, aber eine schlüssige Grammatik und eine mögliche Semantik besaß.
Schmerzen hatte die Hexe nie.

„Camilla, sieh nach", sagte die Hexe beschwörend, mehrmals, aber das Mädchen sprang leichtfüßig auf, schulterte den Rucksack, der die Ballettkleidung enthielt, und sagte einen auswendig gelernten Satz vor sich hin:
„*Ut infantiae nostrae lactesceret sapientia tua.*"
Sie verzog das Gesicht zu einem schnippischen Ausdruck, wiederholte den Satz und drehte der Mutter den Rücken zu.
„Hast du die Ersatzschuhe mitgenommen? Und das blaue Kleid für die Probe? Und die Haarbürste?"

„Ja-a", entgegnete Camilla nachdrücklich und begann, einen Abzählreim vor sich hin zu summen.
„Komm, es ist Zeit", sagte die Hexe und schloss die Tür hinter sich zu, „Frau Gila wartet schon auf dich."
An diesem Abend kam das Kind nach der Ballettstunde spät nach Hause und legte sich früh zu Bett.
Sie träumte lange, einförmig von einer breiten farblosen Straße. Sie war mit Birken und Linden bestanden, die nicht grün waren, sondern schwarz-weiß oder grau. Der lateinische Satz, den die lebendige Tote ihr beigebracht hatte, war in großen Buchstaben seitlich der Allee aufgestellt. Er sah wie ein beiläufiger Autobahnhinweis aus. Ein stürmischer Wind kam auf, und die Buchstaben flogen auseinander und verwandelten sich in krummschnäblige Falken, die in die durchscheinende Rauchdämmerung hinausflogen und sich schließlich auf das Dach der Villa legten. Dort schliefen sie alle gleichzeitig ein. Die Mutter kam auf die Terrasse hinaus, weckte die Raubvögel durch laut gesungene Sprüche auf und versuchte, sie zu verscheuchen. Doch es war vergebens: Sie jagten die Hexe durch den Strand, den Wald und das Moor, trieben sie auf das Meeresufer, stürzten sich auf sie und zerfleischten sie, einer nach dem anderen, bis nichts mehr von ihr übrig war, außer ein teigiger Eingeweideklumpen mit zwei runden schwarzen Augen, die nach Verwesung rochen. Alsbald spülte die Flut die Hexenreste ins Meer.
Camilla wachte schweißgebadet auf.

....

4. September 1979

Supplica

Nella delicata nebbia mattutina,
presso il mandorlo in fiore,
é caduta in ginocchio una fanciulla,
le membra percorse da un cieco dolore;
gli occhi soltanto sono luminosi,
mentre pronuncia la sua preghiera:
„Signore, dalla tenebra nera
e dai venti rovinosi
sàlvami; Spirito che dài vita all' Universo,
donami volontà e speranza,
e scenda nel mio cuore
la tua Luce senza fine, il tuo Divino Amore,
che sana ogni piaga, placa ogni dolore".

....

In der Sabbatnacht, die auf Mariae Himmelfahrt fiel, schlafwandelte das Kind ohne das Wissen des Gesindes, das sich auf Anordnung der Mutter am frühen Abend zurückgezogen hatte.
„Schlaf gut, meine Kleine", sagte die Hexe und streichelte Camillas Haar. Sie hatte ein Betäubungsmittel in ihr Getränk gemischt. Es hatte aber offenbar seine Wirkung verfehlt.
Camilla betrachtete ein letztes Mal aufmerksam die Augen der Verwesung, erwiderte artig den Gute-Nacht Gruß der Mutter und schlief kurz ein.
Als sie aufstand, streckte der Sichelmond einen dünnen durchsichtigen Arm nach dem halbgeöffneten Fenster aus und besah die Schlafkammer mit den Augen der diensthabenden Engel. Eine Vase mit einem Verbenenstrauß war durch Camillas ruck-

artiges Aufstehn umgekippt. Das Wasser tropfte lautlos auf den hellen Veloursteppich hinunter. Die Puppenkönigin schaute durch den Fensterrahmen hindurch und erstaunte über die Heftigkeit des Gewitters, das sich draußen zusammenbraute. Sie schloss das Fenster und begann, die Spieluhr aufzuziehen, während die Schulbücher und die Ballettkleidung enger zusammenrückten, als frören sie kräftig auf einmal.
Camilla nahm die Nuss-Schale aus einer Schublade ihres Kinder-Sekretärs, steckte sie in die Pyjamatasche und stieg die Treppe hinunter.
Draußen am Strand färbten sich die Heere der Wolken kriegsrot. Die Mondsichel hüllte sich, das Unwetter ahnend, in ihren eigens dafür genähten samtenen Stahlpanzer ein und blickte umher.
Camilla erreichte die Hexenkemenate und nahm alle Bücher aus den Regalen. Sie ging hinaus, schloss die Tür, bog nach rechts um, stieg die Gesindetreppe hoch, schritt geradeaus in Richtung Ausgang und bog links in den Großen Speisesaal ab. Er war leer, und die lederbepolsterten Möbel knirschten vergnügt, vergesslich, verjüngt, in der Aufregung, ihre junge Herrin zum ersten Mal zu Gesicht zu bekommen. Im Kamin loderte ein mäßiges Feuer. Sie warf drei Stück Kohle hinein, schob den Drudenfuß zur Seite und begann, die Bücher einzeln zu vernichten. Sie verbrannte sie alle, ging in die Kammer zurück und wachte auf. Aber sie legte sich hin und tat, als ob sie schliefe.

Ein wenig später öffnete die Hexe leise die Tür. Das Abendkleid reichte ihr bis zu den Fersen und glitzerte matt im milchigen Mondschein. Sie überprüfte durch mehrmaliges Rütteln die Schlaffestigkeit des Kindes, dann hob sie es hoch und trug es, als wäre es tot, die Treppe hinunter.
Sie trug das Kind im Arm, als ob es tot gewesen wäre.
Vor dem Eingangstor wartete der Namenlose. Camillas Haare hatten sich gelöst und streiften mit den Spitzen den erdigen Boden.
„Sie hat neulich einen lateinischen Spruch vor sich hin gemurmelt", sagte die Mutter und übergab mit einem Ausdruck gestellten Bedauerns dem Teufel das Kind.
„Keine Sorge, sie wird ihn vergessen", schnitt er ihr das Wort ab, „komm, es ist Zeit."
Die Kirchenglocken läuteten heftig. Die spät Hinzugekommenen eilten mit ihren festlich gekleideten Kindern hinein. Das Tor wurde geschlossen, und die Heilige Messe begann.

„Du musst dreimal während des Opfermahls um die Kirche herumgehen", schärfte der Teufel der Hexe ein, „Ich halte deine Tochter fest auf meinem Schoß, damit sie nicht entfliehen kann, wenn sie aufwacht."
„Sie wird nicht aufwachen, ich habe sie betäubt."

Nachdem Serpentine zweimal das Befohlene ausgeführt hatte, erschien die Tote am Tor der Kathedrale und begann, mit lauter Stimme Camillas Namen zu rufen.
„Wer ist das?", fragte der Teufel das Kind, das sich aus seinem Griff gewunden hatte und aufzustehen versuchte.
„Meine Mutter!", schrie ihn Camilla an. Sie schlug um sich und weinte. Ihre Lippen bewegten sich lautlos. Mildtätig verwischten ihr die Tränen den Anblick des Teufels. „Lass mich los! Lass mich los!", wiederholte sie.
„Erst wenn du mir sagst, wie sich dieser Geist nennt!"
„Niemals erfährst du von mir, wie sie heißt! Niemals!" Sie schlug ihm ins Gesicht und presste die Faust lange auf seine Nase. Sie stand auf und lief wie in Trance zu Natalie hin.
Die weißgekleidete Tote breitete die Arme aus, hob das Kind hoch und drückte es fest an sich.
Serpentine war wie von einem unsichtbaren Faden gezogen den Weg zurückgegangen und beim Namenlosen stehengeblieben.
„Ich verspreche dir meine mächtigsten Engel", rief er Natalie aus einiger Entfernung mit salbungsvoller Stimme zu, „Sie sind sehr schön, und sie werden dich in die tiefsten Tiefen des Blauen Sees führen und dir den Anfang und das Ende der Durchsichtigen Leiter zeigen. Du wirst mit mir zusammen auf der obersten Sprosse stehen und herrschen."
Serpentine biss die Lippen zusammen und schaute bedrückt zu dem Geist empor, der eine lebendige Frau war.
„Nein!", tönte es vom Kirchentor zurück.
Natalie zündete mit Hilfe der Feuerblume, die aus Camillas Tasche aufgestiegen war, eine Fackel an und schwang sie ihm entgegen.
„Warum willst du stattdessen diese Kleine, die dem Blut einer Hexe entstammt und dir nicht gehört?", fragte der Dämon.
Ein heftiges Lodern durchzog der Toten azurblauen Blick.
„Du irrst dich, Namenloser, nicht von ihrem Blut stammt sie ab, sondern von meinem! Geh und sag es deiner Hexe! Geh fort, verlasse den Wald und die Flur!"

Natalie drehte sich um und betrat die Kathedrale.
Die Gefährtin des Teufels raufte sich die Haare, heulte die Mondsichel an und verschwand mit ihrem Freund in den Nachtsturm.

....

Zu diesem Text gehören die Bilder:

„Morgenland"

„Selbstbiographie"

4) Hunde in der Kathedrale

Ein Schauermärchen

In einer großen Stadt, die sich nach langem Ringen dem Würgegriff eines erbarmungslosen Winters entrissen hatte, kauerte eine Nomadin glücklos auf den steil ansteigenden Stufen der Bischofskirche.
Sie war erschöpft. Sie kämpfte seit Tagen mit einer Erkältung, die sie nicht losließ. Auf dem Zeltplatz hatte man sie zurückhalten wollen, aber die Elternlose war ihrem Starrsinn gefolgt: Sie hatte sich nachts ungesehen hinausgeschlichen und setzte nun ihre Wanderung fort, Tag für Tag, in der Hoffnung auf Linderung durch das sonnige Wetter.
Sie war in Indien gewesen, in Alaska, in Südamerika und Ultima Thule, jenem geheimnisvollen Land, auf dem kein Römer jemals einen Fuß gesetzt hat. Sie trug das Haar kurz, so dass sie sich manchmal auf ihren Reisen als Zigeunerbuben ausgeben konnte, der in der Gegend umherstreunte. Am Wachtfeuer lauschte das herumziehende Volk in den lauen Sommernächten wie gebannt ihren Erzählungen, während die ausgehungerten Zirkushunde im hinter den Zelten befindlichen Gehege jaulten und heulten und der Mond wie ein verheißungsvoller Knochen am Himmel hing, ihre lechzenden Zungen wie das Salzwasser in den Flutzeiten an sich ziehend.
Anastasias Eltern waren bei einem Autounfall ums Leben gekommen, den Asmodeus, der Tiefendämon, verursacht hatte.
Die Abendsonne vergoldete die zaghaft hervorsprießenden Blüten der Kastanienbäume, die den Domplatz umsäumten. Die letzten Kirchgänger kamen aus der Kathedrale und zerstreuten sich in alle Richtungen. Eine Frau mit einem Krückstock und einem schweren Klumpfuß blieb am Eingang stehen und taxierte das Mädchen mit dreistem Blick. Der hauseigene Bettler verbeugte sich zappelnd und liebedienerisch vor der hinkenden Mäzenin.
Es war ein blendendheißer Junitag gewesen; die harten Steinstufen hatten Sonne und Wärme absorbiert und gaben sie dem mageren Leib der Nomadin weiter. Sie presste wie mitwissend und danksagend Hände und Füße auf den Boden und stand auf.
Es war Fronleichnamstag, und die Menschen, die an der Prozession teilnehmen wollten, sammelten sich bereits unter dem Bannerkreuz. In jenem Jahr fiel Fronleichnam auf einen Sonn-

tag, und die Zigeunerprinzessin feierte an diesem Hochfest ihren vierzehnten Geburtstag; doch sie konnte unmöglich an dem Umzug durch die Stadt teilhaben. Während des Gottesdienstes war noch eine weißhaarige Greisin mit dunkelgrauen Augen und hohen Wangenknochen in die Kirche geeilt, und Anastasia hatte einen Euro und fünfunddreißig Cent von ihr bekommen. Sie war es zufrieden; sie hatte nicht umsonst den ganzen Tag dagesessen. Sie begann, ihre Habseligkeiten im Rucksack zu verstauen. Die Hinzukommenden stießen sie von allen Seiten an, und der Dompfarrer, der sie bislang übersehen hatte, fuhr sie barsch an und bedeutete ihr mit erhobenem Zeigefinger, dass eine Strafe sie erwartete, falls sie sich wieder auf den Kirchenstufen erblicken ließ.
„Und was die Katechesen angeht", rief er ihr mit dünner, schriller Stimme nach, „bin ich skeptisch! Ich bin sehr, sehr skeptisch!"
Die Gemeindehure, die neuerdings für das Gemeindeblatt schrieb, öffentlich Meditationen abhielt und als Ministrantin eingesetzt wurde, kam aus einer Seitentür heraus und sah schadenfroh auf sie herab. Anastasia dachte an einen Fluch, den eine Hexe in Indien ihr gezeigt hatte, aber sie hatte keine Zeit, ihn auszusprechen, weil Hygina, die Katze, ein graugestromtes, anmutiges Tier, aus einer Ecke hervorsprang und um Nahrung zu betteln anfing. Sie schulterte mit einiger Mühe den Rucksack (ihre Knochen schmerzten samt und sonders), nahm Hygina in den Arm und machte sich auf den Weg in die Innenstadt.
Als sie in die Parallelstraße einbog, hörte sie plötzlich das Geräusch von sich heranschleichenden Pfoten auf dem Pflasterstein. Sie hörte sie unmittelbar hinter ihrem Nacken, als säße ein leibhaftiger Alp ihr im Ohr. Sie drehte sich um: Ein mittelgroßer, mittelbeigefarbener Hund trabte leinenlos auf dem Bürgersteig hinter ihr her, in geringer Entfernung. Sein Besitzer fuhr ein funknagelneues, vor zwanzig Jahren in Frankfurt am Main gestohlenes Peugeot-Rennfahrrad auf der Straße neben ihr her (*sic:* das ist wirklich möglich). Hygina fauchte den Hund an, Anastasia trat unvermittelt in einen Hauseingang und ließ Mensch und Tier an sich abprallen. Mit einem Erleichterungsseufzer strich sie über den Kopf der Gefährtin:
„Es ist wie im Traum, Hygina. Wie in meinem Schreckenstraum heute nacht."
Die Räuberin hob zweifelnd den Blick zu ihr empor, doch das Kind tat ihren Einspruch als kreatürliches Spekulationsgift ab. Seit sie

geboren war hatten sich solche Träume bewahrheitet, und sie besaß in diesen Belangen die Wertschätzung der Stammesältesten. Sie setzte sich hin, aß ein Stück Kuchen, trank von einem Pfirsichsaft, welchen sie als Diebesgut aus einem nahegelegenen Supermarkt mit sich führte, und verfolgte dann unbemerkt weiterhin ihren Pfad durch die hereinbrechende Dunkelheit.

....

Adams Töchter

Wiedergängnis im Dunkeln:
phosphorner Mond,
als läge ein Wunsch
im Ascheregen verborgen,
im Kreidegesicht, in der Pupillen
mundrundem Blaustahl.

Auf dem Abendtisch
zwei Münzen. Das Zehrgeld.
Adams Töchter, phantasmenelfengleich,
kamen, dich heimzusuchen.
Es war ein Traum: so sahst du nicht die Welt.
Ein Holzbrett, ein Kleid,
eine Kette, in kleinen Stücken
abbezahlte Vergeltung,
Ohrringe, Gepäck aus Mondmilch,

Schutt und Asche.
Du weißt nichts.
Dein ganzes Finderglück,
Golemtochter,

Geruch
aus des Orients ungeborenen Opiumhöhlen,
mein Kind.
Nicht Kind. Gewesenes.
Sanduhr, aus fernen Wipfeln Heran-
wehendes, undinglich Geräusch.
Aber die Stimmen, die Rufe,
die Tage im uneingestandenen Hof,
das Lachen, die Wettrennen im Garten,
sie kamen: zu dir, so unwirklich
du warst, in des Zugvogels
Abendheimatrot,
zum Verschwinden glücklich,
verurteilt.

Sie tarnten sich, des Feindes
erhabene List seit jeher durchschauend
tarnten sie sich: Sie kamen, nebelgleich,
als Gegenschatten, unhörbar.
Du lagst wach.
Lauschender Leib
der Einfriedung zum Trotz. Erdrauch.
Staubkleid unterm Nagelsternbild.
Sie kamen zu dir. Phantasmen
des Rückgangs, Trugbilder
des Übergangs, Stern-
zähren, des Alpdrucks nicht achtend.
Unversehens zuckte
etwas im schweren Opal,
begann Bienensaug.
In den Pupillen. Im Ohr.
Eine von Adams Sprösslingen war
holdselig. Du kamst zurück,
als sie geboren wurde.
Als sie wiederkam, am dunkelnden
Ufergebüsch Armuts-
-Juwelen hinabschmetternd,
in des Entschwindens
früchteversessenen Abgrund hinab,
horchtest du auf,
wie wenn ein Stern vorüberginge

und wüsste nicht, was Himmel ist.

Du bist geboren.
Du stehst auf der Steinmauer,
allein und krank.
Du beißt zu. Der Apfel:
rot und blank,
die Brust, die nichts
von Abfall weiß, von Tod.
Die riecht wie jene Milch, die du nicht kennst.
Du wirfst den Kopf zurück,
hohnlachend.
Du lachst das Hexenlachen.
Du beißt zu.
Es schmeckt nach Licht.
Du erschmeckst es. Du entblößt
Zunge und Zähne. Du isst.

Fata Morgana, so hieß sie,
du entsinnst dich,
so hieß jene Törin,
sie war das Kind einer Fee,
die jüngste der Adamstöchter,
Morgaine, die Mädchentröstende,
die Elbenfrau, in Hindingestalt
herumstreunend auf des Wahnsinns
luftspiegelnden Hügeln, wenn Phosphor
vom Monde geboren ward.
Wenn Kain umherging
und mordete. Wenn der Kornwolf wütete.
Sie war der unsichtbaren Schöne
unsichtbare Botin,
Trugbild, Idol
der Idoleverschlingenden,
Wanderin.

Sie kam zu dir.
So tief du auch standst.
So groß war der Wille.
Göttlich die Tauberin, die herabstieg,
ein Lied hinabschmetternd,

in deine Erde hinein.
Du flogst ihr zu, Aschestaub
aus Jahrhunderten, flammengleich.
Du warst besessen. Du gabst
dem bangen Wunsche den Gesang.
Leer war das Grab.
In der Sternbilder Verströmung
erwachte das Kreidefleisch.
Warm pochte das Blut unterm Fiebermond.
Gesundung lauerte. Leid.
Voll ist die Puppe.
Sie schlägt das Lid auf.
Sie wünscht Linderung, Milch.
Niemand weiß, warum sie rief.
Unter dem Schutt regte sich
dein Herz.
Es rief zurück.

Unter der Lampe sitzen
Mutter und Kind am Abendtisch.
Sie kneten Teig. Dies Raum
ist Glück, so trügerisch, so klar
scheint Traum und Tag.
Die Puppe ist neu.
Das Messer, die Gabel.
Das Brot. Die Schnur.
Porzellangesicht.
Das Mädchen füttert sie,
ungeschickt, lang.
Die Holzhütte wankt. Am Fenster
heult der Wind.

Die Mutter fragte nach des Mondes Fabel.

Die Puppe betet,
sagte das Kind.

....

In der Abenddämmerung versammelten sich die Mitglieder der Domgemeinde, die tagsüber die Prozession mitgestaltet hatten, zu einem infernalischen Götzendienst in der Kathedrale. Nur der Erzbischof, der ein Gottesdiener war, blieb den Satanisten fern. Diese hassten ihn seit jeher und wünschten ihn, der allzeit waltenden Gottesrache uneingedenk, krank. Er war eine unerträglich lange Zeit in einem Hospital gefangen. Doch Jesus Christus ließ ihn in einer klaren Sommernacht vollständig genesen. Die Zigeunerin schlief unter Traumqualen im Hinterhof eines Mietshauses am Rande der Stadt. *Tussilago*, der Huflattich, und *Veronica officinalis*, die ihr blaues Blütenkleid an der milden Nachtluft trocknen ließ, kamen herbei und wachten über ihren Schlaf. Hygina blieb unruhig und beäugte argwöhnisch den Hofeingang.

Der vom katholischen Glauben abgefallene Dompfarrer hielt eine Einführungsrede für die Teilnehmer der neuen „Selbsthilfegruppe für Trauernde" ab. Während er sprach, verwandelte sich der Tabernakel in eine überdimensionale Hundsgrimasse, und die Gemeindehure rüstete sich für den pervertierten Ministrantendienst voll auf.

Anastasia wälzte sich ächzend auf ihrem Lager hin und her und starrte im Alpdruck die unverbrüchliche Mondsichel an. In der Kathedrale entfloss schwarze Milch den Augen der Muttergottes und fiel heimsuchend hinunter; einige Tropfen gerannen in der rechten Hand des auf ihrem Schoß sitzenden Jesuskindes zu dicklichen, opalähnlichen Kostbarkeiten.

Der Sektenguru missbrauchte die römisch-katholische Liturgie und die apostolische Überlieferung, indem er sie mehrmals an fundamentalen Stellen geringfügig veränderte:

„.......... Es ist würdig und richtig.........
........Der mit Dir lebt und liebt ....
Wir besitzen den Heiligen Geist ...."[1],

---

1 Anstatt von:
„Es ist würdig und recht;
Der mit Dir lebt und herrscht;
Der Heilige Geist ist uns eingegossen".
Der letzte Satz ist nicht Teil der Liturgie, wird aber oft sinngemäß während der Heiligen Messe im Wortgottesdienst gesprochen.

sodass den Neuankömmlingen, wenn sie noch nie einer Heiligen Messe beigewohnt oder nicht aufmerksam zugehört hatten, vollends entging, was sich in der Realität abspielte.
Hygina aber kratzte Anastasias Knie wund und weckte sie auf. Sie zog sie beharrlich von ihrem Schlafplatz fort.
„Was ist denn mit dir", fragte die Prinzessin, „Es ist noch dunkel, wo soll ich denn hin?", doch die Wissbegierde war in ihr erwacht, denn die Katze hatte seit jeher ein untrügliches Gespür für ungewöhnliche Fundstücke an den Tag gelegt.
Vielleicht hatte ein Betrunkener eine Geldbörse mit hundert Goldtalern an einer Straßenbiegung fallen lassen und vergessen, wie damals am Neujahrstag. Oder es hatte jemand ein Kind ausgesetzt, wie am 1. November des vergangenen Jahres: Anastasia hatte die kleine Salomaia zum Zeltplatz gebracht, wo sie allseits begeisterte Aufnahme gefunden hatte. Sie war ihr Schützling und ein schmucker, bildhübscher Wildfang geworden, und die Vollwaise liebte sie wie eine Schwester. Doch diesmal führte Hygina sie zu ihrer Verwunderung geradewegs zur Kathedrale, einem Ort, den das Tier sonst ehrfurchtsvoll zu scheuen pflegte. Auf Samtpfoten betraten die beiden Eindringlinge die Kirche.
Es war der Augenblick des sogenannten gemeinsamen Mahles: Die heilige Hostie wurde geschändet.
Sämtliche Sesshaften hatten sich um den Futtertrog geschart: Die läufige Hündin, in die sich die Prostituierte verwandelt hatte, ergriff die Patene und hielt sie mit einer penetrant affektierten Geste dem Guru hin, der sie mit einem lüstern-zähnefletschenden Grinsen entgegennahm. Die Engel, die Heiligen und die Gottesmutter Maria verbargen sich hinter ihren Gewandfalten, während die Höllenschar zum Vorschein kam und eine Luziferlitanei anstimmte. Die Hundemenschen fielen vor dem Moloch nieder und brachten ihm die Sünden gegen den Geist zum Opfer dar. Das hatte Anastasia im Traum gesehen. Ihr grauenvoller Alp war Wirklichkeit geworden. Jedes Wort, das die Liturgie entstellte, verschloss das menschliche Gehör einmal mehr für unseren Schöpfer und Erlöser und beschwor einen weiteren gefallenen Geist herauf, der die Götzendiener umsaß.
Aber Gott lässt sich nicht aus Seiner Kirche vertreiben. Die Zigeunerin kauerte sich, vom Schrecken gelähmt, in der Gottesmutternische zusammen und zündete, sie wusste selbst nicht

wie, eine Kerze an. Sie kramte blind in der Manteltasche herum, fand die Silbermünzen, die ihr die weißhaarige Greisin gegeben hatte, und warf sie in den Opferkasten. Sie zitterte am ganzen Leib; ihr Antlitz glühte im hohen Fieber. Hygina hatte ihre Scheu überwunden und war ihr bis zur Madonnastatue gefolgt. Umsichtig umkreiste sie das keimende Feuer und lief dann zum Eisengeländer, welches die Krypta von der Oberkirche abtrennte.
Als das Mampfen und Schlürfen in der Unterkirche anfing, blies die Gemeindehündin lachend die Altarskerze aus. Hygina sträubte die Schwanzhaare, vor Jagdeifer erbebend. Die anwesenden Männer dachten an sexuelle Handlungen. Ein Frevel und eine triste Vögelei. Jene Frau nahm ein Stück grellorangefarbenen Stoff in die Hand, breitete es unter der Patene neben dem Fetisch aus und zündete in Asmodeus' Namen, den sie „Engel des Lichtes" nannte, eine Wohlfühlkerze an, welche, durch die Räucherstäbchenausdünstungen verstärkt, die letzten in der Luft verbliebenen Weihrauchreste unriechbar machte.
Anastasia erwachte aus ihrer Trance, und das Raubtier beugte sich hinunter und redete die Versammlung an. Es sprach nicht viel; es sagte nur:

„Seit den Tagen Johannes' des Täufers bis heute wird dem Himmelreich Gewalt angetan; die Gewalttätigen reißen es an sich." (Matth. 11, 12)

und fauchte den hundsköpfigen Götzen an, der sich in Gottes Heiligtum an Gottes statt anbeten ließ. Danach murmelte Hygina leise in sich hinein:

„*Dies irae, dies illa, solvet saeclum in favilla, teste David cum Sibylla*".

Die Gemeindechefin, die sich in eine Bulldogge verwandelt hatte, knurrte bestialisch und tat einen Sprung über die Treppenstufen, um Anastasia anzugreifen, aber sie rutschte aus, warf beim Hinunterfallen die leere Patene um und landete winselnd neben dem bärtigen Guru, der als Schäferhund seiner Meute vorstand und wie hypnotisiert das Geschehen verfolgte. Er wand sich in einem neuerlichen magischen Krampf und wurde zu einem unterernährten, zerzausten Schoßhündchen, welches sich leise jaulend in seines Frauchens Arm flüchtete. Der korrekt frisier-

te Hetzhund, der sich im ganzen Umfeld immer wieder als eifriger Firmpate hervortat, legte eine so notdürftig wie umständlich mit Schnüren und Schleifen verpackte Frischfleischportion dem Baal ins Maul, der sich jedoch, wie es schien, dadurch nicht beschwichtigen ließ.
(Das habe ich vergessen zu erwähnen, Baal war inzwischen auch dabei). Das Päckchen prallte unversehrt an den tönernen Zähnen des Dämons ab und fiel krachend zu Boden; aus seinem Inneren kam ein weher, erstickter, ächzender Laut. Ein Collie-Weibchen, das in jenem Winter einen Gendertrainingskurs für die Mitglieder der Domgemeinde erfolgreich geleitet hatte, stand der Bulldogge flüsterschreiend zur Seite und leckte geflissentlich ihre Wunden.
„Klar!", sprach hohnlachend Hygina vom Eisengeländer hinab, „Hast du, Menschlein, nicht gewusst, dass Götzen nicht essen können? Hast du das nicht gewusst?"
Das hatte Anastasia nicht geträumt. Sie verstand jetzt die Weisheit des Tieres. Zögerlich und benommen näherte sie sich, Hygina im linken Arm geborgen haltend, die geweihte Kerze in der rechten Hand, der Krypta und sah mit Schaudern auf die Götzendiener hinunter. Das Fieber und die Schmerzen waren von ihr gewichen, und die gnadenreiche Kraft der Kindheit war zurückgekommen. Sie war nun vollständig wach. Die jahrhundertealte Ahnenreihe des herumziehenden Volkes lächelte, vom Würgegriff des Asmodeus befreit, gütig und huldvoll auf die Urenkelin hinüber.
Die Nomadin blies die sattorangene Wohlfühlkerze aus und zerfetzte das Schmutztuch. Der usurpierende Dämon schrie laut auf und zerstäubte unvermittelt zu einem winzigen Pulverhaufen. Eine Ritze tat sich im Steinboden auf, durchzog den Altarraum und gelangte bis zu den Stufen der Krypta, wo sie einen Schwefelhauch gebar, der mit heiserem Keuchen die Erdasche aufsog. Alle Anwesenden stierten mehrere Stunden lang mit toten Fischaugen das Raubtier an; eine Lähmung verhinderte, dass sie bellten.
Als die Dämmerung hereinbrach, lief die Meute aus der Kathedrale hinaus, und einige verwandelten sich in Menschen zurück, sobald sie das Gegessene erbrochen hatten. Die Hure aber und die geweihten Männer und Frauen, die das Wüten der Sekte veranlasst oder willentlich geduldet hatten, blieben in der Hundsgestalt gefangen und wurden nie mehr in der Stadt gesehen.

Der Erzbischof, der sich den Mächten des Bösen siegreich widersetzt hatte, leitete von da an die Erzdiözese mit Hilfe von neuen Priestern, die der Papst aus Rom in die werdende Stadt berufen hatte, und verjagte kraft der heiligmachenden Gnade endgültig die Sekte aus der Domkirche.

....

Das Karussell

Meine Finger und das alte Blech
meine Finger und das alte Spielzeug
diaphane Gestalten, Puppengesichter

wie aus einstiger Morgenröte

als läge in dem alten Blech
Prinzessin Morgenröte
Aurora die von den Feen
Beschützte
im Rosengarten
unter dem Sonnenschirm

Aurora die von der Hexe
Verfluchte

Aurora steht dort
auf dem Karussell
verborgen im Wald,
filigran
Aurora steht dort

auf dem Karussell

Das Königreich versinkt in tiefen Schlaf

der Sommer stolpert über eine Mülltonne
der Sommer glüht muss der Engel sterben
der Geist steht still über den Wolkenkratzern
das Radio brüllt lauter
das Riesenrad dreht sich
immer schneller

Aurora liegt dort
auf dem Karussell
nah und fern
fern der Stunde
fern dem Ort
auf dem Karussell
ein Königreich in einem Apfelkern
eine Handvoll Magenbrot
ein Comic-Heft

zerknittert

Nachher gibt's Zuckerwatte schau hin
Kind schau hin das ist helles Gold

....

Die Allerseligste Jungfrau Maria schloss die schwarzen Perlen zu einer Halskette zusammen und dachte sie der Zigeunerin zu. Ein Stieglitz flog eilig über den Herz-Hof und legte die Gabe in der Morgenröte unter Anastasias Luftkissen.
In der Kastanienallee setzte sich am Abend eine junge Mutter auf eine Parkbank, leinte ihren Dalmatiner an einen Baumstamm an und nahm ihr Neugeborenes aus dem Kinderwagen, um es, einen Kehrreim summend, in den Schlaf zu wiegen.
So kam es, dass Anastasia, die Nomadenprinzessin, an ihrem vierzehnten Geburtstag ein glückliches Mädchen wurde.

....

Zu diesem Text gehört das Bild:

„Fanciullo musico"

....

5) Blumen in der Kathedrale

Ein Vernehmungsprotokoll

Etwaige Übereinstimmungen mit wirklichen Begebenheiten sind rein zufällig.

In memoriam
Georg Kardinal Sterzinsky
Erzbischof von Berlin

Warlack, 9. Februar 1936 – Berlin, 30. Juni 2011

„(...) Höre, mein Herz, wie sonst nur
Heilige hörten: daß sie der riesige Ruf
aufhob vom Boden; sie aber knieten,
Unmögliche, weiter und achtetens nicht:
So waren sie hörend. Nicht, dass du *Gottes* ertrügest
die Stimme, bei weitem. Aber das Wehende höre,
die ununterbrochene Nachricht, die aus Stille sich bildet."

Rainer Maria Rilke („Duineser Elegien", I, vv. 54-60, Hervorhebungen im Text)

Eine Zigeunerjungfrau in einem langen, weißen Stufenrock aus dem Tchibo-Sortiment sitzt auf einem Polizeirevier in Berlin-Mitte dem örtlichen und überörtlichen Wachtmeister am Schreibtisch gegenüber, eine weiße, noch nicht ausgewachsene Perserkatze mit langem Schnurrbart und blauen Augen auf ihrem Schoß zusammengerollt. Aus dem geöffneten Fenster fällt frostiges Schneelicht in den Raum ein, welches auf dem Tierfell eigentümliche Reflexe entstehen lässt, die wie Buchstaben aussehen. Mitunter scheint die Katze aus gleißendem Marmor zu bestehen, auf dem eine Inschrift zu lesen ist, die sich im nächsten Augenblick wieder auflöst.
Ab und zu nippt die Nomadin am Wasserglas, das auf dem Tisch steht.

Es war furchtbar anzusehen, Herr Wachtmeister. Ich war entsetzt. Ich glaubte bis zuletzt, es wäre alles nur ein Alptraum, und ich würde bald erwachen. Die Kadaver säumten das Eingangsportal. Ich roch menschliches Blut, wo ich mich nur hinwandte. Ich roch Verwesung in allen Steinritzen der Kirche. Das umgekehrte Kreuz versperrte den Altarraum. Nuestra Tonantzin war in ihrem Schlangenrock vom Sockel gestiegen und ging umher, ein altes mexikanisches Klagelied anstimmend. Ich kenne es seit meiner Kindheit; mein Volk schreibt jene Totenklage den Azteken zu. Aber ich bin unschuldig.
Die Vampirchristen haben die Totenruhe gestört und sich selbst massakriert, das Blutbad angerichtet. Was für Vampire, fragen Sie? Die üblichen Kirchgänger: Viele Mitglieder der Domgemeinde und Teile des hiesigen niederen Klerus haben über einen langen Zeitraum hinweg die schwere Schuld gotteslästerlicher Frevel auf sich geladen. Während einer Sabbatfeier haben sie schließlich den Zorn der Toten heraufbeschworen und sich selbst gerichtet.
Mich trifft keine Schuld. Ich saß nur da und ließ das krude, blaue Wolfsauge an mir vorübergehen. Wir Zigeuner sind nach unseren

Mythen ein Katzenvolk und spüren die Nähe von Hunden und Wölfen, weil sie unsere natürlichen Feinde sind (Werwölfe und Agenten der Schwerkraft auch).
Bitte glauben Sie mir, Herr Wachtmeister! Geben Sie dies zu Protokoll: Ich, Lydia, 17 Jahre alt, mexikanische Zigeunerin, Waise, bin vollständig unschuldig. Meine Großmutter wird bald hier sein, die Stammesältesten haben sie benachrichtigt. Sie wird Ihnen bestätigen, dass ich unschuldig bin. Die Vampirchristen haben versucht, die Gräber auszurauben und die Toten verschwinden zu lassen, um ihre schandhaften Geheimriten an ihnen zu vollziehen und die Kathedrale unwiederbringlich zu entweihen. Ich weiß es aus meiner Familie; da hat es auch vor langer Zeit eine Ur-Ur-Ur-Tante gegeben, die sich auf diesem Gebiet auskannte (manche von uns behaupten, es sei meine jung verstorbene leibliche Mutter gewesen, und das mit der Tante sei nur eine barmherzige Lüge meiner älteren Schwester Magdalene). Sie war vom Hass auf die römisch-katholische Kirche überwältigt und hatte einen Pakt mit dem Bösen geschlossen und sich verpflichtet, ihm die Seelen der Lebenden und der Toten, derer sie habhaft werden konnte (allen voran die ihrer drei Töchter, die ihm rechtmäßig zustanden, denn niemand kann dem Teufel nehmen, was des Teufels ist), auszuliefern. Meine Großmutter hat mir erzählt, dass es mit ihr kein gutes Ende nahm. Ich wusste nicht, dass der Gottseibeiuns seine verbündeten Sklaven auch unter den Getauften und Gefirmten rekrutiert. Ich besitze offenbar keinerlei Menschenkenntnis. Deshalb war ich so schockiert, als Sie mich nach dem Massaker am Ausgang der Kirche in Schutzhaft nahmen.
Alles der Reihe nach und ruhig und ohne Hast, meinen Sie? Ja, Herr Wachtmeister. Was ist das? Ein Buch! Von Ihnen selbst geschrieben? Sie... schenken es mir? Danke schön!

Die Zigeunerin ist sichtlich aufgeregt und erfreut. Sie blättert immer wieder, während sie redet, ehrfürchtig in dem Schriftstück, das ihr der Wachtmeister überreicht hat, gleichsam um darin Denkanstöße für ihren Bericht zu suchen.

Die Dinge haben sich folgendermaßen zugetragen: Ich suchte vorgestern abend in der Kathedrale vor dem anbrechenden Schneesturm Zuflucht und wollte Hygina, meine Katze, und die Rosen in Sicherheit bringen, die an diesem Tag übriggeblieben waren. Mit den Rosen verdiene ich meinen Unterhalt, manchmal auch mit Handlesen und Wahrsagerei. Die Witterung war mir günstig, ich fror nicht, und eine höfliche Krähe trug mir das Gepäck, das ich auserkoren hatte; der Sternhimmel war wachsweiß und fühlte sich wie eine Metallmauer an, an der wir mühelos hinabglitten.

Ob ich nun so weit ausholen muss, fragen Sie, Herr Hilfswachtmeister? Ja, ich fürchte, ich muss das tun, weil ich ohne eine große Erzählung nichts begreife.

In unserem Lager, unweit der ältesten Stadttore und abseits vom Markttreiben der neuesten Händler, nahmen die Heiler seit langem die Gerüche des Todes wahr, und ich spürte diese auch zunehmend. Die Stammesältesten warteten auf die Rückkehr der Weißen Herrin, unserer Göttin, die manche Gadsches Duenna nennen; ich weiß nicht, was es mit diesem Namen auf sich hat. Ich weiß nur, dass es ein Musikstück gibt (es ist von Arnold Schönberg), in dem sie eine Rolle spielt. Diese Musik ist gut, aber jene, die unsere Geiger in den Sommernächten auf den nach frisch gemähtem Heu duftenden Feldern in der Nähe des *Mare Nostrum*[2] spielen, ist unvergleichlich schöner. Die Weiße Herrin, so erzählen uns die Rhapsoden seit Anbeginn der Zeiten, ist eine Schwester von Nuestra Tonantzin, der Mutter unseres Herrn Jesus Christus. Wenn die Erde durch die Schwachheit der Gadsches der Ungerechtigkeit und der Unwahrheit endgültig anheimzufallen droht, verbünden sich die Geschwister, so heißt es in unseren Sagen, um die Katastrophe von uns und unseren Nachkommen abzuwenden. Die Gottesmutter scheut es nicht, ein Bündnis mit einer heidnischen Göttin einzugehen, wenn sie sich nicht anders zu helfen weiß, was äußerst selten geschieht. Aber es geschieht, sagten unsere Vorfahren und die Rhapsoden des Fahrenden Volkes in allen Regionen des Globus. Meine Großmutter behauptet, es geschehe alle zweitausenddreiundfünfzig Jahre. Und sie könne es riechen, vertraute sie mir vor einigen Tagen vor dem Zubettgehen an. Duenna kündigt sich durch einen Schneesturm an, weil sie das Weiße über alles liebt. Man muss in Deckung gehen, um nicht überwältigt oder fortgerissen zu werden.

Die Sage geht, dass Gott auf diese Weise die Sünden gegen den Geist geißelt. Der Schnee zerstreut die Agenten der Schwer-

---

2   Lat. „unser Meer", d.i. das Mittelmeer.

kraft, öffnet die Türen der Unterwelt und lässt den Lebenden einen Vorgeschmack des Jüngsten Tages zuteilwerden. Vorher mehren sich die Gerüche des Abfalls jeder Kreatur, weil Duenna zornig ist und nicht zusehen will, wie die Erde, der Mond und alle Gestirne im unterirdischen Schlund gefesselt und erdrosselt werden. Es heißt, dass sie und Maria einen Maskenball begehen und die Kleider tauschen, weil sie Geschwister sind und einander trotz ihrer Standortverschiedenheiten lieben; Duenna zieht das Sonnenkleid an und Maria den grünenden Schlangenrock. Sie gehen gemeinsam umher und räumen die Christusschänder aus dem Weg.
Großmutter erzählte mir, dass der Todesgestank dazu dient, die Zombies mit ihrem eigenen Leibgeruch in die Falle tappen zu lassen; sie riechen wie das unreine Geschlecht einer Hure und ziehen sich gegenseitig an, während die Lebenden sich fernhalten. Die Vampirchristen der Domgemeinde haben sich Luzifer, dem Abtrünnigen, verschrieben; dadurch haben sie letzten Endes den Schneesturm herbeigeführt, ohne es zu wissen oder zu wollen. Ich bin unschuldig. Großmama, die solche Klimakatastrophen auch von anderen Sternen kennt, sagte, dass sie sich seit langem in der Kathedrale versammeln und den heiligen Ort mit ihren Riten entweihen, regelmäßig; vorgestern nacht aber hatten sie vor, die Seelen der Toten, die in der dortigen Krypta die letzte Ruhe gefunden haben, dem Leibhaftigen zum Opfer zu bringen. Ich bekam Angst, als sie das sagte, aber Großmutter versicherte mir, dass Nuestra Tonantzin es nicht zulassen und schon bald einschreiten würde, mit Duennas Hilfe. Da wurde ich nach Wissen durstig und ging hin, um mir das aus der Nähe anzusehen.
Ich kam gerade rechtzeitig, denn es fing zu schneien an, und es war so kalt, dass Hygina nicht mehr gehen konnte und ich sie auf meinem Arm hereintrug. Bei Nuestra Tonantzin brannte eine einzige Kerze, und ich setzte mich hin und blies mir mehrmals ins Handinnere, um mich zu wärmen. Die Vampire trudelten langsam ein, aber das kümmerte mich wenig; ich hatte Großmutters Salbe aufgetragen, und sie hielten mich für eine der Ihren. Mir entfuhr ein gepresstes Lachen, als die Gemeindeprostituierte, die *ad hoc* angeheuert worden war, um als Referentin und Ministrantin das Werk der Sekte zu beschleunigen, sich breitbeinig an der Türschwelle hinstellte und anfing, wie eine Hausfrau den Eintretenden die Hände zu schütteln und vor den Priestern kleine, kurzatmige Knickse zu machen. Doch im Grunde genommen

war mir nicht zum Lachen zumute, im Gegenteil. Etwas zog mich in die Krypta hinab, um dort mein Gebet zu verrichten, obgleich ich eine Heidin bin und nichts vom Gebet weiß; aber das Heer der Abfallenden war auf dem Vormarsch, und die Toten riefen nach mir.

....

Inzwischen hatten sich im Zigeunerlager die Gerüche des Todes gemehrt. Meine Schwester, die Heilerin, empfing die Verletzten in ihrem Wohnwagen und verarztete sie, so gut sie konnte. Aber es waren zu viele. Ich kehrte in Gedanken zu ihr zurück, während ich mich in der Krypta ganz nah bei den Gräbern aufhielt und durch stille Gebete vergebens versuchte, die Vampirchristen von ihrem schändlichen Vorhaben abzuhalten. Ich assistierte Magdalene, indem ich ihr von fern Mut zusprach. Geraldine, meine vierjährige Nichte, die wir aufgrund ihrer schmalen Figur „das Kolibrifederkind" oder auch „*il lapissino*"[3] nennen, trat plötzlich froh und guter Dinge herein und zeigte ihr einen Baumzweig, den sie im Sturm gepflückt hatte. Es war seltsam, dass das Kind nicht nur sich nicht fürchtete, sondern im Kataklisma aufzublühen schien. Sie lief von Behausung zu Behausung, redete den Verzweifelnden gut zu, tröstete die Kranken und verdingte sich als Botin, um die Verbindung zwischen unserem Spital und den Angehörigen der Verletzten aufrechtzuerhalten. Sie sagte aufgeregt zu der Heilerin, der Olivenreisig stamme aus der Kathedrale und enthalte eine Botschaft von Nuestra Tonantzin. Doch sie konnte nicht erklären, worin die Botschaft bestand; sie wiederholte nur hartnäckig, der Zweig sei die Botschaft, nichts weiter, und drängte mit kindlicher Einfalt darauf, ihn zu Nuestra Tonantzin zurückzubringen, die ihn schmerzlich erwarte. Magdalene nahm sie auf den Schoß, setzte sich auf einen Schemel und sprach zu ihr: „Kind, beruhige dich. Lydia wird die Botschaft empfangen. Du kannst sie jetzt nicht sehen, sie ist schon in der Kathedrale. Aber sie wird den Olivenzweig finden und zur Gottesmutter zurückbringen. Sie ist mit der Gabe des Riechens beschenkt, das weißt du doch?"
„Ja, Tante Magdalene."

---

3   It. „der kleine Bleistift".

„Und deine verstorbene Mama würde nicht wollen, dass du weinst, hörst du?"
„Ja, Tante Magdalene. Bist du sicher, dass Tante Lydia nichts passieren wird?"
„Ja, mein Kind."
„Tante Magdalene?"
„Ja?"
„Frieren die Toten sehr in der dunklen Erde?"
Magdalene stand auf, schob den Fußschemel in eine Ecke, nahm Geraldine bei der Hand und führte sie zu ihrem Spiegel, der sich auf einer Holzkommode befand.
„Siehst du dein Gesicht da drüben, mein Kolibri?"
„Ja."
Die Heilerin blies auf das Glas, so dass das Bild unscharf wurde, und fuhr fort:
„Wenn ein Mensch stirbt, wird seine Person dünn und durchsichtig, damit er in die Tiefe hinabsteigen kann. In der ersten Nacht frieren die Schatten sehr, denn sie sind die Eisluft, die unter der Erde weht, nicht gewohnt. Sie müssen eine weite Reise auf sich nehmen, die Reise zum Himmel, und sie tragen einen Koffer bei sich, in dem ihr ganzes Leben enthalten ist, ihre Handlungen, ihre Gedanken, ihre Sünden. Aber wenn wir im Gebet bei ihnen sind und versuchen, sie auf dem Weg zu begleiten, wird ihnen warm um das Herz, und sie können ihr Ziel früher erreichen. Wenn wir Blumen und Erinnerungsgegenstände auf ihre Grabstätten legen, wird das Gepäck, das sie zu tragen haben, etwas leichter, und sie können es halten, obwohl ihr Personsein immer mehr hinschwindet. Wenn wir sie nicht verlassen, wird ihnen die Reise nicht beschwerlich, und sie können uns auch ihre Worte, Bilder und Gebete senden, die wir manchmal in Träumen, manchmal auch im Wachen empfangen, so wie du jetzt. Die Welt wird leerer und leerer, wenn ein Freund stirbt; aber in Gott bleiben wir mit unseren Toten zusammen. Das ist sehr trostreich für uns. Ein katholischer Priester hat mir einmal gesagt, dass die lateinischen Kirchenväter vom *sacrum commercium*[4], vom heiligen Austausch zwischen Gott und den Menschen Seiner Gnade, sprachen. Wenn der Priester die Mitte der Heiligen Messe zelebriert, spricht er, zur Gemeinde gewandt, die Worte *„sursum corda"*. In diesem Augenblick verbinden wir uns, obgleich hier

---

4 Lat. „heiliger Austausch".

unten, mit der himmlischen Liturgie der Heiligen und der Engel. Darum nennen wir den katholischen Glauben göttlich. Wir können Gott nur unsere Sünde geben, aber Er ist unendlich größer als wir, und so gibt Er uns Seine göttliche Liebe und nimmt die Sünde von uns."
„Dann ist der Olivenzweig ein Geschenk von Mama?"
Magdalene senkte kurz den Blick, um die aufkeimenden Zähren zu unterdrücken:
„Ja, mein Kind. Und du hast es jetzt Tante Lydia gesandt, damit sie es Nuestra Tonantzin gibt, auf dass sie es Gott, unserem Herrn Jesus Christus, darbringe, von dem wir alle unsere Gaben erhalten."
Das Kind verbarg das Gesicht in den Armen der Älteren.
„Ich glaube, es ist Zeit zu träumen", sagte Magdalene und fing an, eine alte Zigeunernänie zu summen und Geraldine auf ihrem Schoß hin und her zu wiegen. Unter den Patienten herrschte eine unnatürliche Ruhe, bis das Kind einschlief.
Sie waren alle mit eingeschlafen, und Magdalene wollte sich gerade entfernen, als sich einer der chronisch Kranken, ein alter, ausgemergelter Mann mit einem Pferdegesicht, ruckartig auf seinem Strohlager aufrichtete. Er gestikulierte wild mit seinen überdimensionalen, von Schwielen und alten Verletzungen überwucherten Händen und flüsterschrie wie besessen:
„Schweige, Heilerin! Schweige, Riecherin! Schweige, schreckliches Kind! Ich bbbb......."
Er hustete und spie Blut und Katarrh aus dem zahnlosen Mund:
„Ich be.. befehle euch zu schweigen!!!"
Die Anstrengung rief eine Atemlähmung hervor, und Gabor, der Krankenpfleger, eilte zu ihm, um ihn zu versorgen, während Magdalene sich zum Gehen wandte. Sie schob den zerschlissenen Seidenvorhang beiseite und drehte sich an der Türschwelle um:
„Verlagere ihn auf die Intensivstation, Gabor. Die anderen Patienten brauchen Ruhe. Und bring bitte Geraldine auf ihr Zimmer, ohne sie zu wecken."
Sie stieg nachdenklich die metallenen Stufen hinab, die an den Wagen angeschlossen waren. Im Schnee erkannte sie eine Fußspur, die in die Stadt hinausführte. Obwohl der Wind unablässig drängte und laut pfiff, formierte sich der grazile Abdruck immer wieder von neuem und wuchs und veränderte sich, indem sich die Erde wie ein pulsierendes Herz zu heben und zu senken schien. Die Heilerin blieb wie geblendet auf dem leeren Platz

stehen: Der Schnee warf unwirkliche Schatten auf die in Stahl getauchte, von Kristallgitterstäben umschlossene Metropole hinab, die in weiter Ferne im Miniaturmaßstab an ihrem inneren Sinn vorüberging, und hellichte Blutstropfen fielen auf Duennas weißen Wandelstern hinunter. Eine hohe Frauengestalt stieg aus den Staubwirbeln neben der Karawane empor, drehte und verwandelte sich unaufhörlich, während ihr Antlitz mit den Mondstrahlen verschmolz, die ein webend leuchtendes Kreuz auf das Himmelszelt zeichneten.

Magdalenes und Lydias verstorbene Schwester Maria ging auf der Eis-Erde und trug eine azurblau brennende Kerze in der Hand. Sie wärmte die Heilerin mit ihrem Atem inmitten des Sturms, so dass die am Leben Gebliebene ihre Stimme vernehmen konnte, ohne zu vergehen:

„Fürchte dich nicht, Magdalene. Ich bin bei euch. Ich bin bei meinem Kolibrifederkind und bin wohlauf. Halte dich von dem Pferdegefangenen fern. Ich werde euch nicht verlassen."

Und die Nomadin fühlte das Blut, das ihren Leib zu durchströmen aufgehört hatte, in die Adern zurückfließen; sie fand die Kraft, ihre Gliedmaßen zu bewegen, langsam vom verschneiten Lagerplatzfleck, der vom blauen Licht erfüllt worden war, zu kommen und in ihrem Zelt, das nicht weit war, Zuflucht zu finden.

....

In der Krypta der Kathedrale hatten sich sämtliche Vampire brav und gehorsam an ihren angestammten Vorposten plaziert.

Endesunterfertigte hat festgestellt (Herr Hilfswachtmeister, geben Sie das bitte zu Protokoll), dass die Satanisten eine strenge hierarchische Ordnung beachten, die in der Umkehrung der substantiellen Verhältnisse besteht. Jeglicher Verstoß gegen diese Anti-Hierarchie, deren Ziel die Verhöhnung und Vernichtung der katholischen Rangordnung ist, wird durch perverse Peinigungsrituale geahndet; das ist der Grund, weshalb diese Leute Angst voreinander haben und es in den allerpeinlichsten, fast komischen Situationen nicht wagen, den Bann zu brechen, der sie aneinander kettet. Deshalb agieren sie immer als Kollektiv, in gut aufeinander abgestimmten Einheiten, wohingegen sie als Einzelne nicht einmal den Fuß vor die eigene Haustür setzen mögen. Sie besitzen eine in Telepathie geübte Art von Schwarmintelligenz, welche jedoch ins Nichts zerbröselt, sobald sich die Gruppe auflöst; das *gros* von ihnen besteht aus Individuen, die nicht einmal zwei und zwei zusammenzählen können und die nur unter dem Einfluss einiger weniger Schlauen aktiv werden. Zusammengenommen sind sie wegen ihrer hohen Zahl und ihrer planmäßig kalkulierten Verbreitung in allen Kontinenten des Globus eine Bedrohung, doch jeder von ihnen, und sei es der mächtigste Guru, gibt allein für sich genommen einen bedauernswerten *spiritum nequam*[5] ab, der sich seines Daseins nicht erfreut und immer von neuem, unaufhörlich, kurz vor dem zu erreichenden Ziel aufgeben und die Waffen strecken muss. Ich bedauere jenen Geist und seine Knechte keinen Deut, dazu bin ich außerstande; im Gegenteil, ich fühle mich schadenfroh und nenne sie „die Geister der schlechten Unendlichkeit".

Die Vampire jaulen entsetzlich laut auf, wenn sie vermeinen, jemand wolle sie von ihrem Platz verdrängen; das konnte ich in dieser Nacht wiederholt beobachten, als ich versuchte, mich irgendwo hinzusetzen, um in falscher Ergebenheit ihrem Treiben beizuwohnen und diesem zum günstigsten Zeitpunkt ein Ende zu setzen. Ich wurde mehrmals geschubst und angerempelt, so dass ich, um nicht weiter aufzufallen (ich bin temperamentvoll), mich neben dem frisch ausgehobenen Grab des Erzbischofs niederließ, der in der vergangenen Woche gestorben ist. Er war ein wirklicher Mann Gottes, er hatte das Priesteramt nicht wie jene verkleideten Schamanen wie ein Stoffgewand angezogen, sondern sich von ihm durchdringen lassen: Er hat mich jedesmal hereingelassen, wenn die Vampirchristen mich unter dem Vorwand, ich wolle nur betteln, vom Gottesdienst ausgeschlossen hatten. Und jetzt war er tot, und seine Kirche war verwaist und von den Falschgläubigen besudelt. Er lag unter der dunklen Erde, in der Kälte der Trennung, machtlos, anheimgegeben, während das Sektengesindel die Kathedrale, die heilige Hostie und den Altar des Gekreuzigten und Auferstandenen für seine Zwecke missbrauchte.

Ich schauderte. Ich klagte Gott an, Herr Wachtmeister, weil Er zugelassen hatte, dass der Erzbischof erkrankte und verstarb. Dieser war noch nicht alt und der einzige Priester in der Stadt gewesen, der mir Zugang zu den Sakramenten gewährte. Ich bin

---

5   Lat. „böser Geist", spiritus nequam, hier im Akkusativ.

eine hochmütige, zornige Frau, die zwar weiß, dass sie zu klein ist, um Gottes Liebesplan zu begreifen, aber nicht in der Lage ist, demütig zu sein. Ich verfiel in Grübeleien und Schwermut. Doch Duenna trieb mich dazu, mich zu beherrschen und die Rosen, die ich mitgebracht hatte, als Zeichen des Friedens und des lichtvollen Gedenkens an den Verstorbenen auf das Grab zu legen.
Der zelebrierende Schamane schickte sich an, die Kanzel zu betreten und den christlichen Brauch der Predigt nachzuäffen. Die Hure saß direkt vor ihm in der ersten Reihe und soufflierte ihm den Inhalt; beide nickten sich dann zur Beruhigung gegenseitig zu, hektisch, zwanghaft, als geschähe es von allein. Eine junge Mutter betrat gerade mit ihrer dreijährigen Tochter die Unterkirche; es waren Durchreisende, sie wollten nicht am Gottesdienst teilnehmen, sondern nur die Kathedrale und deren Kunstschätze besichtigen. Das Mädchen streckte amüsiert die Hand aus und zeigte auf den Mann, der sich als katholischen Prediger ausgab: „Maman, maman, regarde, c'est la poupée qui fait oui!"[6], rief es. Die Mutter zog es am Arm und entfernte sich mit ihm.
Mittlerweile war der satanische Ritus weit fortgeschritten, und die Prostituierte, die als Ministrantin getarnt war, ging mit dem Geldbeutel umher und entdeckte mich in meinem Versteck. Sie verzog das Gesicht in einem Grinsen, das unter anderem ein sexuelles Angebot enthielt, doch ich öffnete den Mund und zeigte ihr die Zähne. Da war sie beleidigt und gab einem anderen Bediensteten, einem Drogensüchtigen, der tagsüber in der Sakristei aushalf und die Kirchgänger für die Sektenoberen ausspionierte, ein Zeichen. Er kam mit einer geheuchelten Mitleidsmiene auf mich zu und fragte, ob ich ein Glas Wasser wünschte. Ich schüttelte den Kopf; ich war einer Ohnmacht nahe und konnte nicht sprechen. Die Vampire bildeten einen Kreis um mich, derweil sie die Kreuze, die an ihren Hälsen hingen, umkehrten und eine Luzifer-Litanei, die in ihrer einlullenden Eintönigkeit Ähnlichkeit mit einer vorabendlichen Waschmittelfernsehreklame hatte, mit pedantisch anmutender Beflissenheit intonierten. Ich weiß, es hört sich seltsam an, aber mir entfuhr zum zweiten Mal ein gepresstes Lachen, weil das Geschehen, dem ich beiwohnte, trotz der Todesangst, die ich empfand, etwas makaber Komisches an sich hatte. Ich wich instinktiv drei Schritte zurück, im Bestreben,

---

6   Frz. „Mama, Mama, schau, das ist die Puppe, die nicken kann!".

den Sehsinn vor jenem Anblick zu schützen, stolperte über die Rosen und hob einen Olivenzweig auf, der auf dem Grabstein neben dem Schriftzug mit dem Namen des Erzbischofs lag. Mich befiel eine abergläubische Scheu, womöglich, weil ich den Zweig vorhin nicht bemerkt hatte; ich hatte keine Zeit zu überlegen und hielt das Gefundene wie ein Kreuzzeichen mit der richtigen Stoßrichtung hoch, um mir die Vampire vom Hals zu halten und meine Festung zu verteidigen. Was auch immer es war, wo auch immer es herkam, ich wusste mir nicht anders zu helfen, und wie es schien war es eine schwache Verteidigungswaffe. Die Gadsches hatten mich vollständig eingekreist, und ihre zaghaften Beschwörungen wurden immer lauter, je näher sie traten. Die Prostituierte, die sie anführte, lachte auf, riss mir den Reisig aus der Hand und spuckte mich an. Ich wischte mir den Mund ab; ihr Speichel schmeckte und stank nach ranzigem Sperma, und abermals war ich der üblen Ohnmacht nahe. Hygina bäumte sich auf und fuhr die Krallen aus, doch ich war vor Entsetzen gelähmt und fing an, meinen Geist unserem Herrn Jesus Christus zu übergeben:
„In manus tuas, Domine, committo spiritum meum.
In manus tuas, Domine, committo spiritum meum.
In manus tuas, Domine, committo spiritum meum.
Salus nostra Dominus Jesus.
Adiutorium nostrum in Nomine Domini
Qui fecit caelum et terram." [7]
Die Hure packte mich am Oberarm, schüttelte und zwang mich, die geschändete Oblate in den Mund zu nehmen. Die Pseudolitanei war beendet, im Raum herrschte eine bedrückende Schwüle, und ich fühlte sämtliche Augenpaare mit widerlicher Klebrigkeit und unaussprechlicher Gier auf mir ruhen; die perverse Luft lastete auf meinem Bewusstsein wie ein Werkzeug der Erstickung.
„Schlucke sie!", befahl mir die Versammlung *unisono*.
„Schlucke sie!", befahl mir die Hure, die mich noch immer festhielt, obgleich Hygina sie blutig kratzte und nach ihrem Gesicht ausschlug.
„Schlucke sie, sie schmeckt gut!", grinste der vom Glauben abgefallene Pfarrer befehlend, dem ich einst vertraut und der einmal sogar meine Beichte gehört hatte (ich nehme an, seine Absoluti-

---

7   Lat.: „Dir, Herr, gebe ich meinen Geist anheim (...) Unser Heil ist Jesus, der Herr (...) Unsere Hilfe ist im Namen des Herrn, der Himmel und Erde erschuf".

on ist nicht gültig, und ich bräuchte jetzt eine Beichte in der zweiten Potenz, um jene Beichte zu beichten und zu neutralisieren).
Ich war verzweifelt. Ich habe fast nachgegeben. Ich war nur noch Fleisch und Blut und wollte lebend herauskommen. Doch der Ekel war zu groß. Ich riss mich in einer letzten Anstrengung zusammen und spuckte das falsche Brot aus.
„Willst du denn nicht am Tisch des Herrn sitzen? Willst du wirklich lieber deinen heidnischen Göttern huldigen?", fragte mich jener Mann.
„Nicht mit dir, du meineidiger Pfaffe, du Hurenlehrmeister!", erwiderte ich, „Wenn du am Herrenmahl teilnimmst, will ich verdammt sein!"
Ich warf einen flüchtigen Blick auf die falsche Ministrantin und fragte ihn höhnisch:
„Does she charge – for the first mile?"
(Nicht gültig in dem Sinne, dass sie zwar von einer geweihten Person erteilt wurde, die sich aber die Tatstrafe der Exkommunikation zugezogen hat. Nicht etwa im donatistischen oder protestantischen Verstand von „nicht gültig". Meine heidnische Vernunft suggeriert mir, dass ein Priester, der die Eucharistie in sakrilegischer Absicht begeht, sich selbst wissentlich und willentlich aus der heiligen katholischen Kirche ausschließt, auch wenn das nicht sichtbar wird und nicht direkt ans Licht kommt. Er haftet der Gemeinschaft der Heiligen nur an; es sieht nur so aus, als wäre er drinnen, in Wirklichkeit ist er weit draußen. Daher ist seine Absolution nicht gültig, auch wenn sie gültig ist. Weil sie nicht real ist. Und schließlich hat er auch die Hure losgesprochen, die in Todsünde gegen die Keuschheit lebt.)
Ein lautes, biedermeierliches Murmeln der Enttäuschung und der Empörung, ein langatmiges angriffslustiges Knirschen wurden in der Versammlung hörbar. Nuestra Tonantzin erschien mit Duenna am Geländer der Krypta. Die Weiße Göttin trug das goldene Kleid der Schwester und hob den Reisig, den die Hure bei ihrem Anblick entgeistert hatte fallen lassen, mit ihren eigenen Händen auf und bedeutete mir, ihn auf das Grab zu stellen und in die Erde zu pflanzen. Ich verstand nicht recht, wie das gehen sollte, war doch kein Erdboden da, sondern überall, wo man hinsah, nur der kalte Stein des unterirdischen Friedhofs. Doch halt! Was war geschehen?
Ich sah umher und sah an mir herunter, und ich war ein filigraner Schemen, der auf einem nächtlichen Kirchhof in Einsamkeit

wandelte. Ich war ein Gespenst, doch in mir pulsierte noch immer ein lebendes Herz. In der Erde waren keine Grabstelen zu sehen, sondern Geldscheine, die durch den Humus hindurch kleine, kränkliche Lichter ausstrahlten. Der Ort füllte sich nach und nach mit anderen Schatten, die mich nicht sahen und jeder für sich allein ihren Beschäftigungen nachgingen; ich wusste, sie waren wie ich auf der Suche, unerlöst und untot, in einer unwirklichen Ödnis verloren und doch innen noch lebend und handelnd. Sie gingen an mir vorüber, knieten sich wie ich hin und gruben die schwach leuchtenden Banknoten aus deren trüben Gefängnissen hervor. Ich hatte die Empfindung, nicht selbst dabei zu sein, sondern das Ganze nur zu betrachten.
Ich suchte eine Grabstätte aus, es war diejenige des Erzbischofs, pflanzte den Baumzweig, den ich in der Kathedrale gefunden hatte, in die Erde hinein und fühlte plötzlich, wie eine morsche, kaltbrennende Finsternis in mir schleichend Platz nahm und meinen Arm, meine Hand, meine Finger bleischwer und lahm werden ließ und unaufhaltsam, mit der Gewalt einer trägen Gravitation, Schritt für Schritt nach unten zog. Aber Duenna war bei mir, sie nahm mein bebendes Handgelenk in ihre Rechte und rüttelte mich behutsam wach. Sie half mir suchen, bis ich etwas zu fassen bekam, doch war es kein Schein, den ich aus der Graberde ans Licht hob, sondern leuchtendes Gold, ein Gefäß, einer Sanduhr ähnlich, in dem ein glühendes, lebendiges Herz brannte und schlug. Ich presste den teuren Fund an die Brust und wollte ihn Duenna geben, doch sie war im Schneewind, der von allen Seiten zu pfeifen angefangen hatte, entschwunden; ich hörte die Glocken eines Gotteshauses in der Ferne läuten. Sie riefen freudig und rein; sie riefen nicht zu einem Begräbnis, sondern zu einer Geburt.
Ich kniete auf dem Erdboden, und eine Erkenntnis durchfuhr meinen inneren Sinn und erfüllte mich mit einer von tiefer, zorniger Trauer durchwühlten Dankbarkeit: Ich war es doch auch, die geboren wurde, ich ward in diesem Augenblick neu geboren, ich war erlöst! Ich wurde geboren, während der einzige Hirte unserer Stadt nach langer, unerträglicher Krankheit zum himmlischen Vater heimfuhr. Er hatte mich vom Todesacker ausgerissen und hierher verpflanzt. Er hatte mich von droben mit Gottes Beistand an diesen unwirklichen Ort entführt, um mich vor der Sekte zu retten! Er hatte zu Gott gebetet, auf dass Er mir diese Vision schenken möge! Und ich, die Zigeunerin, auf der vonseiten einer

Blutsverwandten ein satanischer Fluch lastete, war befreit worden und konnte als Kind Gottes weiterleben!
Ich werde den Verrätern und den Henkersknechten nie vergeben. Der Sexsklavin auch nicht.
Ohne auch nur irgendetwas zu verstehen, begriff ich, dass der Erzbischof sich hingegeben hatte, für mich, die ich durch die Mächte und Gewalten der Unterwelt bedroht, gebannt, gepfändet war. Er hatte meine Trutzburg gestärkt und beschützt und die Arche der Rettung für mich bereitgestellt; er hatte Krankheit und Tod auf sich genommen, auf dass dies hier und heute geschehe, auf dass eine Unbekannte, eine Verfluchte, eine Gefangene, die sich auf die Suche nach Jesus Christus gemacht hatte, aus dem finsteren Ort heil herauskomme und dem Bösen standhalte. Auf dass ich Zuflucht finden möge in der heiligen katholischen Kirche, in der Gemeinschaft der Heiligen. Auf dass ich nicht den zweiten Tod sterben möge. Er hatte mich mit der Liebe Christi geliebt.
Ich kniete reglos da, hob den Blick zum Himmel empor und dankte Gott und dem teuren Toten für das Erbarmen. Ich weinte nicht. Es waren die Zähren, die sich aus eigenem Willen in stürzenden Bächen einen Weg durch meinen Sehsinn hindurch bahnten, an eine Oberfläche, die unermesslich starr und stumm war und dennoch von Freude erfüllt.

....

Aztekische Totenklage

Langsam im Zorn glüht Duenna,
die Weiße, im Wind;
sie betrit, von Sperbern beschwichtigt,
das Augentor; der Halbflügel
gähnt und zermalmt das Erbeutete,
so ungeduldige Elben
Pierrots Leibkleid ersinnen,

wenn rostschwer
das Gitter die Mondsichel gebiert. Goldknospen
schließen den Steingrund.

Götzen läuten die Mitternacht.
An der übereinkommenden Warte
ruht der Kirchhof im Tal. Undeutbares
weissagt der Eisvogel am Hügel,
argwöhnisch umfährt
das Flussufer, herzschlagend,
die aufkeimende Bitternis.
Die Toten richten das Fronfest.
Das Tannendickicht beredet die Verben der Lichtung.
Acheron waltet des Amtes.
Es ist ein Kind,
das den fremden Boden erblickt,
die Werkstatt der Ulmen,
unwiederbringliche Schatten
vor erdloser Wand, Holz-
buchstaben, Spitzhacken,
Späne von Lauten, von Zeichen
in der Öllampe zittrig erbebendem
Halbkreis. Umrisse.
Vermummt facht ein Mütterchen,
summend, mit Kohlstücken
das Feuer an, so in Zungen gebärend
die nahenden Sterne bespricht.
Wer stieg in die Erde hinab?
Kosmos harret der Herrin, kalt.
Fabel, die Knotenmittlerin,
verwirrt die Wege im Kleid.
Bist du das Ungeborene?
Der Pakt ist geöffnet. Er steht.
Der Kindstote ist der Priester im Schnee.
Helläugig wartet
die Amme am Herd. Der Fuhrmann
entlässt den Sperber ins Leid.

Ein Lied von Indianern, die Nänie
des Fahrenden Volkes, was immer
am Spinnrad der Elbenfürstin sich zuträgt,

wenn alle versammelt sind,
unzerstreut im *nunc stans*-Garten
Hof haltend, wie seit jeher,
den Mondgezeiten zum Ruhme.
Die Amme entsinnt sich, wendet
das Haupt, das schwer
wie an Drähten, an kupfernen, eisernen,
herabhängend im Raume sich findet,
das Kind zu empfangen.
Das Geborene ist neu, ist klein.
Es ist ein „er". Es sucht
das nahtlose Kleid.
Es schwankt und es friert. Allein
betritt es die Werkstatt der Alten,
Schutz vor der Dunkelheit suchend,
ein stärkendes Mahl vor dem Zweikampf.
Leer, obgleich von Fülle gelenkt,
erstreckt sich die Tafel, von Händen
bereitet, die Wissen besaßen,
vor dem Ankömmling,
der sich setzt und bejaht.

Hier ist ein Brief, murmelt das Kind,
das Gesicht von Humus geschwärzt.
Es berührt mit der anderen Hand
die Gerätschaften, die Ziegel, begierig, die Buchstaben
sich einzuverleiben, des Eisvogels Magnetsinn,
der Übersetzung untrügliche Heimstatt.
Hier ist das Zehrgeld,
setz dich zu mir, Wanderer,
wärme dich erstens, man kann
falsch abzweigen, beschwichtigt die Mondfrau,
die rätselbrauende Amme,
Katze im Profil.
Es ist fertig. Iss und vernimm.
Doch der Tote ist fremd.
Er erinnert das Ufer, den Fluss,
die über dem Auge schwebende Hand.
Die Königin wacht,
den Eisvogel beredend,
der Rückkehr unerschwinglichen Boten,

der Überfahrt unwiderrufbaren Herold.
Voll-mundig lauscht
der Ankömmling dem Sinn.
Das Spiegeln-Weben,
das Weben-Spiegeln freilich macht müde,
fährt die Ammenfrau fort,
das Aufsagen des Alphabets,
das lichtscheue Schmieden der Wegzehrung.
Das Gold lauert unnahbar. Im Ofen
knistert das Elfenbrot. Weitäugig
umkreist der Sperber die Fähre,
warnt die Äolsharfe den Bootsmann
am formgebenden Ufer,
am von Asphodelen übersäten,
von Geburtswehen allseits umwitterten Grund.
Es ist Zeit zu fahren.
An der Hadespforte, entzündlich,
atmet der Absender im Schilfrohr.
Der Kleine nimmt Abschied, beinahe froh.
Heimwehschwer gleitet der Kahn
über den Fluss,
hinfort mit sich führend
das Kind, den Brief,
die kostbar versiegelte Petschaft,
hinaus in das Wasser,
hinab in das Los.

....

Seit Jahrtausenden züchtet
das Fahrende Volk,
das Akrobatengeschlecht,
Duenna, die Weiße, heran,
am Elbenbrotbrief.
Ein Vogeljunges verzehrt
im Waldtief den Erdwurm.
Mit jedem Pferdehufschlag
verschlingt der Zigeunerzug einmal mehr
das Wurzelwerk der Entwesten.
Raphaela, die Törin,

strebt zum Lehmhaus zurück,
zu den Kindstagen in hellichter Werkstatt.
Sie, Erbteil des Engelreichs,
ersinnt für den Kleides-
-Entwöhnten das Leinen.
Vielleicht dass der Eisfittich,
im Baumnest gefangen, Mondstrahl für Mondstrahl
zu weben anfängt, der Fabel zum Argwohn.
Im Schwanenei wartet die Elbin, ausbrütend
im Knoten den König.
Die Zwillinge atmen. Kosmos verrinnt.
Der Absender erblickt das vergeudete, überflüssig hinausschwimmende Herz.

In der Waldlichtung
schürt die Amme das Feuer,
die Jahrmarktsnänie im Sinn: des Artisten
labyrinthische Pfade, der Fabel
Enttäuschung. Des Gesandten Ermordung.
Im Vogelnestschatten wächst Duennas Auge
am hohen Fest der Entbrennung.
Den Pakt zu entweben sucht der Kindstote
die Elbin im Leib auf; sie wohnt
bei den Zigeunern als Magd. Fabel
schreibt die Knoten ihr vor, die unentwirrbaren, wartet
bis an das Ende des Kleids, das die Törichte borgt.
Götzen umzingeln die Route, gemächlich; im Nebel
zertritt die Karawane die Humus-Geborene.
Ein Freund ist gegangen; die Welt
ist das Land der Erkaltung.
Die Spindel sei nur ein Mythos,
flüstert die Fabel, die Fama;
die Ältesten schütteln den Kopf.
Es ist lange her.
Niemand erinnert sich.
Brosamen der Ankunft
zerstäuben im Wind. Starr
liegt der Eisvogel im Bauer, den Mächten entwachsen.
Der Pakt ist geschlossen.
In der Flamme, unter dem Thron,
harret, verstummend, die Sängerin.

Die Münzpräger warten am Ausgang, verlangen
das Brot und den Freibrief. Der Erdwurm erstreckt
ins Leere den Arm, pflichtschuldig. Fabel befiehlt.
Das Fahrende Volk dürstet und darbt. Im Zelt
kauert die Elbin im Grame. Am Steilufer
wartet, gütig, der Priester.
In dem gefrosteten Mond.
Doch schwer ist das Totsein unter der Erde;
Auge um Auge
ist des Paktes Gewicht,
der Raubkatze englische Beute.
Zuweilen bröckelt Gestein,
von Staubfäden allseits umrankt, herunter,
erreicht ein Wesen, ergreift eine Wurzel
und isst. Der Brotbrief
brennt in der Amme Lied-Zeit;
der Ankömmling lauscht,
Kapuze im Ranzen,
als säße ein Alp dem Vogeljungen im Nacken,
welches durch Heimtücke der Heimstatt entfiel.
Duenna verströmt die Silben des Anfangs, der Elbin
Zutritt gebend zum unbezogenen Heil,
zu des Geweihten entbundnem Gedächtnis.
Inwendig umfließt die Wegkreuzung
den Mondhof, den Fluss. Der Halbe
lauert der Törin im Rücken, beständig. Weitwärts
entschmettert der Sperber den Schrei, unfindbar, auf dass
der Gast den Gesandten erblicke, den Zeugen.
Doch schwer ist das Totsein unter der Erde,
schwer das Hiersein, wenn Fabel drängt und verwehrt.
Ein Freund ist gegangen. Grimmig
streckt sich der Halbarm hinaus,
zieht die Elbin hinab, hinab
in des Abgotts metallenen Ungrund,
in der Entsagung unwiderrufbare Antwort.
Aber Duenna, die Scheue,
sieht und entsinnt sich. Auch sie
war hier unten, geschlossen,
die Falschmünzer im Nacken;
sie weinte und schwieg,

vom Wurme beschattet.
Sie trug den Brotbrief mit sich,
trotzend dem Elend, vertrieb
die Fabel mit den Gesängen der Fahrenden, mit
der Zigeunerin schadenfrohem Gesicht.
Nahtlos ruht der Schnee im Leib,
rein, reumütig.
Sie sah den Sperber, den sprießenden Flügel,
des Zahnens wachsame Schmerzen.
Den Fall, die Ohnmacht. Das Wolfsauge,
das nahende Halbwesen,
die als Einung getarnte
Erblindung. Das Lichtkreuz im Staub.
Den Schuldbrief.
Was ist ein Mensch, der im Wolfshaus
umhergeht und versagt?

An dem versteinerten Ort
erblickt Duenna die Furt, des teuren
Toten heilvolles Brot; sie ruft,
Elbin gegen den Halben,
Tierbild, unumgrenzbar im Kreisen des Alpdrucks,
den Siegel-Mondhof herbei,
das Aschependel,
des Kindes Entwirrung im Waldtief:
Die Königin isst das zerwundene Herz.
Das Zelt füllt sich mehr und mehr.
Heimkehrer ziehen heran.
Im Ödnis-Mond geht, Lasttiere im Arkturus,
das Akrobatengeschlecht durch die Pforte hindurch.
Im Käfig zahlt der Halbe Tribut,
vom Pakte gebunden; am Torbogen
verströmt der Ankömmling den Blutwein.
Der Elbkrug zerbricht. Vergehend
tröstet Duenna, die Weiße. Ein Freund ist gegangen.
Senkrecht waltet Megaira. Der Wolfsblick
umschlingt den Gesandten, nährt sich
von Enterbung, von dem
von langer Hand geplanten Verrat.
Der Ammenmund schließt sich, Gittertor der Gezeiten,
ein kosmetischer Fleck in Pierrots Metallrautenmond.

Auf dass der Sang
nicht ausbreche, die Entschwundene
nicht aufstehe; auf dass die Stiftsbeute
verfalle dem Pakt, die Elbin
im Humus verbleibe,
halb Fittich, halb Menschenarm,
den Entwesten Chimäre,
den Aasvögeln ein Spottbild. Pierrot
verbirgt das Gesicht in den Händen,
Lehmhaus im Schnee.
Ein Freund ist gegangen. Die Welt
ist das Land der Erkaltung.
Duenna ist fort.

Raphaela, die Magd, bei den Fahrenden
Zuflucht findend, schreibt einen Brief,
knotenlösend im Webgarn,
mit dem Leinen lindernd den Kaltsinn,
der Schwänin unlobsame Glut,
unter dem Herzen tragend die tückische Fee.
Ein Heiliger wurde ermordet; bloß
verharrte der Sarg auf dem Kreuzthron,
den Todes-Masken
Bollwerk der Umzingelung.
Das schreit. Zum Himmel. Pierrot
lehnt am Geländer und weint.

....

Bitte, Herr Wachtmeister, würden Sie mir eine Schale Milch für Hygina geben? Sie ist am Verdursten.

Der Oberste Diener gibt seinem Gehilfen ein Zeichen; der Hilfswachtmeister bringt eine Schüssel mit Milch. Die weiße Katze trinkt.

Als ich aus meiner langen *absence* erwachte, hatte sich die Aufmerksamkeit der Vampire von mir abgewandt. Das Wolfsauge prallte am Grabstein ab, zog sich zurück, heulte auf, brüllte aus der Mitte des Sehsinns heraus. Ich war wie von einem Schutzwall umgeben. Sie ignorierten mich jetzt. Als der Schamane nach einer Pause, in der er zur Entspannung Gymnastikübungen andeutete, die seine Anhänger ihm getreu nachmachten, fortfuhr, die satanische Kommunion auszuteilen, sah ich mühevoll weg; ich, eine ungefirmte Zigeunerin, die mit einer waschechten Teufelsdienerin blutsverwandt ist, durfte trotz der ungeheuren Sogkraft, die der Vorgang besaß, meinen Blick abwenden, so tief war der Ekel, der sich in meinen Eingeweiden regte. Doch dem teuren Toten, der mich vom Fluch erlöst hatte, war ich es schuldig, zu handeln und einen Ausweg aus dem Dunkel zu finden.
Have a nice day, Fleisch und Blut, dachte ich bei mir selbst unwillkürlich. Die Zeit war knapp bemessen; Hyginas Blick hatte das Wolfsauge am Altar abgefangen und alles verwandelt, was sich in den Wänden, den Statuen, den Gefäßen und Fensternischen seit langem abgelagert und angestaut hatte. Dies war die einzige Möglichkeit, die Vision in die Tat umzusetzen: den Blick des Tieres zu entfalten, bis die Falschmünzer unschädlich wurden.
Das Raubtier fasst das Wahre ohne Umkehrung auf: Es vermag, das Perverse ohne Mühe aufzulösen, weil es von sich aus nur das reine Streben wahrnimmt. Jetzt verstand ich auch als Heidin, warum es nicht erlaubt ist, Tiere in die Kirche zu führen. Die Wände bebten, der Fußboden brach unter der Last einer allumfassenden Erschütterung zusammen, und die Hostien begannen, nach und nach in den Frevlerhänden zu bluten und zu vergehen. Sie zerrannen den Lechzenden zwischen den Fingern. Das Lebensbrot weigerte sich, oder es ergriff die Flucht. Es schlug zurück. Es verhinderte den Missbrauch.
Ein Tier hegt nichts Menschliches in seiner Seele und verbündet sich von Natur aus mit dem Weinen des Engels, mit der eng-

lischen Beute; es ist wie ein Sternenwesen, das nach langer Kerkerhaft aus seinem Käfig ausbricht. Und ich ließ Hygina gewähren: Ich hielt sie nicht zurück, im Gegenteil, ich spornte sie mit meinen unbeholfenen, nur in letzter Zeit auswendig gelernten römisch-katholischen Stoßgebeten an. Die Hostien verströmten warmes, pulsierendes Blut und wuschen die entweihte Ruhestätte der Toten und den christlichen Altar von den satanischen Handlungen, die darin aber- und abermals vor den Augen der Gottesmutter verübt worden waren, ein für allemal rein.

Eine Blutsintflut erfasste die feixenden Untiere, welche jedoch mitten in ihrem Veitstanz zu Steinsäulen erstarrten und nicht mehr vom Fleck zu kommen vermochten. Sie vergossen kein Blut, sie zerbrachen wie Steingötzen im Rauschen der tosenden Fluten in unzählige Stücke, die im Nu immer kleiner, dünner und zahlreicher und schließlich zu nichts wurden. Die Katze nahm mich auf den Rücken und schwamm wie ein Delphin vor sich hin, als wäre die Räuberin nicht mehr flüssigkeitsscheu; während der Fahrt tauchte ich benommen Hände und Arme in die Feuerwogen, die uns rings umgaben und vor der Gottesmutter und dem über der Krypta hängenden Kruzifix, das nun wieder nach oben zeigte, zurückwichen und stillstanden. Hygina trug mich furchtlos-geduldig bis zum Ausgangsportal, das offen stand.

Den Rest kennen Sie, Herr Wachtmeister. Die Anwohner hatten die Polizei verständigt, als sie die Blutrinnsale heraustreten sahen. Eine höfliche Passantin brachte Hygina und mich in die Charité, obgleich ich kein Geld und keine Krankenversicherungskarte bei mir hatte.

Ich danke Ihnen, Herr Wachtmeister, für Ihre entgegenkommende Art, für das Buch und für das lange und langmütige Zuhören. Ich meine, gehört zu haben, dass die Lateiner dafür das Wort „*condescensio*" haben.

Doch bevor ich gehe, muss ich ein Geständnis ablegen.

Draußen versucht eine große, weißhaarige Greisin, sich durch wiederholtes Klopfen am Fensterglas bemerkbar zu machen. Der Hilfswachtmeister patrouilliert aufgrund der durch das Blutbad in der Kathedrale in der ganzen Stadt ausgelösten Alarmbereitschaft weiterhin routinemäßig vor dem Eingang des Polizeireviers und scheint sie nicht zu sehen. Hygina ist nach dem Labsal zu der Zigeunerin zurückgekehrt und streckt schlaftrunken die Tatzen in allen Richtungen aus, während Lydia ihr das

weiß-rote Musselinband vom Hals löst und es sorgsam um das vom Wachtmeister geschriebene Buch faltet.
In der Ferne hört man Schönbergs „Pierrot lunaire" erklingen.
Die Lippen der Greisin bewegen sich im Takt der Musikworte.

Sehen Sie die Narbe, Herr Wachtmeister, hier, hinter meinem rechten Ohr? Ja, ich weiß, sie sieht alt aus, doch sie ist neu. Ich wurde verwundet, als ich dem zelebrierenden Schamanen die Patene aus den Händen riss: Der Wolfsgötze stürzte sich auf mich und biss mich hinters Ohr, und nur Hyginas kriegsheitere Pranke verhinderte, dass er mich tötete. Daraufhin begann erst die Hostiensintflut, das Liebesblutbad von Nuestra Tonantzin, Duennas Schneesturm. Ich war es, nicht die Katze. Ich flehe sie an, Herr Wachtmeister: Bitte ändern Sie das Vernehmungsprotokoll! Ich habe Hygina nicht bloß gewähren lassen; ich habe sie dazu gebracht, zu handeln. Die Vampire waren nur Kulisse. Ich habe die Katastrophe herbeigeführt, weil ich an jene alte Zigeunerlegende glaube. Ich bekenne mich schuldig. Geben Sie das bitte zu Protokoll und legen Sie mir Handschellen an. Lassen Sie mich von Ihren Wachleuten abführen. Ich habe dieses Blutbad angerichtet, auf dass das Wunder meiner Kindheit geschehe. Es ist alles meine Schuld. Meine Großmutter wird gleich hier sein und es Ihnen bestätigen. Gott befohlen.

Der Wachtmeister schenkt Lydia die Freiheit.
Sie verneigt sich, dankt ihm und schickt sich an, den Raum zu verlassen; an der Tür wendet sie noch einmal den Blick und sagt:

„Danke für alles, Herr Wachtmeister. *Dio solo basta.* Möge Jesus Christus, unser Erlöser, dich lange der Stadt erhalten."

GEZEICHNET

LYDIA, MEXIKANISCHE ZIGEUNERIN, 17 JAHRE ALT, WAISE

BERLIN, DEN 27. DEZEMBER 2011

Zu diesem Text gehört die Bilderfolge „Berlin":

Otello, Staatsoper

Stilleben mit Buch und Bleistift

Wir danken Ihnen!

Fernmeldeturm,
Regenschirm,
Rucksack

Katze, Mohn, Vogelhaus

6) Das Glücksspiel

Comme une opéra féerie

„So I agree:
Now is the time
To let you be
So with my best,
My very best,
I set you free."

        Aus einem Chanson von Marlene Dietrich

Ein Nachtvogel hatte sich verirrt und trieb sich in der Dämmerung durch die Straßen. Er hatte ein Junges bei sich, das er vor Regenwind und Graupelschauer zu schützen versuchte.
Die Nacht war klar, der Nebelmantel webte dem Neumond einen Schleier um die schlaftrunkene Stirn. Die Große Stadt entschwand unmerklich am Horizont.
Das Junge hatte eine Schnittwunde am rechten Flügel. Es starrte die Mutter an. Es wollte sprechen. Die Vögelin barg es fester unter dem Fittich, blickte zornerfüllt zum Himmel empor und ließ sich auf ein Felsennest nieder, in dessen Nähe ein schmales, bläuliches Rinnsal über das rissige, spitze Gestein zum Wasserfall hinunterströmte.
„Erlkönig! Erlkönig!", bat sie im Schmerzenswahnsinn, „Erlkönig! Tritt hervor! Wo bist du?"
Das Wasser rauschte, und ein grauhaariger Jüngling in einem silbernen Tanzanzug entstieg dem moosbedeckten Felsen. Die Vögelin maß ihn mit drohendem Blick:
„Mein Junges blutet", sagte sie, und der Regen peitschte gereizt die Worte zum Kobold hinüber.
„Ich habe es vorausgesehen."
„Vorausgesehen?"
„Ja. Ich sagte doch, unsere Abmachung würde nicht gern gesehen werden."
Der Raubvogel streckte ihm die halbgeöffneten Hände entgegen: die Hände einer Frau, darin das Junge still und gekrümmt, ohne die geringste Regung lag.
„Lass ihn nicht sterben! Lass ihn ja nicht sterben!", stammelte sie wutentbrannt.
Ihr Gesicht flammte im Fieberlicht auf, und eine hochgewachsene Frauengestalt schälte sich aus dem Federkleid. Sie zog dem Kinde den Mantel über. Es war ein Junge, brünett, hellbraunäugig, in einem blauen winterlichen Anzug.
„Du hast versprochen, er würde fensterlos bleiben!", rief sie, dem Kobold aus gerunzelter Stirn einen unheilkündenden Blick zuwerfend.
Erlkönig setzte sich mit dem Kind im Arm unter die uralte, mitten in der kalten Jahreszeit blühende Sommereiche, die neben dem

Wasserfall stand. Er strich ihm über die Wange, doch dies versetzte die Mutter in noch größeren Zorn.
„Lass ihn ja nicht sterben!", wiederholte sie, sich mit geballter Faust nähernd.
„Ich verstehe nicht?", sagte der Kobold ruhig.
„Du heilst ihn. Jetzt. Sofort."
„Ich brauche Zeit."
„Du heilst ihn sofort. Ich gehe nicht ehe er wieder aufwacht."
„Ich brauche eine alte Volksliedsweise, ich muss ..."
„Du musst ihn heilen. Sofort."
Eine Regenwolke umflog den silbernen Elf, die Luft zitterte regsam in der Sprache des Sommersturms; lang, aberwitzig breitete der Felsensee die Arme aus.
Erlkönig hüllte das sterbende Kind in ein vielfaltiges durchsichtiges Filigrankleid ein, welches das überflüssige Blut und das Fieber aus seinen Adern presste und in die mittige Moorschlucht warf. Die hundertjährige Eiche flüsterte ein Wiegenlied der Mutter ins Ohr, und das Junge schüttelte sich leicht fröstelnd aus der Umarmung.
Der Nachtvogel trat vor, barg es mit einem misstrauischen Flügelschlag unter dem Herzen und schaute den Kobold mit abwartender Miene an.
Ein winziger bleierner Klumpen fiel aus der Höhe herunter, prallte hörbar auf dem Steingrund auf und sickerte als dick-dunkle Flüssigkeit durch die felsige Erde hindurch.

....

Die Tänzerin blickte sich wählerisch um.
„Hier ist nicht mal ein Stuhl", sagte sie nachdenklich, den hellen Linoleumfußboden der geräumigen Küche mit langsamen Schritten abmessend. „Aber sauber ist es hier. Sauber."
Sie lächelte. Der Platz fühlte sich ausreichend an.
„Voland. Mein Name ist Voland", sagte die Vermieterin umgänglich und streckte ihr die Hand entgegen.
„Ich besorge Ihnen neue Stühle", versicherte Frau Voland. „Sagen Sie mir, wie viele Sie brauchen. Ihr Vorgänger hat alles mitgenommen. Ich habe die ganze Wohnung neu möbliert."

„Ich nehme die Wohnung. Das werde ich nicht tun, ich meine, alles mitnehmen. Drei Küchenstühle, bitte."
Die alte Frau hatte grauweißes, dauergewelltes Haar. Sie streckte der Mieterin abermals die Hand entgegen:
„Abgemacht. Dann bis morgen. Meine Leute werden Ihnen beim Umzug helfen."
Nadja hob den Koffer auf den Küchentisch und begann, die Kleidung in den Wohnzimmerschrank zu hängen. Es war ein schlichter, hoher Holzschrank, er gefiel ihr gut. Sie hätte ihn sonst bis in alle Ecken geschrubbt; aber er sah so blitzblank aus, dass sie es nicht für nötig hielt. Sie kochte einen Kaffee und fing zu arbeiten an.
Der „Schwanensee" stand an; sie spielte die Doppelrolle der Odette/Odile. Sie stellte sich die Musikpartien vor und schwebte und tanzte durch die Zweizimmerwohnung herum. Nach einer halben Stunde, sie stand mitten in einer Arabeske, klopfte es an der Tür. Es waren die drei Helfer mit den Umzugssachen. Sie brachten auch die drei Stühle und einen Kühlschrank. Sie hatte früher im Studentenwohnheim gewohnt; sie hatte nicht viel mit. Die sperrigsten Sachen waren der Notenständer, die Stereoanlage und die Bücher. Es erschien ihr wie ein Traum, Bad und Küche nicht mehr mit weiteren fünfzehn Leuten teilen zu müssen. Den Laptop hatte sie selbst getragen. Möbel hatte sie keine. Die Drei schlossen auf ihre Bitte hin das Telephon an (ein altes Kombigerät mit Fax und Anrufbeantworter), bedankten sich überschwenglich für das Trinkgeld und erklärten sich für eventuelle weitere Hilfe bereit.
Die Tänzerin atmete auf, sobald sie allein war. Die Einbauküche beinhaltete auch eine Waschmaschine, das war ihr sehr willkommen. Sie warf eine Kochwäsche an, zog sich um und ging einkaufen. Sie fror etwas. Es war nicht kalt, aber windig und wechselhaft.
Sie durfte nicht vor der Generalprobe krank werden. Bitte, nicht vor der Generalprobe, nicht vor der Premiere. Sie redete oft mit sich selbst.
„Nadja, bist du in der Wiederwelt?", hatte der Vater einmal beim Mittagessen scherzend gesagt, als die Siebenjährige gedankenverloren mit hinter der Stuhllehne verschränkten Armen da saß und durch sämtliche zu Tisch Anwesenden hindurchzusehen schien. „Die Wiederwelt" nannte sie einen Landstrich ihrer kindlichen Spiele.

„Ja", sagte sie, „Ich erzähle mir eine Geschichte."

Ein Glück, dass sie in der neuen Wohnung eine Badewanne hatte.
„Hoffentlich ist keine Erkältung im Anmarsch", sagte sie unsicher und vergrub die Hände in den Mantelärmeln. Sie hatte ihre Handschuhe vergessen.
Als sie vom Supermarkt zurückkam, stand das ältere Ehepaar, das ein Stockwerk unter ihr wohnte, vor der Haustür und grüßte sie mit übersteigerter Freundlichkeit:
„Schönen guten Tag!"
„Guten Tag", antwortete sie steif und trat einen Schritt zurück, um es auf der Treppe vorgehen zu lassen. Eine Welle von kaltem Unmut überzog ihren Nacken, als sie die Blicke der beiden Alten an sich vorübergleiten spürte. Niemand sonst begegnete ihr an diesem Tag, während sie in den dritten Stock hinaufstieg. Insgesamt waren es fünf Stockwerke, alle bewohnt. Keins davon stand vollständig leer.
Das Haus war ruhig und zu wie der Bauch eines Fisches.
Nein, die Wohnung würde nicht ihre letztgültige sein. Aus vielen anderen Fenstern blickten viele andere Nachbarn jetzt neugierig auf sie herüber. Sonne drang nicht allzuviel herein. Ein Glück, dass die Vermieterin Vorhänge besorgt hatte. Sie zog sie zu, legte sich aufs Bett und schlief ein. Das Schlafzimmer hatte ein Doppelfenster, aber die spärlichen Wintervögel, die den Innenhof bewohnten, ließen sich deutlich vernehmen. Das Rattern der Waschmaschine war die einzige Stimme, die das andere Zimmer zu ihr herübertrug; es veränderte ihren Traum.

Nadjas Gesicht, das sie am ersten Tag in der
neuen Wohnung hatte

Ich bin allein im Haus des Todes.
Ich bin allein im Haus des Todes. Raum gewordenes Schweigen. Riesenhafte dunkelgrüne Wellen schlagen am Fenster hoch, in der Mitte starrt das Gesicht einer ertrunkenen Frau in meine Kammer herüber. Sie trägt einen weißen Umhang. Der Wal hat mich verschluckt. Ich kann nichts mehr hören. Die Bilder der letzten Tage verfolgen mich. Ich entkomme ihnen nicht. Sie haben mich besiegt und zum Stummsein verurteilt. Meine Ohren sind zu. Ich werde nie mehr tanzen. Der Reigen der toten Tänzerinnen umgibt mich, mitleidend; liebenswürdig weinen die Freundinnen um mich herum. Sie weinen um mich und sich. Der Wal ist sehr dick geworden im Laufe der Zeit. Ich höre nichts mehr.
Es ist alles ein Fallstrick, sage ich mir selbst und rolle mich in embryonaler Krümmung zusammen. Im Bauch des Wales zu sein ist gut. Keine Erklärung, keine plausiblen Erwartungen, kein Rest einer denkbaren Hoffnung vermag meinen Gram zu mildern, meinen Zorn. Ich bin unduldsam gegen den Schmerz.
Es ist ein Tunnel der Seele oder ein Teil eines unvernünftigen Tieres oder beides zugleich, gleichviel, darin verkrieche ich mich und komme nie mehr hervor. Nie wieder will ich das Licht der Sonne erschauen. Dieser verzauberte Tod tut mir gut. Es ist die Hölle. Ich bin allein mit meinen Freundinnen. Das Einverständnis des Blutes bewirkt Umwenden.
Wer ist der Jüngling, der hinter dem schlanken Eichenbaum hervortritt? Er kommt auf mich zu, er will mir etwas sagen, aber ein starker Wind zieht herauf und verwirrt seine Worte. Doch halt, etwas höre ich durch die Luft, durch den Fischbauch hindurch: es klingt wie „Hügel", aber ich bin nicht sicher, der Sturm ist zu heftig, der Tänzer wird hinausgeweht.
Ich wache auf.
Es ist sieben Uhr, ich muss mich anziehen.

....

Auf dem Weg zur Probe stieß sie auf einen kleinen Vogel, der aus dem Nest gefallen war; er lag unter einem zwischen den Pflastersteinen wachsenden Rizinusstrauch und erholte sich gerade vom Schreck, von einem U-Bahnzug beinahe überfahren worden zu sein. Sie hob ihn auf und gab ihn Anna zur Pflege, der Garderobiere, die seit Jahren bei der Staatsoper diente. In der Pause ging sie in die Küche und half Anna den Verband wechseln.
„Wie kann das passiert sein?"
„Er muss bei einem Flugversuch gefallen und auf einen spitzen Stock gestoßen sein. Er ist noch ein Kind, er kann nicht richtig fliegen."

In der Kantine herrschte helle Aufregung. Der neue Choreograph hatte alle Rollen außer der Odette umbesetzt. Er galt als jähzornig und parteiisch. Gesine, die mit Nadja zusammen an der Ballettakademie studiert hatte, setzte sich zu ihr an den Tisch.
„Hast du ein Glück", murmelte sie zwischen den Zähnen, „Ich darf jetzt alles neu einstudieren. Aber er schaut ja auch andauernd auf deine Beine."
Nadja antwortete nicht. Sie stand auf und ging in die Küche.
(Sie war eine Waise; sie musste sich etwas dazuverdienen.)
„Hast du dich in der neuen Wohnung eingelebt?", fragte Anna.
„Es geht", sagte Nadja halbleise, „Die Nachbarn unter mir sind komisch. Aber die Vermieterin ist sehr liebenswürdig, sie hat mir Leute geschickt, die beim Umzug geholfen haben."
„Mario braucht also nicht vorbeizukommen?"
„Nein, Anna. Ich danke dir. Ich nehme an, Mario hat genug zu tun mit seiner Examensarbeit."
Anna war farbig, eine stattliche Mestizin, sie kam aus Venezuela. In ihrem molligen Gesicht formte sich ein Halbmondlächeln, das durch seine besondere Weiße auf der dunklen Haut hervorstach.
„Ja, das hat er", sagte sie, und der ganze Mutterstolz der Sechzigjährigen sog die Lebenskraft der Buchstaben in sich ein und bildete einen Schleier, der in ihrer Mundhöhle Platz nahm und beim Sprechen auf Nadja überging. Sie musste ihrerseits lachen.
„Sag ihm, ich drücke ihm die Daumen für Mittwoch!"
Sie trocknete sich eilig die Hände, wickelte den verirrten Vogel in ein Tuch ein und zog die Schürze aus.

„Auf Wiedersehen, bis morgen, Anna, danke für deine Hilfe!"
„Auf Wiedersehen, Missie Nadja!", sagte die alte Frau, die im Türbogen stehen geblieben war und dem Gehilfen einige Münzen für Besorgnisse in die Hand gedrückt hatte. Sie sprach „Nadja" französisch aus, mit dem Akzent auf dem letzten „a". Sie hievte ihr den Rucksack auf die Schultern, winkte und blickte ihr aus der Ferne eine Weile, wie über etwas nachdenkend, das nicht aufhörte, sie zu beschäftigen, nach.

....

Gesine Swinger war die Tochter eines berühmten Regisseurs, der mit psychoanalytischen Methoden arbeitete und der im Zuge der Achtundsechziger-Revolution in den siebziger Jahren des vergangenen Jahrhunderts einen kometenhaften Aufstieg am Theaterhimmel erlebt hatte. Sie war ein Drilling: zwei Schwestern und ein Bruder. Im Unterschied zu ihrem Bruder, der kein Tänzer war, und zu ihrer Schwester, die auch Ballett studierte, sah sie dem Vater ähnlich. Sie war attraktiv, hatte ein herzförmiges Gesicht und dunkelgraue Augen, aus denen, wie aus der Knollennase, eine schlichte Sinnlichkeit sprach. Sie hatte das Weibliche, das im väterlichen Gesicht schlummerte, zum Ausbruch gebracht. Sie war untalentiert, wenn auch nicht dumm, und hatte regelrechte Hühnerbeine. Das ist für eine Tänzerin verhängnisvoll; aber sie war die Tochter des berühmten Regisseurs Fritjof Swinger, und so konnte sie bereits im Alter von einundzwanzig Jahren auf eine steile Karriere zurückblicken, die wie geplant fortzusetzen sie sich nun anschickte.

....

Der junge zuvorkommende Oberkellner machte auf den Absätzen kehrt, legte das Tablett mit den Proseccogläsern auf einen leeren Beistelltisch und ging zu Nadja, die am Fenster saß und

auf den Kinderspielplatz hinausschaute.
„Hallo, Madame Nadja! Haben Sie den Weg zum Prenzlauer Berg wiedergefunden?"
„Ja."
„Was darf' s sein?"
„Ein Cappuccino und eine Rohrperle, bitte."
Fundevogel hatte sich beinahe erholt und zwitscherte leise in der Hand der Tänzerin. Es war eine Nachtigall, aber mit einem blauen Fleck auf der Kehle, und Nadja beschloss, sie „Blaukehlchen" zu nennen.
„Schon gut, Blaukehlchen, wir fahren gleich nach Hause."
„Vielleicht haben wir etwas für Blaukehlchen", warf der Ober ein.
„Das ist wunderbar, Sven, vielen Dank", sagte Nadja, als er nach einer Weile mit Vogelfutter auf einem glattpolierten Kuchenteller erschien.
Das Handy klingelte. Es war Gesine.
„Chérie! Ich grüße dich!"
„Hei, Gesine."
„Du wirst es nicht glauben: Der Neue lädt uns alle zur Besprechung der Umbesetzung ein. Am Mittwoch!"
„Der Neue?"
„Ja, der Große Jähzornige, stell dir vor!"
„Hatten wir nicht schon alles besprochen?"
„Offensichtlich nicht!"
„Um wieviel Uhr?"
„Um vier, du darfst auf keinen Fall fehlen, ich habe das Gefühl, es wird Neuigkeiten geben! Aufregende Neuigkeiten!"
„Ist gut, ich muss Schluss machen. Bis dann."
„Tschüüssi!"
„Tschuss!"

....

Die Tanzfläche war leer. Alle Akteure standen bei der Stange stramm. Missmutiges Schweigen herrschte im Saal.
Der Choreograph trat ein, einigermaßen gewichtig daherschreitend, sich leicht in den Hüften wiegend. Hatte Nadja gewusst, dass er so alt war?
„Gesine übernimmt die Hauptrolle", sagte er, „Nadja wechselt zum Reigen über. Sonst bleibt alles beim Alten."
Niemand regte sich. Niemand wunderte sich. Alle hatten es gewusst. Alle außer Nadja. Gesine schlug die Augen zum Regisseur auf und blinzelte. Ihre Zwillingsschwester Gerlinde wandte sich Nadja zu und fixierte sie schadenfroh.
Nadja sah aus dem Fenster.
„Dann mal los, meine Herrschaften, es ist Zeit! Beginnt mit den Übungen!"
Anders als es seine Gewohnheit war, ging der Mann an Nadja vorbei, ohne sie eines Blickes zu würdigen. Er drehte sich um und betrachtete die Rivalin seiner Odette-Tänzerin mit vorgetäuschtem Wohlgefallen, welches jedoch aus dem Bauch kam.
Er trat einen Schritt vor, neigte sein Gesicht mit väterlicher Miene zu Gesine hin (oder flirtete er? Er ließ es in der Schwebe und füllte den Raum mit Begierde und Ohnmacht), nahm sie beiseite und sprach eine Weile mit ihr, während die anderen sich an der Stange zu schaffen machten oder einzelne Abschnitte probten.
„Genauso stelle ich mir eine Arabeske vor!", sagte der Choreograph zu dem Star.
Ringsumher wurde die Luft stickig und füllte sich mit stiller Verachtung.
„Und wie würden Sie den nächsten Schritt machen?"
„Und wo würden Sie die nächste *arabesque* anfangen?"
Nadja schützte eine Erkältung vor und ging vorzeitig.
Nadja wechselt zum Reigen über.
Nadja wechselt zum Reigen über.
Nadja – wechselt – zum Reigen – über.
Sie sah den Schmutzblick des Choreographen sich einpendeln.
Sie schloss die Augen.
Die Erinnerung jagte schales schwebendes Schweigen in sie hinein, das wie sich langsam anhäufendes Schneegestöber von ihrem Kopf Besitz ergriff.

....

Nadja saß in der ausreichend beleuchteten Disko am Tresen, ein Glas Calvados in der Hand. Ab und zu drehte sie eine Runde mit den adretten Menschen im Anzug, die um sie herum scharwenzelten. Sie hörte nur noch den einen Satz: Nadja wechselt zum Reigen über. Und dass sie den Job nicht kündigen konnte, weil sie sich sonst kein Brot kaufen konnte. Jedenfalls nicht als Tänzerin. Und das wollte sie bleiben.
Sie musste ausharren.
Nadja – sie sah das Profil des Jähzornigen sich fürsorglich zu Gesine hinneigen – wechselt – sie sah den Kammerzofen-Augenaufschlag im Gesicht der fake-Doppelgängerin – zum Reigen – sie schluckte den restlichen Schnaps mit großer Mühe hinunter – über. Sie sah die beiden beiseite stehen und reden. Sie sah den Regisseur, sah – ein gründliches Dämmerleuchten in seinen Augen, ein maßhaltendes nickendes Nachgeben in seinen Gesten. Ein Gedanke schoss ihr durch den Kopf: War das alles womöglich nur fake? Würde er bald alles wieder anders machen? Handelte es sich bloß um einen taktischen Schachzug, eine Strategie, um jenen hochmögenden Kollegen in Sicherheit zu wiegen?
Nein, du armer Fieberkopf.
Und wenn schon! Glaubst du, man kann ein Gentleman und ein Künstler sein und nebenbei, akzidentiell, aus kontingenten Gründen, auch mal so ein Kaninchen angrinsen, ihm die Hauptrolle anvertrauen, als wäre das gar nichts?
Und was ist mit dem Stück? Wie kann er es so verschandeln? Hast du nicht gesehen, wie er sich Gesine sogar in der Körpersprache anbiedert, wie er hörig und willig Haltung und Mimik des Alphatierchens übernimmt? Keine Macht der Welt kann einen Mann zu solcher Gestik, zu solchem Duckmäusertum bewegen! Hör auf zu spinnen. Das ist nicht der große Jähzornige.
Da waren zwei Menschen, die sich anscheinend verstanden. Zwei Menschen, die mit beiden Beinen im Leben standen. So stand es augenscheinlich mit ihnen, mit Gesine, mit allen.
Nadja war es, die missverstanden hatte. Sie hatte sich in allem geirrt. Sie hatte alles falsch verstanden.

Sie zahlte, stand auf und ging.
Schmutziger alter Mann.
Draußen der Regen sang ihr die Tröstung, die übliche, vor: die Tröstung, die Segenfälschung der Doppelzüngigen, Wolfshörigen. Sie klappte den Schirm zu, setzte beide Füße in die erstbeste Pfütze, die ihr unterkam, ließ den Rucksack fallen und verharrte reglos, bis die Mitternacht schlug.
In der Ferne sah sie eine schneeverwehte Landschaft und hörte eine fremde Stimme beten:
Ave Maria, piena di Grazia, il Signore è con te ...

....

Nadjas Gesicht, das sie hatte, als sie im Schlamm
stehengeblieben war

Ich sitze auf einer Anhöhe. Der Himmel ist in Bewegung, Wolkenmassen ziehen unaufhörlich in mehreren einander ablösenden *Cumuli*, in sich verdünnenden Streifen am Horizont vorüber. Ein Wetterleuchten taucht den ringsum schweigenden Wald in Schlagschattenlicht ein. Die Dinge erwachen auf ein verabredetes Zeichen hin, das ich gegeben, das ich vergessen habe, zu einer Art Eigenleben, das zu mir spricht. Zurückspricht aus fernem Gedächtnis, aus stummer Erwiderung.
Ich muss irgendwann angefangen haben, zu reden. Ein weiter See umfängt meine Herzkammern. Eine fremde Haut dringt in mich ein, überzieht meinen Leib mit Nadelstichen der Ohnmacht, überzählig, verdient.
Die Haut wird mir ausgerissen, blank liege ich da in meines Blutes Blick, in meines Leibes Lache, ohne Luft, ohne Aussicht nach draußen. Der See schließt mich ein, er ist weit genug.
Die fremde Haut neigt sich über mich, bedeckt meine Wunden mit einem leeren Verband, arglistig, sanft. Sie beschleicht meine Blutbahn mit Worten des Abschieds, des baldigen Wiedersehens. Sie weiß von den Atemlosigkeiten vergangener Kindheiten, vom Granatapfel aus dem, ungepflückt, das Aderngeflecht

einst entstieg, hellglänzend, lautlos. Woher sie es weiß, weiß ich nicht. Oder nicht mehr.
Die fremde Haut bringt mir ihren eigenen Schlaf bei, tausendlidrig und fest, verwünscht mich, drängt sich ins Flussbett des sich allerorts hindurchschlängelnden Wassers, wringt meine Knochen aus, verbiegt sie, den Schädel, das Zwerchfell, nimmt meine Eingeweide, meinen Mund in Besitz. Ich liege auf der Anhöhe ausgestreckt, trocken und rissig und tot. Ich verbinde mir den Mund. Ich warte auf ein Fest von Grablegung.
Ich bin dieser Fremden ausgeliefert, höre sie wettern, fordern, zurückfordern, erinnern.
Woran soll ich mich erinnern?
Wo bin ich? Wer bin ich geworden? Schlamm und Regen dringen ungelöst in mich ein, starräugig, blind. Meine Kehle ist zu, meine Stimmbänder bringen Geräusche hervor, menschenfern, von Algen und Moosen durchdrungen, von Tiefe zersetzt, tümpelfischatmend, wissend um Seligsein und Verzicht, wissend vom Glück.
Eine Nabelschnur, die nicht loslässt und gebiert. Ortlos, verschlungen. Bewacht, umzingelt von Schlangen, die reglos brüten, sich in sich selbst beißend, wie in Haut gegossene Ölgötzen.
Mein Leib ist porös wie ein Netz: Wer spricht „ich" in mir?
Ein Kinderrefrain, einlullend, heilvoll, klebt mir Augen und Ohren zu. Ich kann mich nicht erinnern. Ich will nicht zuhören, aber es misslingt. Ich lege die Hand auf das Messer, das mir die fremde Haut mit einem dünnlippigen Lächeln reicht, immernacktes Skelett aus Himmel und Vogel: Versuchend, arglistig drehe ich es um, den Kneif halte ich in meiner Rechten, die Klingel stoße ich in die Brust, die nicht meine ist.
Ich falle hinunter.
Mein Peiniger versperrt mir die Flucht, stellt sich vor das Fenster, aus dem ich springen will, streckt sich in die Höhe aus und erstarrt. Sein Schatten verschmilzt mit dem Fensterkreuz. Hohnlachend zeigt er nach unten.
Der Wald, die Wolken, die Anhöhe verschwimmen in stiller Leere, barhäuptig und kühl, am unwirklichen Himmel.
Die fremden Eingeweide beginnen zu schreien. Ich schreie und betrachte. Ich blute und verharre. Meiner Rechten haben sie sich bemächtigt, meiner Haut, meines Kopfes. Ich treibe schwimmend im undurchsichtigen Wasser, das sich wie Höhe gebärdet. Ich schreie, weil ich heraus will, oder es ist das fremde

Tier, das kämpft, weil es hinein will. Gegenseitig schweben wir oben im dürren Spiegeldunstschatten, spärliches Tauchlicht, das schweigt und verwirrt.
Rotfische, Barsche, fünfzackige Seesterne, Quallen, wurmstichige Kieselsteine sehen unserer Qual zu, gefasst, mitleidig.
Es scheint, als ob sie uns unterscheiden. Als ob sie wissen, wer wir sind. Als ob sie jedem von uns einen Blick zuteil werden lassen, dem, der hinauf will, und dem, der in die Tiefe dringt. Immer weiter. Immer wieder. Das Messer steckt in meiner Herzkammer, doch ich weiß es nicht mehr.

....

Es hatte aufgehört, zu regnen. Die Morgendämmerung fühlte sich selbst auf der Haut an.
Eine Ratte stellte sich im lichtgrauen Winkel abseits des Bürgersteigs vor Nadja hin und machte Männchen. Nadja stampfte mechanisch mit dem Fuß auf den Boden; das Tier drehte sich um und huschte blitzschnell fort. Der Rucksack war noch da. Sie schulterte ihn und machte sich auf den Weg. Die Straßen sahen wie leer gefegt aus. Weit und breit war kein Mensch zu sehen, oder sie war noch so benommen, dass sie niemanden sah. Sie fühlte sich tot und genesen zugleich. Als wäre ein langjähriger Mangel von ihr abgefallen. Der Zorn, die Erniedrigung waren wie ausgelöscht. Es war, als ob ihr Herz zu klopfen aufgehört hätte. In ihr war es ruhig geworden. Ruhig und tot. Sie hielt inne, holte ein Taschentuch aus dem Rucksack, schniefte leise, fast unhörbar, denn sie hatte keine Empfindungen, und tupfte die gerötete Gesichtshaut ab. Sie musste geweint haben, lang, laut, unnachgiebig; ihr ganzer Brustkorb war noch vom Schluchzen erschüttert, die Augen geschwollen.
Sie sah alles wie durch einen Schleier hindurch.
Sie verlief sich mehrmals; die Sonne stand hoch am Horizont, als sie ihre Wohnung erreichte.

....

Die Tage vergingen; Nadja erholte sich nicht. Allnächtlich klopfte die Schmach, die unverdiente Erniedrigung an die Tür des Gedächtnisses wieder und wieder, begehrte herrisch den ihr zustehenden Einlass, hielt die innersten Eingeweide der Träumenden im Würgegriff der Wiederkehr, verwüstete ihre Stirn mit Krämpfen. Sie schlief zwar, aber zuviel und nicht gut. Morgens wachte sie wie nach schwerer, sinnloser Arbeit auf, aufgezehrt; ihr war, als hätte eine fremde Frau lang, sehr lang in ihr drin, von innen heraus geweint. Nur mit Mühsal schleppte sie sich durch die Proben; der Rest ihrer Zeit war Erholung von der Anstrengung der Erniedrigung, vom Zusehen, das aus Nichtsehenwollen bestand, von der Konzentration auf den Tanz, den sie nicht tanzte.
Und Gesine tanzte. Sie tanzte und tanzte. Die Übungen wurden zur Feier ihrer Tanzfertigkeit, und sie wurde von Tag zu Tag auf ihre Art besser.
Der „Schwanensee" war zur Karikatur einer Skizze geworden.

....

Als der Mai kam, ging Nadja eines Abends in die große Stadt.
Sie trank einen Kaffee in einer Kinobar. Beim Bezahlen warf sie versehentlich die gläserne Zuckerdose um, die auf den Boden fiel und zerbrach. Die einzige Kellnerin schreckte auf. Es war spät; das Café war sehr ruhig.
„Entschuldigung, tut mir sehr leid."
Sie hatte sich selbst erschreckt.
Jemand drehte sich vom Nebentisch um und sagte mit klarer Stimme und in rein beruhigender Absicht:
„Das macht doch nichts! Wenn es Alkohol gewesen wäre, dann ja!"
Das Mädchen eilte mit einem Besen herbei und lächelte verneinend zu ihr hinauf, als sie fragte, ob sie für die zerbrochene Dose aufkommen müsse.
„Danke schön", sagte Nadja.
„Wenn es Alkohol gewesen wäre, nur wenn es Alkohol gewesen wäre!", sagte der Jemand, maßvoll, höflich, während sie zur Tür hinausging.

....

Unversehens bekamen die Exerzitien an der Stange etwas Beseligendes. Nadja konnte es sich nicht erklären. Die Zeit verströmte nach wie vor still und grau und ohne wirkliche Abwechslungen. Die Sinnesänderung der Protagonistin hatte keinen Grund. Sie sah nur Arme und Füße und das bibelschwarze Trikot, sonst nichts. Tagaus, tagein gab es nichts als diese unausgesetzte Arbeit, ohne jegliche Aussicht auf Anerkennung. Der Blick des Regisseurs galt ihr nicht, er galt der Hauptdarstellerin. Sie war nicht die Auserwählte. Sie spielte im Grunde keine Rolle. Sie tanzte auf der Schattenseite, und gerade das tat ihr jetzt gut, obgleich sie es anders wünschte. Es war eine leibliche Befindlichkeit. Ihr Herz fühlte sich benommen und leicht an, wie von einer langen Krankheit genesen. Wie nach dem Fieber kostete sie in ausgiebigen Bädern und ausgedehnten Spaziergängen die Gewissheit aus, wieder da zu sein.
Sie ging mit sich zu Rate: Es ist Glück im Unglück, in der falschen Geschichte gefangen zu leben und dennoch schmal und gründlich zu sein.

Und es wurde ihr klar, dass sie es war, die alles missverstanden hatte. Obwohl sie den Regisseur von Herzen verachtete, war sie nicht mehr gram. Sie stellte sich vor, jemand anders hätte für sie einen anderen Tanz im Sinn, einen großen, herrlichen Tanz.
Als die Premiere vorbei war, trafen sich alle in der Kantine. Es herrschte eine ausgelassene, leicht erschöpfte Stimmung. Der Große Biegsame schaute Nadja wieder einmal verstohlen aus schrägem Blickwinkel an. Seine Körperhaltung war nicht die eines Gentleman. Sie stellte das Glas, das sie gerade ausgetrunken hatte, auf den Thekentisch und ging durch die Mitte des Raumes hindurch zu ihm rüber. Sie blieb stehen, schaute ihn kurz an und spuckte auf den Boden. Danach verließ sie den Raum.

....

Im Treppenhaus begegnete Nadja dem älteren Ehepaar, das im zweiten Stock wohnte. Sie kamen vom Supermarkt. Sie trugen jeweils drei Einkaufstüten pro Hand hoch und stiegen dennoch mit wieselflinken Bewegungen hinauf. Sie kreuzten ihren Weg und verwickelten sie wie von ungefähr in ein *small talk*.
Sie sprachen wie mit verteilten Stimmen:
„Morgen müssen wir nachts um drei Uhr aufstehen! Wir fahren aufs Land!"
„Wir müssen den Wecker auf halb drei stellen! Wir sind Frühmenschen!"
„Wir hoffen, dass Sie nicht auch wach werden!"
„Nein, bestimmt nicht, danke schön."
Nadja schauderte leicht und beschleunigte den Schritt.
Ein Gedanke schoss ihr durch den Kopf:
„Frühmenschen! Dachte ich es doch. Frühmenschen, also *homo erectus*. Noch nicht Neanderthaler. *Homo erectus*, nichts weiter, sonst nichts."

Sie beschloss, sich um die Accessoires der Wohnungseinrichtung zu kümmern. Ist das Umfeld auch nicht gut, so ist es hier drinnen so etwas wie mein Reich.
Den Nachbarn ging sie aus dem Weg. Sie war der Ansicht, die hielten regelmäßig unter dem Vorwand von Hoffesten Hexenkonzile ab, aber womöglich war das nur eine von ihren Fieberphantasien.
Es fehlte in der Wohnung vor allem eine Schreibtischlampe. Kam Nadja abends nach den Proben nach Hause, las sie, bis der Morgen anbrach. Tagsüber schlief sie bis etwa drei Uhr; sie schlief einen erfüllten, traumreichen Schlaf, der sie für den Tag standfest machte.
An den Nachmittagen verabredete sie sich mit dem Wind und tanzte den Herbstreigen der widerspenstigen Stadt. Diese flüsterte ihr neue Lieder ins Ohr, die sonst niemandem vorschwebten. Nadjas Ballettkleidung wurde durch die häufigen Maschinenwäschen graufarben und wohlriechend. Sie beherrschte die Kunst des Haushaltführens nicht, übte sie jedoch mit einer gewissen, ungeschickten Begeisterung.
Sie war wieder hungrig und durstig, wie einst in der Kindheit.

....

Die Klemmleuchte war einfach gebaut. Die Tänzerin konnte sie allein zusammensetzen. Sie schraubte sie an die Tischplatte. Was für ein Glück, dass ich nicht irgendwelche Jungs zu Hilfe rufen muss, sagte sie zu sich selbst. Sie drehte die Schraube so fest sie konnte. Sie öffnete das Fenster, zog die Küchenschürze an, band sich ein Tuch um den Kopf und nahm jedes Kleid, das sie besaß, in Augenschein. Sie leerte den Holzschrank, putzte ihn und hing dann alles wieder hinein.
Draußen war es kühl geworden. Die Lampe war stabil und wankte nicht, obwohl Nadja ganz wenig Kraft in den Händen hatte. Wie gesagt, es gab nur wenig zu schrauben. Unter dem 17 cm umfangenden metallenen Lampenschirm verbreitete die sechzig-Watt-Glühbirne ein einsames Licht in der abendlichen Wohnstube, die ihre Bewohnerin nunmehr schlicht umschloss.
Sie hatte nicht lange gesucht. Wie gesagt, das Durchmesser des Lampenschirms betrug 17 cm, das war ein normales Maß. Gesine hatte ihr freundlicherweise eine Liste von Einrichtungshäusern mitgegeben, die sie für gut hielt.
„Aber schließlich", so endete Gesine, die Hand auf das Kinn stützend, „schließlich ist eine Lampe ein Gebrauchsgegenstand."
Alle, die in der mäßig beleuchteten Theaterkantine am Tisch mit saßen, hatten zustimmend genickt. Niemand fügte etwas hinzu.
Die linke Nüster der Solotänzerin trennte sich mit einem leichten, fast unmerklichen Ruck vom Nasenrest ab, als der Regisseur von seinem Teller aufsah (ich schätze, das ist nicht ganz wirklichkeitskonform gemeint).
Die Umbesetzte unterdrückte ein Gähnen und wunderte sich unversehens darüber. Anna räumte das Geschirr hastig ab und erinnerte an die bald anfangende Probe.
Nadja lachte unwillkürlich in sich hinein. Sie hatte die graue, schlankarmige Lampe im Baumarkt nebenan gekauft, spätnachmittags.
Die kleine Nachtsängerin, die sie auf dem Bürgersteig aufgelesen hatte, schlummerte genesen in ihrem Käfig.
„Wenn sie aufwacht, setze ich sie frei. Ich glaube, es ist soweit."
Um zwei Uhr dreißig stand die Tänzerin auf, duschte, fütterte

Fundevogel und schaltete bei geschlossenen Jalousien die neue Lampe an.
Sie öffnete den Käfig. Blaukehlchen flog auf die Glühbirne zu, als wollte es „Auf Wiedersehen" sagen, dann fand es Fenster und Vorhang und Himmel und war nur noch reines Verschwinden.

....

Im nahegelegenen Wald zerriss sich ein Kobold die silbrige seidene Kleidung und ging wutschnaubend in einer Lichtung auf und ab.
Vergeblich: Bäume und Wind verweigerten ihm jegliches Mitleiden. Kalt und still stattete ihm die Natur den üblichen Besuch ab.
„Es war so abgemacht!", schrie er den rauschenden Krähenschwärmen entgegen, die wie tanzende Masken undurchdringlich an ihm vorbeiflogen, „Es war in der Abmachung so festgeschrieben!"
Doch sein Flehen zerschellte wie Glas an den Felswänden des Sees. Der Wind raschelte vernehmlich in den herabhängenden Myrtenzweigen und hieß den Kobold das Lied entbehren. Unerbittlich bog sich der Irrsinn in sich zurück und schnitt den Eindringling geräuschlos vom Wald ab.
Der Nachtvogel trat aus der Höhle in den Regen, das Junge an der Hand führend. Sie stiegen schweigend auf einen Berg hinauf, mit großer Mühe.
Auf dem Gipfel angelangt sahen sie sich um, betrachteten den Nebelwald, den See, die Große Stadt und den Fluss. Der Neumond trat scheu hinter der Lichtung hervor. Die Wunde des Jungen war still.
Die Mutter nahm ihn behutsam ins Handinnere und hob ihn in der wolkenverhangenen Dämmerung hoch.
„Ich glaube, es ist Zeit", sagte sie.

....

Zu diesem Text gehört das Bild:

„Leeres Gitter"

7) Die Kindsräuberin

Ein sentimentaler Bericht

„April is the cruellest month."

(T.S. Eliot, *„The Waste Land"*, v. 1)

Die Zeit lag alt und krank darnieder. Die Menschheit welkte.

Ein wölfischer winterlicher Blick hielt das Los der sterblichen Neugeborenen umklammert. In den großen Ballungszentren des Menschentums breiteten sich trostlose, von Süchtigen bewohnte Plätze und Bahnhöfe aus. Ein gewaltiger Schadenszauber hatte sich über die Erde gelegt.
Die Mutter der abendländischen Städte beherbergte noch den Sitz des Oberhauptes der katholischen Christenheit, der seit undenklichen Zeiten vakant war; ihr weltliches Erbe war auf die nördlichen Töchter übergegangen. Die Ewige Stadt lebte noch in der Vielfalt; sie erstreckte sich über die ganze nordwestliche Halbkugel.
Berlin war zu dieser Zeit das europäische Rom, New York das amerikanische. Paris war in einem früheren Jahrhundert Europas Hauptstadt gewesen. Londinium bewahrte in inselhafter Abgeschiedenheit das Erbe von Kaiser Hadrian. An seinem *Vallum* prallten noch immer die Manen verstorbener Helden auf die Geister der Eindringenden auf.

Das zerbombte Rom war wiederauferstanden. Stück für Stück hatten die Berliner die sterblichen Überreste der Stadt zusammengetragen und ihre Wohnstätten wiederaufgebaut, mit gründlicher großer Geduld. Nach der Zertrümmerung war die Teilung gekommen, nach den Bomben die Bonzen. Doch auch dieses Unglück hatte das deutsche Rom ertragen, von innen zersetzt und schließlich heil überstanden.
Ein weiteres Damoklesschwert lag nun über Europa, nachdem es in New York zum ersten Mal niedergegangen war.
Berlin schlummerte ungewiss unter dem von Gewitterblitzen durchzogenen Wolkengrau. Es schlief ruhig und fest in den kurzen Stunden der Morgendämmerung, und der alte Triumphbogen erhob sich jede Nacht zum Gruße der Sterne.
In einer verlassenen Ecke im westlichen Teil der Stadt war ein alter Herr langsam und friedlich gestorben. Seine Tochter war aus der elterlichen Wohnung ausgezogen, nachdem sie ihn beerdigt

hatte. Ein herbstlicher Sturmwind durchzog die tropische Hitze der Hundstage, als sie sich in der neuen Bleibe wiederfand, den Schlüssel in der einen Hand, eine Wäscheklammer in der anderen. Ein spärlich von der Sonne beschienener Hinterhof schaute aus unzähligen Augen auf die neue Bewohnerin im zweiten Stockwerk rechts hinab.

Der Habseligkeiten waren nicht viele, und das Mädchen stellte eine Blume in die neue Küche, wo sie jeden Morgen des Herandonnerns der Sonnenpferde gewärtig war. Sie war taubstumm und hatte keine Verwandten.

Jede Nacht wurde sie von Träumen heimgesucht. Eine indigofarbene Puppe klammerte sich an ihren Schoß und weinte unablässig. Der Nachbarjunge, der gerade eingeschult worden war, erschien ihr als Erwachsener und begleitete sie zum Blumenladen, in dem sie arbeitete. Woher erkannte sie, dass er es war? Der Hinterhof verwandelte sich in einen vereisten Garten, in dem sich schlauchartige Pfade zwischen weißen Bäumen schlängelten. Sie erklomm eine steile Glaswand, die zum Himmel emporragte, und war des Ausgangs dieses Abenteuers nicht sicher. Sie trippelte ängstlich auf einer rauhfaserigen Schnur, die eine Brücke über einen unruhigen schlammigen Fluss schlug. Die Mutter des Nachbarjungen nahm das Aussehen der Knusperhexe aus dem Märchen von Hänsel und Gretel an. Julia redete oft mit ihrem Vater im Traum; eine unbestimmte Brückenlandschaft umgab sie jedes Mal, wenn sie unterwegs war; das Wasser war aquamarinblau und von Korallenriffen umsäumt.

Julia war jung und gesund, aber die Müdigkeit eines in die Wüste verpflanzten Olivenbaums hatte sich über sie gelegt. Ihre Wangen waren mager und durchscheinend, der Mund farblos und dünn. Sie war oft unterwegs, meistens allein, doch dies vermochte sie zu beruhigen: durch Berlin zu wandern, alte Plätze zu besuchen, dem unscheinbaren Tanztheater der Straßen zuzusehen. Es war, als ob die Stadt sich jedes Mal in ein neues lebendiges Wesen verwandelte, das mit ihr durch die Straßen ging und wie ein Mensch reden konnte. In diesen Augenblicken hatte sie das Gefühl, selbst sprechen zu können.

Sie wähnte, wahnsinnig zu werden. An einem Augustspätnachmittag schlief sie nach einem langen Spaziergang auf einer Liegebank im Lustgarten ein.

Aus dem Wassertaxi am gegenüberliegenden Spreeufer stieg

ein dünnhalsiger Mann mit einem Grillengesicht und mit langen, schlaksigen Beinen aus. Eine Frau mit verhülltem Haupt ging mit ihm untergehakt. Sie trug einen großen lederfarbenen Koffer, der so schwer war, dass ihre linke Schulter fast bis zur Hüfte absank. Julia erkannte ihre Nachbarin, die Knusperhexe.
Der kleine Junge folgte ihnen und weinte. Er trug einen schwarzweißen Hut mit einer breiten Krempe, die ihm bis zur Nasenwurzel reichte. Julia stand auf und folgte ihnen. An der Schlossbrücke verwandelte sich die Landschaft; die Spree verschwand, die heldenbekränzende Viktoria zuckte unmerklich und wurde schwarz und unförmig. Ein endloser dunkelgrauer Lavastrom entstieg ihrer Mundhöhle. Die Mutter des Nachbarjungen zerrte die Weggefährten in den schwarzroten Schlund und packte unterwegs ihren Koffer aus. Er enthielt eine Schere, die so groß wie der Kopf des Jungen war, und einen gusseisernen Tisch, auf den sie ihren Sohn legte. Der Grillenmensch horchte auf das Zähneknirschen im Hintergrund und hielt die Passanten mit Jongleurskunststücken vom Schauplatz der Folter fern.
Julia drängte sich durch die Menge und wollte laut schreien; der Mann wandte ihr eine teuflische Grimasse zu. Von seinen Lippen konnte sie den Satz ablesen: „Taubstumme sprechen nicht."
Die Knusperhexe zerschnitt das Gesicht des Jungen, knetete es wie eine Teigmasse und formte Kuchen daraus, die sie den Passanten für zwei Euro fünfzig feilbot. Seine Beine lagen auf dem Glastisch ausgestreckt und wurden zu Schlangen, die sich um den Hals des Clowns schmiegten. Julia nahm einen Becher, füllte ihn mit Wein und gab der Hexe zu trinken.
Es wurde Abend, der Lustgarten leerte sich, und das Mädchen machte sich auf den Weg nach Hause.

Der Nachrichtensprecher räusperte sich leicht, als er die Terrorwarnung durchgab. Er beherrschte sich gut. Er war sehr jung, fast noch ein Kind, und hatte einen geraden Blick und eine aufrechte Art. An seiner linken Schläfe perlte ein winziger Schweißtropfen hinunter. Allen Bürgerinnen und Bürgern wurde dringend geraten, keine öffentlichen Verkehrsmittel zu benutzen und ihre Wohnungen möglichst nicht zu verlassen.
Berlin lag fest in den Fängen von Al Kaida. Das Haus, in das Julia eingezogen war, schien plötzlich menschenleer. Niemand hielt sich im Hof auf; kein Fenster, kein Vorhang veränderte die

Stellung. Die Schieferdächer der Nachbarhäuser glätteten sich im Dauerregen. Julia zog sich um und schlief früh und fest ein.
Am folgenden Morgen ging sie zu Fuß zur Arbeit. Doch niemand hatte sich im Blumenladen eingefunden. Die Straßen waren taubstumm, die große Stadt sprach nicht und hörte nichts mehr. Die alte Lumpensammlerin ging schwerfällig, hinkend, die Charlottenstraße hinunter. Sie redete ununterbrochen in sich hinein und schleppte mehrere halbleere verschiedenfarbige Plastiktaschen, die alle zerknittert waren, und ein graugrünes Rollerbrett mit sich. Julia setzte sich auf eine Bank vor der Bahnstation Wittenbergplatz und aß ein Butterbrot. Aus einer kleinen Vittel-Flasche, die sie im Rucksack trug, trank sie Leitungswasser.
Auch der Lustgarten war verwaist. Eine Elster umflog die Liegebank. Ein Gewitter braute sich am Horizont zusammen. Zwei Krähen erkundeten in unschlüssigem Gang den Rasenplatz vor dem protestantischen Dom. Eine weiße Katze überquerte die Schlossbrücke und legte sich neben Julia hin.
Das Wassertaxi war pünktlich. Die Knusperhexe und der Grillenmensch hatten diesmal kein Gepäck bei sich. Der Junge setzte der weißen Katze, die eingeschlummert war, eine Schüssel mit Milch hin und verschwand mit den Erwachsenen im Höllenschlund.

Die Szenerie war verändert. Niemand kam herbei. Die Hexe hatte kein Folterwerkzeug bei sich. Mit der knochigen gelblichen Hand zog sie einen Kreis durch die Luft. Der Himmel öffnete sich und ließ eine steile Kreidewand aufscheinen, hinter der sich unzählige Wendeltreppen und Steinstufen in unterschiedlichen Richtungen wanden. Der kleine Junge setzte sich auf eine der Stufen und begann, in einem Buch zu lesen; die Mutter zerrte heftig an ihm, bis er gezwungen war aufzustehen und mit den Erwachsenen weiterzugehen.

Julia hörte die Hexe kreischen, sie hörte das Kichern des Grillenmenschen.
„Ich muss meinen Koffer finden", wiederholte die Mutter bei jedem Schritt.
„Wo gehen wir denn hin?", fragte der Junge, doch niemand gab ihm Antwort. Ein Donnerschlag färbte den Mond indigoblau; die Erde blitzte und bebte im Gewitternetz, ein greller Lichtschein flackerte auf einem Steinpfad. Dann versank der Weg wieder im

Dunkel. Ein Hagelregen platzte herunter. Die Elster flatterte aufdringlich um die Mutter herum, die nach ihr schlug und mehrmals ins Stolpern kam. Sie erreichten einen Fluss, dessen weinrote Fluten unter einer metallenen Brücke hochwirbelten.
Ein weißgeblüteter Himmel überwölbte die Landschaft. Am diesseitigen Ufer fand die Hexe ihren schweren Koffer wieder und stürzte sich jubelnd darauf. Das Flammenwasser schwoll und formte wirksame weise Gebilde, die hoch emporloderten und sich so lange verwandelten, bis sie wie die Stadt mit dem alten Triumphbogen, in ein flimmerndes Korallenrot getaucht, aussahen.
Die Kraneisendämmerung legte sich über die Häuser.
Auf der metallenen Brücke stand Julias Vater; die Elster umflog in langsamen Kreisen sein Haupt. Er hielt den kleinen Jungen bei der Hand und schaute die Tochter an, die auf der anderen Seite des Ufers stand. Julias Lippen wurden vom Fieber verzehrt; ihre Haut war wie ein mit Feuerzungen besticktes Schwertkleid.
Die Hexe öffnete laut lachend den Koffer. Der Vater schien einen Augenblick lang eine Gestalt hinter Julia anzusehen, dann wandte er sich wieder der Tochter zu. Julia packte die Frau am Arm, brachte ein gepresstes, klar vernehmliches Nein hervor und schleuderte mit der ihr verbliebenen Kraft das Gepäck in weitem Bogen ins Wasser.
Die Fluten schlossen sich, die Brücke verschwand. Alles wurde still. Julia nahm den Jungen bei der Hand. Sie begannen, die Kreidewand zu erklimmen. Eine Jaspismauer umgab die unwirkliche Stadt, in deren Mitte ein kristallener Strom floss. In den Alleen standen weiße Bäume, an denen Edelsteine an unendlichen Fäden herabhingen.
Julia und das Kind gingen die Straße hinunter, bis sie das Tor erreichten. Die Perle öffnete sich, wurde kleiner und wieder größer und umfing die beiden Wanderer wie ein riesiges Schneegewand.
Das Tor schloss sich. Daraufhin bebte die Erde, und sie fanden sich an der Schlossbrücke wieder.

Die weiße Katze erwachte, reckte sich in die Höhe und trank die Milch. Das Wassertaxi fuhr ab. Ein ältliches, reisefertiges Ehepaar war auf dem Deck zu sehen. Julia stand auf, nahm ihren Rucksack und machte sich auf den Weg.

....

Per amica silentia lunae

Sie ging
durch den Wald

Still
war der Weg

Die Birken redeten ihr gut zu
Kastanienbäume sangen den Chor

Ahornblätter
im Herbstgewand
um ihre Hüften

Aber die Kieselsteine
die kleinen Komparsen, Requisiten
eines betörenden Schauspiels
wollten nicht stillhalten

Sie tanzten mit Sonne und Himmel
im Wasserspiegel
Der Mond schob die Vorhänge zu
verdrießlich
über das Narrengewimmel
über das Geplänkel
des kleinen Volkes

Mit jedem Schritt
entsprang
dem greisen Erdboden
Waldeinsamkeit

Sie ging weiter.

Uhus
starrten sie an, runde Augen
hörten die Elfin, die kranke,
die im Dunkeln ging

Die Eulen fragten wer sie sei
der Sturmwind sah sie an und lächelte

Sie kommt aus dem Wasser sie ist schmal und krank,
sagte der Mond,
eine Sphinx oder ein Engel
aus dem Lethe gestiegen
sämtliche Kieselsteine
wirft sie ins Wasser

Sie blutet und sie lacht
Weintrauben umklammern sie
eine Schwalbe singt ihr vor
die Rosen trinken ihre Haut

Seltsames Gebilde
vergessene Ubiquität
eiserne Blüte
aus Mondzauber

Statue und Amöbe
kristallenes Rätsel

Mondenhonig, nass und fern,
könnte sie heilen.

Und der Stern
begann
aus seinem Versteck hervorzutreten
Nach langem Bangen,
langem Beten
ließ er
das Haar
auf die kranke Ephebin herabschweben

die nun wieder gehen konnte.

Sie wird
alle
vergessen machen,
sagte der Mond,
für eine Weile
wird sie
den Menschenkindern
Libellenblüten geben

und ihre Finger
werden sich erinnern

....

Der junge Nachrichtensprecher mit der höflichen Miene strahlte sichtlich erleichtert in die Kamera hinein. Der Terroranschlag sei in letzter Minute vereitelt worden. Der europäischen Polizei seien drei parallele Einsätze gelungen, die zur Zerschlagung von Terrorzellen in Berlin, Rom und London geführt hätten. Die im Hintergrund tätigen Verantwortlichen, die damit gedroht hatten, Berlin innerhalb einer Woche in einen Friedhof zu verwandeln, seien ebenfalls festgenommen worden. Über die wahren Drahtzieher des Anschlags herrsche bei den zuständigen Behörden auf europäischer und amerikanischer Ebene weiterhin Uneinigkeit. Vorübergehend könne Entwarnung gegeben werden. Das Leben der Bürgerinnen und Bürger sei zur Normalität zurückgekehrt.

Julia hörte Stimmen im Hof. Das Zauberlied schien zu schweigen. Ein von Zirruswolken durchzogenes Korallenrot breitete sich zögerlich über die Dächer. Julia erkannte das zaghafte Murmeln des Nachbarjungen. Sie ging leise die Treppe hinunter und blieb ungesehen im Torbogen stehen.
Der Junge war fünf, brünett und schmal, mit einem Anflug von Sommersprossen auf der kleinen Nase. Er trug eine dunkel-

blaue Jeanshose, ein rotes kurzärmeliges Hemd und eine graue Mütze. Die Mutter schimpfte heftig mit ihm. Jakob hätte seinen Schulranzen schon wieder vergessen, nun müsste sie wieder hinauf in den vierten Stock, ihn holen, seinetwegen, ob er das nicht verstehe, wie mühsam das sei für eine alte Frau, vier Treppen hinauf- und hinabzusteigen. Der Junge weinte leise. Die Mutter polterte schwer und behende die Treppe hoch und stieß Julias Arm im Vorbeigehen an.

Julia winkte schweigend den kleinen Jakob heran, kniete sich hin und trocknete langsam seine Tränen.
Dann nahm sie ihn bei der Hand, und sie verschwanden im Flur.

....

Pierrot, der Engel

Der Galgen. Der Hügel.
Der Strick.

Duenna,
die Hagere, Graue,
frohlockt.
Scheu
entschwindet das Raubwild
im Zielkreuz des Gehängten.

Die Nacht
zieht sich blau an, dunkel-
gestirnt.

Entsandt
ist Ross und Reiter.

Schwer
ruht das Herz
in der Hand des Enthaupteten.

Pierrot, Monarch
im vollen Ornat,
Engel der Gejagten,
König der Bettler,
mein Bruder, der Bluter,
bläst das Würgemal fort
fort vom Halse des Engels.

Schwer
ruht
der Lazarusmond
im Gedächtnis der Erde.

....

Zu diesem Text gehört das Bild:

„Gineceo"

8) Die blaue Katze

Ein maritimes Märchen

„Großvater! Großvater! Bist du hinter der Mauer?", so fragte das Mädchen Sidonie, das am neuausgehobenen Grab ihres Großvaters stand.
Der Großvater antwortete nicht. Sidonie war allein geblieben; die Mutter war gegangen. Der Vater wartete am Friedhofstor.
Es war Oktober; goldbraune Blätter raschelten auf dem Kiespfad, und ein Kastanienbaum breitete seine Äste über die letzte Ruhestätte des teuren Toten. Georg von Estrich war Kapitän zur See gewesen; er hatte lange Zeit in der Karibik, auf dem Atlantik und im Golf von Mexiko verbracht.
Er war zu seinen Lebzeiten ein wahrer Nomade der Meere gewesen und hatte viele Piraten und Korsare zur Strecke gebracht, so erzählte man sich in der Verwandtschaft. Er hatte seiner Enkelin oft Geschichten aus den fernen Ländern vorgelesen, die ihm glückliche Tage, schwere Prüfungen und große Abenteuer beschert hatten.

....

Sidonie war jetzt acht Jahre alt; beim Heimgang des Kapitäns war sie sieben gewesen. Der Großvater hatte ihr ein Schiff hinterlassen, das er kurz vor seinem Tod auf der Nordsee getauft hatte. Vorerst empfand sie noch keine Freude darüber; der Anblick des Geschenks machte ihr die Todesleere nur noch klarer. Sie war ein nachdenkliches Kind, das durch den Verlust der Eltern im vergangenen Jahr grundsätzlich melancholisch geworden war. Sie lebte nunmehr bei einer entfernten Verwandten in der Nähe des Hamburger Hafens, wo sich das Schiff auf einer

von Georg von Estrich dafür vorgesehenen Anlegestelle in Bereitschaft hielt.
Sidonie fühlte sich bei ihrer griesgrämigen Großtante nicht wohl, auch wenn dies Unbehagen zu diffus und unbenennbar war, um für die Achtjährige greifbar zu sein. Sie fühlte sich leer, obwohl es ihr materiell an nichts fehlte. Das ließ sie wieder und wieder zum Meer hinausgehen, zum Hafen, zum Schiff, das der Großvater auf ihren Namen getauft hatte: Sidonie von Estrich.
Jeden Morgen vergaß sie unter großer Anstrengung den maulwurfsartigen Blick der ältlichen Frau, der ihr unnachgiebig und mit gespielter Fürsorge bis zur Haustür folgte (sie nannte ihn im stillen den Golem-Blick), zwängte sich unter Aufbietung ihrer gesamten Kraft ungeschickt unter die zahllosen Frühfahrgäste der Vorstadtstraßenbahn (es war Sommer und Ferienzeit) und lief zum Ankerplatz, wo das teuer erkaufte Geschenk mit großer Geduld auf sie wartete.
Eine kleine Katze, die bei der Geburt von Banditen entführt worden war, lebte seit undenklichen Zeiten in der Hamburger Kanalisation. Sie hatte sich im Laufe ihrer Gefangenschaft in eine blaue Katze verwandelt. Sie hatte die Witterung des Menschenkindes aufgenommen, das seit Ankunft des Sommers jeden Morgen an der Reling des ankernden Schiffes stand und mit alten, sorgsam gemalten Porzellanpuppen spielte, die nach dem Weggang der Menschin allesamt zum Leben zu erwachen pflegten. An einem windstillen Sonntag kam Sidonie auf dem Weg zum Hafen an einem Gully vorbei, der sich unerwartet öffnete; sie blieb erstaunt stehen und schaute hinunter. Die blaugewordene Katze, deren Farbe vom Schlamm verdunkelt war, versuchte hochzuklettern; der ansteigende Steinboden, der sich unter der Erde befand, war glatt und nass, und sie konnte nicht vorankommen. Sidonie bückte sich und half ihr hinauf; später, in der Schiffskajüte, gab sie ihr Milch zu trinken und badete sie. Doch wie groß war ihr Erstaunen, als das Raubtier nach dem Bade die blaue Farbe zum Vorschein trug! Sidonie wusste nicht, wie ihr geschah; sie weinte und lachte in einem, sie war überrascht und aufgewühlt. Sogleich holte sie die Küchenschüssel, füllte sie mit neuer Milch und hockte sich ehrfurchtsvoll neben der Besucherin auf den Boden.
Das Kind war nicht religiös erzogen worden: Eltern und Großtante schlossen es beständig vom Schulkatechismus aus, obgleich es auf Wunsch ihrer verstorbenen Großmutter katholisch getauft

worden war. Doch die blaue Katze, die ihr so unvermittelt zugelaufen war, erschien Sidonie nunmehr als ein Wesen, das nicht von dieser Welt war; aufgrund eines unerschütterlichen Instinkts wusste sie auch ganz gewiss, dass der Großvater jetzt bei Gott war und zugleich bei ihr auf dem Schiff, und dass die blaue Räuberin gekommen war, um ihr eine Botschaft zu bringen.

Aus dem Gully jedoch waren nach dem Ausbruch der Blauen auch die Kreaturen der Finsternis hervorgekrochen, die Sidonies Witterung ebenfalls aufgenommen hatten: dämonische Ausdünstungen der Unterwelt, die sich allesamt als Ameisen, Würmer, Kakerlaken materialisierten.

(Geneigter Leser, bitte verzeihen Sie mir die altertümlich-pathetische Hochsprache: Ich berichte lediglich wahrheitsgetreu, was sich zugetragen hat.)

Die Enkelin des Schiffskapitäns war nicht traumatisiert; sie hatte keine Halluzination. Mit einem Wort: Sie war traurig und verlassen, aber nicht verrückt, sondern bei wachem Bewusstsein. Das Heer der Teufelssklaven folgte der Spur des Flüchtlings und besetzte das Schiff, das Georg von Estrich seiner Enkeltochter vermacht hatte. Diese war nun von den Mächten der Finsternis umzingelt; soweit das Auge reichte, empfand sie Ekel und ein unaussprechliches Grauen. Nichts war mehr so wie einen Lidschlag vorher; das helle Schiff, von dem der Großvater gesagt hatte: „Du sollst es zum Ziel führen, Sidonie", hatte sich von einem Augenblick zum anderen wie ein Himmel verdunkelt, der von einem plötzlichen Unwetter heimgesucht wird.

....

Ein Frostwind, der aus einem unbekannten Raum kam und eine fremde Jahreszeit ankündigte, kam auf. Ein Rabenschwarm umkreiste keifend den Hamburger Hafen. Sidonie fror. Als sie sich zum Gehen wandte, stürzten sich die Höllenflüchtlinge auf sie und versperrten ihr alle Auswege; das Schiff löste sich ruckartig selbst vom Anker, verließ in Sekundenschnelle, von Geisterhand gezwungen, den Hafen und trieb daraufhin, für Küstenwache

und Wasserpolizei unerreichbar, zielgerichtet und führerlos auf der hohen See.
Eine klare Stille senkte sich über Sidonies erfrierendes Herz. Seltsam, dachte sie, dass ich keine Angst habe. Sie war beinahe froh, endlich allein zu sein, obwohl die Todesangst sie fest umklammerte. Von Kälte umschlossen, ohne Mannschaft, ohne Proviant, des Amtes des Steuermanns unkundig, weilte sie auf stürmischer See, von Verfolgern umzingelt. Und dennoch: das kleine Herz raste nicht mehr, es war seltsam ruhig. Solange die blaue Katze bei mir ist, dachte sie zuversichtlich. Der Kanalisationsflüchtling nahm es in der Tat mit dem Ungeziefer tapfer auf und hielt es zumindest von Sidonies Leib fern. Das Unwetter führte das Steuer; in kurzer Zeit, die dem Kinde jedoch unendlich lang vorkam, befanden sich die beiden Gefährten auf einer weiten Eisfläche, die sich unabsehbar in allen Himmelsrichtungen erstreckte und keinen Horizont sich zeigen und keinerlei Sonne durchkommen ließ. Die Schädlinge hatten sich auf Fremdbefehl ins Meer gestürzt und erschienen jetzt wie eine kunstvolle Bernsteinintarsie auf dem filigranen Hintergrund ringsherum.
Die Schiffbrüchige kniete auf dem Boden und betete das Vaterunser; in der Stille der Polarnacht war der Frost für jegliches Lebewesen unerträglich. Sidonie fuhr der Gedanke an die Schneekönigin durch den Kopf, ein Märchen, das sie schon immer in ihrer Phantasie mit Eis und mit Feuer verbunden hatte.
Sie legte sich hin und starrte so lang zum Himmel hinauf, bis sie das Bewusstsein verlor. Nach diesem Schlaf, der eine unbestimmbare Zeit andauerte, erhob sich die Waise mithilfe des Flüchtlings erneut. In der Kajüte fand sie die Milchschüssel wieder, die sich inzwischen wie von selbst mit frischer, warmer Milch gefüllt hatte. Seltsam, dachte sie, dass mich das nicht wundert. Ich bin froh und dankbar, hier zu sein; es ist hier so friedlich, so friedlich; der Golemblick der Großtante ist so weit weg.
„Schlaf jetzt", sagte Martina, die blaue Katze, „schlaf, Sidonie von Estrich, schlaf!"
Der Flüchtling war von der Ansprache des Tieres nicht überrascht; die Großmutter hatte das Kind einst ein lateinisches Gebet gelehrt, das es gegen die Mächte der Finsternis zwar nicht immunisiert, aber dennoch gepanzert hatte: Sidonie betete es immer vor dem Zubettgehen: *Domine Jesu, in manus tuas committo spiritum meum*. Das sprach sie jetzt inständig und legte sich in der Kajüte abermals zum Schlafen hin, die blaue Katze

an ihrer Seite. Sie fühlte sich so erschöpft, als wäre sie seit Anbeginn der Zeit wach gewesen und die Ära der Dinosaurier nur einen Winterschlaf entfernt. Es träumte ihr, dass die Großeltern zu ihr kamen: Die Eisberge und das Eismeer verwandelten sich in einen blühenden Garten, wo der Sommerwind die Laubblätter der menschengestaltigen Bäume flüsternd schaukelte und blaue Blumen sich der Mutter Sonne öffneten, die sie zu Kelchen emporwachsen ließ. Sidonie war eine Bettlerin und saß allein und frierend vor dem Tor, das geschlossen war. Es kam eine schwarze Frau vorbei, die ein blauhäutiges Kind, einen vierjährigen Jungen, an der Hand führte. Sie trugen filigrane Kleidung, obgleich es vor dem Tor heftig schneite, doch sie bemerkten die Kälte nicht und wandten sich der Fremden zu, die einen blauen Mantel anhatte. Die Mutter gab ihr sieben Euromünzen; die Waise erstaunte, denn soviel Geld hatte sie noch niemals gesehen. Da öffnete sich das Gartentor, und die Großmutter stand im Hochfestkleid an der Schwelle, streckte der Enkelin die Hand entgegen und bat sie hinein. Im Garten saß der Großvater neben dem Springbrunnen, auf dem die Inschrift „Mitternacht" in Stein gemeißelt war, unter einer üppigen Laube und malte das Bild einer blauen Katze, die mit geschäftiger Miene auf dem Deck der „Sidonie von Estrich" umherstolzierte. Sieben blaue Blumen wuchsen aus dem Boden hervor, die Sieben Schmerzen Mariens, die das Waisenmädchen zu Gott geführt hatte.

„Danke, Sidonie", sagte der Schiffskapitän. „Danke, dass du zurückgekommen bist und das Schiff heimgebracht hast."

....

Pierrot in Rot

Seit er unmittelbar gewahr wurde,
dass er Selbstgespräche hört,
sucht Pierrot in den Läden der Stadt

nach einem passenden Kleid
nach einem passenden Kleid.

In seinem Kopf
führt ein anderer Selbstgespräche
über die Farbe Rot.

In seinem Kopf
spukt eine fremde Palette
in Weiß und Rot.

Auf einer Parkbank, neben Bettlern,
umarmt er die Einkaufstüte,
darin das Kleid ruht, das rote,
passend und wirksam und rot
wie das Falkenauge im Wind.

Pierrot schließt die Augen
darin ein anderer redet
über das Kleid, das ruhende, rote.

Pierrot ersinnt Zwiegespräche in Rot,
wissend, dass er ruht,
wissend, dass er liegt
auf der Bank, in der Abendsonne
darin ein anderer
rot blinkt,
Klangfarben sendet
in Richtung Stadt, in Richtung Parkbank,
auf die sich die Dämmerung
langsam herabsenkt.

Pierrot

ruht
im Abendkleid
auf der Parkbank.

Er vergisst die Zeit,
er vergisst die Dämmerung
und dass er die Augen des anderen sieht,
wenn er geht,
im süßen Leid,
im roten Kleid,
am Flussufer
im neuen Lied.

Er stellt sich vor,
eine Seerose zu sein, ganz in Weiß,
eine Seerose zu sein, ganz in Rot,
und was die wohl sagen würde,
und was die wohl singen würde
zu diesen Farben,
zu diesem Ufer,
zu den gemalten Rufen,
die barfuß herabsinken
auf die Schale der Dämmerung.

Der Park leert sich, die Bettler gehen.
Die Stimmen durchmischen die Palette des Abends
wie vorbeifliegende Falken.

Wie lang ist es her, da man auszog
zur Falkenjagd, schweigend,
sinnend im schmalen Umhang
auszog in die langen Schatten des Abends,
auszog das Fürchten zu lernen,
die Falken zu lehren
auf einer Damenhand Platz zu nehmen,
würdig und sehnlich zu stehen
auf der Hand einer Dame,
in einem Handinneren,
im roten Handschuh,
und auszuruhen mit spitzem Schnabel
in den Falten der Dämmerung?

Der Platz eine blanke Staffelei,
bereit für das Rot am Rande des Sonnenuntergangs,
für das Rot
von dem der Absender weiß.

Der Mond spielt Versteck mit dem Wind.

(Rasch, mein Kind,
steh auf, bald
steht das Flussufer still, bald
singt die Seerose das Falkenlied)

Pierrot, des Roten Kind,
Empfänger des Kleids,
weiß sich in Rot, weiß sich in Weiß,
weiß, dass er die Worte des anderen spinnt,
weiß, dass er ruht im Revers der Zeit,

weiß von der Seerose
weiß von dem roten Kleid.

....

Am Morgen fanden Hafenarbeiter die Tote, die in der Nacht erfroren war, auf dem Schiffsdeck, eine streunende Katze an ihrer Seite, die vom Lärm der täglichen Reinigungsarbeiten aufgeschreckt wurde und in der Dämmerung davoneilte, während die Polizei anrückte und die einzige lebende Verwandte des Mädchens, das einen Schülerausweis bei sich trug, verständigt wurde. In der Kajüte fand man eine Ansammlung von Porzellanpuppen, die allesamt aus dem neunzehnten Jahrhundert stammten.

....

Zur gleichen Zeit durchquerte eine Fremde nicht weit davon entfernt in der Stadt Berlin die Schlossbrücke und begab sich zur U-Bahnstation Stadtmitte. Sie stieg mehrmals um; sie konnte sich nicht gut im Raum orientieren. Der Herbst stand vor der Tür, und ein harscher Wind bat im Brustton der Überzeugung die Lindenbäume um den fälligen Pflichtzoll. Die Reisende blieb am Richard-Wagner-Platz einen Augenblick stehen und sah sich perplex um, dann stieg sie in die U7 und erreichte gegen Mittag die Oranienstraße, die sich in der Nähe des Kottbusser Tores befindet.

Sie war lange gelaufen und merkte, dass sie mit jedem Schritt müder und hungriger wurde. Passanten warfen ihr ab und an wegen ihres langen blauen Mantels forschende Blicke zu. Eine Kinderschar sprang froh lärmend aus einem Auto; ein Junge in einem blauen Anzug, der für Erwachsene erdacht worden war, lief auf sie zu und winkte. Sie winkte lächelnd zurück.

Sie ging in ein Café, bestellte eine Mahlzeit, die drei Euro kostete, und bezahlte mit einem Zehneuroschein. Die Barfrau gab ihr das Restgeld in Münzen zurück und bot ihr höflich einen Platz in der Raucherzone an, wie sie es gewünscht hatte, obgleich sie Nichtraucherin war. In die graue Herbstluft mischte sich der Geruch einer türkischen Pfeife, der aus dem benachbarten Haus kam. Nicht weit legte eine alte Frau ein Holzkreuz auf das Grab ihres Gatten; ihre kleine Enkelin lief zum Springbrunnen, der von Krähen umflogen wurde, und stillte ihren Durst. Die Aasvögel wurden von blauer Angst ergriffen und schwärmten in allen Himmelsrichtungen aus. Ein Sperber baute sich über dem Regenbogen ein Nest und betrachtete anhaltend das Geschehen.

Nebenan warb eine Unternehmensberatung mit der Aufschrift „Think Golem"; am Moritzplatz leinte eine Polizistin einen Dienstschäferhund an, der das Gesicht von Sidonies entfernter Verwandter hatte. Eine Frau mit einem blauen Kopftuch, die einen Kinderwagen schob, machte beim Blumenhändler halt, kaufte einen Schwertlilienstrauß und legte ihn neben dem schlafenden Säugling, der kahlköpfig war, auf die blaue Wolldecke.

....

Zu diesem Text gehört das Bild:

„Rose mit Fenster, rot"

9)

Antigone
oder
Die Kunst der Verweigerung

Chanson Gala

„Wer in der Freiheit etwas anderes als sie selber sucht, ist zur Knechtschaft geboren."

Alexis de Tocqueville, „Der alte Staat und die Revolution"

Zwiesprache an einem Wirtshaustisch. Zwei ehemals in Liebe einander zugetane Menschen, eine junge Dame in einem weißen Hermelinmantel und ein Mann von fünfzig Jahren, unterhalten sich lebhaft. Der Mann legt seinen Gehstock beiseite, auf den Fußboden. Es ist Abenddämmerung.

Er versucht verzweifelt, sie zur *raison* zu bringen, die hartnäckige, hochmütige kleine Antigone.
Sie hat leider Gottes, Gott sei Dank den Hochmut ihres Vaters, des stolzen Königs Ödipus.
Er ist nicht das Ungeheuer, für das man ihn hält, ihr Onkel Kreon, der Vater ihres Verlobten Haimon. Er will sie retten, obwohl sie das Unmögliche gewagt hat: ihren Bruder Polyneikes, den Vaterlandsverräter, trotz Kreons Verbot zu bestatten.
Sie ist ja seine Nichte, Antigone, die Tochter seiner Schwester Jokaste und Braut seines eigenen Sohnes; deshalb versucht er, ihre Tat vor dem Volk geheimzuhalten und sie zu retten. Aber es ist notwendig, dass sie versteht, warum sie im Irrtum ist, dass sie einsieht, warum sie endlich nachgeben und ihm gehorchen muss.
„Mener la barque", das Schiff auf Kurs halten, das Ruder führen, das ist seine Pflicht, die Pflicht des Steuermanns.
Die Schiffsmetapher ist in dem Stück von Jean Anouilh die stärkste rhetorische Waffe, die Kreon zur Bezähmung der Antigone einsetzt[8]. Sie wird zum Konvergenzpunkt seiner mehrfachen Versuche, die Nichte zu überreden.
Er führt ihr vor Augen, worin sie eigentlich besteht, die Kunst des

---

8   Anouilh, Jean: Antigone, hrsg. von Dieter Meier, Stuttgart 1988, S. 54.

Steuermanns, das Geschäft der Regierung. Der Steuermann muss den Kurs halten, sonst geht das Schiff unter. Er muss gegen den Wind kämpfen, Stürme abwehren und Meutereien unterdrücken.

Was er verschweigt, Antigone aber wohl weiß: er ist selbst ein Usurpator.

Er hat keine Zeit, nachzudenken, ob er „ja" oder „nein" sagen soll. Hauptsache, den Kurs halten, koste es was es wolle. Und wenn die Mannschaft meutert, muss er einfach schießen, auch da hat er keine Zeit, hinzuschauen, auf wen. Sonderbar. Da muss man blindlings in die Menge schießen. Wer fällt, hat keinen Namen mehr. Er selbst, Kreon, der Steuermann, hat keinen Namen mehr.

Nur zwei Dinge haben noch einen Namen: das Schiff und der Sturm.

Versteht sie es jetzt, die stolze kleine Antigone, warum sie ihm Gehorsam leisten, ihr eigenes Glück retten soll?

Nein, sie versteht es nicht. Sie ist nicht da, um sich unter dem Joch einer stumpfen Notwendigkeit zu beugen.

„Wie soll denn das aussehen, mein Glück?", fragt sie bestürzt, „was für eine glückliche Frau soll sie werden, die kleine Antigone? Welche armseligen Ungeheuerlichkeiten wird auch sie begehen müssen, um sich ihren eigenen Fetzen Glück mit den Zähnen ausreißen zu können? Sagen Sie mir, wen wird sie belügen, wen anlächeln, an wen sich verkaufen müssen? Wen wird sie im Wegschauen sterben lassen?"[9]

Nein, sie will es nicht, das Glück, das Kreon ihr anbietet.

„Armer Kreon", wird sie später sagen[10]. Er ist ein armer Teufel, der König Kreon, der Steuermann, der das Schreckliche tun muss, um seinen Kurs zu halten.

Eigentlich hat er den Kopf eines Küchenmeisters, schilt sie ihn[11], weil er etwas Schmutziges an sich hat, irgendwo im Augenwinkel.

Er muss ständig etwas tun, was er eigentlich nicht will, der mächtige Steuermann Kreon; er muss ständig Menschen töten, um das Schiff in seinem Besitz zu halten.

---

9   Ebda., S. 62.
10   Ebda., S. 53.
11   Ebda., S. 65.

Das will nun Antigone auf keinen Fall einsehen. Weshalb ein Schiff leiten, wenn es ein Totenschiff sein soll?
Die eine Hälfte der Mannschaft, zu der sie, Antigone, gehört, wird buchstäblich tot sein, von Kreon getötet. Die andere Hälfte, zu der er selbst, der Usurpator, gehört, wird in der Erwartung des Todes ein Scheinleben führen. Denn niemals, niemals konnte er, Kreon, wirklich tun, was er wollte: ein Buch lesen, mit seinem Kind spielen, den Anblick einer Landschaft genießen. Immer musste er etwas anderes tun: der „Notwendigkeit" seiner Machtgier gehorchen. Armer Kreon: Er, der Steuermann, war noch nie ein freier Mensch.
Und nun kommt seine eigensinnige kleine Nichte, Antigone, und meint, das sei grundfalsch und man müsse alles ganz anders machen: z.B. ihren verstorbenen Bruder Polyneikes bestatten und nicht der Verwesung preisgeben, denn das sei gottlos und verflucht, eine Freveltat. Und ein Armutszeugnis für ihn, den König, denn:
„Welche Kraft ist das, / Zu töten Tote?"
hatte schon Teiresias in dem sophokleischen Stück gefragt[12].
Aber Kreon hat seine rhetorische Argumentation noch nicht beendet.
Weiß sie denn wirklich, wofür sie stirbt, diese hochmütige Tochter Ödipus', weiß sie, wer ihr Bruder Polyneikes war, ihr geliebter Bruder, dem sie das Opfer ihres Lebens darbringen will?
Ein ganz gemeiner Verräter, der genau wie alle anderen nur auf den eigenen Machtanspruch bedacht war: Er wollte nicht nur das Vaterland verraten, sondern auch seinen und ihren eigenen Vater, den König Ödipus, ermorden, um an die Macht zu gelangen. Er hatte in seinem argäischen Exil ein Heer zusammengebracht, mit dessen Hilfe er den alten König, der immer älter wurde, aber nicht starb, stürzen wollte.
Das war ihr Bruder Polyneikes, den sie nun um jeden Preis bestatten will, damit er Ruhe finde im Hades, der Verräter, der Vatermörder. Und Eteokles, der andere Bruder, den Kreon feierlich hat bestatten lassen als Retter des Vaterlandes, er hatte die gleichen Pläne geschmiedet wie Polyneikes, auch er wollte den Vatermord begehen, um König zu werden.
Es war purer Zufall, dass Polyneikes als erster den *coup* wagte.

---

[12] Sophokles: Antigone, hrsg. und übertragen von Wolfgang Schadewaldt, Frankfurt/M. 1974, S. 48.

In der Schlacht brachten sich die beiden Brüder gegenseitig um. Man fand ihre durchbohrten Leichen ineinander verschlungen; man konnte nicht einmal erkennen, wer nun Eteokles, wer Polyneikes war.

Aber Kreon, der Steuermann, er brauchte einen Helden, um seinen Kurs halten zu können. Er ließ die Leiche, die am wenigsten beschädigt war, zusammenflicken und ehrenvoll bestatten; über die andere verhängte er das Bestattungsverbot. Nun hatte er einen Helden, einen Sieger, und der bekam den Namen Eteokles; und einen Besiegten, den Vaterlandsverräter, Polyneikes.

Die Funktion seines Helden besteht darin, für die Sicherheit des Kurses zu sorgen, den er, Kreon, der Steuermann, bestimmt. Dieser „Held" ist nichts anderes als das machtlose Werkzeug eines unübersichtlichen Mechanismus, der den Tod produziert. Diese Art von Ohnmacht findet ihre Klimax in der Namenlosigkeit. Der „Held" ist nicht derjenige, der sich einen Namen gemacht hat, nein, er ist vielmehr der „Namenlose", einer aus dem Haufen, ohne jegliche Individualität. Das leuchtet ein: Ein willenloses Werkzeug verdient die Würde eines Namens nicht.

Jetzt müsste auch Antigone überzeugt sein. Auch ihr Tod wäre nunmehr sinnlos, auch sie würde das Opfer einer „pauvre histoire", eines armseligen politischen Manövers werden.

Aber nein. Sie nicht. Sie denkt da ganz anders. Sie steht völlig außerhalb von Kreons „armseligen Geschichten". Sie hat einen ganz anderen Kurs im Auge, der einen neuen Horizont erfordert. Sie ist eine Heldin. Nicht weil sie es will, sondern weil sie es muss. Hatte Kreons „Glücksangebot" sie angewidert, so lässt sie nun seine Schilderung der Sinnentleerung, die die logische Konsequenz seiner Kursrichtung darstellt, überhaupt nicht an sich herankommen. Sie nicht. Sie stirbt für etwas anderes. Sie hat einen Namen, dessen Ehre es zu retten und zu bewahren gilt. Sie steht allein da, weil sie einen neuen Kurs einschlägt, in dessen Rahmen Kreons „Notwendigkeiten" keinen Platz mehr haben.

Sie ist die einzige, die in der Lage ist, kompromisslos „nein" zu sagen.

Und sie tut es auch:

„Was geht mich das an, Ihre Politik, Ihre Notwendigkeit, Ihre armseligen Geschichten? Ich, ich kann immer noch <nein> sagen, wenn ich es für richtig halte, und ich bin mein eigener Richter. Und Sie, mit Ihrer Krone, Ihren Wächtern, mit all Ihrem Gepränge, Sie können nichts anderes als mich töten, weil Sie <ja> gesagt haben."[13]

Nun ist Kreon dran, zu staunen und verstehen zu müssen. Die Rollen haben sich vertauscht. Er versteht endlich, warum Antigone ihm ständig widerspricht. Sie will die Richtung ändern. Sie versucht, einen Kurs anzusteuern, der dem seinen diametral entgegengesetzt ist. Die Bestattung des Polyneikes ist ihr quasi ein Vorwand, um ihrer Vorstellung öffentlich Gestalt geben zu können. Sie ist eine symbolische Handlung, die den Rahmen eines neuen Horizontes abzeichnet. Und doch wieder nicht symbolisch, sondern absolut real: Sie will beide Brüder bestatten, nicht weil diese große Helden oder besonders tugendhafte Menschen gewesen wären, sondern weil sie beide ihre Brüder waren. Das höre sich einer an, das ist ja Vaterlandsverrat, das ist überheblich und selbstherrlich, das tun brave Mädchen nie.

Ein rechtmäßiger Herrscher verhängt kein Bestattungsverbot über die Leichen seiner Feinde. Das ist pietätslos, barbarisch. Wir verstehen „rechtmäßig" im Sinne von „der Gerechtigkeit gemäß".

Was Kreon jetzt verbricht, wird, wenn auch nicht jetzt, nicht sofort, so doch in künftigen Zeiten, vielleicht gar erst in Jahrhunderten den Namen des ganzen Herrschergeschlechts entehren und das Volk dem Verderben, der Anarchie, der Diktatur der verantwortungslosesten Machtmagnaten preisgeben. Ganz sicher. Und sie, Antigone, will das nicht.

Sie, die von der Zwillingsschwester Ismene als „lebensmüde»[14] Gescholtene, sie will das Schiff aus der fatalen Verstrickung in die „pauvres histoires" befreien. Sophokles wusste schon seinerzeit, dass die Gene in solchen Sachen nicht maßgebend sind.

Und da hat Kreon, der Usurpator, urplötzlich Angst vor ihr. Eine Angst, die er ins Komische zu wenden sucht:

KREON: „Du amüsierst mich!"
ANTIGONE: „Nein. Sie haben Angst vor mir. Daher versuchen Sie, mich zu retten. Es wäre viel bequemer, eine unscheinbare, stumme kleine Antigone in diesem Palast zu haben. Sie sind zu sensibel, um einen guten Tyrannen abzugeben, das ist alles.

---

13   Anouilh, a.a.O., S. 52.
14   Ebda., S. 19.

Aber Sie werden mich trotzdem töten lassen, Sie wissen es, und daher haben Sie Angst. Widerlich, ein Mann, der Angst hat."[15]
Antigone hat keine Angst, weil sie „nein" gesagt hat. Sie braucht niemanden zu unterdrücken, um ein Totenschiff auf Kurs zu halten.
Sie will sich selbst treu bleiben, wie der Chor bei ihrer Gefangennahme sagt:
„Alors, voilà, cela commence. La petite Antigone va pouvoir être elle-même pour la première fois."[16]
Das ist in Kreons Reich das Gefährlichste, was man sich überhaupt einfallen lassen kann.
Deshalb muss Antigone, die Ruhestörerin, sterben.
Wäre sie nicht gewesen, hätte die „Ruhe" ohne Unterbrechung weitergeherrscht.
Sie schreibt es selbst in ihrem Abschiedsbrief an ihren Verlobten: „Pardon, mon chéri. Sans la petite Antigone, vous auriez tous été bien tranquilles."[17]

....

---

15 Ebda., S. 37.
16 Ebda.: "Wohlan, es geht los. Die kleine Antigone schickt sich an, zum erstenmal sie selbst zu sein."
17 Ebda., S. 76: „Verzeih mir, Liebling. Ohne die kleine Antigone hättet ihr alle eure Ruhe gehabt."

Antigone vor dem Volk

Und da sah ich –
das Grab meines Bruders:
Eine Schlachtgrube, von Krähen umzingelt
darin zermalmt
die Leiche
verweste –
Wächter sahen zu
wie der Wind gegen die Krähen kämpfte
als wollte er
eine Ackerfurche zeichnen
gegen ihren Flug

Ich
war versteckt hinter dem Zaun, meine Finger
in die Baumrinde eingekerbt.
Mich
befiel eine unsägliche Schwäche und meine Glieder erstarrten
wie ein sich plötzlich entfernender Sturm.
Müde war ich und stumm
ohne Tränen mein Gesicht
meine Kehle zu trocken
wie versteinert mein Mund
meine Augen zu müde
zum Weinen

Ich wollte nun zurück –
zurück zu meiner Schwester in die Kammer
denn schon rann das Blut aus meinen Fingern
und die Ohnmacht stieg in meinen Adern

Kehrtmachen wollte ich, ja –
Bürger von Theben, hört mir zu:
schon tönte Kreons Stimme in meinen Ohren –
hohl:

„Sterben soll sie ebenfalls
da sie
die Notwendigkeit
nicht bejaht..."
Und abermals erklingt in mir
die Stimme meiner eignen Angst:
„Du kannst dem Bruder ja nicht helfen
du Schwache du, was soll denn das
eine Handvoll Erde
auf einem Totenhügel?"

Aber ich sah –
– ich konnte nicht umhin zu sehn –
wie die Wächter da standen und die Krähen schrien
und wie der Wind und wie die Erde
seltsam in der Schwebe
ihnen allen
den Wächtern den Krähen den Stimmen
Trotz boten

Ich stand auf
und ging
hinaus zu meinem Bruder

Wie? Ihr fragt warum, wieso?
Wie kamst denn du
Verwegene
an den Wächtern vorbei, an den Krähen?
Die Krähen
riechen nur Kadaver
und – die Wächter
sahn mich an und schwiegen
Die Schlafwandlerin
rührten sie nicht an
die eine Ackerfurche zeichnete
auf dem blutbegossnen Boden
dann wieder aufstand
und ging

Bürger von Theben
ihr fragt:

„Fürchtest du nun
die Folgen nicht
deines Handelns
das die Gesetze
der Ananke
verletzte?
Somnambulin
du tust uns leid
du Todessüchtige ..."

DER RHAPSODE SPRICHT:

Ein Blinder sah sie gehn
während die Wächter stumm blieben
ein blinder Seher der den trüben Flug
der todbringenden Vögel
lange Zeit vorhergesehn
und dem König vom Krieg abgeraten hatte
Er sah die Furche in der roten Erde
er lief dem Kinde nach und sprach:
„Herrscherin, du wirst nicht sterben
wegen dieses Grabes
das du gezeichnet gegen Vogelflug!"

Antigone blieb stehn und sah zum Greise auf:
„Ich sagte nein und werde sterben
durch *Anankes* Hand"
Teiresias nahm den Stock und zeigte auf den Hügel:
„Du hast nein gesagt zum Schrei der Vögel
die
die Leiche zerstückelten
deines längst erschlagnen Bruders"

Die junge Dame zündet sich eine Zigarette an und geht zur Tür hinaus. Draußen ist es dunkel geworden. Sie dreht sich noch einmal nach ihrem Ex-Freund um und sagt: „Die Sklaven in der Antike waren gefangen und wurden von ihren Herren verkauft. Du bist frei, und du verkaufst dich selbst."

Zu diesem Text gehört das Bild:

„*Grana*. Herbst 1994"

10) Die Strandgesellschaft

Eine Bildbetrachtung

„Caro cardo salutis."

                        Tertullian

Das Mädchen legte die Puppen auf das Strandtuch und lehnte sich zurück.
Sie sahen wundervoll aus, so gefühllos und pergamentweiß.
Erika hatte der schönsten von allen, Rosalie, das lange, mit Zierraffungen versehene Tüllkleid angezogen. Es war rosa und hatte einen roten, fast ebenso langen Unterrock, der an der Taille angenäht war. Rosa und rot passten in diesem Fall vortrefflich zueinander.
(Oh sie hatte echtes, weißes Perückenhaar wie aus dem 18. Jahrhundert, mit altmodischen Locken und einem feschen Herrenwinker.)
Ja, das stimmt, gestand sie sich ein. Sie sahen aus wie Leichen, die eine Verabredung mit dem Meer haben. Vor allem Rosalie, mit ihrer hohen Ancien-Regime-Frisur und mit der glatten, kreideweißen Stirn. Sie ganz besonders. Rein sah sie aus. Tot sah sie aus. Ein Herz aus Stein, das auf dem Meeresgrund ruht. Für immer.
Wächterkönig, Gestrandete, Rosalie.
Würde ihr Vater, der Seefahrer, mit seinem Schiff am Horizont auftauchen und sie mitnehmen? Sie zu ihrem elften Geburtstag von ihrer Mutter erlösen und mit ihr in die Welt hinausgehen?
Wunschdenken, Wunschdenken, nichts weiter, echote es in ihrem Kopf.
Nora näherte sich mit einer Gruppe von Schülerinnen, die zu Erikas Parallelklasse gehörten. Nora war eine hübsche Frau mittleren Alters, mit einer geraden, spitzen Nase und einem gefälligen Lächeln in Gesicht und Augen. Wenn sie den Kopf hob, hatte Erika das Gefühl, dass sie schnüffelte, obwohl ihr Näschen unbewegt blieb. Wenn sie den Wohnungsschlüssel in die Hand nahm und Erika dann zufällig ein Stockwerk tiefer vor ihrer eigenen Tür stehen sah, schien sie nach ihr zu schielen und sie anzulächeln. In diesen Augenblicken des Schielens erinnerte Nora an die hohnlachende Menge in Hieronymus Boschs Gemälde „Die Darstellung Christi vor dem Volk", das Du, geehrter Leser, vielleicht einmal im „Städel", in der Stadt Frankfurt am Main, betrachten wirst (es ist eine sublime Ironie, dass C. G. Jung diesen Maler den „Entdecker des Unbewussten" nennt). Es war nicht bloß ein Schielen; ihre Augen verdrehten sich; ihr Profil war ein fa-

der Aufguss jener nichtssagenden Nasen, jener hochgereckten Kinnladen und jener in Blutlust erhobenen Riechorgane; ihr Blick schleuderte jene sonderbare Mischung aus Gier, Grauen und Leere auf den Betrachter, die der gaffende Mob auf das Leid des Erlösers wirft.
Erika dachte: Sie tut geheimnisvoll. Komm herein, liebes Mädchen!, raunte sie ihr schadenfroh nach, komm nur herein! Ich warte auf dich! Ich habe ein Geschenk für dich! Sie fand das bloß abgeschmackt, aber sie schauderte. Der klebrige Blick, die dünnen, mit einem satten Rot vollgeschmierten Lippen, die dunkelroten, steifen Haare, die wie eine Perücke aussahen, obwohl sie echt waren (sie hatte nie daran gezogen, aber sie war sich ganz sicher). Sie wusste nicht warum, aber es schauderte ihr, wenn sie diese Frau auch nur von weitem erblickte, obgleich sie keine Angst vor ihr hatte. Als sie das ihrer Mutter erzählte, zuckte Wicca die Achseln und klagte über Kopfschmerzen.
Sie hatte all das vor zwei Tagen mit Alfonsino, ihrem Vetter, besprochen. Er war ein Jahr jünger als Erika und ein freundlicher Bube.
„Meine Mutter will mich umbringen", hatte sie außerdem zu ihm gesagt.
Sie saßen am Strand und spielten mit Piraten-Sandburgen. Alfonsino hatte zu ihr aufgesehen, einen gemäßigten, glasigen Ausdruck in den gemischtfarbigen Augen. Erika fand etwas Hündisches in seinem Gesicht, das ihr früher nicht aufgefallen war.
„Das kann doch gar nicht sein", murmelte er verlegen, mit dem Zeigefinger Kurven und Geraden auf dem Sand zeichnend, „Das bildest du dir ein."
„Das tue ich nicht. Meinst du etwa, das macht mir Spaß?"
„Was hat sie denn gesagt?", fragte er, doch das Mädchen hatte die bestimmte Empfindung, dass er nur neugierig war.
„Ich glaube", setzte Alfonsino hinzu, „Wicca ist nur ein bisschen speziell! Vielleicht kommt sie mit ihrer Mutterrolle nicht zurecht."
„Das hast du von deinem Vater gehört!", fauchte sie ihn an, „Du Kork-Recycling-Junge! Du verkorkste Humanität!"
(Verehrter Leser, bitte staunen Sie nicht, manche Kinder gehen gern zur Schule und lesen gerne Bücher.)
Sie stand auf, rannte fort und holte die Puppen vom Strandkorb. Er lief ihr nach, doch sie war schneller und ließ ihn am Meeresufer zurück.

Eine Welle brauste herbei und zerstörte die Sandburg, die neben dem Vetter stand.

....

„Alfonsino hat mein Leid ausgekostet, Rosalie", sagte Erika am Abend, während sie mit ungewöhnlicher Sorgfalt der Puppe das Nachthemd anzog, „Ausgekostet! Kannst du es dir vorstellen?"
Rosalie schwieg.
Erika drückte die Puppe fest an die Brust und wollte noch mehr erzählen und weinen und sterben und fortgehen. Doch ihr wurde seltsam zumute, wie wenn ein Schleier sich über alle Sinne senkt, und ein langjähriger Schlaf legte sich über sie.
„Mein Kind", sagte Rosalie, die im Traum eine lebende, überirdisch schöne Frau war, „Hab keine Angst. Es wird dir nichts geschehen. Ich bin unterwegs zu dir. Du bist mein Leitstern."
Geneigter Leser, an dieser Stelle verkehre ich die Erzählzeiten. Die Historie ist launisch und spielt mir manchmal solche Streiche. Haben Sie bitte Nachsicht; es wird sich alles aufklären.
Lassen Sie uns zurückblicken, um den gegenwärtigen Lauf der Geschichte im rechten Licht zu besehen.

....

Wicca war nicht gewalttätig, aber sie pflegte bei dem geringsten haushaltlichen Missgeschick, etwa wenn sie das Brot schief schnitt oder einen Knopf nur mühsam annähen konnte, die Muttergottes zu lästern.
Ihrer Tochter sagte sie dann:
„Ich bin eben fahrig."
Sie lebten in einem Landhaus, das viel zu groß für die zwei Frauen allein war. Nicht weit entfernt lag die Große Stadt, Roms jüngere Schwester; jeden Abend umfasste das Mädchen mit Armen und Händen den Nabel der Welt, knipste die Nachtlampe aus und schlief ruhig ein.
Jeden Abend.

Eines Tages entschloss sich Wicca, das obere Stockwerk zu räumen und zu vermieten.
Es war Sommer, und Erika machte Ferien im Ausland.
Sie war eine mustergültige, unglückliche Schülerin. Sie liebte das Meer und fuhr immer nach Ischia oder Capri, um sich vom Schuljahr zu erholen. Allem Anschein nach erholte sie sich auch diesmal wirklich und bekam etwas Farbe im Gesicht, obgleich sie nach wie vor kränklich und schmal war.
Als sie nach Hause zurückkam, schleppte sie einen schweren Koffer mit neuen Kleidern mit. Sie hatte eine Frau kennengelernt, mit der sie eine Einkaufstour durch die elegantesten Boutiques von Rom gemacht hatte. Die Mutter holte sie mit dem Taxi vom Bahnhof ab.
„Nehmen Sie Traveller's Cheques?"
„Ja", sagte der Fahrer.
Wicca gab ihm eine Münze als Trinkgeld. Er riss blitzschnell das Steuer herum und fuhr im Handumdrehen davon.
„All diese Kleider", bemerkte die Hexe missmutig beim Einsortieren.
Ein langes weißes Kleid behielt sie mit der Bemerkung für sich, dass es für Erika zu groß sei.
Es klingelte an der Tür. Es war die neue Mieterin, die ihre Wohnungsschlüssel holen wollte. Wicca lud sie kurzerhand zum Mittagessen ein; sie war ihr sympathisch.
Erika ahnte nicht, wie folgenreich dieses Mahl sein würde.
Kurz nach dem Essen verwandelten sich die Speisen unverdaut in ihren Eingeweiden in Exkremente. Sie musste sich so lange erbrechen, bis sie das Bewusstsein verlor. Selbst in der Ohnmacht hörte ihr Mund nicht auf, Kot auszuspucken. Der Arzt konnte es nicht erklären, aber er rettete sie, und sie setzte sich wieder an den Tisch und sah den beiden Frauen beim Essen zu. Steif, leichenblass, wie eine zur Salzsäule erstarrte Sünderin.
Die Nachbarin zeigte sich unnatürlich entgegenkommend; sie hatte unangenehme Augen, und es fiel schwer, sich ihrem Blick zu entziehen. Sie half der Hausfrau beim Anrichten („Fehlt noch, dass sie eine Handarbeit hervorholt", dachte Erika höchst befremdet und wandte sich ab), beim Abräumen und beim Tellerspülen.
Von nun an kam Frau Wiesel jeden Sonntag zum Essen und brachte, wie es ihr Brauch war, jedes Mal ein Geschenk mit. Für Erika gab es auch immer ein Extra, ein Bonbon, eine Pralinen-

schachtel oder, nachdem sie von des Mädchens Puppensammlung gehört hatte, ein neues, bald unentbehrliches Porzellan- oder Holzgesicht.
Erika aß die Süßigkeiten nicht, aber die Puppen konnte sie nicht ausschlagen. Sie waren zu schön. Sie sahen echt aus, als wären sie geradezu im Begriff, den Reden der Menschen zu lauschen und deren Sprache zu lernen.
Und doch konnte sie diese Frau nach wie vor par tout nicht leiden.
„Warum nimmst du dann die Geschenke an? Warum bist du so undankbar?", hatte die Mutter sie angefahren, als sie das zugab.
„Den Puppen macht es nichts aus; sie essen und trinken ja nicht wie wir", war es ihr durch den Kopf geschossen, doch sie hatte geschwiegen.
Sie war ein nun beinahe elfjähriges, verständiges Mädchen. Sie konnte nicht anders: Sie musste anerkennen, dass Wiccas Worte nicht ganz unberechtigt klangen, so gemein und gefühllos sie sonst auch waren, zumal aus dem Mund ihrer eigenen Mutter. Ja: Sie schuldete Rosalie, die schönste von allen, ebendieser Nora Wiesel, deren bloße Anwesenheit bei Tisch ihr Ekelregungen, Magenkrämpfe und durchgehende Appetitlosigkeit verursachte.

....

An ihrem elften Geburtstag hatte sie die erste Periode bekommen. Das war für Erika kein großer Tag. Sie stolzierte nicht in langen Kleidern durch die Wohnung, zog keine eleganten Schuhe und Handschuhe an und gab vor dem Wohnzimmerspiegel, der einen goldenen Rahmen mit verwinkeltem Rankenmuster besaß, nicht die große Dame, die sich anschickt, in die Gesellschaft eingeführt zu werden.
Sondern: Sie ging wie ein Gespenst von Zimmer zu Zimmer und war schwermütig, weil sie von nun an kein Kind mehr sein würde. Ein gut ausgebildeter Psychologe des 20. Jahrhunderts hätte gesagt: Sie will nicht erwachsen werden. Aber es war kein Psychologe anwesend, sondern der Geist der Erzählung. Der behauptet

hartnäckig: Sie war darüber betrübt, dass sie von nun an kein Kind mehr sein würde.
Es war ein Sonntag, und Nora kam wie üblich nach der Heiligen Messe zu ihnen und half, das Mittagessen vorzubereiten. Erika hatte die festliche Tischdecke ausgebreitet, die sonst nur an Ostern, Weihnachten und Pfingsten aus dem Schrank geholt wurde. Sie durfte das weiße Kleid anziehen, das sie aus Ischia mitgebracht hatte.
„Mama, bitte", bat sie inständig, „Lade diese Lakaienfrau wieder aus!"
Doch Wicca zeigte sich hartherziger, als sie ohnehin zu sein pflegte.
„Das werde ich Papa schreiben", sagte Erika, woraufhin jene Frau mit schallendem Gelächter aus dem Zimmer ging.
Und Nora hatte ihr Rosalie zum Geburtstag geschenkt. Rosalie, ihren Liebling. Wenig später klopfte die Mutter an ihrer Tür und entschuldigte sich:
„Du darfst meine Liebe zu dir nicht in Frage stellen, auch wenn wir uns manchmal streiten", sagte sie mühsam, mit affektierter Stimme.
Die Elfjährige schob die Mutter unsanft hinaus und schloss sich im Zimmer ein.
Seitdem trat Wicca nie wieder ungebeten in das Zimmer der Tochter ein. Doch ihr Gesicht blieb im Gedächtnis der Elfjährigen haften.
Wieder das Blut, das in den Schläfen hämmerte. Wieder das Gefühl, dass lebendige Schlangen dem Mund der Mutter entsprangen und sie anstarrten. Wieder diese Lust, jene Frau zu erschlagen, sie für immer aus dem Angesicht der Erde zu tilgen. Sie tot zu sehen. Für immer tot.
Wieder die Empfindung, bald selbst tot sein zu müssen.
Als wäre eine von einer unvorstellbaren Hand geführte Kugel auf einer schräg abfallenden Fläche ins Rollen gekommen, die aufzuhalten Erika nicht imstande war.

....

Erikas Vater war Seefahrer und selten zu Hause. Seine Tochter hatte er noch nie gesehen.
Er schrieb ihr hingebungsvolle Briefe auf den mit dem Familienwappen versehenen Bogen, die in schier unerschöpflicher Menge vorhanden zu sein schienen, obwohl sie Wicca schon vor der Geburt des Mädchens einer regelrechten Vernichtungsaktion unterworfen hatte.
„Das Wappen ist erfunden", sagte sie, als Erika den ersten Brief bekam, aber die Tochter schenkte ihr keinen Glauben.
Sie verstand nicht, warum er sie nicht mitgenommen und warum er am Tage ihrer Geburt verreist war. Doch nichts auf der Welt hätte sie dazu bewegen können, ihm auch nur geringfügig zu misstrauen. Seine Briefe waren zu schön.
Seine Briefe beschrieben die ganze Welt, und sie ging in ihren Träumen in den Landschaften spazieren, die er ihr schilderte.
„Der Matrose ist der König der Meere", stand in seinem dritten Schreiben, das sie im Alter von neun Jahren bekam, „und Du kannst in meinem Reich überall dort sein, wo Du willst."
Erika war im stillen davon überzeugt, dass „Matrose" nur ein Codewort und ihr Vater als Korsar im Auftrag einer erhabenen Königin unterwegs war und handelte.
Seitdem träumte ihr nicht selten von diesem anderweltlichen Wesen, das unendlich schön und gütig und so ganz anders war als alle Frauen, die sie jemals gekannt hatte.
Und das ihr einmal gesagt hatte, es sei ihre richtige Mutter.
Dieses Wesen bestand aus reiner Musik und war dennoch anschaubar. Es hatte bei ihrer Wiege gestanden und ein Lied gesungen, das sich nur schwer als Wiegenlied verstehen ließ. Sie hatte es nie vergessen.
Wenn ich mich recht erinnere, ging es in etwa so:
„Ist Liebe auf den ersten Blick,
ist alles gleich im Grund.
Dem einen bringt es Glück,
den andren auf den Hund."
Der Säugling und die Fee hatten sich angesehen.
Das Kind hatte gelächelt; die Mutter hatte seine Stirn geküsst und es in den Schlaf gesungen, jede Nacht, immer wieder, seit es auf der Welt war. Dann war Erika größer geworden und hatte gewartet, bis sie ihr im Traum erschien.
Sie war das Kind dieser Fee; sie war bei der Geburt vertauscht worden.

Wo aber war jetzt die Schattentochter? Wer hatte sich heimlich Zugang zu der Wiege verschafft, die Neugeborene geraubt und an ihrer Stelle einen Wechselbalg zurückgelassen? Wer hatte den schändlichen Handel verschuldet?
„Ich bin jetzt hier", hatte die Königin an jenem Tag hinzugefügt, während sich der Himmel um sie herum verdüsterte und ein Unwetter sich in der Ferne zusammenbraute, „und du bist dort. Aus diesem Grund sind wir nicht glücklich."
Erika war mit Herzrasen aufgewacht. Durch das geschlossene Fenster hindurch hörte sie, wie es draußen von weitem zu schütten und zu donnern begann.

....

Als sich Nora mit der Strandgesellschaft näherte, sahen alle, dass die elfjährige Erika kein Bikini-Oberteil trug. Und alle redeten darüber, ununterbrochen. Ein Film lief ab, in Höchstgeschwindigkeit, wie wenn man ständig vor- und zurückspult. Sie kamen auf sie zu und standen dann plötzlich still, wie wenn das Band angehalten wird. Dann bewegten sie sich wieder, und das ging eine ganze Weile so. Hin und her. Vor und zurück. Das Kind hatte Angst, von den Leuten berührt zu werden, obwohl sie ihm nicht furchterregend schienen. Ihre Bewegungen waren abrupt und fahrig wie die von aggressiv gestimmten Rollstuhlfahrern, ihre Gesichter feist und feindselig wie die von aufmarschierenden Henkersknechten.
Sie wusste nicht, dass die perversen Gelüste der braven, wohlmeinenden, fortschrittlichen Bürger, die sich an diesem Ferienort trafen, aufgewacht waren. Dass Wicca immer wütender wurde, weil sie nunmehr nur noch aus unlauterem Neid auf die Tochter bestand. Dass sie das Perverse mochte und das Reine zu beschmutzen wünschte. Dass sie tagtäglich gegen den Heiligen Geist sündigte und die Tochter zu ihresgleichen machen wollte. Dass ihr dafür kein Preis zu hoch war. Und dass sie diesen Preis längst bezahlt hatte.
Nora und die Mädchen kamen näher.
„Du bekommst langsam Brüste", sagte jene Frau einmal beim

Mittagessen, „Aber du bekommst sie. Hier ist ein BH für dich".
Erika warf das Kleidungsstück hin.
Sie spürte etwas, das sie nicht benennen konnte, und wehrte sich trotzig dagegen.
„Wunschdenken, Mama. Nichts weiter als Wunschdenken. Ich werde kein Oberteil tragen. Ich bin noch ein Kind."
Seitdem war sie Freiwild. Selbst ihre Freundinnen, die allesamt Bikinis trugen, tuschelten und tratschten den ganzen Tag hinter ihrem Rücken.
Sieben Jahre später, als sie achtzehn wurden, hatte sich der Wind gedreht, und all diese Mädchen, die mit elf ihre nicht existierenden Brüste bedeckt hatten, liefen oben ohne herum. Darüber regte sich keiner auf.
Im Traum tröstete Rosalie ihren Schützling inmitten von Sturm und von Schneewehen:
„Der Leib ist eine Gabe, mein Kind.
Erwachst du dereinst am Gabentisch, so wirst du danach gewogen, wie schwer deines Leibes Reinheit wiegt."
Ich schweife ab, geneigter Leser. Üben Sie bitte Nachsicht mit mir. Kehren wir zurück zu jener Zeit, als Erika als einzige unter den Elfjährigen oben ohne ging. Sie tat noch mehr: sie stellte ihre Kindheit aus, indem sie die Puppen zum Strand mitnahm und indem sie zum Verdruss der gesamten Feriengesellschaft demonstrativ mit ihnen spielte.
Nora und die pubertierenden Mädchen waren skandalisiert. Und sie kamen näher. Immer näher.
Die schon von weitem nach ihr schielenden Augen, die Vorwürfe, die Tuscheleien hinter vorgehaltener Hand hätten sie krank gemacht, wenn die Puppen nicht gewesen wären. Wicca wusste all das im Geheimen und grollte ihr von Tag zu Tag mehr, weil sie das nicht verhindern konnte. Sie machte die Puppen schlecht. Sie versuchte, sie ihr auszureden. Sie drängte und drängte, auf dass Erika endlich ein Bikini tragen solle. Sie wünschte, dass jemand ihre Tochter vergewaltigen möge, irgendwo draußen im anliegenden Pinienwald, wenn der Strand leer war und niemand vorbeikam. Dass sich die Haushälterin verplappern und alle ihr irgend bekannten schmutzigen Witze erzählen möge, auf dass die Heranwachsende neugierig werde. Sie streute das Gerücht, dass das Kind lesbisch, hysterisch und nicht zurechnungsfähig sei. Sie sorgte oft dafür, dass es unbeaufsichtigt schwimmen ging oder allein im Restaurant zum Mittagessen erschien.

„Bist du heute indisponiert, Erika?", fragte Nora und warf einen vielsagenden Schlammschleuder-Blick in die Runde.
Sie waren noch weit weg, aber sie kamen unaufhaltsam näher, mit abgemessenen, ferngesteuerten, marionettenhaften Schritten.
Der Wind verwehte ihre Fußabdrücke im Sand, aber Erika hörte sie auf einem bleiernen Boden auftreten, als trügen sie schwere, metallene Stiefel. Die aufkommende Flut rauschte vernehmlich im Hintergrund.
Dem Kind flog das Gefühl zu, von einem Tier verschlungen und von großen, spitzen Zähnen zermalmt zu werden. Es stand auf und sammelte die Puppen und deren Kleider ein, die auf dem Strandtuch ausgebreitet waren.
„Ich werde nie wieder Scheiße fressen, Nora", erwiderte es mit der Bestimmtheit der Neuköllner Göre, die es nicht war.
Frau Wiesel grinste sadistisch hilflos und nuschelte etwas Unverständliches. Ihr Gesicht erinnerte in diesem Augenblick an eine Kanalratte, die den Kopf aus einem Gully hervorstreckt und zum ersten Mal von Sonnenstrahlen getroffen wird.
Erika schauderte.
Ein älteres Mädchen, Zipina mit Namen, rief laut:
„Ich habe heute auch meine Tage!" und fixierte sie dabei schonungslos. Sie trug einen langen Pferdeschwanz, der ständig hin und her wedelte.
Sie kamen näher. Immer näher.
Die Strandgesellschaft rückte ihr auf die Pelle. Schein-sanft, unauffällig, langsam. Eine Untotenmiliz, jederzeit bereit, sich in Luft aufzulösen oder zum nächsten Angriff überzugehen, je nachdem, welcher Befehl kam.
Nahe beim Meeresufer tauchte eine als Nonne verkleidete Lack- und Lederlesbe auf. Sie schloss sich der Gruppe an und grinste abscheulich bigott.
Nora vertrat dem Mädchen den Weg und fragte:
„Willst du unserem Club beitreten?"
„Nein!", antwortete Erika.
„Mädchen! Warum bist du so überheblich?", kreischte die Käufliche auf, als hätte ihr jemand irgendwo ins Fleisch geschnitten. Sie dehnte unvorstellbar das „o" in „so", offenbar in der Absicht, dem Wort Nachdruck zu verleihen. „Du gehst doch auch, wie wir alle, jeden Sonntag zur Messe. Hast du denn noch nie gehört, dass Jesus alle Menschen grenzenlos liebt? Ohne Ansehen der

Person? Dass er sich geopfert hat, weil er bis zum Schluss geliebt hat? Bis zur Hingabe seines eigenen Lebens?"
An dieser Stelle der Geschichte, geliebter Leser, hatte Erika in Wahrheit die Ewige Hure vor sich, auch wenn in Wirklichkeit nur eine elende Vorstadtdame, die sich mit dem Einverständnis ihrer Mutter im Haus eingemietet hatte, das Wort an sie richtete.
Nach dem Zeugnis der Überlieferung antwortete sie wie folgt:
„Genau! Er hat sich selbst geopfert, nicht die anderen!"
Sie drehte sich um, zog hastig den Bademantel an und verschwand in Richtung Ausgang. Sie stellte fest, dass sie heftig zitterte.
Noras Gesicht zerbröckelte ins Zombiehafte. Die Frauen blieben stehen.

....

An der Bar bestellte Erika eine Cola und Erdnüsse. Sie hielt Rosalie mit der Hand auf dem Nebenhocker aufrecht, als wollte sie verhindern, dass sie entschwinde.
„Eine Prachtpuppe", sagte der Barkeeper, der seit kurzem verheiratet war und bald Vater eines gesunden Jungen werden würde. „Ich sehe jetzt schon den Schmetterling, der aus ihr wird. Ist sie neu?"
„Nicht ganz", sagte sie zerstreut, „Ich habe sie zum Geburtstag bekommen."
„Rosalie ist wohl dein Leitstern?", fragte Manlio beiläufig.
„Ja", antwortete sie, „Ohne sie wäre ich nicht hier."
„Die Leute hier sind blöd", warf er unvermittelt ein, „Warum wechselt deine Mutter nicht einfach den Ferienort?"
Sie strahlte ihn an. Sie war dankbar. Darauf wäre sie nie von allein gekommen. Sie war, wie ich schon sagte, erst elf.
„Das wäre Klasse, wenn es möglich wäre."
„Es ist möglich", sagte er bestimmt und tischte ihr noch ein Glas Cola auf. „Eine Mutter lässt niemals zu, dass ihr Kind von irgendwelchen Leuten drangsaliert wird. Ich glaube, Rosalie meint das auch."

Die Puppe stand regungslos da; ein Abendkleid aus grüner Seide, das von einem Unterrock mit schneeweißer Spitze untermalt war, ließ ihre dunkelblauen Augen ins Smaragdfarbene changieren, als wollte sie ihre Zustimmung ausdrücken. Erika hatte ihr grüne Schuhe angezogen. In Brustkorbhöhe prangte auf dem Samtstoff eine Verzierung, die aus ebensolcher Spitze gemacht war.
Sie zog die Augenbrauen zusammen. Eine seltsame Müdigkeit überkam sie, und die Stimme, die aus ihrem Mund kam, war nicht die eines Kindes:
„Manlio", sagte sie, mit dem Strohhalm in ihrem Kelch herumstochernd, „Wird nicht Ferienort gleich Ferienort sein? Wird sich nicht alles von Anfang an wiederholen?"
„Nein", erwiderte er, „Das muss sich finden. Ich habe eine Freundin, die meint: „<Wenn ich zwischen zwei Übeln wählen muss, wähle ich, was ich noch nicht kenne.>"
Das Kind lachte von Herzen.
„Ich diene zum Beispiel auch im <Mary>", fügte er hinzu, „Das ist sehr elegant, es würde dir bestimmt gefallen. Dort sind die Kinder höflich und gut erzogen. Sie sind nicht langweilig und erschrecken einander nicht. Die Mütter sind hübsch und tragen fabelhafte Strandanzüge und auch Sonnenhüte. Ich glaube, du bekommst einen phantastischen Sommerhut, wenn du dort auftauchst."
„Wo ist das <Mary>?", fragte Erika.
„Etwas weit von hier, aber man kann es mit dem Bus erreichen. Gleich hinter dem Pinienwald."
„Der Pinienwald, wo Nora und die Mädchen immer Verstecken spielen?"
„Ja, genau der", bestätigte er. Man sah ihm an, dass der Wald nicht sein Freund war.
„Als was dienst du im <Mary>, Manlio?"
Er lachte vergnügt und stellte die trockenen Gläser ins Regal.
„Als Barkeeper", sagte er, „Was hast du denn gedacht?"

....

Erika machte sich auf den Weg.
Im Bus war sie der einzige Fahrgast. Es war ein schwüler Julinachmittag, und ein filigraner Schleier durchwebte die Luft; wie eine endlose Sandwüste sah ein fremdartiger Himmel auf die Erde hinab.
Die Fenster waren offen. Sie genoss diese Hundstage, seit Jahrhunderten. Es war die Hochsaison, in der sie aufblühte und allem Unheil zum Trotz alles Irdische segnete. Sie genoss das langsame Traben des Fahrzeugs in der wohltuenden Wärme. Sie setzte sich ans Fenster, das Gesicht der Sonne entgegenstreckend. Fremdenzimmer im Angebot, schoss es ihr wie ein Pfeil durch den Kopf; es sind noch etliche frei, meine Damen und Herren. Noch etliche frei. Wer greift zu?
Sie kniff die Augen zusammen, als trübte ihr etwas das Sehvermögen. Es gab keine Sprechanlage, und der Fahrer rief die Stationen mit rauher, heiserer Stimme aus. Bis zum „Mary" waren es noch sieben.
Die erste Haltestelle war menschenleer.
An der zweiten, die sich vor dem angrenzenden Pinienwald befand, sah Erika ihre Nicht-Freundinnen warten, aber sie stiegen nicht ein, sondern winkten ihr spöttisch zu, schnitten Grimassen und lachten. Zipina hatte das Haar gelöst und sah Erika auf einmal ähnlich; womöglich lag das aber auch nur an der Strandkleidung, die in jener Zeit uniformiert war und alle Menschen gleichen Alters, Gewichts und Geschlechts einander gleich machte. Die Spielkameradin drückte sich mit voller Wucht ans geöffnete Fenster, klammerte sich, als wollte sie hereinspringen, an das heruntergekurbelte Glas und rief laut:
„Fremdenzimmer! Fremdenzimmer!"
Zipina war so außer Rand und Band, dass sie beim Reden unwillkürlich ausspuckte. Erika zog den Kopf zurück und blickte ihr nach, während das Fahrzeug erneut in Bewegung kam.
Die dritte Haltestelle. Die vierte. Die fünfte. Die Landschaft begann, kahl zu werden. Nichts als Beton und Asphalt und vereinzelte Passanten, die, schwer bepackt, im Zeitlupentempo gingen. Hier und da waren Gasthäuser zu sehen, aber obwohl es Hochsommer war, schien es nur noch wenige Touristen zu geben. An einem Schwimmbad spielte ein Kind Ballwerfen; ein Junge zog einen Bademantel an und setzte sich, ein Buch in der Hand, auf einen Liegestuhl.

Die sechste Haltestelle. Ein buckliger Greis mit strähnigem Haar und kirschschwarzen Augen erhob sich von der Sitzbank und ging mit schwerfällig-zielstrebigen Schritten, mit dem Gehstock herumfuchtelnd, auf den Bus zu, aber ein heftiger Auspuff des altmodischen Motors, der ihn mitten im Gesicht traf, hielt ihn in letzter Sekunde vom Einsteigen ab.
Die siebte Station.
„Strandhaus <Mary>", meldete der Busfahrer.
„Danke. Auf Wiedersehen."
„Auf Wiedersehen."
Aus einer frühen Kindheitserinnerung wusste Erika, dass eine überlebensgroße Puppe das Eingangstor schmückte.
Ja, das war sie. Erika erkannte Rosalie oder deren Inbild.
Jetzt erst fiel ihr auf, dass die Puppe lebte; sie verließ schlicht das Tor, stieg auf den Boden hinab, nahm Rosalie an die eine, Erika an die andere Hand und ging mit ihnen zum Strand.
„Endlich, mein Stern", sagte Mary, „Ich habe mich lange Zeit nach dir gesehnt. Jetzt bist du hier. Jetzt bist du wach."
Erika vernahm wie von weitem die Geburtswehen einer Frau und das Weinen eines Neugeborenen. Sie sah einen weißen Stern am Meeresufer aufleuchten und fühlte den Augenblick, in dem alles vorstellbar und die Mutter eine einzige war. In dem sie an ihrer Brust ruhte. In dem sie beide zum weißen Stern aufsahen und zueinander, in einem Blick.
Ein starker Wind begann, vom Strand heranzuwehen.
„Jetzt bist du bei mir", versetzte die *stella maris*[18], „Ich werde dich nie verlassen."
„Ich lasse mich nicht von dir trennen", antwortete Erika.
„Kommt", sagte Rosalie, indem sie die Gefährtinnen mit raschen Schritten zum Ufer zog, „Die Zeit drängt. Wir müssen die Steine sammeln und vor Tagesanbruch zurück sein."

(Manchmal verkehrt der Film nicht nur die Erzähl-, sondern auch die Tageszeiten. Ich bitte den geneigten Leser abermals um Verzeihung.)

....

---

18   Lat. „Stern des Meeres".

Über der Walstatt wölbte sich die Himmelswüste.
Gähnend fiel ein grellroter Lichtschein vom Mondmund auf den Strand hinab und wich, von dem Anblick entsetzt, blutstropfend zurück; auf der benetzten Erde bildeten sich die Buchstaben:

Hôtel Dieu

Der verabredete Handel warf seinen Schatten auf die unter den Höllenfürst Verkauften. Grinsend, unter der Last seiner Taten gebückt, läutete der Sensenmann die letztgeborene Mitternacht ein.
Die Meeresoberfläche war vereist. Ein Krähenschwarm kam hinter dem Horizont hervor und umkreiste die vorhergesehenen Menschen.
Im Pinienwald brachten Wicca und Nora die Mädchen auf einer breit angelegten Schlachtbank dem Baal zum Opfer. Sie passten alle zusammen darauf; es wurde ein einmaliges Ritual. Erika hörte dem in einem eigenen Rhythmus fallenden Hackbeil zu, mit der staunenden Neugier einer Vierjährigen, die zum erstenmal Schnee fallen sieht.
Die Hexe bedauerte, dass ihre Tochter nicht dabei war, und schwor ewige Rache. Die falsche Nonne war der vermummte Henkersknecht, der eine Hinrichtung vortäuschte. Aus den Fluten erhob sich ein Wirbelsturm (ja wahrhaftig), der sich dem Ufer mit von Augenblick zu Augenblick wachsender Geschwindigkeit näherte.
Das Eismeer schwieg, doch der Sturmwind war lebendig.
Rosalie ging ihm entgegen und redete ihn an:
„Sag mir, wer du bist und was du hier willst!"
„Meine Zahl ist Legion!", antwortete das Unwetter, „Ich bin hier, um das letzte Opfer zu holen, das mir zusteht!"
„Oh, das letzte Opfer!", antwortete sie beinahe schnippisch, „Bist du sicher, dass du am rechten Ort bist?"
Das Monster sah Rosalie an, stieß einen Angstschrei aus und wich zurück. Aus seinem Rachen stiegen Flammen und Schwefel empor. Die Vögel verstummten.
Während der Unterredung hatten Mary und Erika Kieselsteine gesammelt, winzige, mädchenleichte, vom Meerwasser graziös erodierte Kieselsteine, die vorher nicht da waren. Diese schleuderten sie dem Moloch entgegen; Schreie und Wehrufe erschallten auf dem verlassenen Ufer.

Der Krähenschwarm öffnete sich und entließ das Schlachtopfer aus seiner höhnisch auflachenden Mitte. Die abgerissenen Köpfe der Mädchen rollten einer nach dem anderen auf den blutbegossenen Sand herab. Bäuchlings trieb der Leichnam des Wechselbalgs auf den dunkelnden Fluten. Die Henkersnonne hing kopfüber an einem Baumstrick, die linke Ferse am Seil festgebunden, den Leib dem Wind und den Aasfressern preisgegeben. Nora saß neben dem Baum und heulte erbärmlich. Wicca verließ die funkelnde, glatt polierte Oberfläche der Schlachtbank, auf der sie gesessen hatte, und ging auf die Tochter zu; Mary verhinderte, dass sie Erika erreichte. Sie stampfte mit dem Sonnenschirm auf die Erde, die sich lautlos auftat und Mutter und Tochter für immer und ewig durch einen Abgrund trennte.
Die Meeresoberfläche schmolz, und ein weiteres Unwetter zog herauf.
Mary trug ein langes weißes Kleid und einen weißen, breitkrempigen Sonnenhut, den sie nun abnahm: Die filigrane, transparente Kopfbedeckung wuchs augenblicklich über die Maßen in die Höhe und Breite und wurde zu einer undurchdringlichen Mauer, die das Mädchen und ihre Schutzheilige hinter sich barg und an der das Meer und die Hexe unablässig abprallten.
Alle drei fuhren fort, den brodelnden Schlund mit Steinen zu bewerfen, die sich in riesige Felsbrocken verwandelten, sobald sie das Ziel erreichten. Ein metallisch klingendes Zähneklappern kündigte das Erscheinen des Ungeheuers an, das aus den Tiefen des Wirbelsturms emporstieg und die Elemente, die es entfesselt hatte, für einen Augenblick zum Stillstand brachte.
„Ruhe!", brüllte es in die Runde, „Wo sind meine Glieder? Wo sind die Opfergaben?"
Nora, die Hure, und die Wechselbalgmutter machten einen flinken Knicks, brachten die Totenköpfe dar und legten sie ihm zu Füßen; es blies sie und die am Baum hängende Henkersnonne mit einer obszönen Geste an, durch die es sie sich einverleibte. Sie waren zu seinen Gliedern geworden: Sie bildeten von nun an seine Gedärme. Sein Leib wurde weich und rötlich und roh und starrte vor verwesendem Fleisch.
Ein unerträglicher Pestgeruch nahm die Luft in Besitz.
In den Eingeweiden des Molochs wimmelte es von Verdammten, die sichtbar wurden. Er begann, größer zu werden; sein Bauch blähte sich auf, und Erika begriff, dass es weiblich war. Er war schwanger. Gleichgültig presste er, wehelos, presste, bis die

Brut herauskroch und zum Vorschein kam, unzählig. Dem brodelnden Schlund kaum entschlüpft, reckten die Würme das Kinn in die Höhe und empfingen Befehle vom Muttertier. Sie verstanden sofort.
Aasgeier und Krähen flogen die Steine herbei, die sie am Ufer gesammelt hatten; der Leviathan und seine Kinder warfen sie gegen die stählerne Mauer, welche dem Nichts entwachsen war. Doch sie zerfielen zu Staub und zu Sand, sobald sie den Schutzwall berührten.
Mary trat ein und sah den Tod an.
Beim Anblick ihres Gesichts, ihres breitkrempigen Hutes und ihres zierlichen Schirmes sackte das Ungeheuer samt seiner Brut in sich zusammen und stürzte in die Tiefe. Nora folgte ihm; Wicca wurde das letzte Opfer.
Hinter der Mauer fand ein Zwiegespräch zwischen Mary und Erika statt, während Rosalie einen Meerrabenschwarm herbeirief:
„Maria, bin ich dem Versucher versprochen und geschuldet?"
„Nein, mein Kind. Jetzt nicht mehr. Manlio und der Busfahrer haben Wicca bezahlt."
„Manlio und der Busfahrer?"
„Ja. Ein Taxifahrer war auch dabei, wenn ich mich recht erinnere."
Die Hohe, die Reine, die Herrin genoss sichtlich das Staunen der Lieblingin und schirmte sie einmal mehr mit der Handfläche gegen die anstürmenden Wogen ab. Sie hatte das Antlitz eines Kindes und war zugleich eine Greisin.
Erika fühlte, wie sie heil zu werden begann.
„Werde ich jetzt sterben?", fragte sie nach kurzem Schweigen.
„Nein, mein Kind. Ich habe noch etwas vor mit dir. Siehe, was der Sturm bringt und wer zu dir zurückgekehrt ist."

Erika sah das Meer. Sie sah ein Schiff. Sie sah eine enge Kajüte und einen jungen Mann, der an einem Holztisch saß. Er nahm eine Feder und ein leeres Blatt in die Hand und begann, etwas niederzuschreiben. Eine Lampe mit einem ölfarbenen Krepp-Papier-Schirm brannte auf der nebenstehenden Kommode; an der Wand hing eine von der Witterung stark angegriffene Muttergottes von Belém, den Rosenkranz in der Hand, das Christusherz in der Brust.
Das Gesicht des Seefahrers erhellte sich mehr und mehr zu einem Lächeln, je länger der Brief wurde.

....

Berlin, 21. Januar 2003, am Gedenktag der hl. Agnes

Brief eines Seefahrers an sein Kind

„Et verbum caro factum est et habitavit in nobis." (Joh 1, 14)

Dies ist der Brief von der Kaltblüterin,
so heil, unversehrt
zurückkehrt aus dem Zwischenreich,
darin verloren du ausharrst:
Schon blickt der Schneemond
auf Jesses Wurzel herab.
Matrosen essen zur Feier.
Du wirst dich erinnern.
Du bist versprochen. Du schaust.

Beharrlich tauschen die Schatten Geist und Geruch,
verbinden magere Engel die zaghafte Brust,
wie wenn die Schlange sich häutet
im Klange der brotbaumverhangenen Dünen,
im Wandel der wüstebenetzenden Monde.

Jemand trägt.
Die Stunde beginnt, da der Handel
dich täuscht.
Du stirbst.
Du trinkst Blut.
In der See-Elbin hohlspiegelndem Fleisch
geschieht Hostienraub.
Zarthöhnend umschlingt dich die Hand,
langes Leben, Gesundheit
einflüsternd dir, den lange vergebens
gewünschten Stammhalter
versprechend im Namen des Handels,
der, abgeschlossen, vor Anker geht.
Dies ist Alraune, mein Schiff. Salzwasser
birgt unzählige Tote.
Mandragora treibt sie umher,
töricht und tapfer umhüllen sie nachts
die fiebererfüllten unter den Sterblichen,
gaukeln Chimären dir vor,
wenn der Leib im Saatgut sich dreht,
welches ein Vorfahre, ein ferner,
Soldat vielleicht oder Spielmann,
dir einpflanzte in ungenannter Jahrszeit.
Wir vernehmen zuweilen
unverständliche Rufe,
ungelenk nachvollziehend
des Akrobaten unersehnbaren Sprung,
auf gleißenden Graten gehend und flehend,
– gib, oh gib dass es aufhört,
gib, dass die Erde, die vielgescholtene, greift,
den unversehens ins Nichts
gleitenden Fuß wieder beschwert,
zwischen Lehmfinger und Wehruf abermals
greift. Bleiernes Blut,
Frosthauch um die Stirn.

Siehe, du reckst das Haupt aus dem Ungrund,
ringend um Labung,
mit des Schemenwinds nachtblühender Stimme
Stürme herbeirufend dem netzewerfenden Fischer
ins westwärts gewandte Gesicht.

Er hört dich nicht.
Er besitzt eine Seele.
Geduldig belehrt dich
der ältere Tote,
schwimmen die Frauen heran,
verströmen verstorbene Düfte,
bauen aus Dorn und aus Lehm
eine Höhle dir in der Tiefe,
bereiten ein kärgliches Mahl,
würzen es lieblich,
mit Rettich, mit Safran.
Des Morgens brachten die Boten die Briefe,
Matrosen im Dienste von Thronen und Mächten.
Du träumtest. Unriechbarer Rauch.
Gewicht von Erdschächten.
Heillose Knoten.
Freibeuter bringen unermessliche Rosen.
Der Orkus, er ist es,
der rüttelt am rostumrandeten Gitterstab.

Eine der Toten, des Hungers
unverspottbares Inbild,
an Land verirrte,
kaltnackte Fischgräte,
Larve der Sehnsucht,
die neptunische Hexe,
ein Fremdling noch und erstaunt
den länglichen Tunnel erkundend,
die nachgebende Erde
vorwärtstreibend mit wissendem Fuß,
erblickte dich,
als du noch nicht vertauscht
auf dem Grund ruhtest:
Leib eines Handels,
dem münzenverschlingenden Hund,
der Trugbilder gebärenden See
gestiftete Beute,
Holzstück, unverhofft
dem Netze zuschwimmend, ohne Gedächtnis.
Als du fern wohntest von allem Fleisch, allem Dienst.
Als du schwer warst im Stein.

Als das Kranke, todmundig,
wohnte in des Leibes
phantasmenumwobenem Tempel.
Als du, Traumgespinst, dem Hades entkommen,
Spross und Stammhalter wurdest der Niemandsfee,
die sich seit alters her vergebens gegrämt,
die brennend ersehnt hatte die einzige Seele,
das unmögliche Mädchen.
Es wurde ein Mädchen.
Es wehrte sich ganz,
verneinend im Alpdruck den Drang,
der sich auftat sie zu begraben, lebendig
im Totenreich einzubetten Leber, Orakel,
Fuß und Gelenk. Etwas anderes
an ihre Stelle zu setzen,
für immer zu löschen
den Zorn der Mutter, der Mächtigen,
der alleskönnenden Königin.

Aasfresser flogen heran. Hungrige
Arme schwammen herbei,
streiften das Herz dir, die fiebernde Stirn.
Ekel umwarb dich.
Alraune barg taube Matrosen,
des fernen Heimes, der Gattin,
der wollknäuelentwirrenden Kätzin
uneingedenk, der dahinsiechenden Amme,
die Abend für Abend,
wie von unwissenden Schmerzen gestärkt,
Feuer schürt am Kamin, einen Krückstock
in den verwitternden Fingern.
Regen fällt, spaltet Gerüche, Gedanken.
Ein Jüngling, kaum der Kindheit entwachsen,
entfernt sich vom Deck,
wirft sein Netz über Bord,
fischt beinahe verdrießlich
die Holzpuppe auf, die grüngekleidete,
mit vor Entsetzen geweitetem Blick.
Ebenholz. Salz.
Er hebt sie auf,
trocknet das Auge ihr, wäscht das Gewand.

Nimmt ihr vom Mund Algen und Sand,
horcht, in Ehrfurcht erstaunend,
auf das Geräusch, auf den Spruch,
der, indigoblau, wie der Toten
unzerkauliche Gärung der Erdspalte entfließt.
Fluch. Totenwein. Tiefe.
Trophonios' Traubenchöre, die Jungfrauen,
dringlich und dunkel.
Er denkt an die Braut, die Immerwartende.
An den Libanon.
An das weißleinene
Hochzeitstuch, an den
ferne Zeiten erinnernden Leib.
Er denkt an den Mahlstrom.
Vielleicht dass die Mutter noch immer
die Geige spielt in den Mainächten,
wie damals, als er,
unkundig, wartete und schlief.

....

Leviathan erhob sich,
das Schiff zu versenken im Eismeer,
die Matrosen, die Freibeute, den Brief
hinabzustoßen in den
allesfordernden Grund.
Die Larve sollte verderben,
das Wrack untergehen,
den Walen, Delphinen und den
klippenumschwebenden Meerraben
ein fremdartiges Tier,
den Tritonen ein Menschenopfer,
dem Unflat geweihtes,
hungerstillendes Fleisch,
dem Seevolk ein Götze.
Doch sie hielt stand.
Sie vergaß. Begraben
war Unzeit.

Die alraunwurzelnde Weite
schloss sich und betrog,
der Herrin verbündet.
Sunt lacrimae rerum,
raunten die Fischfeen, die seelenfreien,
Gesang herbeisehnenden Geister,
die Nixen, Najaden, Nereiden,
nicht ahnend das Ausmaß des Klagelieds,
des Totengedächtnisses,
das dem Meer sich entwindet, wann immer
ein Sterblicher unbeweint geht,
unbestattet betritt
des Hades vielbeschattetes Reich.
Sie taten den Dienst der Herrin zur Liebe,
der Niemandsfee,
der Neptunierin,
die, der todlosen Sippe untreu, die Gaben
umgewidmet hatte, die Larve zu retten,
Alraune, den sinnenden Jüngling,
den Brief und den rauchumfangenen Fisch,
den die Seeräuber gegessen hatten zur Feier des Sturms,
der sie verschont und verborgen hatte in der
Erdwurzel, so sprach und verfing.

....

Ranküne. Der neptunischen Magierin
alljährliche Laune, die Rosenliebe,
argwöhnten die Höflinge,
sittsam zu Tische sitzend,
die gemarterte Hostie,
den Fisch gewordenen Frevel vor Augen,
an Messer und Gabel.
Der Herrscher hat sie verzogen, mit zuviel Tand
bedacht, von Vettern und Volk
getrennt, auf dass sie gedeihe,
dem Geschlechte zum Ruhme,

der uralten Muhme.
Auf dass das Salz den Leviathan nähre,
die Höhle, den Dreizack und das
immerwährende Spinnrad, der Mutter Mitbringsel,
dem Hades, dem schemenreichen, entrissenes Pfand.
Sie aber löste das Salz auf, den Knoten,
goss künstliches Wasser, süßes,
in mondliche Glasampullen hinein,
darin langfingrige Seelen sich tummelten,
achtsam erwidernd den zärtlichen Fluch,
der Neptunierin zögernd hinauf sich hebenden Blick.

Die Meerjungfrauen taten den Dienst.
Heimkehr war da.
Nächtens legt die Amme das Schüreisen,
zerstreut, auf den Boden,
singt die Gattin das Wiegenlied,
auf der damastenen Decke
schnurrt die Kätzin gesättigt,
milchzüngig den Säugling verstrickend in die
reigenumraunende Märe.
Ein Fenster ist offen.
Die Nacht ist Ankunft, unbeugsam.
Alraune nimmt Kurs auf die Insel.
Der Wahnsinn der Hexe treibt sie aus dem Hafen.
Korsaren sind Freiwild, ein jeder
trachtet nach Leib und nach Leben den Vogelfreien.
Wer fängt sie? Wer gibt der Erde
die Wurzel zurück, dem Golem
den sterblichmachenden Atem?
Auswege entschwinden, ehe sie entstehn,
die Insel zeigt sich als Erfindung
der Renegatin, der tumben Fee,
der Kindspatin. Im Kielwasser ertönt
der Meerfrauen seelenersehnender Trost,
das Klagelied der Verwandten.
Splitter an Splitter, das Eis.
Die Verwundrung im untrügbaren Spiegel,
dem nichttäuschenden,
die Leibnarben, die sich im Wechselbild schließen,
des Staunens lang ersterbende Umsicht,

der Kuss.
Die Heimsuchung. Bejahung.
Die Rosen, welche die Mutter
dem Ungeborenen eigens gepflanzt,
in den Maitagen.

....

Die Matrosen sind alle tot. Das Steuer verwaist.
Schatztruhen, Juwelen, das wehe Raunen der Amme,
des Kindes erste Schritte im Garten, die Gattin
fordert der Ungrund.
Er fordert das geschuldete Pfand.
Es ist sein Eigentum, seitdem das Meervolk
die Hostie geraubt,
seitdem der Wechselbalg
an Land sich geschmuggelt,
seitdem die Hure
Mutter geworden anstelle der Mutter.
Seitdem blutet das Brot.
Es flucht der Trauben süßestes Blut, es wandelt
sich Jahrszeit für Jahrszeit der Garten
in der Verwesung heimlichste Stätte.
Du kannst nicht hinein.
Gift beschleicht dich, des Leibes staunende Stimme
verkehrend, hohlspiegelnd die Schritte, den Schrei.
Du bist gefangen, der Brunnen versiegt, hohnlachend
zieht der Schatten das Wechselbild an,
geht durch das Gittertor.
Du bleibst zurück. Schlangengleich,
von Geistern der Rückkehr verhüllt,
entsteigt dem Erdnabel Pythia,
der Ascheengel, hungrig nach Opfern.

....

Der neptunischen Hexe, der Kaltblütlerin,
kultische Rache, die Weihe,
erstreckt sich über den Ozean.
Von Jahren beschwert wacht der Kormoran
über die Wurzel, Alraune,
im Gefäß;
unschmeckbar verbleibt
der Elbenwein, rauchvoll, in der Kelter.
Das Schiff ist zum Grabe geworden.
Wo entsprießt der Vergelter, der solches ersinnt?
Wer öffnet Gräber auf offenem Meer,
wer ist so töricht, den Landgang zu wagen,
den Grund zu durchqueren, den saatgutverderbenden,
Phantasmen, Miasmen aus dem Reich zu verjagen,
des Lethe, des Acheron sich zu erwehren,
dem münzenverschlingenden,
Wurzeln ausreißenden Hund
den Kopf, den dreifachen,
mit einem Schwerthieb vom Halse zu schlagen,
dem Engel zum Heil?
Damit das Nicht-Kind erstehe?
Wer exorziert,
da die Mitternacht läutet,
den aufgestandenen Golem am Galgenkreuz?
Auf dass die Hostie aufhöre zu bluten?
Wer lässt dem versiegelten Leib, dem gemarterten,
munda voluptas entfließen,
wer der zertretenen Wurzel, der zarten,
der vom Henker dem Erdgrund Entrissenen,
Engelswonne entsprießen?
Wer vermag der Neptunierin
unbeugsamen Spross zu bereden,
der mit Fingern und Nägeln sich wehrt,
der, die Hölle zu meiden, des Lebens entbehrt?
Fischer, hörst du Alraunens Schrei?
Fühlst du des Knechtes

unzerteilbare Ziehkraft, sein Bellen,
die Erdwehen, das Seil?
Siehst du die Holzlarve,
des Leviathans schwärzeste Perle,
geboren aus Schuld und aus Wahn?
Schmeckst du des Lichtes
unergründlichen Zahn?

....

Faste, Wechselbalg. Schließe den Schoß.
Du bist nicht da. Du zerfällst.
Du vertust Staub und Asche.
Heimkehr ist Hölle.
Darum vergib. Enthalte dem Baal
Beute und Brief vor.
Bald ereilt dich der Neptunierin unerbittliche Huld.
Faste. Vergib.
Hungere, Wechselbalg. Entsage dem Mahl.
Tausche zurück
die Arme, das Haar,
die Spange, den Blick.
Mandragora, die Wurzel-Hexe, gibt Antwort,
wann immer die Totenbrandung unschwer
das Schiff stranden lässt an unvordenklichem Ufer.
Es tauscht der Ungrund
Gabe und Gut:
Alraune ist verzückt,
wie wenn im Morgengrauen ein Schwert
einer Genesenden Leibesdunkel durchbricht.
Alraune besteht.
Sie sticht in See.
Ranküne gedeiht.
Erfüllt liegt die Holzpuppe im Netz.
Der Fischer vernimmt Wechselbalg und Getier.
Die Niemandsfee gebiert eine Seele,

unmöglich und wahr.
Der Akrobat ist gestillt.
Das Seil gibt Ruhe und Gewicht.
Der Brief bewahrt das Geschriebene, bleich.
Golem fastet. Der Elbenwein gärt.
Heil bleibt die Hostie im Kelch.
Der Schiffsjunge kehrt heim.
Im Haus wartet die Katze am Feuer.
In Reihe und Glied
verlassen die Toten den verschacherten Garten.
Von der Amme erwartet
betritt ein Fremder die Schwelle,
an den Tag sich erinnernd,
da er unwissend das Kind
beinahe versehentlich hob aus dem Meer:
Das Zwischenreich kehrt zurück,
wie dereinst, als die Hexe, bestochen,
einer Larve zur Liebe
– stumm der Mund, Holz das Gesicht –
Erzengelin wurde,
im Lande der Lebenden weilende
Mondnomadin, du, Niemandsfee,
die du alljährlich segnest den Fisch,
das Schiff und die allesgebärende See,
dich, Blutwunder,
dem Orkus entrissene Rose,
Levkoje, des jungen Matrosen
unbedachtsame Treue.

....

Als der Wächter am nächsten Tag das Strandhaus „Mary" aufschloss, fand er das Eingangstor seines langjährigen Schmuckes, der überlebensgroßen Galionsfigur, beraubt.
Das Tor stand verwaist da, und ein Herbstwind ließ die abgefallenen Blätter wie verlorenes Strandgut hindurchrauschen.
Als der Dienstmann das Ufer erreichte, starrten ihn unzählige

Aasfresserkadaver mit Leichenblick an, die mit zerrissenen Eingeweiden dalagen. Ein längliches Metallstück vertrat ihm den Weg zum Wasser.

Artig und durstig umgaben Totenschädel, wie ein nicht von Menschenhand gezogener Kreis, den Tierfriedhof.

Er fiel auf die Knie, den Blick gen Himmel erhoben; auf dem Boden ertasteten seine Hände einen harten Gegenstand, vom Sand bedeckt, unter dem noch etwas vergraben war. Zögernd und furchterfüllt machte er sich ans Werk.

Mit bebender Hand hob er nach kurzer Zeit zwei Dinge ans Licht, die der Sturm an Land gespült hatte: eine grüngekleidete Puppe und einen Stein, der die Form eines Herzens besaß.

Es war Rosalie, die Fee, die Freundin der Lebenden, die Larve der Hoffnung, mit ihrem Herzen aus Stein.

....

Zu diesem Text gehört das Bild:

„Strandhaus Mary"

11) Man hatte ihn am Notschalter

Eine Echtzeit-Aufnahme

Der Gemüsehändler und der Sommer

Ein entthronter Tropensommer fütterte ängstlich
sein Junges, hängte die Hausschuhe
an eine Plafondschnur, spuckte
in den Fluss und schwamm hinüber.

Er sah sich nach einem Obdach um und fand keines.
Am Abend ging er in die Stadt,
wusch sich in dem Fluss und aß
ein Gnadenbrot bei einem Gemüsehändler.

Wie seid Ihr so durchnässt, Herr,
redete der Händler ihn an, ehrfurchtsvoll
das Haupt entblößend, seid Ihr
von weither gekommen?

Ich bin durch die Regengassen gewandert,
antwortete der Sommer, lass mich
einmal das Spiel deiner Laute hören.

Und der Lautenspieler setzte sich auf die Stufen
seines fernen Refugiums und spielte
für den weithergereisten Herrn,
der kein Obdach gefunden hatte,
das Lied einer machtvollen Stadt.

....

Schiedspruch der Schönen

Locke, Jüngling, mit List
In den Wald
Das sprechende Tier, das verwunschene Wild;
War es Wahn
Der dich ausziehen hieß zur Jagd in die Nacht in ein weites
Weißeversprechendes Land
Blass und barhäuptig
Auf Dornenpfad
Nachlaufen dem Echo
Unbeliebig vergossener Laute − dem um ein Leises ver-
schobenen Klang, des Blutes
Nicht achtend mit blanker Hand
Aufbauen ein Zelt
In der Enge der Lichtung die bald schon
Zeitigte
Das Starren das Schweigen
Der heilenden lösenden
Wälderdurchdringenden weisebetörenden
Spur der wolfsjagenden Hand?

Wartend auf etwas, das niemals geschah
Wartend, dass irgendein Wild sich verwandelt
Und anfängt zu sprechen im Schutze des Mondes, wie einst
Die Amme dir vorgemacht in unausdenklichen Zeiten?
Wie du es von den Dichtern gehört, die selbst
Grausigem nachjagen im Wahn, die Schatten die Schemen
Verschwänden
Wenn nur
Ein Geschehnis sich fügt wenn
Ein Wort gesprochen wird von einer Schönen
Von einem Gejagten, einem
Vergessenen Wild das sich hinlegt zum Sterben

In den Schoß einer Lichtung?

Bist du von Sinnen? Teilst du das Schicksal
Jener Nymphe die ohne zu sprechen sich auflöste im Nachhall
Einer Knabenstimme die lange schon ohne ihr Zutun
Ihr zum Verhängnis geworden als sie im Fluss
– Wie, Echo, lautete
Die flüchtige Formel
Der Sehnsucht erheischende Ruf? –
Des Jünglings grausamen Sinn erblickte und sich hingab
– Erstlich verfallend dem Lockspruch –
Dem halbhell verklingenden
Wälderdurchdringenden Wort?

(Echo, die zur Jagd Getriebene)

Du, der Gejagte, bleibst stets
Im Auge des Wolfs; verschwände das Echo
In seinem Nacken, du würdest
Die Spucke des Drachens schmecken, die Leere
Des Echolots im Munde des Jagdgrunds

Besinne dich, Junges, das Böse
Besprich, beständig die Bindung
Aufrechterhaltend im Sinnspruch des Blutes
Halte nicht auf
Die Weisung des heilend vernarbenden Lautes
– So dünn es auch ist, so matt und zerbrechlich –
Das Echo hält seine Hand
Über den Wald, zeitigt ein Nichts welches versehentlich eine
Vergessliche Magd am Flussufer verschüttete, wandelnd
Im nächtlichen Auge des Wildes das plötzlich, vom Wahnsinn
Ergriffen, die Zelte zerreißt, die Züge
Des Wolfes annimmt, dessen Schwärze,
Dessen nichtende Jagdgier – auch davon
Erzählte die Amme, die Weise
Und wie er umhergeht
In der echoverwüsteten Lichtung

Macht sich der Wolf das Echo zum Freund,
Muss der Laut für immer verstummen und es bedürfte

Eines dritten Sprechenden welcher die Wolfsspur aufnähme
Und den Wald durchdränge mit einem einzigen Wort
Den Schiedspruch spräche
Wer
Fortzudauern habe
Die Losung oder die Lähmung
Und wem das Wort erweise die Gabe

Du stirbst im Nacken des Wolfes
Du jagst noch im Sterben dem Streben den Sternen
Dem Laut nach, dem lösenden Liedspruch
Dem redenden weisenden wälderdurchdringenden
Weisebetörenden Wild

Als sie das sah, nahm die Schöne den Mond in die Hand,
Schmetterte ihn auf die Erde und weinte. Die Magd
Half ihr auf, und im Scheinen
Der Scherben heulte der Wolf
Sein zerreißendstes Lied.

....

Es ging um eine Linsensuppe, um nichts weiter als eine schäbige Linsensuppe in einer drittklassigen Destille, in Wedding, an einem kalten Mainachmittag, an dem die Amseln lustlos die spärlichen Brotkrumenreste in den Hinterhöfen der Stadt aufpickten, hastig, als wüssten sie, dass schon bald der nächste Regenschauer einsetzen würde.
An diesem Tag verschwand Ferdinand. Mit seiner Begleitung.
Man hatte ihn zuletzt im „Notschalter" gesehen. Eine schmale, weißhaarige Greisin war bei ihm. Die Mutter, wie man vermutete. Niemand kam zum Tisch, aber das war ihm recht, er hatte keinen Hunger. Mit ihm stand es schlimm. Er war arbeitslos. Obdachlos. Er stand auf und lehnte sich an die Theke. Als die Frau mit dem Pudel ging, half er Rebecca, sich an der zugigen, dämmrigen Seitenecke neben dem laut klimpernden Kassenautomaten auf den Hockerstuhl zu setzen, der zu hoch für die kleine Frau war.
Nach etwa einer halben Stunde kam ein zerzauster Alter mit zwei tobsüchtig aussehenden Schäferhundebabys zur Tür herein. Rebecca erblich. Sie hatte Angst vor Hunden.
„Wenn du dich jedes Mal im letzten Moment aus dem Staub machst, wird dir bald niemand mehr in dieser Stadt einen Job geben!", zischte der soeben zur Tür Eingetretene Ferdinand ins Ohr, und seine Alkoholfahne verpestete derart die Luft, dass die Kellnerin, ein sonst nicht zimperliches Mädchen, die Speisekarte ergriff und anfing, sich Luft zuzufächeln.
„Kannst du das Essen für meine Mutter bezahlen?", gab der Angesprochene zurück, ohne mit der Wimper zu zucken.
Er war chronisch appetitlos, aber die hochbetagte Frau starb anscheinend vor Hunger. Man sah es ihr nicht an; sie beklagte sich auch nicht. Sie war stumm. Aber der Sohn herrschte jeden an, der ihm unterkam: Hungers sterben würde Rebecca, wenn er keine Arbeit bekäme, und alle, sie alle, wären daran schuld. Der Pfandleiher jedoch, der würde zuerst schuld sein. Vor allen anderen. Ob er einen Rhetorikkurs besucht hätte, fragte ihn einmal ein Stammgast, der für das Kiezblatt schrieb.
Im Viertel machte sich jeder über ihn lustig. Sie lachten ihn lauthals aus, warfen mit Steinen und nannten ihn den „König der

Bettler". Er ließ es über sich ergehen, ohne Antwort zu geben. Die Leute nahmen es ihm übel, nahmen es als Verachtung.
Kirshom ging nicht auf die Provokation ein, sondern erbot sich mit einem schmallippigen Lächeln an, seine Fühler im Bekanntenkreis auszustrecken, ob ihn jemand als Gärtner beschäftigen wolle.
„Du meinst wohl als Sklaven", erwiderte Ferdinand. Er war noch nicht fertig mit ihm.
„Werde ich wohl deinen Zwilling fragen", sagte der Alte achselzuckend und stellte den bis zum Rand mit Wasser gefüllten Trog geräuschvoll vor die Hundebabys.
„Vor den Kleinen wirst du wohl keinen Schiss haben", meinte er zu Rebecca.
Ferdinand war jähzornig. Wenn jemand unhöflich zu seiner Mutter wurde, sah er rot.
Die Welpen begannen, dürstend zu schlürfen und sich hechelnd die Lefzen zu lecken. Für einen Augenblick war es in der Kaschemme so still, dass man nur die Kleinen zu hören meinte.
Dann prügelten sich die zwei Männer. Für die Greisin, die stumm war und großen Hunger und Angst vor Hunden hatte, prügelte sich der Sohn mit dem Neuankömmling.
Ferdinand machte den Anfang: Er packte Kirshom am Kragen, schüttelte ihn eine Weile, schlug ihn ausgiebig mit beiden Fäusten und ließ ihn dann mit aller Wucht fallen. Margot, die gerade drei Bestellungen auf den Händen trug, kriegte einen Schreck und verlor das Gleichgewicht. Der Teller mit der Linsensuppe, die für Rebecca bestimmt war, fiel hinunter und zerbrach. Die Schäferhündchen verbrannten sich das Fell. Sie jaulten vor Schmerz auf und begannen, winselnd zwischen Tischen und Stühlen hin und her zu laufen. Eine junge Mutter hob rasch ihre Dreijährige, die mit der Puppe in der Hand die Kleinen trösten wollte, auf den Schoß.
Kirshom kam wieder zu sich. Er hatte mindestens drei gebrochene Rippen, und seine Nase blutete. Er ging wie ein Stier mit gesenktem Kopf auf den anderen los. Ferdinand spuckte ihn an, brach ihm endgültig das Nasenbein und schlug ihm einen Zahn aus. Er zwang ihn auf den Boden und würgte ihn so lange, bis Rebecca aufstand, seinen Arm ergriff, sich zu ihm hinkniete und mit einem langen Blick bittend die Hände faltete.
Der Pfandleiher hatte es überstanden. Er torkelte wimmernd zur Theke zurück. Margot holte den Erste-Hilfe-Kasten aus der Kü-

che und verarztete ihn, zaghaft, mit unsicheren Bewegungen. Sie war neu in der Kneipe und hatte noch nie so etwas erlebt. Sie musste damit fertig werden.
„Ich glaube, du hast ein Schleudertrauma. Du musst ins Krankenhaus."
„Nein, es geht schon", murmelte Kirshom finster.
„Was ist denn mit deiner Mutter? Ist sie am Verhungern?", meinte sie zu Ferdinand.
„Nein, am Verdursten!", fuhr er sie an.
Noch hatten sich die Wogen nicht geglättet. Er war ungehalten. Er hatte eine Platzwunde am Arm und war am Hinterkopf verletzt. Rebecca, plötzlich in unaussprechliche Panik geraten, nahm Margot den Verbandkasten aus der Hand, desinfizierte die Stellen und beruhigte sich erst wieder, nachdem sie den Blutfluss zum Stillstand gebracht hatte.
„Heute ist nicht gut mit dir Kirschen essen, was?", scherzte die Köchin, eine rüstige, korpulente Blondine Anfang sechzig, die eine stark befleckte Baumwollschürze und schwere Holzpantinen trug, mit zwei Biergläsern auf dem Tablett an ihm vorbeiflitzend. Sie war nicht von gestern. Sie konnte Schereien gut handhaben, wusste zu schlichten und abzulenken. Sie hatte schon mehr als einem Hungerleider gezeigt, wo der Zimmermann das Loch gelassen hat.
Ferdinand folgte ihr mit dem Blick, geistesabwesend.
„Eine Linsensuppe, bitte", sagte er zu Margot.
„J..., ja, aber zuerst muss die andere bezahlt werden."
„Was macht das?", fragte er.
„Fünf Euro achtzig."
Er hob das Kinn, auf den Alten zeigend, der halbbewusst dasaß: „Die zahlt er. Er ist schuld."
Kirshom wurde wach und drehte den Kopf ins Profil:
„Geht es schon wieder los?", winselte er und sackte das Restgeld, das in kleinen Münzen versprengt neben dem Glas lag, vorsorglich ein.
„Komm, verzeih ihm", warf Margot ein, das Geschirr abtrocknend. Rebecca lächelte.
Das Mädchen wusste nicht, ob das Tadel oder Zustimmung war. In der Not behalten die Menschen keinen klaren Kopf, dachte sie. Sie für ihren Teil hatte sich an dem Tag wacker geschlagen, dachte sie.
Der Pfandleiher trat dem Sohn wankend auf die Füße.

Ferdinand spürte, wie ihm der Wurst- und Bierdunst in die Nase, in den Bauch, in die Lunge drang. Er roch den Altmännerkatarrh-Atem. Er hätte beinahe wieder die Beherrschung verloren.
„Man könnte meinen, du und deine Mutter seid ein Liebespaar!", rief Kirshom mit heiserer Stimme und legte den Mund schief.
Ferdinand stand auf.
Die gesamte Belegschaft einer nahegelegenen Zigarettenfabrik, die gerade Mittagspause machte und die Prügelei nur von ferne begafft hatte, wendete nun wie auf Befehl den Hals um und fing zu lachen an. Margot und die Köchin stimmten erst leise, dann immer selbstbewusster mit ein.
„Und ehrlich gesagt, in deiner Situation, Ferdinand ...", sagte die Kellnerin und zwinkerte ihm zu, Daumen und Zeigefinger der freigewordenen Hand aneinander reibend.
Er funkelte sie für den Bruchteil einer Sekunde böse an. Wirklich böse.
Rebecca gab ihm die Hand. Er half ihr aus dem Sitz. Er holte einen Hundert-Euro-Schein aus der Jackentasche hervor und knallte ihn auf die Theke.
„Das ist für dich, Margot. *Pecunia tua tecum sit in perditionem*", sagte er.
Er zog der Greisin einen blauen, zerschlissenen Regenmantel behutsam über die Schultern. Rebecca wandte sich zum Gehen. Er ging zum Kassenautomaten, wo sich die Köchin mit der Abrechnung zu schaffen machte, und blätterte drei Hundert-Euro-Scheine hin.
„Eine Linsensuppe für den Gentleman", sagte er, auf Kirshom hindeutend.
Einer von der Belegschaft verließ die Runde und schaute hin, um sich zu überzeugen.
Es war wirkliches Geld.
Margot öffnete den Mund und schloss ihn wieder.
Da waren sie schon fort.

....

Poseidon
du hast Wellen
zu umhüllen deine Schützlinge
in den Zeiten des Todes

Einhorn
du hast Rosen
einzupflanzen in den Garten
deiner Vorväter

Mitten im Walde
wo einst
Baumnymphen spielten
und neckisch
der Zephyr
deine Rosen, die weißen
umwehte
schweigt jetzt
der Brunnen

Einhorn es ist dein Brunnen

Einhorn
im Dunkeln
warum?

Einhorn gib acht
auf den beäugten Bauern
dem die weiße Statue
abhold ist

Einhorn gib Acht
es lauert Gefahr
außerhalb
des *hortus conclusus*

An einer Vogeltränke
stillest du
deinen Durst
An einer Mondnektarine

saugst du
das Fluidum

Sylphen küssen deinen Schlaf
ein Feenkranz umwölbt dein Haupt
Sternenreigen
bevölkern deine Träume

Horche, es singen
von neuem die Lauben
es tanzen und zwitschern
die Tauperlen, die Trauben

Schau, es quellen
von neuem die Brunnen
es glänzen und duften
die Bäche, die Blumen

Einhorn
von Blicken
beschmutzt
von Rosen
verwöhnt
Einhorn
von Nymphen
gesegnet
von Phorkyas
verfolgt
Einhorn
verwunschen
Einhorn
begnadet

Füllhorn

....

Zu diesem Text gehört das Bild:

„Sprösslinge"

12) Mordsglück

Ein unbotmäßiges Elbenmärchen

Trouvaille, südlich von Kairo

Bevor
der erste Schnee
über die Paternosterbäume fällt
gehst du
spazieren

Drei Kinder
tragen Kuchen vor sich her
und in den Straßen
schüttet es

Du stößt
mit dem Fuß
auf ein Branchenbuch, Groß-
stadtszenerie
in Blindenschrift,
ver-
jährt,
reüssierende Re-
klame

hundertsiebzehn Seiten Party
im Circus Gnadenhof

Die organisierte
Reinkarnation
weht heran

Beharrlich
halte
das bellende Herz

den Lumpensammlern hin
Sie
können
den Plunder
verwandeln
Sie können
die Avatare
entzaubern

Theaitetos
fürchte dich nicht
vor dem Schneewind

Er allein
schüttet zu
des Sophisten Verschlag

Er
füttert
das Wunder
der Kanalisation

Du
trittst den Gullydeckel zu

....

Es wehte ein leichter, von Ambrosiapollen durchsetzter Wind, als der Zug am Zoologischen Garten ankam. Florestan streckte einen Fuß aus der Ausstiegsrampe hinaus und bemerkte, dass sein Schuh offen war. Er bückte sich, schnürte ihn zu und hob mit einer weit ausholenden Armbewegung das Gepäck hoch.

Am Gleis herrschte das übliche, spätsommerliche nachmittägliche Treiben: Geschäftsleute, die mit gazellengleichen, routinierten Schritten sich beeilten, einen Anschlusszug zu erwischen; Schulkinder, die mit den Eltern zum Ausgang liefen und zwischendurch an den Bahnhofsständen stehenblieben, um etwas zu essen zu wünschen; Verliebte, die nach endlosen Trennungsperioden wiedervereinigt wurden; Teenager, die lustlos eine Packung Kaugummi aus dem Automaten zogen.

Ein kleiner Hund, der an einer zierlichen roten Seidenleine ging, zog plötzlich heftig daran, entwich dem jungen, blaugekleideten Herrn mit dem türkisfarbenen Zylinderhut, dem er gehörte, und sprang auf das gegenüberliegende Gleis, von dem ein Regionalzug gerade stadtauswärts abfuhr.

"Florestan!", rief ihm der blaue Jüngling nach und fing zu rennen an. Florestan drehte sich erschrocken um. Das zierliche Tier lief auf ihn zu; er bellte ununterbrochen, mit leisen, abgehackten Lauten. Es war ein Dalmatinerhund, ein kaum entwöhnter Welpe mit einem sternförmigen Fleck auf der Brust. Er beroch vorsichtig den Koffer und die Reisetasche, dann standen sich Florestan und Florestan gegenüber: der Mensch in seinem luftigen Sommeranzug, dem filigranen Herrenstrohhut und den schwarzen Handschuhen; und das Hundekind, hechelnd, mit der artig zurückgehaltenen, von winzigen Zähnen umrandeten Babyzunge.

Florestan kniete sich hin und gab ihm einen zaghaften Finger. Das Tier lutschte unverdrossen daran, bis sich der Zug auf der anderen Seite überschlug und wenige Sekunden später mit infernalischem Lärm in Flammen aufging.

Das Feuer loderte hoch empor und tauchte die graublaue Stahlstadt in purpurnes Rubinrot. Der Bahnhof war verlassen. Alle Menschen waren verschwunden.

So begann Florestans Hundstag. Es war der 3. August 1910.

....

Stunde Null

In die Suppe gespuckt, sagt sie
– die Ältere hat Augen
aus einem anderen Bezirk –

Immer muss ich durch diesen Zoo hindurch
sagt sie

Sie hat
sich verirrt
hat sich
anscheinend
hierher verlaufen

Sie muss hier durch
ich lasse sie durch
auch wenn ich in Eile bin

Es drängt mich
sie durchzulassen

Ich schätze
sie hat etwas zu erledigen
etwas
das keinen Aufschub duldet

den Koffer schleppt sie
wie einen schweren Karren
durch den Bahnhof Zoo
hindurch

In die Suppe gespuckt, sagt sie

Immer muss ich hier durch
durch diesen Bahnhof
hindurch
sagt sie

....

Die Engelin staunte nicht schlecht. „Gut gemacht, Florestan", zischte sie unhörbar, aber entschieden anwesend. Die hohen Wangenknochen und die Mandelaugen verliehen ihr ein katzenhaftes Aussehen, und der Dalmatiner gehörte nicht zu dem Hundeschlag, der mit Waffen spielt. Er wich zurück und legte sich Florestan zu Füßen, während der Rauch die hagere Gestalt eines Zeitunglesenden aus einem Loch hervorholte, hochhob und durch die Luft wirbeln ließ. Der alte Gentleman bemerkte das nicht und blätterte mit wachsamer Miene im Journal um. Eine Amsel streifte im Vorbeifliegen seinen Rockschoß; seine Schuhe öffneten sich und ließen Vogelfüße zum Vorschein kommen. Er blieb mitten im Schweben stehen und sah erstaunt auf das Gleis hinunter, während Florestan den Dalmatiner in den Arm nahm und zum Ausgang ging.

Der Bahnhof wimmelte von geschäftigen Insekten. An einem Kiosk rauschte ein Tagesblatt über den Bordstein. Florestan hob es mit der freien Hand auf und warf einen flüchtigen Blick auf den Leitartikel, dann entdeckte er das Datum: es war der 3. August 2010. Ein Radio spielte irgendwo aus dem Offset so etwas wie „Funky inter beats".

Die Welt hatte sich gedreht, als wäre sie tatsächlich eine Scheibe, die wie ein steuerloses Raumschiff durch den Kosmos umherirrt. Florestan hörte das Zischen von Windböen auf dem laubübersäten Straßenpflaster und das Prasseln des Schnees an den Wänden des Kopfbahnhofs. Eine Asternblüte verfing sich in seinem Strohhut, und er begriff, dass sich die Jahreszeiten wie auf einem Gemälde von Philipp Otto Runge die Hand gereicht hatten und tanzten. Berlin spielt Versteck mit den Mächten, dachte es beiläufig in ihm; er tauchte die Hände in den Schnee, der in einem Aschenbecher liegengeblieben war. Durch das lautlose Kleid des Monats Dezember riss sich ein hoher, wie im Kopf eines Menschenwesens ertönender Ruf hindurch. Jemand schrie den Namen „Arbogast" aus voller Kehle heraus, und Florestans Ohren vernahmen die Laute, aber er kannte die Buchstaben nicht, die ihnen entsprachen, er hörte den Namen nicht, der gerufen wurde, sondern nur den dumpfen, bleiernen Aufprall eines harten Gegenstands auf sein Trommelfell, das unberührt blieb, weil es nur *formaliter* vorhanden war. Er versuchte zu schreien, aber seine durch Kontaktdermatitis gereizte Neuronenstimme schien wie ein Taubstummer zu sprechen. Er stürzte zusammen und fiel ohnmächtig zu Boden.

Arbogast verarztete ihn so gut er konnte. Er war neu im Dienst, und Michael hatte ihn vor der Leichtgläubigkeit der Sterblichen gewarnt. In der Missionsapotheke fand er Pflaster und Alkohol; er verband die Wunde und holte ein Glas Wasser aus dem Spender. Die Insekten drängten sich neugierig an die Gittertür und wechselten Schmutzblicke, als ein ungefähr vierjähriges, im Schlamm schlafendes Kind vom Dalmatiner aus dem Rinnstein gehoben wurde. Es war ein Mädchen, mit schulterlangen, diamantenen Locken und leichenblasser Haut. Das Tier wärmte sie mit seinem Atem und trug sie behutsam zwischen den Zähnen herüber. Arbogast fuhr zusammen und wirbelte herum, nicht wenig überrascht. Das stand nicht in der Anordnung, die er erhalten hatte. Wie konnte es möglich sein, der Kleinen auf der Stelle einen Namen zu geben, eine Behausung für sie zu entdecken? Ein leerer Bahnhof war doch gewiss nicht der richtige Platz für ein Kind.

Florestan sah den Engel nicht und wandte sich an das Tier:

„Erinnerst du dich an unsere Bibliothek?", fragte er abwesend, doch der Welpe hatte beschlossen, die Abbilder der Sterblichen zu meiden. Geraldine schien nicht zu merken, dass es eine Hundezunge war, die ihr über der Stirn schwebte, und ließ sich Zug für Zug langsam in den Schlaf hinübergleiten. Der Asphalt sei kontaminiert, besagte ihr elben-hoheitlicher Traum, der im Begriff war, sich über den Schauplatz zu ergießen.

Unter des Hundes Aufsicht schlief sie lange Zeit weiter.

....

Das Glück der Rose ist es

Das Glück der Rose ist es,
zu sagen: Platane
Glyzinie und: Magnolie

zu sehen: Kastanie
Nachtkerze und: Akazie

eine Lilie zu küssen
und den Löwenzahn,

Heimlichkeiten zu tauschen
auf lichter Schaukel

mit Chimären, mit Dryaden

Und auf imaginären Kolonnaden
den Farn zu taufen, die Mohnblume
die Bougainvillea
und den Rhododendron

Und abends fern auf Oleanderflügeln
geschwind und lautlos zu entschweben
über den sternbesäten Hügeln

....

Florestan hob Geraldine hoch und legte sie mit einer unbedarften Bewegung in einen Korb, den er in die Mitte eines über die Halle herbeirollenden Einkaufswagens stellte. Ein Fuß und die Augen schmerzten ihm, und Geraldine erwachte vom Duft, der von einer neben dem Ausgang befindlichen Maroni- und Kastanienbude hinüberwehte. Mit Hilfe ihres Speichels klebte sie eine Lindenblüte auf einen blaugrünen Laternenpfahl.

Der chinesische Kaufmann bot an einer Bahnstation seine Ware feil und versicherte Arbogast, dass die bestellten Wachen und die übrigen Soldaten später folgen würden. Schneegestöber wiegte den Traum in Silberweiß, den Geraldine noch nicht zu Ende gesehen hatte. Die Engelin war wie von Sinnen und die Weiße Taube nirgends zu sehen.

Im Rückspiegel eines stehengelassenen Autos bildeten sich Scherben, die beim kleinsten Windstoß auf den Boden fallen und im Nebel zerstieben würden. Der Dalmatiner versuchte, eine Katze zu erschrecken, die für einen Augenblick auf dem gegenüberliegenden Bürgersteig erschienen war, doch das Raubtier verschwand, und Geraldine vernahm aus weiter Ferne das Herannahen der Heuschrecken, die im Schneeflockentakt lautlos vorwärtsmarschierten und wie schwere Kristalle das Echo der Mutter Erde hervorriefen.

Ein Filmplakat, das herunterzufallen drohte, hielt plötzlich inne und wurde an einer winzigen Ecke Papier an der Wand hochgehalten: Die Bildhübsche Dame stieg auf den Pflasterstein herunter und schritt Florestan und Arbogast durch den Sturmwind hindurch entgegen. Sie trug ein langes Kleid und verscheuchte beim Gehen mit der weitläufigen Schleppe die Insekten, die sich zu ihr hinaufzudrängen versuchten. Der Jüngling ward im Nu in eine Sechzehnjährige verwandelt, die der zu Tode photographierten Schönheit wie aus dem Gesicht geschnitten war.

Die drei Liebenden betraten den Bürgersteig und gaben sich die Hand. Die Jahreszeiten beendeten ihren Tanz. Im Turm hörte die Gefangene auf, das schwarze Federkleid anzuziehen. Der Spiegel zerbrach. Die Spindel versank in der Nacht. Die Königin begann, einen unvernehmbaren Gesang zu ersinnen. Arbogast staunte abermals in hohem Maße über das Geschehen und setzte sich hocherfreut auf eine Zaunrebe, nachdenklich die

Hand auf das Kinn stützend und nach Art der Engel die Bilder der Sterblichen in einem neuen Mosaikspiel auflösend. Er legte sie dann auf den Zeigefinger und blies sie in die Luft, die von seinem Atem erzitterte.

Die Unwirkliche bot der ganzen Verwandtschaft Mandelbrot in Unmengen an. Florentine sprang der Großmutter in den Schoß und erzählte ihr von der langen Bedrängnis und dem Auftauchen der Enkelin, die den Bluthunden und Kieselsteinen auf wundersame Weise entkommen war.

„Ist das mein Brot?", fragte Geraldine die Schneetaube, die inzwischen benachrichtigt worden war.

„Ja, mein Kind, iss es ganz auf, es wird nichts mehr übrigbleiben", antwortete der Weber-Vogel und rief seine Kameraden herbei, die auch hungrig waren.

Aus dem Brot, das auf den Boden fiel, erwuchs unversehens ein Baum, in dessen Zweigen sich der verwunderte Mond mit seinen weißen Händen verfing. Arbogast schickte sich an, das Hochfest der Königin vorzubereiten. Der Anblick gab den Engeln Mut, stets von neuem immerwährende Namen für sie zu ersingen, die von glücklichen Sterblichen gefunden worden waren.

Eine Heuschrecke kam als Vorbotin des Belagerers, der vor den Toren stand. Sie hatte den Auftrag, Bericht zu erstatten. Sie wurde angehört und zurückgesandt. Bevor sie ging, legte sie der Unwirklichen eine goldene Schale zu Füßen. In dem Pfirsich, der sich darin befand, hauste eine Made, deren Anwesenheit die Vierjährige in eine tödliche Ohnmacht versetzte. Florentine zertrat den Schädling zu Staub. Die Stadt und die Umgebung blieben von dem Ungeziefer verschont.

Die Bildhübsche Dame verhinderte, dass ihre Enkelin das Leben verlor.

Wie sie es machte, weiß allein der Eiswind, der die engen Gassenwinkel umgarnte und es allen Menschen in allen Sprachen verschwieg.

„Es war das Glück", flüsterte Geraldine, als sie erwachte.

Mehr wollte sie nicht wissen.

....

Saubere Bahn

Nimm den Zug

                                        und fahr,

                heißt es in den Baumkronen

So orange

ist nur Berlin,

                      heißt es auf den Müllkippen

Ich setze den Fuß in die Tür

und steige ein

Ich wäre beinahe

zurückgeblieben

Man schafft es nur noch im Rennen,

                      heißt es neben mir

Zwei Soldaten in Zivil

wechseln einen beiläufigen Blick

Der Zug rast weiter
Der Zug ist auf Zack
Der Zug

hat einen langen Atem

Am Ernst-Reuter-Platz

begeht die Putzkolonne

den Schichtwechsel

Der Plastikeimer auf den grauen Stufen
gurgelt sich die Kehle frei

Die Laugenstreife
gibt den Geruch vor

....

Zu diesem Text gehört das Bild:

„Patronimico"

13) Die Fee Magnificent

Eine indianische Legende

von Michela Cessari

„Fiorito è Cristo nella carne pura."

                                              Dante Alighieri

„Materia tendit ad formam."

Inhalt

Prolog: Das Lied von der Mondgeburt

a) Die Jagdgründe der Ewigen Büffel

b) Die Listen der Gefallenen

c) Die Hunde des Asmodeus

d) Die Fee Magnificent

e) *Rat races*

f) Raphaela, die ungeborene Elbin

g) Das Pferdeknechtslied oder Wie die Elbenfährte den Baum der Erschwernis betraf

Prolog

Das Lied von der Mondgeburt

Meide, Elbin, den blinden
Ort der Gefangennahme

Meide den blinden Ort, Elbin,
meide
des Madentiers unausfechtbaren Schoß,
den findbaren Fleck. Binde

den Gürtel dir um,
spreize die Finger der Nacht,
ziehe die zahllosen Augen dir über.
Breite den Flügelblick über das Moor.
Fasse Mut,
mache das Wetter,
mache die anderen
Wünsche dir dienstbar.
Siehe, du webst
über die Gründe. Du schwebst.
Ich gebiete über Ebbe und Flut.
Du bist der Pfahl, den sich das Meer gebar.
Vindobona, die Stadt,
liegt, Trost bietend,
in den Armen des Mondes.

Rose, Wüstenbürtige, eile mir zu.
Brotbaum und Maultier
geben Gold und Gesang
dem durstdarbenden Werk.
Nabelschnur näht

die Natternhaut in den Stern.
Du bist verborgen. Du bist.
Nicht bang sein, Liebling. Du ruhst
in der Wurzel. Die Schlange
dreht sich in Sorgen.
Du bist gefangen. Mit mir.
Ich bin hier.
Wir bewohnen den Turm.
Elbin, du bist. Fühle den Flor.
Spüre das Würfelauge
im Monden-Los.
Du bist fern, derweil
Maden sich zeigen.
Du bist klein.
Harre der Frist.
Schließe das Tor.
Du bist die Zunge, die im Feuer heilt.
Horche: das Vogeljunge
ruft Wächterscharen dem Turm.
Du bist der Engel, der vom Tod genest.
Du bist die Wüste, die vom Grunde spricht.
Tief im Baume
tief in der Erde
naget der Wurm. Wütet die Pest.
Meide den Ort. Meide das Fest.
Auf dem Trabanten,
in Frack und Zylinder,
wartet die Zwillingin.
Schloss Bradbury
steigt aus dem Flor,
beinahe fertig
lugt der Schornstein
unter der Dachluke hervor, schon lange
sitzt die Kleine am Fenster,
im Frühjahr, und zeichnet.
Du bist das Kind, das im Schneefeld aufrechtgeht.

Meide, Elbin, den blinden
Ort der Gefangennahme

Zu Milch gerann die Galaxis fürwahr
der Jägerin,
dem Freiwild; rückwärts
schlug die Elbin
das Rad, ungeboren und klug.
Die Fee Magnificent
saß an der Oberfläche und verbrannte.
Sie wäre
beinah aufgestanden, wann immer
der Pferdemann die allzu
überschaubare Erde mit Zuruf erfüllte.
Ein Büffelkalb, unabsehbare
Ernte von noch nicht erzählten
Indianersippschaften,
ging durch das Moor
– in der Stube
saß ein Kind an der Lampe und las,
von einem Fieber genesend –;
aus dem Schlossturm ertönte
des Mondpferds Selbstrede,
knapp und entbehrlich.
 Macula,
der blinde Fleck,
die Zerstreuung der Hinsicht,
saß dem Reiter im Nacken, vertrieb,
animula parvula, blandula
allzeit ersehnend,
die Schergen des Baal.
Zeit zerrann in Verbannung.
Als Flammenraub überquerte
das Elbenkind, ungesehen,
der Zöllner und Würfelspieler
schachbrettschwangeren Vorsaal.
Es sprang,
der Entgängnis kaum mündig,
von Mondkrater zu Mondkrater,
die inwendig-
-gesprächige Wandlung bejahend,
den leiblichen Flor, die Gerüche der Milch
bergend in sich wie weltliches Strandgut;

Hippogryphus, das Fabeltier,
Wanderer, so
untreu geworden war dem Pferdeknecht, dem
unter der Last der Verneinung Sklaven-Beschaffenden,
trug sie über den *Lime*s.
Niemand vernahm
das leise Atmen,
das Erbeben, den Blick;
die Zollmünze währte derweil, unbezahlt.
Die Reisegefährten folgten, verschwanden.
Sie kamen
unversehrt an das Ziel.
An der von Rauch und von Blicken
mürbewerdenden Tafel
tauschten die Spieler die Würfel.
Das morgengrauende Los
drehte sich in der spröden, von Reihern
erdichteten Eisbrücke.
Die Alraunwurzel gab dem Baume zu trinken:
Sie war sein Sprössling,
sie brauchte Geburt,
Gedächtnis,
so dem Zukünftigen einst
die Meerräbin geweissagt,
die schwarzgewandete Schöne.
Die Rose entsprang dem brüchigen Boden,
erstaunt. In der Taverne
tobte der stumm-taube Geselle.
Am Delta, wo das Gestirn sich verfügte,
äugte die Wüste über den Rauchhimmel.
Ratten waren entkommen, Wölfe
– stiller, steiler Geruch –
marschierten hinaus,
aus dem gemiedenen Ort ins Freie hinaus,
in die Stadt,
zu dem Baum,
den ein Algorithmen-Schicksal
umgekehrt hatte,
auf dass er die Horden abwehre, die unzähligen, glatten.
Auf dass die Krone, vom Erdgeist
umhüllt, Alraune, die jüngste Tochter, entbinde.

Emsig und satt
verrichten Insekten
im Schutze der Tage ihr Werk. Die Sterblichen
ahnen es nicht, obgleich sie es meiden.
Obgleich der Seher längst mahnt.
Brannte der Turm?
Brannte ein Licht,
als die Gebärende,
klein und gekrümmt
aus der Erdhöhle hervorlinsend, Lehm,
Sand, die Gesichter der Heiler,
die hochgewachsenen, wasser-
beschwerte Eimer auf zierlichen
Häuptern tragenden Berberfrauen erblickte
im ersten, wolfsarmigen Tun?
Als sie der Schwerkraft
bleischweren Anstoß
zum erstenmal fühlte,
an der Zeit, der verunklarten,
an der Elbentöchter zweitem Gesicht,
an dem unverwandelten Antlitz,
das, Wohnung nehmend im Wetter,
immerzu anbrandete, pochte, sie anredend,
– dem inneren Sinn
bekannt und befremdet –
und abprallte am Stein,
der hielt und beharrte,
Eisvogel und Bussard zum Hohn:
machtlos lag die Elbin im Schnee,
ungeboren und siech.

Meide, Elbin, den blinden
Ort der Gefangennahme

Die Made war schwanger und wuchs.
Sah die Gefangene
das schwarze Kleid,
das wie beiläufig, verwesbar,
wie ein als Mantel getarnter,

von Menschen gemachter, uneinholbarer Fittich,
den tiefen Turm
lautlos, rutschbar
beschwichtigte?
Sah sie es und überlegte?
Die Antwort ist nein: Sie nahm
keine Zeit dazwischen, sie nahm die Stufen und ging.

Sie nahm die Stufen.
Barfuß, mit Händen, die nichts
jemals gehalten, die nur
abzuwehren vermochten
– das Wolfsfell, das Nagerauge, das stete,
abgemessene Rufen –,
ergriff sie, schwankend, den Stein.
Als wäre sie da und könnte ihn finden.
Als hätte sie Hände und könnte ihn heben.
Als hielte die Rose, Tochter der Wurzel,
die Welt gefangen, die einst
die ihre gewesen.
Als würde ein Räuber, groß und erbost,
am Schlagbaum erscheinen,
all die Verfolger, die Rufe, das dunkle Gewicht
fernhaltend mit unwiderleglichem Wink.
Sie ging. Sie passierte den Stein.
Sie stieg hinauf und hinab,
nicht achtend der Folgen:
Die Zwillingin rief,
die *per se*-Rose, die immer schon
im voraus Liebende, in der Alraune
allzeit Hervorkeimende,
die mit ihr zusammen
Unfrucht und schwere Befleckung
ansehen musste, als die Gezeiten
in Aufruhr gewesen,
als Laut und Vernehmnis
einer Blüte gehört hatten,
die nicht bloß gedacht war, sondern zugegen,
die heil war und eins
wie Blatt und Bedingnis,
wie ein aus Leid

bestehendes, stetig und sorgsam
über die Wirrnis hinauswachsendes Kleid,
das plötzlich, vom Wesen erfasst,
weder Bild noch Bekenntnis
erkennt im Echolot der An-Formung.
Knapp entkam
die Elbin dem Ungrund, ob einer Gnadenlist.
Die Wüste erfüllte den Turm
mit dem Atem der Wächter,
die dem Rufe gefolgt.
Es waren viele. Unscheinbar
erschien die kleine Kohorte
im *nunc stans*-Garten,
in dem die Elbin sich wand,
den Mächten, den Maden
ein seit jeher willkommenes Mahl.
Der Schoß der Ehrlosen öffnete sich,
sie zu verschlingen.
In einem wirklichen Schatten
zeigte ihr der Albtraum, entblößt,
den Elbenlohn, das Exil,
die kleine Brigade,
die übriggebliebene Mondherrin,
den von dem Usurpator
entmachteten Harlekin,
Fleisch und Blut unter Frack und Zylinder,
im Lichte
einer verborgenen Zuflucht im Wald.
Die Ehrenwerte erstarrte.
Sie war schockiert.
Sie gab auf. Unversehens
lahmte der Wurm,
lahmte die Made
unter der Schwarzwurzelerde:
der überredete Schoß
blieb stehen, verzagt, zum Leidwesen
des Pferdegentlemans, des unaufhaltsam Zerrinnenden.
Das Ei verschloss sich,
wählte, begann
an der Mondenzuckung zu hängen,
zu schwingen, stammelnd, wie wenn

ein werdendes Wesen
die Nabelschnur hält und die Milch,
die es nährt und beschließt, bejaht.
Im Zwischenreich nahm die Elbin die Stufen
und ging, Nacht für Nacht.
Hinabsteigend erhob sie den Sinn
aus der Pfütze, die roch und gedieh.
Glasgow, die Stadt,
erschloss sich dem Gedächtnis, brandneu.
Es war kalt an der Brücke.
Das Schiff warf den Anker, gelichtet.
Der Fluss,
stillstehend im unverfüglichen Schnee,
roch, überflüssig, nach Rühmung, nach Lob.

Meide, Elbin, den blinden
Ort der Gefangennahme

....

Freudiges-Messer, der Häuptling,
kniete im Wald,
Brot und Wein
den Gefällten spendend, den letzten
Atemzügen beigebend des Fürsten
unerfüllbare Vollmacht.
Zornesfurchen durchzogen sein Antlitz.
Siegelsalbung hielt seine Hand:
das Manen-Öl floss über die Wunden
der Krieger.
Auf jeder Totenstirn
ruhte das Abbild des Totemtieres.
Der Bison schwor Rache, das Grün.
Im Zelt erklang die Klage der Frauen.
Augen brachen. Häupter neigten sich.
Die Abessinierin nähte das Leinen.

Die Windrose nahm, unerfindlich,
die Witterung auf und trug sie davon, herrlich
der herrlichen Nacht.
Die Gefallenen starben,
als das Mondlicht erlosch.
In der Armenküche labten sich viele am Brot.

Meide, Elbin, den blinden
Ort der Gefangennahme

Schlug der Puls eines Muttertiers, einer längst
auf der Lauer liegenden,
unverwendbaren Räuberin,
im Beduinenzelt, wachsam,
als die Magier, sterndeutend,
die Fährte des Wildes verloren?
Blühte am Brunnen
Rose an Rose
in einem Kelch?
Waren es zwei,
die, verliebt und konvuls,
„Liebling" sagten, erstaunend,
im Rücken der Hirten
aufscheinend, als die Ankommenden, stumm,
Steigbügel an Steigbügel, Pferde,
Kamele, die Sklaven, die Fremden
zum Ort der Niederkunft brachten,
zum Baum der Erschwernis?
Wie teuer ward
dem Wechselbalg die Entmächtung?
Wo lag der Raum der Beredung,
die Zollgrenze, wer warf
am Spieltisch in der Taverne die Münze,
die, das Siegel umkehrend,
den Schlagbaum überwand?
Wie gelangte das Elbenwesen,
unklug und erzitternd,
in die Gemächer des Turmes?
Bleichten die Frauen am Waschkrug

das Leinen der Wöchnerin,
als die Henkersmiliz an der Zugbrücke haltmachte?
Wer las die Gefallenenliste,
als klein, weißblondlockig
die Sängerin stand an der Hand der Gebärerin?
Wie lang war das her,
als Lampions, Lindenbäume
die Herbstmorgen-Alleen gesäumt hatten,
Schneeglück im Mund?
Hatte die Mutter, hatte das Kind
dereinst die Listen gelesen, gesehen,
wie Legionäre, finster,
dem Vater, dem Gatten
die Kehle durchschnitten,
verborgen im Hinterhalt,
als Ratten den Wald
marschierend durchzogen, als Söldner
fünfzig Sesterzen verlangten
für des Verräters
unerbetenen Gruß?
Sahen sie die Blessuren,
sahn sie das Blut die Stufen hinabfließen,
sahn sie die Gaffer, die Huren
die Todeszuckung schändlich genießen?

Wer bist du, Begnadete,
die du immer noch
hinsehend harrest der Frist?

Der Sturmwind senkte die Hand.
In der Taverne rollten die Vieläugigen
über den Tisch.
Vergebens nahmen
die Nager die Stufen.
Die Elbin entfloh,
verwundet und schmal.
Sie war eine Zwillingin.
Die Abessinierin trug
über die Schwelle den Steinkrug,
verstreute, anmutsvoll, dunkel, die Gaben
auf das Gefallenengrab.

Die Bäume standen Schlange,
sangen das Totenamt, schwarz und versehrt.
Im Höhlengrund schwelte die Unflamme, beschwert.
Eichelspäher und Raben
schrien den Scharen entgegen.
Doch die kamen näher.
Sie grölten. Windsbraut und Regen
hielt sie nicht ab. Sie waren berufen.
Die Zöllner zahlten den Wein.
Die Stadt Algier
lag in den Falten der Nacht.
Arabien, die Insel,
ruhte verschwiegen im Takt
von Ebbe und Flut.
Sklaven vergaben, bezahlt,
Leben und Los.
Lichtjahre vergingen. Anubis
schuf Menschen-Golems aus Schlamm.
Gezeiten wuchsen und sprachen.
Wonne und Pein webten das Dasein der Stämme.
Die Wahrsager machten kehrt und verstummten.
Die Hirten fanden ein Obdach
im Hause des Raubtiers.
Die Madenmutter nahm ab und entgleiste.
Der Mond, entflammend,
borgte sich Licht und ward schwanger.
Tiefer zur Erde beugten sich Söldner, Marktschreier.
Verhärmt befragten die Magier
Sternbild und Eingeweide.
Im Nadelöhr schwärten Beschwörungen,
steil und geglättet.
Die Elbenfrau aber genas einer Tochter.
Die Wächter versahen den Dienst.
Zahllos eilten Tunnelengel herbei.
Auf dem Siegel, umgeben von Gold,
erblickt Raphaela, die Elbin, die Erde,
im Schneekleid, die Leuchtsichel
unter dem Fuß, Bild einem Bilde,
leutselig,
ein Büffelkalb in der Hand.
Die Zöllner erlagen dem Tausch.

Die Zwillinge schauten hinauf.
Die Nabelschnur hielt
– so stark war das Licht –,
riss Fahrende Sterne auf das Nilufer hinab,
das staunend und bergend mit eigenen Händen
die kreißende Elbin wie eine Mondmulde umgab.
Feuer und Wind fasste Zuversicht.
In der Taverne zählt, heute noch,
der Verräter den Sold.
Am Delta vergingen
die Agonien der Finsternis.
Der Seher zeigte auf den unterweltlichen Habicht.
Die Zitadelle erhob sich zum Dank.
Im Brunnen erschien, schöpfungstrunken,
Hippogryphus, das Ebenbild.

Meide, Elbin, den blinden
Ort der Gefangennahme

Der Schoß der Ehrlosen blieb leer.
Gemieden verließ
die Made die Mutter.
Ohne Gefühl. Einen Pfahl
gebar sich das Meer,
frei, unbefleckt,
aus Ebbe und Flut.
Heute noch bahnt sich das Kind,
ohne Last und Gewicht
– Geheimnis der Blutschuld –,
die Wege zum Licht,
der Gefangenen Haft-Los
umwendend in heile Geburt.
Verwittert, doch hell
kam der *Lime*s zum Vorschein.
Die Mondhexe, die Listenreiche,
frohlockte,
bespuckte die Ebbe,
tarnte die Flut.
Sie log und betrog.

Hetzte die Nager zum Futtertrog.
Warnte das Wetter.
Bestach die Würfel. Täuschte die Zöllner.
Küsste das Kleid.
Küsste die kostbare Brut.
Streckte im Gegenwind
die knotenlösende,
abwehrzaubernde Hand
dem Galgenkind hin,
über welches die Mächte
Ananke verhängt hatten, die Seelenfresserin,
den Tod durch den Pferdeknecht.
Der Sprößling ergriff die Wurzel, zittrig und bang.
Ergriff sie,
der Abkunft gedenkend.
Mit Elbenfingern hob es
den unwiderlegbaren Stein über den Boden.
Es begriff,
hervorkeimend,
der Ungeborenen süßesten Bitterwein,
den unschweren,
am Orte des Baumes vollzogenen Liebeszwang:
Im *Limbus*,
Labsal empfangend,
löste die Ahnin,
holdselig am Abgrund, den Strang.
Dem Wurme entkamen sämtliche Scharen.
Der Henker gab auf.
Das Kind erblickte, leicht werdend, das Licht.
Von da an können Elben, obgleich
sterblich geworden, in Mondampullen bewahren
die kostbare Milch,
macula, dunkel und heil
dem Sperberauge im Schnee.
Die gaffende Menge zerstob.
Animula parvula, blandula feierte Urstände.
Im Turme
las die Sängerin, klein,
die Soldatenlisten, im Regenbogen,
die Hand in der Hand
der Ahnin, der Größeren.

Im Troße der Heimkehrer
betritt der Vater die Stadt.
Der Lobpreisenden
gerinnt die Ödnis zum Reich.

....

a) Die Jagdgründe der Ewigen Büffel

In Wien hatte Magnificent sich zum Grand Hotel Innenstadt aufgemacht. Durch die Jagdgründe der Ewigen Büffel zur Abreise bewogen, hatte sie, als europäische Mittdreißigerin verkleidet, ihr angestammtes Weidland im Südwesten der Mondhalbkugel verlassen.
Niemand hatte sie gesehen. Sendungsbewusstsein hatte sie keines. Estragon, der Sternenbison, begleitete sie. Sie trug ein für die Überfahrt eigens hervorgerufenes Mondkleid in der Farbe der Meerestiefe, wenn diese von smaragdgrünen Fluten heimgesucht wird, einen Falten werfenden Mantel und einen breitkrempigen, spitzenbesetzten Hut in der gleichen Farbe. In der rechten Hand hielt sie einen Regenschirm, der mit ihr zuweilen als Gehstock die Drangsal des Pilgerns teilte und linderte. Die Kataklismen der oberen Mondhälfte hatten sie von ihren Gattungsgenossen getrennt.
In Wien wurde sie im Burgtheater als Statistin angenommen und kam in den Genuss der Gastfreundschaft der Pferdefeenstallmeisterin, einer entfernten Verwandten, die ihr ein überall mit Stroh bedecktes, mit spärlichem Licht versehenes Gehöft, das unentwegt mit Goldregenduft schwanger war, zur Verfügung gestellt hatte.
In den stillsten unter den Sommernächten, wenn sie auf dem feuchten Fußboden wach lag, öffnete sich der Holzschrank, in dem sie das Kleid aufbewahrte, und die Ewigen Büffel ergossen sich im lautlosen Galopp über die blaue Prärie eines Lichtjahre entfernten Planeten, des Namens sie sich nicht entsann. Ihre Doppelgängerin zog das Kleid an und begann, mit ihr die Sterne zu erkunden. Sie fühlte sich nicht mehr länger schmutzvoll und schwer: Sie sprang mit der Zwillingin zusammen von Mond zu Mond, und ihre Füße gehörten den Jagdgründen.
Das edelsteingrüne Gewebe des Kleides funkelte trostvoll durch die Dunkelheit; die Farbe des Meeres wuchs mit der Lichtfülle, die das Gespenst umgab. Die Zwillingin hob die Sternenreisen-

de aus ihrem Lager, umhüllte sie sorgsam in den Gewandfalten, stieß das Stallfenster auf und entschwebte mit ihr in den mondsteinbestickten Azur.
Da lag sie nun in den Wehen des Himmels: Der Meeresgrund unter ihnen wurde rasierklingendünn, eine gewölbte mathematische Linie, die ihr aus sonnhafter, fruchtschwerer Kindheit einen Gruß sandte.
Die Phantasmen der Nacht fanden einander, verwandelten die Wege der Sterblichen und nahmen die Reisende auf Bitten der Schwester in ihre Gemeinschaft auf.
Es war leicht, die Dunkelheit mit Licht zu erfüllen. Die edlen unter den Elfen kamen ihr zu Hilfe, wenn Ruß am Kleid auszuklopfen war. Ein anderes war, nicht zu entschlafen, wenn die Stille zerbrach, wenn Kleid und Gesicht, Asche und Erde, Hände und Staub eins wurden, wenn das Ticken der Uhr die Zähren im Augapfel erstickte und die Bilder zu Eisschemen verschwammen, die das verwunderte Herz nicht mehr übersetzen konnte.
Denn lang sind die Zeiten der Reisenden, länger als jemals das Menschengedächtnis sich lang zurückliegende Zeiten ausmalen kann, wann immer ein Kind in seiner Kammer wach liegt und sinnt.

b) Die Listen der Gefallenen

Vater und Sohn weilten schon lang an der Front. Die Frauen bekamen manchmal die Briefe, die Abzeichen, die Hemden, die abgewaschen und zurückgesandt wurden. Wenn sie keine Nachricht erhielten, gingen Mutter und Tochter zum Amt, um die Listen der Gefallenen einzusehen.
Sie standen mit den anderen Reisenden an, bis sie an die Reihe kamen.
Die Gefällten wurden nach Gattung und Art geführt, und auf jedem Abzeichen war das Haus abgebildet, in dem sie gelebt hatten. Die Sternenreisende – einst hatte sie sich eine Zwillingin heftig ersehnt – bückte sich leicht über den Bordstein und strich Balsam über die Wunden: Tannennadeln, die bettlägerig waren, dankten es ihr.
Im Hotel zog sie sich um, checkte aus, gab dem Portier das übliche Trinkgeld und begab sich zum Flughafen. Die Zwillingin war-

tete. Ein Gefängnis wurde ihr zum Grab; das sah sie von fern. Sie musste aufbrechen, den Totengräber aufhalten, welcher das Schöne Gesicht für immer zu löschen imstande war. Sie war unterwegs zum Gefängnis; das wusste sie. Sie spürte die Erblindung sich anschleichen, sie fühlte den steinschweren Atem, die Leiblähmung, den Schrei. Die Zwillingin wartete. Bald würde es zu spät sein. Eine Frau, die entbunden hatte, vergrub die Neugeborene unter Kleidungsfetzen und Nahrung in einer Reisetasche und gab sie in der Pförtnerloge ab. Ein Hotelgast nahm sie aus Versehen mit sich.
In der Hauptstadt säumte Fronleichnam den Staub der Alleen.
Nur zumachen, Lieblingin, schließe die Türen, behalte die Sehkraft, behalte die Luft, geh langsamer, atme, verliere nicht das Bewusstsein, sie würden dich liegenlassen, sobald du verschwindest; du siehst doch, ich bin hier, auch wenn ich tot bin, was tut's, ich bin tot, ich bin hier. Ich bin deine Freundin. *Et bellabunt adversus te, sed non praevalebunt, quia tecum ego sum, ait Dominus, et eripiam te. Et eripiam te.* Schließ alle Luken. Verstopf alle Ritzen. Verweigere dich dem unreinen Knecht. Zeig mir die Heimat; ich war so lange nicht da. Sieh doch, ich bin hier. Ich werde nicht weichen. Knöpfe den Mantel fest zu, Liebling, wir haben Winter zur Zeit. Wir haben Krieg. Lass nur das Wort Fleisch werden; alles andere ist Gift.
Ein Blindenhund ging vorbei und streifte beinahe den Saum ihres Mantels; sie hob den Blick, sah in die schwarzen, leeren Pupillen des Jünglings, der die Leine wie einen Anker umklammerte, ängstlich. Ein Mann ging mit dem Blinden, ein Verletzter, sprach mit ihm, drängte ihn fort; er hatte eine kreisrunde Narbe, die seinen ganzen Halsumfang nachzeichnete, als wäre ein Erhängter erstanden, den Unseligen unter die Menschen zu führen.
Sie zitterte, wandte sich ab; gingen Schatten vorüber, um sie zu warnen? Standen die Wundmale des Unheils immer von neuem vor ihr, damit sie verzweifelte?
Die Zwillingin wartete. Sie saß im Cockpit in einer Uniform der US-amerikanischen Marine. Es war Essenszeit. Sie prusteten gleichzeitig leicht los, dann nahm die Größere eine Suppe vom Herd, und sie löffelten sie.
„Wird die Leuchtsichel noch lange verwaist bleiben?", fragte die Kleinere unsicher.
„Nein, Liebling", sagte Marlene, „Wir werden es verhindern, wenn du uns hilfst. Nimm dein Notizheft, sobald du unten ankommst,

und schreib alles auf, was du siehst. Trink dieses Glas Wasser, damit du unsere Nahrung nicht gleich wieder von dir gibst, wenn wir abheben."
Maria gehorchte.
"Ready to go?"
"I' m ready, Sir."
Der Kapitän steckte ihr eine blonde Teerose ins Knopfloch und küsste sie auf die Stirn. Maria wurde schwindlig. Sie schloss langsam die Augen und fiel in Ohnmacht, während die Silberdose mit langmütiger Anmut die Landebahn abschritt und die Azurwitterung aufzunehmen begann.

....

Liebling, *be careful*.
Liebling, *take care*.

See those shoulders broad and glorious,
See that smile, that smile notorious,
You can bet your life: The man' s in the navy![19]

....

Die Gottgeliebte gedieh. Indianergesichter und Teezeremonien bevölkerten ihre Einsamkeit. Die Luftlinie frohlockte. Kein Reisender war in der Winternacht unterwegs.
Trotz der tantlichen Pflege der Pferdefee bekam ihr der Aufenthalt in Wien nicht mehr länger; in den Theatern und Kaffeehäusern erhaschte sie zunehmend Modergeruch, und das Gehöft drohte sie mit dem Stallduft zu ersticken, den ihre Eingeweide *par tout* nicht ertragen wollten. In einer nachmittäglichen Unterredung mit Silberface, Tochter von Häuptling Freudiges-Messer, erfuhr sie, dass Berlin, die Stadt im fernen Nordosten (von wo aus gesehen, vermochte sie nicht zu sagen), das reinste, höflichste, abwechslungsreichste Autistenparadies auf der Erde zu

---

19   Aus einem Chanson von Marlene Dietrich.

werden im Begriff war. Freudiges-Messer spuckte in die Hand, um das zu bekräftigen.
Die Reise dauerte nur kurz, denn die Tiefenlinie besaß hier keine Handhabe.

c) Die Hunde des Asmodeus

Vom Grenzturm der Jagdgründe ertönten metallische, rhythmisch aufeinander folgende Rufe.
Maria widersagte dem Pferdeknecht. Niemand hörte sie, so hatte es den Anschein. Sie ließ Löwengebrüll dem finstern Fleck entgegenbranden. Niemand vernahm ihre Stimme. Sie widerrief wieder und wieder. Sie versank in einer schwarzen Sonne, die ihren Kopf umrandete und ihren Leib von rückwärts aufsog. Ihrem Mund entsprang ein sieches, elfenähnliches Wesen, das sich mit wankendem Schritt auf die Milchstraße begab, beim Gehen leise in einem unbekannten Tongeschlecht vor sich hin singend.
Im „Hilton" und im „Four Seasons" war die Kost besser als in Wien. Sie beschloss, in beiden Hotels zu wohnen, je nachdem, welche Zimmer zur Verfügung standen. Im Hilton war der alte Concierge mürrisch und hatte schlechte Manieren; im Eingangsbereich lauerten immer mehr oder weniger notdürftig geknotete, breite Krawattenleichname hinter Glasvitrinen. Die Badewannen jedoch waren himmlisch, und dort ließ es sich am besten tagträumen. Beim Frühstück schaute sie auf den schönsten Platz von Berlin hinaus, auf den Gendarmenmarkt: dort schrieben sich ihre Reiseberichte von selbst weiter.
Doch Maria war unruhig: Alles erinnerte sie an die Jagdgründe, nur ihre Verwandte, die Pferdefee, ließ sich nicht blicken. Sie hatte ihr von einer Schwester erzählt, die sie in Berlin erwartete; diese war niemand anders als Magnificent, und Maria fing an, sie zu suchen. Die Liftboys und Pagen gaben sich zwar zuweilen als deren Boten zu erkennen, doch solange die Anderweltliche selbst fern blieb, trockneten Marias Notizhefte, die sie im Hotel voll schrieb, wie der Tau in der Morgensonne, sobald sie nach draußen gelangten. Die Buchstaben zerrannen zu Staub, wenn sie die Kladde aus der Tasche nahm und der Luft aussetzte.
Der Pferdeknecht klopfte jede Nacht an die Tür und verlangte die Zollmünze. Für Papier- und Tintenverleih, wie es hieß. Com-

puter- und Druckergebühr. Existenzrecht, und dergleichen mehr. Die Jahre gingen ins Land, wie er sagte. Sie schrie. Sie schrie anhaltend; der Schrei gebar die hilflose Elfin immer von neuem, verschanzte sich hinter Schweigen und Sehnsucht. Manchmal läutete sie, und der Page, der einst schon im Dienste der Zwillingin Wunder vollbracht hatte, zauberte ihr ein prachtvolles Nachtmahl auf den Tisch: Die Augen des Lynkeus blinzelten dann wie Karfunkelsteine aus dem schwarzen Mantel der Königin hervor, die Buchstaben rumorten, erwachten, verschoben sich, krachten zusammen, komponierten sich neu, ließen plötzlich unerwartete Plätze und hell erleuchtete Straßen erstehen, die sie noch niemals vorher so gesehen hatte. Alles war da („Hier ist alles", hatte ein höflicher Passant einmal zu der Staunenden gesagt). Sie griff dankbar zu und kam wieder ein wenig zu Kräften, so unwirklich dies ihr auch später erschien.

Wie aber dies, dieses Sehen da draußen bewahren? Wo Raum übriglassen für die Keimbahn des Pilgers? War es nicht müßig, den Pferdeknecht so lange zu füttern, bis ihr die Münzen ausgingen? Sah sie nicht jeden Tag ihre Gefährten krank werden, betteln, umkommen?

Und es existierten Alpträume, die sie aus der Tiefenlinie bedrängten. In jedem Schlupfwinkel der Zeit lauerten sie immerfort auf die ungeborene Elfin, die sie im Knopfloch verborgen bei sich trug, trachteten ihr nach dem Leben, ersannen Szenerien der Finsternis, wie entrüstete Götzen, die sich für die verweigerte Anbetung rächen. Römisch-katholische Altäre blieben verschlossen. Diener des Baal knallten ihr die Kirchentür vor der Nase zu.

Da beschloss Asmodeus, der Dämon der Hurerei und der Unfläterei, sie in einem nächtlichen Angriff zu erwürgen. Magnificent, die Pferdebeschützerin, würde sie diesmal nicht retten können: sie war unterwegs. Er würde sie allein und unvorbereitet treffen, in dieser Hilton-Armenküche; die Tarnung würde perfekt funktionieren. Er kreiste sie allmählich ein, sanft, unauffällig, schnitt sie von der Außenwelt ab, wie wenn ein Taschenspieler einen Scherenschnitt flüchtig mit einem Stift zeichnet und langsam mit wendigen Handbewegungen aus einem Blatt weißen Papiers herausschneidet, bis er aus dem Weißen fällt. Bis sie allein mit ihm war.

Die Armenküche war leer. Zuviel Zeit war ins Land gegangen: Die Menschen waren gestorben.

„Warum bist du hier?", fragte sie.

„Nun, ich will dir helfen. Schau, du brauchst nichts mehr zu bezahlen. Ich schenke dir die restlichen Münzen."
„Ich will kein Geschenk von dir."
„Du wirst noch an deiner Sturheit zugrunde gehen, Sternenreisende."
„Mir vergeht der Appetit, wenn ich dich sehe."
„Wie alt bin ich?"
„Sehr alt, vermute ich."
„Alt genug, um dir einen Rat zu geben."
„Ich nehme keinen Rat von dir an."
„Lass mich deine Schulter berühren, es wird dir gefallen. Du wirst nichts mehr zu bezahlen brauchen."
Er näherte sich, sanft, unauffällig, mit einer fast friedlichen Miene im Gesicht. Seine Schritte jedoch waren stetig und schwer, und sein Atem roch nach verfaultem Obst. Er war ihr bereits gegen ihren Willen auf den Leib gesprungen, als sie aufwachte. Die Küche tauchte unversehrt aus der Nacht auf, die Stimmen der Gäste waren im Hintergrund wieder vernehmbar. Der Koch ging mit dem Geschirrwagen vorbei und grüßte sie höflich. Sie hörte den Dämon mit Wiederkehr, mit Immer-Wiederkehr, drohen und sah ihn in einem Tunnel verschwinden, dann stand sie wie alle anderen an der Kasse an, ein Tablett mit Brot, Suppe und Apfelsaft in der Hand. Eine Studentin sah, dass sie blass war, und ließ sie vorgehen. Der Mann vom Sicherheitsdienst setzte sich an die Theke, schob seinen Schlüsselbund klirrend beiseite und trank einen Schluck Wasser aus einem Pappbecher.
Die Milchmagd hatte den Kassendienst übernommen:
„Haben Sie das Wochenende gut überstanden?", fragte sie Maria beiläufig, während sie ihr das Wechselgeld gab.
„Ja. Danke schön."
Maria hüllte sich in das Kleid des Kostbaren Blutes und verbrachte die Tage in Erwartung der Nächte.

d) Die Fee Magnificent

Es war kalt in der Armenküche. Alle Wandbilder waren abgehängt worden. Sie hatten zum Jahreswechsel die Lichter ausgetauscht und eine neue Winterkarte ausgehängt. Maria sah, dass sie Zimt-Latte für drei Euro zehn anboten.

Magnificent versah den Dienst einer Stallmagd, denn die Pferdefee war allgegenwärtig; sie fror von morgens bis abends, und an den Händen bekam sie Frostbeulen und Schürfwunden. Und doch begegneten sie sich zuweilen. Am Eingang, in der Schlange, beim Ausgang, im Bus. Bei der Pfandrückgabe. Ihre Blicke trafen sich manchmal, wenn sie Besteck oder ein Tablett holen gingen. Es geschah, dass sie an einem Tisch an entgegengesetzten Enden saßen und gemeinsam, wenn auch getrennt, aßen. Sie begegneten sich, obgleich sie sich nicht kannten.
Mit deprimierender Regelmäßigkeit klopfte der Pferdeknecht an die Tür und begehrte Einlass, denn er wusste der Wege viele. Die Fee Magnificent machte einen höflich-verächtlichen Knicks, pflanzte sich in voller Größe vor Maria auf und stopfte ihm jedesmal mit peinlicher Sorgfalt eine Zwei-Euro-Münze in den Mund. Sie sprachen miteinander, ohne sich zu kennen. *Pardon*, darf ich die Salzdose nehmen? Möchten Sie die Zeitung haben? Danke schön, ich wollte gerade eine holen. Maria wurde trotz ihrer Krankheit von Tag zu Tag gesünder; die Gegenwart der sichtbar-unsichtbaren Zwillingin ließ sie heil und unberührt durch die unwegsamen Pfade der Zeit und die bitteren Wasser der dämonischen Angriffe kommen. Sie war etwas glücklich, obwohl sie auf ihren Reisewegen keinerlei Erfolge zu verzeichnen, sondern ständige Niederlagen, schwere Einbußen und den Tod zahlreicher Freunde zu beklagen hatte. Oft war ihr dunkel zumute, doch es gab auch andere Stunden und Tage. Ihr war, als wäre ihr vor langer Zeit verlorengegangenes Talent, Klavier zu spielen, zurückgekommen. Sie konnte wieder Noten lesen; ihr fielen alte Stücke wieder ein, die sie als Kind auswendig gelernt hatte. Doch da die Gesichter der Fee kamen und gingen und jedesmal wechselten, verstand sie nicht ganz, was geschah; dennoch war sie etwas glücklich. Sie wurde von einer substanzartigen Musik durch die Elbfurten der Gezeiten hindurchgetragen. Auch die Pagen und Köche, die Kellnerinnen und viele der Gäste vernahmen die langsam ansteigenden Töne, die in der Luft lagen. Sie waren guter Dinge, wenn die Musik zu ihnen kam.
Wann immer der Alptraum erwachte und der Dämon die Hunde des Tieres auf die Schlafende ansetzte, hingen die Bilder, die sie gesehen hatte, wie eine undurchdringliche Wand vor ihrem inneren Sinn und bewahrten sie vor dem Würgegriff der unreinen Geister. Sie sah sich wie in einer abgegriffenen Filmprojektion, aber sie fühlte und erschrak auf eine Weise, die realer war als

das Wachleben: Der Hund fraß sich in ihre Brust hinein, er versuchte es. Der Schmerz war blind-beißend, besaß den Geruch von Unflat und Gruft. Noch in der Ohnmacht verneinte sie, biss heftig zurück, bleckte in der Seele die Zähne. Er verwandelte sich in einen Alten, der sie anstarrte und sich ihr unsittlich nähern wollte; sie hielt sich die Hand in Todesangst vor dem Leib, und sie erwachte aus dem Alp.
Asmodeus hatte sich geirrt. Magnificent war unterwegs, gewiss, das war sie; aber sie war, wie seit jeher, zu Maria unterwegs. Eine Nabelschnur wand sich wie eine schmerzende Schlange um die Zwillinge, um ihrer beider Stirn, Mund, Hände, und sie wurde durch den Frost der Jahrbillionen hindurch in den erstaunlichen Kosmos wie in einen Abgrund geschleudert; doch sie riss nicht.

e) *Rat races*

In Schottland wurden in der absterbenden Jahreszeit die Tage zunehmend kürzer, die Nächte hingegen streckten ihre immer länger werdenden Hände weiter und weiter in die aufwachende Moorlandschaft hinaus.
Maria erwartete die Nächte.
Die Gastgeber hatten ihr Bestes getan; Maria bewohnte ein großes, geräumiges Zimmer und hatte ein eigenes Boudoir. Sie ritt jeden Morgen mit Miss Frightingale, der Gouvernante, aus, und sie schloss bald mit Phoebe und Phoebus Freundschaft, den Zwillingen, denen das Schloss und das Anwesen gehörten. Das täglich genossene britische Frühstück heilte ihren Leib und reichte als Nahrung für den ganzen Tag aus. Vom Mittag- und Abendessen dispensiert, konnte sie sich auf die Spaziergänge, die Ausritte, das Schreiben und Lesen konzentrieren. Betty, die Hauskatze, wurde zu ihrer besonderen Freundin und zu ihrer Kundschafterin auf ausgedehnten Entdeckungswegen.
Silverface erschien Phoebe und Phoebus seit ihrer Kindheit, und von den Ewigen Jagdgründen sowie den Routen der indianischen Bisons (von manchen auch Büffel genannt) hatten die Zwillinge langjährige Kenntnis.
Von Kälte umschlossen genas Maria vollständig. Von Freunden umgeben, kehrte sie mithilfe des blinden Sehers ins Leben zu-

rück. Die Flammen der inneren Unruheherde erloschen in ihr nach und nach; sie konnte wieder sehen und gehen. Aber ihre Ruhe war schmal und unscheinbar wie eine Rose, die sich im Sturm geschlossen hält.

Magnificent liebte die Mustangs aller Indianervölker, und sie schenkte Maria die edelsten unter ihnen. In den Nestern der Vögel auf Schloss Bradbury fanden die drei Freunde erstaunlich groß geratene Eier, die aus der Anderwelt stammten. Die Fee berührte sie mit dem Stab, und die Sternenfohlen schlüpften alle aus, still und folgsam wie gewöhnliche Küken. Sie wurden in den Farben des Regenbogens geboren, denn sie sollten Maria und Magnificent bei ihren Ausritten in die langatmigen, verschwiegenen schottischen Nächte begleiten und die Nebellandschaft, das Moor, den kargen, schneeigen Garten, der das Schloss umgab, in die grünen Prärien zurückverwandeln, über die Silverface, die Häuptlingstochter mit dem mondfarbenen Haar, herrschte und gebot.

„Hallo, Bleichgesicht", rief die Indianerprinzessin eines regnerischen Nachmittags Maria, die in ihrer Kemenate beim Schein einer gigantischen *Abat-jour* an ihren Berichten arbeitete, plötzlich zu und kam hinter dem Spiegel hervor.

Die Sternenreisende legte das Notizheft beiseite, das sie in die Hand genommen hatte, und drehte den Kopf.

Silverface stieg von dem großen ovalen Spiegel herab, der Phoebes Großmutter gehört hatte. Sie setzte sich auf den Boden und nahm ein kleines Buch aus der Tasche, eine Sammlung von alten indianischen Legenden.

„Ich habe dir etwas mitgebracht", sagte sie und gab ihr das Buch. Maria las lange und gedankenverloren darin, dann erwiderte sie: „Silverface, das ist lange her. Ich war damals noch ein Kind."

„Ich weiß es wohl, Bleichgesicht. Aber das macht nichts."

„Sei still, du bist nicht real. Du bist nur ein Mythos. Ich habe dich erfunden."

„Und du? Was bist denn du?", fragte Silverface leise und beugte sich leicht über sie, wie um sie vor einem unsichtbaren Schemen zu verbergen.

„Ich bin nur ein Experiment, der Versuch, etwas aufzuschreiben, das Bestand hat. Ein ... fehlgeschlagener Versuch."

Die Fabelheldin antwortete nichts, sondern las lange Zeit mit ihr zusammen im reich bebilderten, mit einem apfelgrünen Hardcover versehenen Buch. Sie sah Maria an, als sich der Abend

langsam über das Moor zu senken begann, und flüsterte ihr in überraschtem Ton ins Ohr:
„Aber ... du hast mich gelesen. Ich kann nicht von dir erfunden sein!"
Die Zwillinge kamen herein, und Silverface nahm den dreien das Versprechen ab, sich auf die Suche nach dem Büffelkalb zu machen, das ihr die Taufpatin dereinst bei ihrer Geburt geschenkt hatte.
„Freilich wird es jetzt kein Kalb mehr sein", fügte sie nachdenklich hinzu, „Es ist bestimmt groß und stark. Ich weiß nicht, ob wir es finden können."
Sie fing zu weinen an und trocknete dann ihre Tränen mit dem silbernen Haar, das ihr bis zu den Hüften reichte. Betty trank den ganzen Teller Milch, den Maria ihr gab.
„Wir kommen bald zurück", flüsterte sie und liebkoste das Raubtier.
„Wer ist deine Taufpatin?", fragte Phoebe.
„Ich habe sie noch nie gesehen", entgegnete Silverface.
„Miss Frightingale soll all unsere Mustangs satteln lassen. Wir reisen in der Morgendämmerung ab", sagte Phoebus.
Auf Schloss Bradbury hatte sich der Dachboden im Lauf der Jahrhunderte mit Kanalratten gefüllt. Sie nagten an allem, was ihnen unter die Zähne kam: Möbel, Gemälde, Kleidungsstücke, menschliche Haut. Sie trugen den Pestkeim der benachbarten Glasgower Kanalisation mit sich, doch die Schlossbewohner ahnten nichts davon. Der Schlossherr und sein Sohn weilten seit jeher an der Kriegsfront und hatten ihren ganzen Besitz den beiden Zwillingen vermacht, die noch nie auf dem Speicher gewesen waren. Die Ratten vermehrten sich mit beängstigender Schnelligkeit; bald ging ihnen der Lebensraum aus, und sie begannen ihren Marsch durch die Abflusslöcher. Die Kammerzofen fanden manchmal seltsame Schraffuren an Waschbecken, Armaturen und Badewannen; die Wasserhähne tropften von Zeit zu Zeit mit nervtötender Eindringlichkeit, und auf den Fußböden erschienen unerklärliche Flecken. Aber niemand vom Personal maß diesen Vorgängen große Bedeutung bei, denn die Zimmer der Herrschaften befanden sich im ersten Stock. Als Maria auf dem Schloss eintraf, hatten die Nager den Großteil der Gemächer im dritten Stockwerk bereits eingenommen.
Draußen brach die Nacht an. Freudiges-Messer saß unbeweglich auf den zackigen Höhen der plutonischen Alpen, und die

Ewigen Büffel an seiner Seite schauten mit mondvollen Augen auf die verdorrten Prärien herab, die sich über die schwindende Erde erstreckten.

f) Raphaela, die ungeborene Elbin

Zurück in der Kammer, übte Maria auf einem alten Casio die Melodien, die sie aus Wien mitgenommen hatte. Sie konnte seit einiger Zeit wieder spielen, aber nur mit der rechten Hand. Es war ein melancholisches Üben. Als Kind hatte sie leidlich gut Klavier gespielt, aber seit ihrem Aufbruch hatte sie diese Fähigkeit eingebüßt. In der Armenküche hatte sie die Tonspur wieder aufgenommen, wie aus der Luft gegriffen, doch ihre linke Hand blieb weiterhin stumm.
Die anderen Hotelgäste beschwerten sich aus Höflichkeit nicht, doch Maria wusste, dass sie nur stammelte und dass ihre linke Hand nicht mehr spielen konnte. Sie hörte auf. Im Buch ihrer Kindheit, das Silverface ihr auf Schloss Bradbury zum zweitenmal geschenkt hatte, las sie die indianische Legende vom weißen Büffelkalb, das niemand anders war als die immer wieder neu geborene Taufpatin der kleinen Fabelheldin, die sie auf ihren Reisen begleitete. Phoebe und Phoebus waren mit der Vergiftung der Ratten beschäftigt, die ihrer aller Wohnstatt infestierten; doch seit sie von der unverhofften Geburt des mythischen Büfels erfahren hatten, unternahmen sie täglich mit Maria weit ausgedehnte Mustang-Spazierritte, die sie dem Totemtier mit jedem Tag näher bringen sollten. Magnificents unlängst geborene Fohlen dienten den dreien als Pfadfinder und Spurensucher, denn sie hatten im Mutterleib die weiße Milch der Taufpatin gekostet.
Es war mehr als Trost, dass Maria Rechtshänderin war und der anderen Gabe, der Gabe, für die sie geschaffen war, nicht verlustig gegangen war. Es wurde kalt in der Armenküche. Die Tiefenlinie rächte sich unentwegt für die erlittene Schmach. Magere Untote, verhärmte Vampire aus asphaltenen Hochburgen postmoderner Schamanenmeister türmten sich wie von ungefähr auf ihren Wegen auf, schlüpften in altbewährte Hundemasken hinein und warteten tagtäglich ab, bis sie aus dem Haus kam. Sie

begriff, dass dies das Lösegeld war, das sie dafür zu bezahlen hatte, dass sie ein Golem aus Adams Stamm war. Und dass dies nicht ein für allemal, sondern immer wieder von neuem geschehen musste. Doch da war die Zwillingin: Marlene, die göttliche Musikantin, spielte Klavier und sang. Sie sang ihr vor, was sie zu hören wünschte, ohne Unterlass, selbst wenn sie schlief. Wie konnte sie da unglücklich sein? Marlene, die Zwillingin, hatte die verlorene Gabe geerbt, wo immer sie auch war. Sie hatte sie vor ihr besessen, an sie weitergegeben und von ihr zurückerhalten. Maria, die Elfenträgerin, malte sich das Wiedersehen aus: Sie würde nur der Tonspur zu folgen haben, dann würde sie zu ihr zurückfinden, mit oder ohne linke Hand. Dann würde das Elbenwesen, obgleich jetzt noch ungeboren, real werden. Das Wort würde Musik werden, wie im Anfang. Die Luft in Berlin würde die Buchstaben wieder zum Leben erwecken, die ausgelöscht worden waren. Die Leuchtsichel, die dunkel und stumm auf dem Boden des Grenzturmes lag, spielte im Darniederliegen das Lied der Genesung. Marlene würde fortführen, was Maria, gefangen, fallengelassen hatte.

Don' t mind the dog, Liebling: Beware of the owner. Spiel weiter, kleiner Trommelmann. Schreibe nur deine Notizhefte voll. Lass sie an der Luft trocknen. Das genügt.

Sie schrieb weiter; sie schrieb um ihr Leben. Jetzt, nachdem sie in die Augen der Finsternis geblickt und die linke Gabe verloren hatte, hing ihr Leben und Fortbestehen einzig und allein von der rechten Gabe ab. Das trieb die Nager aus der Glasgower Kanalisation hinaus in die höheren Stockwerke von Schloss Bradbury und in die Zimmer der ahnungslosen Bewohner hinauf, denn Raphaela, die Elfin, hatte daraufhin ihr Sternenblut gegen sterbliches Blut getauscht, die blauen Prärien der Ewigen Büffel verlassen und sich auf den Weg zu Magnificent, der smaragdgrünen Fee, gemacht. Die Nager hatten den Auftrag, ihr Fortkommen zu verhindern.

Maria zählte die Tage, ohne zu wissen, wann die Zeit aufhören würde. Die Mustangs erschufen Räume aus Licht, die ihre Gefangenschaft linderten. Phoebe, Phoebus und Silverface verließen sie nie, wie einst in der Kindheit. Im Schloss wurde die Herrschaft vermisst, und die Rattenplage verwüstete unwiederbringlich das Anwesen. In den Dörfern und der benachbarten Stadt Glasgow wütete die von den Nagern auf die Menschen übertragene Pest. An der Kriegsfront wurden die Männer dezimiert. Die Wüsten-

schlange zog ihre Kreise um Marias Hals enger und enger, denn so war es bestimmt. Mutter und Tochter erhielten keine Briefe mehr vom abwesenden Vater. Die Waldlichtung mit der Verborgenen Zuflucht verschwand immerzu durch ein Nadelöhr.
Die Sternenreisende strandete und strandete. Die Gegenwart war verloren; die Zukunft folgte dem tollwütig gewordenen Blindenhund, den sie einst gesehen. Von der Vergangenheit allein ließ sich die Flamme nicht nähren. Maria brachte von nun an nur noch die Grabbesuche zustande. In den Nächten sammelte sie die ihr noch verbliebenen Kräfte und redete mit der Zwillingin, die immer in unerkannter Gestalt unerwartet erschien. Maria hörte ihr zu; sie trank ihre Stimme und trug diese dann zur Ruhestätte des Engels zurück. Sie schmückte den Stein mit Teerosen. Sie wurde Totenbriefträgerin und lebte davon.
Raphaela, die Sternenelbin, die einstmals Athaniel geheißen hatte, brachte ihr einen Strauß und trug ihr auf, ihn auf das Grab zu legen.
Maria liebte die Tote und wusste, dass diese Liebe ihre Verzweiflung, die immer stärker wurde, zu heilen vermochte. Marlene würde ihr Gerechtigkeit widerfahren lassen: Sie allein konnte sie heilen, und alles andere war von übel, weil es nicht von ihr kam. Marlene, von oben gekommen, konnte das alles, und sie tat es auch, weil sie Maria liebte, ja mit ihr eins war. Sie verlangte, anders als die *Fake*-Menschen, nicht Verzicht, sondern Verbrennung. Sie versuchte nicht, ihr die Kapitulation vor den Mächten des Bösen als eine Art von Strategie oder sogar als zwischenmenschliche Pflicht einzureden. Sie fühlte mit ihr, in ihr und durch sie hindurch alles, was sie selbst fühlte. Sie erstickte den Hass nicht, denn der Hass war gerecht. Aber sie machte ihn langsam. Sie ließ nicht zu, dass der Zorn, der immer mächtiger wurde, je öfter sich die Attacken der Tiefenlinie ereigneten, sich in das geliebte Wesen wie eine tödliche Krankheit hineinfraß. Die Wege der Menschen waren nicht ihre Wege, denn die Zwillinge liebten einander. Maria wurde nicht lau, sondern auf verlangsamte Weise zornig, so gut sie konnte. Solange die Hoffnung nur währte.
Auf dem Friedhof wollte sie einmal ein abgebranntes Kerzengefäß vom Grabe entfernen und fasste es unvorsichtig an. Offenbar hatte der Docht noch vor kurzem geglommen, denn ihre Finger begannen so stark und so stechend zu brennen, dass sie die Empfindung hatte, vom Feuer selbst berührt worden zu

Einhorn

Einhorn
Füllhorn im Garten

Im Walde
spendest du
einem jeglichen Sterblichen
den Götternektar
und Ambrosia

Verborgenes Königreich
Kinderaugen staunen
und lachen
am unsichtbaren Tor

Einhorn
den Götterhimmel in den Augen

Einhorn
wo
sind sie
die Gefährten?

Wähntest du
sie
in den Tiefen des Meeres
ertrunken?

Wähntest du
den Wahnsinn der Sterblichen
in Undines Mund?

Nein schmale Statue
weiße traurige stumme
fasse Mut

sein. Der Pferdeknecht schlurfte vorbei und grinste sie schadenfroh an, während sie am Brunnen die schmerzende Hand unter fließendem Wasser hielt. Die Zeit verging, doch die Finger brannten und brannten. Eine Stunde verstrich. Eine hinkende Frau, die Arbeitshandschuhe anhatte und sich mit der linken Hand auf eine Krücke stützte, drängte sie unwirsch mit der Gießkanne vom Wasserhahn. Maria ging auf die andere Seite, wo ein zweiter Brunnen stand, und drehte den Hahn auf. Langsam und stetig kühlten die verwundeten Stellen jetzt ab. Inzwischen war es Abend geworden; eine graue Wolkendecke erschien am Dämmerungshorizont, und ein schmaler hellichter Streifen glühte darunter hervor, als müsste von der soeben noch machtvollen Sonnenmelodie nur noch ein schwaches, unaufhaltsam ersterbendes Echo übrigbleiben. Ein Donnerschlag ließ die Erde erschauern; am Nebengrab stand plötzlich ein Diener des Feindes und grub emsig die Erde um, als hätte er schon lange Zeit dagestanden. Er fuchtelte abscheulich mit Armen und Händen und sprach Beschwörungen aus. Seine Stimme klang abgehackt und aseptisch; die Wörter waren deutlich vernehmbar und dennoch unverständlich, schal wie ein sich plötzlich aufbäumendes Nichts.
Er war gekommen, Maria zu holen. Da vergaß sie die brennenden Finger. Sie ging an ihm vorbei, ohne ihn anzusehen, zum Brunnen zurück, füllte die Grabvase mit Wasser, stellte den Rosenstrauß darein und drückte sie fest in die Erde. Sie kniete sich hin und küsste die Blumen, dann stand sie auf und ging, den Blick starr vor sich hin gerichtet, abermals an ihm vorbei. Auf dem Weg erlahmten die Schmerzen; Gedächtnis gab ihr den Frieden zurück. Sie erreichte unversehrt das rostige Gittertor, das den Kirchhof von der Stadt der Lebenden trennte. Jetzt begriff sie erst die Gefahr, in der sie geschwebt hatte, und zitterte.
Die Zwillingin verbrannte sie zu Ende und gab ihr zu essen. Sie schob Raphaela, die Elbin, behutsam hinaus, auf die Milchstraße, auf die glatten, eben noch von unzähligen Hunden und Ratten verwüsteten Galaxien hinaus, die sich von Blitz und Donner zu erholen begannen. In den Augen der Elbin, die, vom Lehmzelt beschwert, sich auf den Weg zur Erde gemacht hatte, spiegelte sich die kosmische Leere mit unwiderleglichem Beharren wider. Auf den Jagdgründen der Ewigen Büffel erwachte der Seher zum Leben und begab sich in die Gemächer des Königs, um Bericht zu erstatten. Der Himmel öffnete sich über dem Stein

und vertrieb die Kreaturen der Nacht; der Diener der Finsternis ließ Spaten und Spitzhacke fallen, wand sich in Schmerzen und ließ von den Ruhenden ab. Der Pferdeknecht rief in Verzweiflung die Rosse des Lahmen Abgottes zurück. Aus der Anderwelt beschwor Magnificent die wilden Mustangs aller Indianervölker herauf und stellte sie als Wachtposten vor den Stadttoren auf.
Die Sternenreisende sah, dass es außerhalb dieses Grabes keinen Himmel mehr gab. Aber es war der Himmel, und sie musste ihn finden.
Der Rosenduft verband die Lebende und die Verstorbene zu einem einzigen, unauflösbaren Kelch; die Tote gab der Neugeborenen all die Lieder, Gesänge und Worte zu eigen, die jemals die ihren gewesen waren. Maria öffnete den Mund, aß und trank und versprach, sich an alles zu erinnern und alles getreu aufzuschreiben.

....

....

....

.

g) Das Pferdeknechtslied

oder

Wie die Elbenfährte den Baum der Erschwernis betraf

Unter dem Neumond
zerrinnt
Golems Leibesmissetat,
Lehmzelt unter dem Galgen.
Hohl
tönte das Holzross im Innern:
In der Verbergung der Völker
lag Abessinien,
Bucht der Vergängnis, Baum,
den die vielwurzlige Wüste
unterirdisch bewässerte.
Aasvögel umkreisten den Richtplatz.
Ein Mensch war gestorben.
Im schwelenden Feuer vermehrte
der Magier den Meineid;
Ahasverus
säte, anbrandend, das Korn der Erhängnis.

Der Gehenkte vergaß;
Sklaven und Fremde
gehorchten dem Zauberer,
den leidlich geredeten Formeln:
der Tote bejahte. Verhängnis
war Sendung. Die Abessinierin drohte,
sterbend, den Mächten.
Amen, zischte der Wüstenwind, kahl,
blasphemisch gewendet in der Vergehung
unbeständig harrender Streuung.
Die Pferdetränke war leer.

Die Mustangs, Eigentum
des Volkes Gottes,
waren Pfand der Vertauschung.
Das Saatgut verschloss sich.
Die Fee Magnificent,
Athaniels Zwillingin,
bewohnte ein Zimmer, möbliert,
neben dem Parkhaus Anamnesis.
Maria, die Menschin,
verbrachte die Jahre, die Jugend,
mit der Abwehr des Geknechteten,
mit Verlangsamung von Zahlungen,
mithilfe von aus der Anderwelt herein-
geschmuggelten Münzen.
Laterna Magica schuf auf der Wanderung
ihr und den Ihren
Übergänge, die nicht zu erkennen waren
und fähig, Kataklismen
herabzurufen auf die Gassen der Sterblichen.
In der Asphaltmulde ruhte,
schwer träumend,
der Baum der Erschwernis,
dem Mond die Arme entgegenstreckend,
als würde drüben Larissa, bedrängt,
den anderen Baum, den erquicklichen,
anblicken ob einer List,
die Hippogryphus, das Pferd,
den Schwindlern und Sammlern gewogen,
zu tragen wusste, müh-selig,
seit Anfang der Zeiten.
Ebbe und Flut vergingen, zu rasch.
Maria war in Gefahr,
unkundig der Pilgerschaft.
Auffahrend gewahrte,
von Turmscharen umzingelt,
der Mann mit dem Pferdegesicht
die Elbin im Tunnel,
nicht tot: zwischen Mond und Gedächtnis
bahnte die Fee, unerbittlich,
sich und dem Kinde den Weg.

(Die Blutstropfen, des Baumes
unstillbare Tränen,
galten dem Sprössling.
Tag für Tag
nähte die Mutter, unstillbar,
das Kleid der Vermehrung)

Der Golem sah es mit Beklemmnis.
Krähen und Raben, sonst
friedsam zuhandene Tiere,
vernahmen die Enge,
den werdenden Turm,
das zwischen Raum und Gewahrsam
in der Zerrinnung verbleibende Reich. Wankten.
Magnificent nahte, die Selbstrose
Stufe für Stufe erschaffend auf unerklimmbaren Spiegeln,
behutsam betretend den Baum
wie einen im Sommer geborenen Regen.
Der Magier las nur Verwirrung
im Eisvogelauge, dem scheuen, im angstvoll
zurückweichenden Specht, in der Elster
hohnschwangerem Stummsein.
Sollte das Elbenherz siegen,
würde, dem Todesurteil zum Trotz,
das Zwischenreich allen Sterblichen,
über die Zeiten hinweg,
unwiderleglich sich zeigen.

(Der Schamane bellte den Mond an, ungehalten und trüb)

Magnificent, die ihm seit jeher Verhasste,
die Herrin über die Mustangs,
trüge die Brut aus, die ihr,
der leibentrückten, nicht zustand.
Das galt es zu verhindern.
War die Zauberin doch
seit ihren Anfängen Selbstleib,
schadenfrohe Gerinnung,
Mutter von Priestern,
Nemesis, die es zu vereiteln galt,
wie es der Kläger verlangt.

Auf dass keinem Adam-Nachkommen
der Passus sich öffne, wenn auch
zerbrechlich und schwanksam,
zum Mondkrater, *Subrisio
saltatoris*, dem sich überall wie ein Elmsfeuer
dem Zugriff der Mächte entziehenden,
der Heimstatt des Springers,
des Boten. So befahl ihm der Boss.
Der Sklave nickte, beugte den Nacken,
zückte das Messer. Er war bereit.
In der Schminke der Finsternis
keimte der Sabbat.
Chaos, der Gigant,
war geweckt, unentgeltlich.
Hinkenden Fußes
nahm er die Witterung auf, folgte
der Lichtspur in morgenrötlicher Baum-Milch,
folgte dem Regen, der, niedagewesen,
dem Indianervolk, dem bisongläubigen,
freie Verheißung zusprach.
Golem verfolgte die Frucht.
Dürrnis gedieh.
Amerika schlief in der Salzwüste.
Geduldig zertrat jede lachende Rose,
jede winzige Elbin der Moloch.
Mit beschiedenen Schritten
vermaß der Pferdeknecht,
zur Erde sich bückend, den Galgenboden.
Der Baum siechte dahin, entäußertes Pfand
eines anderen Gottes,
umgekehrte Insignie
der Alraunwurzel, die schwieg und sich wand.

Was vergaß der Gehenkte?
Wer entfernte vom Richtplatz den Leichnam,
wer übergab ihn dem Feind,
der über die Hunde, die Ratten, die Wölfe,
über der Menschen ungeläutertes Fleisch
die Herrschaft besitzt?
Wer machte aus dem Toten, der ja sagte,
den Pferdeknecht, die nicht heilende Wunde

in der Raumzeit unwirtlicher Säumnis?
Wer gab den vielwurzligen Sand
dem lahmenden Reitersmann preis?

....

Golem gehorchte. Kaufte
die Mustangs aller Indianervölker,
die jemals die Schmach der Versklavung erduldet,
mit dem Versprechen der Sättigung.
Er versprach die Entsühnung für alle, versprach
die Erhaltung der Büffel und die Vernichtung der Hölle.
Doch sein Wort war Falschmünze, umtriebig
von Freisklaven in Umlauf gebracht.
Das rächte sich.
Maria, die Ungeborene,
sah es und warnte,
sah es und weinte,
verbarg das Gesicht in den Händen und harrte
der Mondgeburt, harrte der Ankunft,
der Baumkrone, die im Staub und im Pfand
Wohnung genommen,
Lieder der Tröstung zuflüsternd an der Benetzung
Statt, in Einsamkeit
Pflanzennamen ersinnend der raum-nichtenden Kreuzfrucht.
Wie eine Fata Morgana
entschwand sie ohne Unterlass
in der Rose unwegsamem Kelch,
den Blicken des Golems entgehend,
der Entsetzung des Pferdenagels,
der grub und gewann.
Unter dem Baum der Erschwernis
trotzte die Wurzel der Folter,
wob der Lieblingin grundlos
die Mondhaut ein, die nahtlose,
unschwere, die immerwährend
weißbleibende ein, des Gottesknechts
blutsmächtige Spur.
Der Pferdemann wusste und wog ab.

Er wandte den Plan hin und her, überlegte,
die Untoten befragend, den Aasvögeln zuwendend den scheuenden,
leergespiegelten Blick.
Er verlangte die Zollmünzen,
den Richtplatz zu erhalten.
Er klopfte an die Tür,
wann immer die Harrende nah,
wenn die Wächter erlahmten, wenn der
im Turm bevollmächtigte Fußabdruck
im nächtlichen Sturmwind verwehte,
wann immer das Lied in den Hallen des Gartens erstickte,
wann immer
des Asmodeus, des Verbündeten, Tierbrut den Brunnen
unbezwinglich verschloss.
Seuche war seine Sendung.
Geist und Wahrheit
verdarb im wankenden Glas.
Der Turm war geöffnet und zu.
Knecht und Gefangener
reichten einander die Hand, unzertrennbar.

Der Mond, Seelenwäger in erstaunlicher Mulde,
blickte auf den Boden hinab;
es war Sabbat,
Alraunens Umkehrung, des Pferdemolochs
alljährliche Stunde.
Die Galgenfrist währte allzeit.
Der Kessel, die Phiole, der Drudenfuß
standen bereit, unsichtbar zu machen
das Schand-Mahl.
Kreaturen im Anzug
läuten, grimmig und glatt,
unwiederbringlich, die Leichenwahl.
Am Baum der Erschwernis
enthaupten die Sabbatsöhne,
dem Tode ergeben,
zwischen Blick und Gesicht,
zwischen Laut und Vernehmnis
die Elfenschar. Das Alphabet
zeichnete Waage und Gewicht.

Das Waageamt war vergeben.
Des Hippogryphus frühjahrsvermessener Hufschlag
gab dem Panther zu essen,
was die Wüste gebar.

Athaniel, einstmals
unendlicher Engel in Gottes lichtgrätlichem Heer,
sah die Not der Erdenvölker, der Frucht,
die, scheu standhaltend, dennoch den Schatten gehörte,
sah den Golem aufstehen,
den Garten versinken,
die Karawane im wahnhaften Orkus ertrinken.
Die Oase war fort,
Fata Morgana, die Mondnomadin,
versiegt. Golem bahnte den Weg
zur Leuchtsichel, zum Turme sich,
zum mählich entschwindenden, umkehrenden Baum.
Athaniel, die Erzengelin,
litt im kraterumzingelten Halbrund.
Litt, im Eden gefangen, die Qualen der Hölle.
Bat um Erlaubnis zu gehen.
Bat den Atem der Rose, der seit dem Anfang der Zeiten
um die Throne sich wölbte,
sich entfernen zu dürfen,
der Freundin zur Hülfe, die,
an die Erschwernis gekettet,
nicht ohne Kleid die Turmsäle durchqueren,
die Ödnis mit Nektar benetzen,
den Richtplatz betreten konnte, das Totemtier
unter dem bebenden Arm.

(Es berichten die Elben, die in der Erzählung
vorkommen, dass es ein Büffelkalb war,
weiß wie die Indianer ihn lange Zeiten hindurch
erträumt hatten, die Völker der Mustangs, der Göttin
Tribut zollend, welche die Mondzyklen ersann)

....

Athaniel bat um Erlaubnis, das Kleid sich zu borgen,
das ihre Form mit Schwere betraf,
für die Dauer der Prüfung.
Erstaunt drängten sich Gottes Gedanken
um die Anmut, die dem Plan innewohnte,
um Alraune, die haltlos im Weltall
umhersegelnd, Kurs hielt,
die Kelchrose im Sinn.
Athaniel, die Brieftragende, bat um Erlaubnis,
die Mustangs, das Einhorn, den Hippogryphus,
die furtenversengenden, weisheitsliebenden,
menschengesichtigen Kentaurensprösslinge
zu sich zu ziehen,
auf dass eine List
den Geklonten entlarve, der aussah,
sich bewegte, vor Fremden und Sklaven zurückscheute
wie ein lebendes Pferd,
der Trab und Galopp und das vergessene Wiehern nachahmte,
wenn nur der lahmende Fuß mit Hufeisen verkleidet war,
wenn nur Alraune der Erde
gewaltvoll entrissen wurde,
wann immer am Sabbat
das Kreuz umgekehrt wurde auf dem erfrevelten Raum.
Die Stimme in der Mundhöhle wagte es:
„Elfin, du bist"
dem Kinde zu sagen.
Die Mondsichel zum Leuchten zu bringen, den Weg
aus Kosmos, aus Chaos dem Liebling zu weisen,
borgte Athaniel sich, die Mustangs im Rücken,
ein Elbenkleid, einen Leib aus Dornen von Licht,
die Blutschuld zu baden im Unmaß der Buße,
als Engelin, blass und barfuß,
jeden erdschweren Schritt mit der Geliebten zu zählen,
jedes erz-alte Gewicht auf die Waagschale zu werfen,
etwas leichter zu heben die Last, die sie nicht gekannt,
auf dass inmitten
der schwer gewollten Besudlung, wann immer
Hexensabbat die Häuser
der Wüstenbewohner heimsuche,
das Kreuz sich aufrichte und umkehre
die Hinrichtung, den Zustrom der Gesandten;

auf dass ein Gegenruf,
des Turmes unerbittlichen Flüchtling ersehnend,
der Golemwerdung Einhalt gebiete,
Alraunens Liebe vernehmend
das Leben der Stämme erhalte.

....

In der *Laterna magica* verschlang der Erdboden
den Spieltisch, den Zollwein, die Taverne.
An der Kriegsfront unverzüglich
stellt das Elbenheer sich auf,
Baumkrone für Baumkrone
das Haupt reckend aus dem Gefallenengrab.
Mutter und Tochter senden Gebete herauf.
Anstatt der Enthauptung vollzieht sich
der Elben Entsühnung; zum Galgen
führt der Golem sich selbst.
In der Gaukler-Versprechung gefangen,
verfällt er der Vollstreckung.
Blut leckt auf der Sanddüne
der Panther, nährend
die Narbe mit Ruhm, mit Ranküne.
Regungslos lässt des Wildes mondgelber Blick
den Inhalt des Käfigs vorübergehen, des Pferdeknechts
Leibesmissetat:
die Wechsler, die Vorbeter,
die Pferdedressuren,
die vor sich hin schwärenden Huren.
Der Bannspruch entfernt,
schwerwiegend und hehr,
die Prozession der Abfallenden,
der Lauen langwierigen Hof,
des Erzgesangs lautliche Lähmung,
dem Raubtier ein unschmeckliches Opfer.

Am Waagepunkt schloss sich die Frist.
Elblicher Lobpreis rief

des Wehrturms büßende Scharen herbei,
von Anmut bestrickt, von der Fügung,
die allzeit dem Geschicknis hohnspricht.
In des Magiers steinernem Haus
erlosch des Golems schwelende Glut.
Der Reitersmann schwand, auf Zeiten gebannt.
Wie ein Gewand,
von Motten zerfressen, zerfällt,
zerbrach
des Wiedergängers heraufbeschworener Unflat.
Es verebbte der Sabbat,
der Untoten Begehung.
Die Gesandten befühlten, ungläubig,
die eherne Schwelle, kehrtmachend.
In der Oase scheuten die Pferde,
lebend, und tranken.
Der Richtplatz war leer.
Die Gefangennahme vereitelt.
Raphaela, die Geborene,
stand inmitten des Gartens,
erstaunt das Kleid,
das weiße, befingernd,
blöde noch und arg fremd.
Das ehemals aus Holz gezimmerte Ross,
Hippogryphus,
des Tausches höflicher Diener,
legte die glücksame Last,
die Fülle des Leibes,
zu Füßen des Mond-Baumes, erquicklich,
und schloss mit einem Hufschlag,
laut lobend, zum Chore der Elben hinauf.

....

....

....

Zu diesem Text gehört das Bild:

„Betty *rides again*"

14)   Der Tintenfleck

Ein Dialog

Die Bibliotheksglasschränke übten wie immer eine ungeheure Anziehung auf Christine aus. Sie hatte sich eine leichte Grippe zugezogen. Nichts Besonderes. Mäßig erhöhte Temperatur. Kein Grund zur Aufregung, redete sie sich ein. Deshalb hatte sie auch beschlossen, die Bücher einzupacken und in der Staatsbibliothek zu lesen, nicht zu Hause. Aber die Kopfschmerzen wurden nach einer Stunde so stark, dass sie in die Cafeteria ging, um etwas zu trinken. Tee. Schwarzen Tee von „Miraflores", einen Tee mit Absinth-Aroma; sie trank ihn mit Honig.
Sie war krank, auch wenn sie nichts Schweres zu haben schien. Nichts weiter als ein kleines Grippevirus. Eine Lappalie.
Reg dich nicht auf. Es geht doch. Es geht schon wieder.
Der Raum war fast leer. Auch im Lesesaal hatten nicht viele Leute gesessen. An den Universitäten musste wohl Flautezeit herrschen. Semesterferien oder so. Sie sah aus dem Fenster. Es war nicht zu leugnen: Sie fühlte sich elend, obgleich keine ernste physische Erkrankung vorlag (gottlob, eine psychische auch nicht).
Aber das war eine Lüge, wenn sie bedachte, wie schlecht es ihrer Physis wirklich ging. Sie ging seit Tagen auf dem Zahnfleisch, und egal, was sie tat, es war alles für die Katz. Gesund? Bare Selbsttäuschung. Vorspiegelung falscher Tatsachen. Nichts ging mehr. Der Ausbruch aus dem Fieber war ihr nicht gelungen. Sie würde es nicht mehr lange machen, wenn es so weiterging. Egal, was Dr. Kyrieleis in seiner üblichen betulichen, ausweichenden Schulmeisterart sagte. Von wegen „vegetative Dystonie". Von wegen „psychosomatische Phänomene". Ein bitterböses Lächeln stahl sich in ihr Gesicht. Dieser ... dieser süffisante Faulenzer, diese psychosomatische Lusche. Er hielt sie wohl für hysterisch. Man musste wohl erst todkrank sein, um von seinesgleichen ernst genommen zu werden.
Vergiss es jetzt. Versuche, es zu vergessen. File out. Ich weiß ja, dass es schwer ist, aber du musst. Du musst.
Was hatte es nun mit den Bibliotheksschränken auf sich? Sie gestand sich ein, dass sie es nicht wusste. Sie ging zum Kaf-

feeautomaten und holte sich noch eine Tasse Tee. Im Vorwärtsgehen stieß sie mit zwei Studentinnen zusammen, die gerade einen Schwenk nach rechts machten. Niemand wurde verletzt; es folgte ein mehr oder weniger gleichzeitiges, gegenseitiges Sich-Entschuldigen, wie es im allseits höflichen Berlin die Regel ist (es sei denn, man gerät oder begibt sich in ungute Konstellationen oder ist selbst streitlustig, und das, geneigter Leser, war hier beidseitig nicht der Fall).

Draußen auf dem Marlene-Dietrich-Platz wurden Vorbereitungen für die Berlinale getroffen. Zwei Arbeiter im Blaumann rollten den Teppich vor dem „Adagio" aus und stellten die Absperrungen vor dem „Dietrich's" auf.

Das „Grand Hyatt" hatte den Vox-Garten geöffnet. Im gesunden Zustand hätte sie den *business lunch* gegessen und sich anschließend, durch ihren langen Nerzmantel (es war ihr dritter oder vierter) vor der sibirischen Kälte geschützt, am „Urbanen Gewässer" auf der Parkbank in der Sonne geaalt. Es war ein herrliches, trocken-sonniges Winterwetter, zum Faulsein wie geschaffen. Doch das war jetzt nicht möglich. Besser, den Gedanken gleich zu verwerfen.

Die Bücherschränke waren strahlend weiß: Das war es, was sie beschäftigte. Da haben wir es wieder, seufzte sie ungeduldig. Vorspiegelung falscher Tatsachen. Eine optische Täuschung. Die Sonnenstrahlen werden von der Glasscheibe reflektiert, das ist alles. Gnädige Frau, Sie sprechen nichts weiter als den inneren Monolog der Hypochondrin. Miss Christine Liebetruth gibt sich die Ehre. Die Ehre der Selbsttäuschung. Anstatt sich brav ins „Vox" zu begeben und sich zu essen zu zwingen, phantasiert sie etwas von verklärten Texten (man stelle sich das vor: verklärte Texte) und täuscht sich so über ihren Gesundheitszustand hinweg. Über die Erschöpfungsanfälle und die besorgniserregende Appetitlosigkeit. Hatte sie nicht gehört, dass man an einer Grippe sterben kann? An der Schweinegrippe zumal? Erst recht im Winter, nachdem so viele in den wärmeren Monaten gestorben waren? Wünschen Miss Liebetruth nicht doch noch ein bescheidenes Mahl zu sich zu nehmen?

Nun, Liebling, womöglich kannst du die Texte essen.

Sie saß da, steif wie ein Fisch, und dachte ausschließlich an den Glasschrank. Und an das Buch, das sie gerade las. Sie war von Anfang an in das typographische Schriftbild vernarrt gewesen, das dieses Werk zierte. Damals, bei der Buchbestellung über die

Fernleihe, war sie noch gesund. Sie hatte sich ohne zu zögern in den nasskalten nordischen Novembernachmittag gestürzt, als der Anruf kam, das Buch sei gerade aus Frankfurt eingetroffen. Dabei hatte sie auch in jenem Herbst mit einem leichten grippalen Infekt zu kämpfen gehabt; es hatte ihr nichts ausgemacht. Sie hatte es in drei Tagen überwunden. Sie war damals stark. Aber jetzt, jetzt war sie schwach, elend schwach und ihrerseits im Glasschrank eingeschlossen, krank, fiebrig, fröstelnd, und darbte dahin. Die ganze Stadt war im vollen Vor-Berlinale-Glanz zum Leben erwacht und wartete draußen. Und sie konnte nicht hinaus. Es gab keinen Weg. Sie war in einer Krankheit gefangen, die wahrscheinlich nur eingebildet war.

Ein Mädchen mit einem hüftlangen Zopf und einem sommersprossenübersäten, pausbäckigen Mondgesicht tauchte von rechts auf und setzte sich dazu. Christine sah kurz auf und fing an, in der britischen Tageszeitung zu lesen, die sie an der Bahnstation beim Getränkekiosk gekauft hatte. Sie hoffte, der Tee und die Lektüre würden wohltuend wirken. Die Fremde hatte eine Tasse Kaffee und eine Packung „Studentenfutter" auf dem Tablett und begann, langsam und mit kurzen Pausen zu essen, ab und zu am Getränk nippend und nach draußen auf den Marlene-Dietrich-Platz hinaussehend.

Schneeflocken wirbelten vom lichtgrauen Himmel herunter und legten einen weißen Flor über den roten länglichen Läufer, der zum Berlinale-Palast führte. Ein weiß grundiertes buntes Plakat warb mit der Aufschrift: „Lizenz zum Pokern!".

Das unbekannte Mädchen las in einem Band aus Andersens „Märchen".

„Möchten sie auch etwas?", fragte es unvermittelt, und ihre Blicke kreuzten sich, noch bevor es den Mund aufmachte.

Sie waren überrascht.

„Gern", sagte Christine.

Sie wollte nur höflich sein und diese gutgelaunte Rotznase, die immerhin Andersen zu mögen schien, nicht vor den Kopf stoßen.

„Man sagt, der Appetit kommt erst, nachdem man zu essen angefangen hat[20]", sagte das Mädchen mit einem altklugen Lächeln, „oder so etwas Ähnliches", fügte es unsicher, aber immer noch geradeaus strahlend hinzu.

---

20   „Der Appetit kommt beim Essen", ursprünglich ein Ausspruch von Pantagruel (frz. „L' appétit vient en mangeant").

„Ja, das stimmt, das ist so", erwiderte Christine.
Sie mochte ungefähr zwanzig Jahre älter sein und empfand mütterliche Sympathie (ja, sie war unverheiratet und kinderlos, geneigter Leser, das haben Sie gewiss erraten, wenigstens Letzteres, aber fallen Sie nicht darauf herein). Sie nahm eine Erdnuss aus der geöffneten Papiertüte, die ihr die Unbekannte beidhändig über das Tablett hinweg hinhielt, und schmeckte lange das Salzige, das ihr auf der Zunge zerging. Sie hatte das Gefühl, es draußen zu riechen. Sie hätte beinahe geschmatzt. Sie, die sonst so streng auf Manieren achtete.
Petula, fiel ihr gerade ein, nachdem sie das Mundgeräusch noch rechtzeitig unterdrückt hatte, sie erinnert mich an Petula. Sie sieht aus wie Petula. Sie warf einen flüchtigen Blick auf die Kleidung der Unbekannten.
Pass doch auf, du verschreckst sie noch.
Die junge Frau trug eine weiße Bluse und eine rote Strickjacke, die offenbar zu einer Tracht gehörte. Als sie aufstand, um sich noch eine Tasse Kaffee zu holen, kam ein knöchellanger, schwarzer Rock mit weißem Spitzensaum zum Vorschein, der auf verblüffende Weise dem der redenden Puppe ähnelte, die Christines Vater einmal vor langer Zeit aus Holland mitgebracht hatte.
Die Strumpfhose (Himmel, eine glasgrüne, gerillte Wollstrumpfhose) passt nicht dazu, aber die Holzschuhe, die ich als Kind so drollig fand und Petula öfter auszog, um sie zu betrachten, sehen so echt aus, nur eben viel größer, dachte sie.
Die Puppe war damals eine technische Sensation gewesen: Sie konnte dank einer versteckten, in ihrer Brust eingebauten Vorrichtung sprechen. Sie brachte Sätze hervor, die trotz der lauten, etwas mechanischen Stimme und des Wiederholungseffekts, der sich nach einer Weile einstellte, lebendig klangen:
„Ich baue eine Hütte in der Waldlichtung"; „Ich gehe um acht Uhr in die Schule"; „Mama packt das Pausenbrot ein"; „Ich spiele Rotkäppchen"; „Ich bin da".
Christine hatte in ihrer Kindheit viele Puppen besessen, aber Petula war stets ihr Liebling geblieben. Manchmal stritten die beiden zärtlich, und sie schalt die Puppe „vorlaut", weil diese nicht wie die anderen Spielzeuge schweigen wollte. Eine Barbie-Puppe hatte sie auch geschenkt bekommen, von einer Schulkameradin; aber sie konnte nicht viel damit anfangen.
Als ihr das Mädchen mit dem neuen Kaffeebecher in der Hand

wieder gegenübersaß, fragte Christine, ob es für das Abitur lerne.
„Nein, ich bin schon einundzwanzig; ich studiere Kinder- und Jugendliteratur. Das heißt, eigentlich Germanistik. Aber ich möchte schreiben. Märchen."
Die andere wollte etwas erwidern, aber sie kam ihr zuvor:
„Ich weiß, ich sehe jünger aus. Studieren Sie auch hier?"
„Nein, ich bin fertig. Promoviert. Doktor der Romanistik."
„Pro... Promoviert?", sagte die Unbekannte verwundert und verschluckte sich fast, „Aber..., aber dann sehen Sie auch jünger aus, als Sie vermutlich sind."
Sie betrachtete die Ältere kurz mit kaum verhohlenem Staunen und sagte dann im triumphierenden Ton der Bewunderung:
„Sie sehen aus wie achtundzwanzig!"
Jetzt war Christine vollends entwaffnet:
„Ich danke Ihnen, ich fühle mich heute wie gerädert. Richtig schlecht. Aber es ist nichts weiter als eine harmlose Erkältung."
Nach einer Pause fügte sie hinzu:
„Und... und ich bin achtunddreißig."
„Das ist nicht alt", sagte das Mädchen, ohne den Blick von ihr abzuwenden.
„Das ist der Beginn des fossilen Alters", antwortete Christine schlagfertig, was sie sonst nicht war. Sie konnte nicht anders, sie war plötzlich amüsiert.
Erst jetzt lockerte sich der Griff des unbarmherzig liebenswürdigen Augenpaars, das sie gefangen hielt. Sie fühlte sich wie ein Asthmatiker, der nach einem schweren Anfall langsam spürt, dass die Lebensgeister in die befreite Brust zurückkehren.
Geneigter Leser, an dieser Stelle muss ich Sie ersuchen, mich nicht falsch zu verstehen. Ich kann es nicht beweisen, aber ich weiß genau, dass die beiden Frauen, die an einem Tisch in der Cafeteria der Staatsbibliothek zu Berlin sitzen und sich unterhalten, nicht verliebt sind. Weder die Jüngere noch die Ältere. Wenn Sie an dieser Stelle abbiegen, brechen Sie alle Brücken hinter sich ab, und ich kann Sie nicht mehr erreichen. Ich bitte Sie also inständig: Sehen Sie genau hin und bleiben Sie am Ball, auch wenn es schwer fällt.
Die erkältete Frau und das unbekannte Mädchen sind nicht Mutter und Tochter. Es wird am Ende dieser Geschichte keine familiäre Enthüllung geben. Christine hat noch nie ein Kind in ihrem Schoß getragen, sie kann es also auch nicht ausgesetzt oder zur Adoption freigegeben haben. Oder was auch immer. Nein, das

ist ein Holzweg. Zudem sehen die beiden zu unterschiedlich aus, um blutsverwandt zu sein, das springt mir geradezu in die Augen, auch wenn mein Blick jetzt durch den Rauch der Zigarette, die sich die Jüngere nach dem Kaffeetrinken angezündet hat[21], etwas getrübt ist. Nein. Christine ist schlank, brünett und hat ein ovales Gesicht. Das Mädchen ist blond, mollig und hat ein eher rundliches Gesicht. Auch was das Temperament und die Kleidung angeht, sind sie weit voneinander entfernt.
Nein, sie sind nicht Mutter und Tochter. Sie sind nicht miteinander verwandt. Sie haben sich noch nie zuvor gesehen.

....

Pierrots Winterklänge

Wenn die Winternacht
mit Eisenfaust
an seine Tür pocht,
schließt Pierrot
mit hastiger Hand
seine Wohnung ab

und geht
am Kai entlang
zu Serpentine,
seiner alten Mutter

---

21 Dass in der Cafeteria der Staatsbibliothek zu Berlin Rauchverbot herrscht, ist mir bekannt.

Er schminkt sich
die Hagelkörner
von den Augenlidern ab
und weint

weint

Serpentine im schwarzen Faltenkleid,
die Große, Böse
liebt Pierrot
seit uralter Zeit

In einer fremden Stube
sonnig und blau
wiegt sie
ihr Kind
in den Schlaf hinein

....

Mit der Zigarette in der Hand sah die Unbekannte älter aus.
Draußen hatte das Schneewetter den Platz beinahe leergefegt.
Christine schaute für einen Augenblick aus dem mit einem Dunst
von Rauch und von warmen Atemzügen beschlagenen Fenster.
„Maman, maman, le bonhomme de neige!", rief ein kleiner Junge, der an der Hand seiner Mutter zum „Dietrich' s" unterwegs
war. Er zerrte sie mit Bärenkraft hin. Im „Theater am Potsdamer
Platz" wurde „Hänsel und Gretel" gegeben. Drei Zigeunermädchen hatten, sobald die Luft rein war, die Skulptur unter dem
Neon-Auge der Spielbank aufgestellt, das im sich immer weiter
beschleunigenden Wirbel der winzigen Flocken in regelmäßigen
Abständen abwechselnd blau, gelb und weiß blinkte. Julien nahm
das Halstuch, das ihn, wie *maman* protestierend beteuerte, vor
Erkältungen schützte, und band es dem Schneemann um. Er
wollte es *par tout* nicht wieder anziehen. Er schrie und brüllte und

fand keine Ruhe, bis sie nachgab und den roten Schal daließ, damit der arme Mann im Schnee nicht erfrieren musste. Hélène war selbst noch fast ein Kind. Sie beendete das Scharmützel, indem sie Julien mit einem Puderzuckerball bewarf[22]. Er lachte vergnügt und lief ungestüm ins „Vox" hinein.
Im Café fragte seine Mutter den Ober, ob sie eine Tageszeitung hätten, die Frankfurter Allgemeine vielleicht?
Der Kellner schaute im Schrank nach, wo die Journale aufbewahrt wurden, und bedauerte:
„Ich kann Ihnen nur <Die Welt> anbieten."
„Danke schön".
Christine sah wieder nach links, aber die Bibliothek war verschwunden; sie befand sich auf der anderen Seite des Platzes, nah beim „Balzac". Sie überquerte die Straße, um die S-Bahnstation zu erreichen. Als sie am Karl-Liebknecht-Denkmal vorbeiging, wurde der Wind laut und sprach zu ihr. Anfangs konnte sie nichts verstehen, dann war der Ruf:
„Unterlassen Sie jeden Kontakt!"
zu vernehmen. Eine männliche, amtliche Stimme. Ruhig, fast unbeteiligt, wie bei einer Fernmeldeansage. Die Worte wurden flüssig und flüchtig und verloren sich wieder im Schneetreiben. Sie fragte einen Passanten, ob er auch etwas gehört habe. Er schaute sie entgeistert an und ging weiter.
Ihre Großmutter saß urplötzlich da, verjüngt, in einem hellen Abendkleid, mit Petula in der rechten Hand.
„Sie ist für dich", sagte sie, „Papa hat sie dir aus Holland mitgebracht!"
„Oh, Großmama, ist die wirklich für mich?"
Das Mädchen küsste und herzte die Greisin und verbarg sich vor Freude in deren langer, glitzernder Schleppe.
„Was macht deine Erkältung?"
„Großmama, ich bin gesund! Ich bin wieder gesund!"
Christine klopfte immer wieder glückselig auf die Brust der Puppe, um sie zum Reden zu bringen.
„Wirst du eine Geschichte für Petula schreiben, Liebling?"
„Ja! Gewiss doch, ja!"
Lena hatte sich immer schon Sorgen um die Kränklichkeit ihrer jüngsten Enkelin gemacht. Sie gehörte einer kinderreichen Sip-

---

22 Ich weiß, dass es schwer zu verstehen ist, was einen Puderzuckerball zusammenhält.

pe an. Sie hatte eine große Anzahl von Enkeln, auf dem ganzen Erdglobus verstreut, und sie hatte sie alle lieb. Aber Christine war ihr Liebling und liebte sie mit gleicher Inbrunst zurück. Die anderen waren nicht eifersüchtig, weil sie alle irgendwo auf der Welt einen Liebling hatten, der sie über alles liebte. So verlief das Familienleben harmonisch, obwohl sie weit voneinander wohnten und sich nicht allzu oft sahen. Ihre kleine Schwester oder Cousine, oder was auch immer sie war, war ihnen allen lieb und teuer: War das Wetter schlecht, musste sie nicht aus dem Haus, es sei denn, es war unbedingt nötig.

Lena sah sie öfter als die anderen Verwandten. Das Kind verbrachte alle Sommer auf ihrem Anwesen, tief im Süden, wo die Sonne kein *pardon* kannte und die Luft ihm ständig etwas zuflüsterte, etwas über die Blüten und über das Meer. Dort wuchs sie heran. Sie wurde der Großmutter immer ähnlicher, nicht nur im Aussehen. Nein, in Wahrheit war es der Geruch, der sie einander ähnlich machte. Sie rochen gleich. Die Eltern nahmen es gelassen, nach einer bestimmten Zeit humorvoll hin. Es war nicht zu ändern. Es würde immer so bleiben.

Großmutter und Enkelin gingen immer schwarzgekleidet zur frühen Sonntagsmesse, zum lateinischen Hochamt. Sie gingen zusammen hin, auch als Christine längst erwachsen war. Sie gingen Arm in Arm, immer im Gleichschritt, immer gleich gekleidet. Sie saßen nebeneinander. Sie beteten zusammen. Sie beteten wie aus einem Mund. Sie schauten aus einem Blick zum Himmel hinauf. Die Enkelin sah schon im Alter von vier Jahren wie Lenas jüngeres Ebenbild aus.

Auf dem Sterbebett hatte Lena zu ihr gesagt:

„Du sollst denken. An mich. Immer. Aber weinen sollst du nicht."

Christine hatte ohne einen Laut geweint, als die Großmutter beigesetzt wurde. Sie hatte beim Requiem in der Kirche ohne Unterlass geweint, ohne einen Laut von sich zu geben, ohne eine Miene zu verziehen.

Jetzt, nach so langer Zeit, war die unergründliche Greisin wieder da. Immer noch. Sie saß allein da, mitten auf dem leeren Platz, verjüngt, vor einem dreifaltigen Spiegel die langen Locken kämmend.

Sie wandte sich um und sagte:

„Liebling, ich habe eine Überraschung für dich."

Sie hatte das Gesicht einer Zwanzigjährigen, aber ihr Haar war schneeweiß, und von den Schultern an verschmolz es mit dem

langen, hellen Paillettenkleid.
Christine war ein Kind, aber ihr Verstand war erwachsen: Die Erinnerung war groß und weit und wiederholte sich. Die Erinnerung veränderte sich jedesmal und blieb sich doch gleich.
Die Erinnerung wiederholte sich immerdar.

....

Stimmen im Feuer

Flüchtige fließende Flügel
im Feuer geboren dem Flammentod auserkoren
knisternde küssende raunende Reigen
züngelnde bebende blitzende Geigen
lasset euch nieder auf unseren Auen
stählet die Trunkenen, läutert die Lauen.

....

Lohender Aschkrug

Der Dornwald schließt sich des Nachts

Die Schlange äugte sich aus der Erde
und blies auf das darbende Korn

Azurblau überwölbte der Schutzwall
die keimende Frucht

Hornissenscharen umrahmten den morgenden Tag

Beidflügelig roch die Alraunwurzel
im Alpdruck, unausgesetzt

Nadelöhr-schmal
stahl sich
in den Siegelring
des Wildes erinnerte Fährte

Im Wetterleuchten
ruhte die Windrose

Die Schlange stieß die überwinterte Haut ab
und stach ins Elfenbeinkleid

....

„Ich warte auf meinen Freund hier", sagte die Unbekannte, „eigentlich müsste er schon da sein."
Christine fuhr leicht auf und warf die Tasse um. Auf dem Boden breitete sich der Tee in langen schwarzen Flecken aus. Das Gefäß war zerbrochen.
Sie war außer sich. Hatte sie Stimmen gehört? Hatte sie eine Vision gehabt? Oder war sie dabei, den Verstand zu verlieren?
„Kann ich helfen?", fragte die Fremde nicht überrascht, während sie die Scherben auflas und die Zigarette im Aschenbecher zerdrückte.
„Nein, danke, ist schon vorbei. Ich habe sie alle beisammen, glaube ich."
Christine setzte sich hin. Die Kopfschmerzen und das Fieber waren weg. Das Herz raste nicht mehr.
Das Mädchen hielt ihr die Erdnusstüte hin; sie langte zu, unbefangen, als kennten sie sich ewig. Als hätte sie keine Zeit, dieses Essen aufzuschieben.
An der Kasse kam ein etwa siebzigjähriger, hochgeschossener, dünner Mann in einem dunkelblauen Anzug von der Stange an die Reihe. Er sah geschniegelt und gestriegelt und dennoch schäbig aus. Seine Krawatte war im Rambo-Bandana-Stil geknotet. Die Manschetten waren akkurat angebracht. Christine konnte sehen, wie er beim Bezahlen die Aktentasche wie von ungefähr vor die Füße einer Studentin fallen ließ. Vorsintflutlicher Trick. Grässlich gestreiftes Hemd. Grob gemusterte, viel zu breite Krawatte. Mama, wie binde ich eine Krawatte?, dachte sie mit Kleinjungenstimme.
Das Mädchen hatte ihn im Rücken, Christine direkt vor Augen: Er fing ein ich-Tarzan-du-Jane-Gespräch mit der Studentin an, die er mehr oder weniger angerempelt hatte. Er nickte überbordend, während er mit der Selbstsicherheit einer lokalen Fußballgröße flirtete, und bückte sich nach vorn zu ihr hin, sodass ihm die un-

reine Begierde richtiggehend aus dem Gesicht sprang. Sobald die Kasse passiert war, stieß sich die Frau blitzschnell-fluchtartig von ihm ab.

„Ich habe eine Arbeit über Andersen geschrieben", sagte die Fremde zu Christine, „für ein Referat. Möchten Sie die lesen?"

„Gern."

Christine überflog das zehnseitige Manuskript, ohne den Mann im dunkelblauen Anzug aus dem Blick zu lassen. Was ich nicht weiß, macht mich nicht heiß. Morgens Lex, abends Sex. Nein, das kann nicht ihr Freund sein. Das ertrage ich nicht.

Er bewegte sich mit behendem Schritt auf sie zu. Er hatte einen Buckel und einen mittelbraunen Haarkranz, der mit Brillantine bearbeitet war. Sein Blick stieß für den Bruchteil einer Sekunde mit Christines Augen zusammen, ehe er mit einer jovial-kopflosen Geste die Hand auf die Schulter der jungen Frau legte und sagte:

„Hallo, Schatz!"

Die fast nichtige Zeitspanne, in der sie sich angesehen hatten, erwies sich als ausreichend: Christine begriff, dass er sich mit jedem und allem abgab, was am Wegesrand stand, Mann und Frau, jung und alt etc. etc. In seinem geheimen Medizinschrank lagerten seit jeher getrocknete Exemplare der Spezies Lytta vesicatoria, zerriebene Rhinozeros-Hörner und unzählige rundliche kleine Pillen, die im nicht europäischen Ausland aus der Quintessenz von Cantharidin hergestellt werden.

„Hallo, Liebling! Wo warst du so lange?", fragte Christines Tischgenossin.

„Eine Besprechung mit den Investoren. Und der Zug hatte Verspätung, du weißt ja, die Lokführer streiken..."

Er schielte nach Christine und machte einen übertrieben schlaksigen Schwenk, um ihr die Hand auszustrecken:

„Ich komme nämlich aus Bielefeld. Gestatten, Gutmeyer", sagte er.

Christines Mund sah auf einmal wie fest zugenäht aus. Sie verweigerte die shake-hands-Geste. Sie schwieg betreten. Unfreundlich, aber angemessen.

Der ist imstande und küsst mir noch die Finger, dachte sie. Sie musterte ihn verächtlich. In Berlin sind die Männer zivilisiert, spottete sie in Gedanken und presste argwöhnisch die Faust in die Tasche. Unauffällig, aber sichtbar.

„Gehen wir, Schatz?", sagte der Neuankömmling in die Stille hinein.
Die Masche zog nicht, aber das tat seinem Selbstwertgefühl offenbar keinen Abbruch.
Disgraziato, fuhr es Christine durch den Kopf. *Disgraziato*[23].
„Ja, gleich. Bist du so lieb und holst mir ein Croissant?", bat seine Verlobte.
Er nickte kurz und bekam leichte Glubschaugen, als wäre er solche Forderungen von ihr nicht gewohnt, wandte sich aber gleichwohl um. Anscheinend blieb ihm nichts anderes übrig.
Als er langsam zur Kasse schlenderte, wo die Brötchen, Croissants und Teigtaschen ausgelegt waren, ergriff die Ältere mit einer raschen Handbewegung den Arm des Mädchens:
„Petula ... Petula, ich weiß, was er beabsichtigt. Ich kenne ihn von früher. Er betrügt dich. Er ... er ist ein Heiratsschwindler."
Christine hatte diesen Menschen noch nie zuvor gesehen.
„Er..... er betrügt mich?!" , rief die junge, reiche Fremde entsetzt.
Sie zuckte nicht zusammen. Sie blieb fest und gerade sitzen, mit steifem Nacken und rotem Kopf. Sie fühlte ihre Glieder nicht mehr; sie war in eine Art bewusster Trance gefallen.
„Ja", rief Christine heftig, „Himmel, Kleines, er ist ein Psychopath! Lass die Finger von ihm! Es ist eine Falle!"
Die Jüngere schloss die Augen und ließ den Kugelschreiber fallen, mit dem sie im Augenblick vor Christines Eröffnung etwas an der Interpunktion eines Satzes verbessert hatte. Plötzlich floss reichlich Tinte aus der oberen Stiftsspitze und befleckte ihr sämtliche Finger.
Sie sah die Ältere an, den Tränen nahe. Sie konnte nicht glauben, was sie sah. Sie kam sich wie in einem Alptraum vor. In einem Alptraum, in dem Vergangenheit und Zukunft mit Überlichtgeschwindigkeit zusammenschrumpften und von der Gegenwart nichts anderes als ein Loch übrig blieb, ein schwarzes, bodenloses Loch, in das sie nun stürzte.
Sie fiel, ohne einen Halt zu finden. Sie fiel hinein. Aber selbst im Fallen konnte sie nicht anders als dieser extravagant eleganten Unbekannten glauben, die ihr gegenüber saß. Sie, Petula Rossbacher, die sonst immer so bodenständig und misstrauisch war.

---

23 Dieses substantivierte Verb hat im Italienischen ein breites Bedeutungsspektrum: „Unglückseliger", „Lump", „Gauner", „Pechvogel", „armer Teufel".

Christine stand mit einem Erleichterungsseufzer auf und packte ihre Sachen zusammen. Dessenungeachtet, dass sie nun selbst einen Tintenfleck riskierte, nahm sie die Jüngere bei der Hand: „Kind, was machst du für Sachen?", sagte sie eindringlich, „Komm, wir gehen Hände waschen."
Petula widerstand nicht. Sie klemmte Strickjacke, Buch und Notizblock unter den Arm und folgte ihr hastig durch den verrauchten, immer lauter und voller werdenden Raum hindurch.
Die Tabletts mit den Essensresten blieben verwaist liegen.
Als der Professor wieder an den Tisch gelangte, schloss sich die Glasdrehtür hinter den Freundinnen.

....

Zu diesem Text gehört das Bild:

„Lust auf Oper"

15)	Das Patenkind

Ein wundersames Ergebnis

Der Säugling lag in einer Zimmerecke auf dem Strohbett. Ein Mädchen, neun Monate alt. Ein Retortenbaby.
Die Räuber sahen es mit Zufriedenheit, wenn ein solches Kind in ihre Hände geriet: Es versprach, hohes Lösegeld einzubringen.
Die alte Zigeunerin mit der Halbmondspange im Haar nahm einen brodelnden Topf von der zischenden Gasflamme und stellte ihn auf den Tisch.
Auberginen, Rindfleisch, Knoblauch. Als sie mit lauter Stimme „Levarka!" in den Nebenraum rief, kam ein etwa vierzehnjähriges Mädchen in einem langen weißen Rock und einem kurzärmeligen T-Shirt zum Vorschein und stellte eine Messingschale mit hart gekochten Eiern, Petersilie und Basilikum neben den Topf. Sie schnitt das Brot und holte eine Milchflasche aus dem Schrank.
„Ich füttere das Baby", sagte die Großmutter nicht unfreundlich.
„Laurentia" hatten die Eltern den Säugling in dessen sechstem Monat getauft, kurz bevor er entführt wurde, auf das inständige Bitten einer entfernten Verwandten hin, die katholisch war.
Der beißende Zoogeruch im engen, niedrigen Raum mit dem Gasherd und dem schmalen, undichten Fenster benahm dem Kinde den Atem. Es begann zu husten und zu weinen. Levarka hob sie in den Schoß, wiegte sie eine Weile und deckte sie mit dem Leinentuch zu, auf dem die Initialen „L. H." eingestickt waren.
Es wurde still in der Waldhütte. Der Mond drang mit widerständigem Flor durch den fleckigen Vorhang hindurch. Die Männer waren noch nicht zurück. Sie würden erst nach Mitternacht von ihren Beutezügen heimkommen. Die Öllampe warf ein schwaches Lichtrund auf die rotbraune Tischdecke. Der Wind umwehte die Gipfel der Nadelbäume und schob hin und wieder einen Wolkenstreif vor das Auge des Nachtgestirns. Auch Levarka schlummerte schon, im hölzernen Schaukelstuhl sitzend. Sie hatte vergessen, das Kopftuch abzunehmen.

....

Der Traum der jungen Zigeunerin

Sie hatte ein langes, gitterkäfiggemustertes tailliertes Gewand an. An der Hüfte hob sie etwas mit stetig wachsender Geschwindigkeit in die Himmelsfinsternis. Fühllos hingen ihre Arme und Beine wie der Leib eines Gehängten unter dem Mond. Der Griff um das Zwerchfell war würgend und sanft. Sie schrie, aber sie konnte nichts hören. Unsichtbare Finger wirbelten sie im Kreisrund durch die Dämmerung. Sie lag in einer Glasglocke gefangen, und sie konnte nicht sprechen. Ein höhnischer Wind säuselte ihr verunklarte Worte ins Ohr.
Unumstößlich wusste sie, dass der Verstand sie allmählich verließ.
Das Gefäß befand sich auf einer Umlaufbahn, und die Kreisbewegung hörte mit einem Ruck auf. Das Glas längte und verbog sich, dehnte sich und wurde immer dunkler und schmaler, bis Levarka nur noch einen Lichtpunkt am anderen Ende des Tunnels sah.
Ein riesiger Vogel tauchte am Horizont auf, der sich im langsamen Gleitflug dem Gefängnis der Zigeunerin näherte.
Sie war das Tier, welches der Pelikan zu betrachten begann.
Was war geschehen? Warum war sie hier?
Der Wasservogel antwortete:
„Anfangs warst du nicht vorgesehen. Ich hatte mit deinen Eltern etwas anderes vor. Verstehst du mich?
Ich weiß, dass du nicht reden kannst. Antworte mit Nicken oder mit Kopfschütteln."
Levarka bejahte.
„Kannst du dich an die Zeiten erinnern, als die Anrufe kamen, nachts, schrill und beharrlich? Es wurde immer aufgelegt, wenn deine Mutter oder dein Vater den Hörer abnahmen, und du sprangst aus dem Bett, stiegst die Treppe zum Wohnzimmer hinauf und fragtest mit von Entsetzen geweiteten Augen, wer es sei?"
Sie nickte.

„<There ' s nothing to worry about, darling>, flüsterte dir deine Nanny ins Ohr. Weißt du das noch? Sie brachte dir einen Schlaftrunk und redete lange mit dir, so dass du wieder einschliefst. Sie kannte viele altirische Märchen und las dir oft aus <Tausendundeine Nacht> vor. Du wusstest: Sie war die einzige, die dich wollte. Sie liebte dich."

Levarka wand sich in Schmerzen und trommelte gegen die Glaswand.

Der Jäger deutete etwas wie ein Lächeln an.

„Ich weiß, dass es schwer zu verstehen ist", sagte er. „Aber du wusstest. Obwohl du nicht wusstest. Es war dir klar. Jetzt ist alles anders. Aber du musst dich erinnern."

Die Zigeunerin fasste sich, abermals vom Grauen ergriffen, an den Bauch und stieß einen lautlosen Schrei aus.

„Du siehst, dass ich nichts höre", versetzte der Pelikan. „Deine Amme liebt dich immer noch, auch wenn sie gegangen ist."

Levarka setzte sich aufrecht und horchte. Zähren liefen ihr über die Wangen.

„Dein Vater hat dem Feind nicht widerstanden. Er war ein Mann, der sich in Hurenhäusern herumtrieb. Zum Schluss hat er eine Hure geheiratet, deine Mutter. Du warst nicht vorgesehen. Es ist nicht mehr viel Zeit. Verstehst du mich jetzt?"

Levarka bleckte die Zähne und zerkratzte die Glaswand. Ihre Fingernägel begannen zu bluten.

„Du kannst dir nicht vorstellen, warum sie deine Eltern wurden? Wie es dazu kam, willst du wissen?"

Sie nickte. Sie unterdrückte den Schmerz, Stück für Stück. Sie vergaß, dass der Pelikan von ihr selbst sprach. Sie hörte zu, als ginge es um jemand anders.

Der Fischfänger streckte einen Flügel aus und berührte leise das Spinnengewebe, das im Gefäß entstanden war:

„Es war nicht deine Schuld", sagte er. „Du bist nicht schmutzig."

Sie starrte ihn ungläubig an.

„Deborah liebte dich. Das genügte. Glaubst du mir nicht?"

Die Zigeunerin schwieg.

Deborah war so früh fortgegangen. Sie hatte sich nicht einmal von ihr verabschiedet. Sie hatte Betty, ihre Katze, gestohlen. In den Augen der Vierjährigen war Nanny eine Diebin. Bald darauf hatten Papa und Mama ein französisches Kindermädchen genommen, mit dem sie gut zurechtkam. Die Erinnerung an die englische Gouvernante war zwar nie ganz verloschen ...

„Du hast nicht mehr viel Zeit! Hast du das vergessen?"
Nein, sie war nicht erloschen. Ihre Liebe zu Deborah war nicht erloschen. Sie war ihre erste und einzige Liebe gewesen. Alle Frauen, alle Männer, alle Kinder war sie für die Kleine gewesen. Sie war viel mehr als all das gewesen. Das Glück hatte Levarka überschattet.
„Ist sie die schönste aller Frauen, oder ist sie es nicht?", fragte der Pelikan mit unsagbarer Geduld.
Die Zigeunerin hob den Blick und bejahte.
„Rasch, mein Kind, der Raum vergeht. Dein Name ist Laurentia. Du musst sie zurückbringen. Sie ist in Gefahr", sagte das Gegenüber, während der Himmel vernehmlich zu rumoren anfing und die Wolken immer feister und düsterer wurden. Ein Sturmwind erhob sich in der Ferne. Der Jagdvogel wurde von einem Wirbel erfasst, der ihn von der Glasglocke weg, in den Tunnel hinein trieb.
Die Zigeunerin streckte die Hand aus und rief:
„Wie denn? Wie?"
Er sträubte sich gegen den Sog, brach sich die Brust mit dem Schnabel auf und griff, das Herz in der Hand, durch das gläserne Spinnengewebe hindurch. Er drückte ihr die blutende Schneekugel in die rechte Hand. Sie schloss die Faust und sah ihn an. Das Unwetter zog ihn mit sich fort. Hinter seinem widerstrebenden Fittich schloss sich der Tunnel wie eine stählerne Schwingtür.
Danach barst das Gefäß, und die Träumende erwachte.

....

Die Männer trudelten langsam ein, der Reihe nach. Straubing zuerst, der Hauptmann. Er war kein Zigeuner, aber er wohnte seit Kindesbeinen bei den Nomaden. Er war als Säugling in der Babyklappe des örtlichen Krankenhauses gefunden worden und hatte eine kurze Kinderheim-Karriere hinter sich. Stark und ansehnlich, hatte er sich früh durch Gründlichkeit bei den Raubzügen ausgezeichnet. Er hatte rotblondes, halblanges Haar und einen üppigen Lockenbart. Er trug abgewetzte Jeans und einen hellbraunen Lederwams über dem weißen, langärmeligen Hemd.

Er hatte einen bleichen, vampirhaften Teint, den er mit einer Make-up-Salbe kaschierte, welche Niza, die Großmutter, eigens für ihn hergestellt hatte. Die Mädchen, die ihn sonst anhimmelten, machten sich insgeheim darüber lustig.

Zsoltan, seine rechte Hand, trug ein paar geschlachtete Lämmer herein. Er war verschwitzt und verbreitete einen starken Geruch, aber sein schmales, markantes Gesicht mit der Adlernase und den allgegenwärtigen dunklen Augen verriet keinerlei Müdigkeit. Er war Levarkas Vater. Ihre Mutter war bei der Geburt gestorben. Er legte sein im Regen nass gewordenes Messer auf den Kaminsims und warf frische Kohlen in die absterbenden Gluten. Trey, sein Gehilfe, brachte eine schwere Truhe herein, die mit Goldmünzen, Juwelen und Edelsteinen voll war. Gott weiß, wo die herkamen. Zsoltan Heilig kannte die geheimen Pfade der Unterwelt wie seine Hosentaschen. Schließlich war er mit den spaghettifressenden Gaunern befreundet, die überall in der Region ihre Finger im Spiel hatten, wenn es darum ging, Geschäfte zu machen; das wusste jeder, der zur Bande gehörte.

Bucerius, Taduz und Benjamin zündeten das Lagerfeuer an und begannen, das Lammfleisch zu braten.

Die regenschwangere Sommernacht riss die alte Frau aus unbegreifbaren Alpträumen. Zsoltan, der Sohn, wusste sofort darum.

„Gold?", sagte sie ungläubig.

„Ja. Wir müssen die Truhe in den Keller bringen. Kannst du noch Platz schaffen?"

„Sicher. Setz dich hierher. Du siehst blass aus."

Sie zog einen Wollschal über die Schultern und streckte fröstelnd die Füße auf dem Kaminstein aus. Sie fror leicht, bei jedem Wetter und in jeder Jahreszeit.

„Schläft sie schon lange?", fragte er, mit dem Kinn auf Levarka deutend, die nach einem unwillig eingenommenen Abendessen wieder eingeschlummert war.

„Ja. Weck sie bloß nicht. Sie braucht Ruhe."

Er entdeckte den Säugling, der auf dem Strohbett schlief.

„Straubing hat sie gebracht", sagte Niza, „heute nachmittag."

„Hatte sie etwas bei sich?"

„Eine Goldkette mit einem Medaillon und ein schmutziges Laken."

Sie schob das Kleinod über den Stein. Zsoltan betrachtete es.

Es war rund, in der Mitte zugedeckt. Offenbar hatte man das Photo, das darin lag, nicht herausnehmen können; die vergilbten

Ränder kamen unter dem anthrazitfarbenen Deckel hervor.
„Versuche, zu schlafen", sagte er und öffnete die Tür.
Das Lammfleisch tränkte die Luft mit einem stechenden Grauton. Die Mädchen stöhnten im Schlaf. Linus, der uralte Schwarze, der Wächter und Putzherr zugleich war, setzte sich neben Niza an den Kamin und begann, eine Pfeife zu rauchen, die nach dem Tropenwald und nach Wildkatzenatem roch.
Zsoltan trat zum Lagerfeuer, setzte sich und zog die Stiefel aus.

....

Die Zigeuner sangen die „Weise von der bösen Mutter".
Straubing blickte verdrossen zur Seite und streckte die Füße aus. Benjamin, ein achtzehnjähriger Junge mit großen, schmalen Augen, die sich unaufhörlich bewegten, stürzte sich ungestüm auf das Essen. Er half den Frauen in der Küche und betätigte sich manchmal als Jongleur, wenn sie in die Städte kamen und Glückseligkeiten verkauften.
„Wer ist sie?", fragte Zsoltan.
„Sie ist ein Retortenbaby", erwiderte Straubing, „Ich beobachte die Leute seit dreizehn Monaten. Sie wollten unbedingt ein Kind bekommen, die Idioten, bloß um sich zu verlängern. Sie haben die weißen Kittelträger mit Unsummen von Kohle überschüttet, und die Frau sieht seit der Geburt wie ein Gespenst aus."
„Dann werden sie auch ein fettes Lösegeld zahlen", bemerkte Trey fröhlich, der dazugekommen war, nachdem er die Holztruhe in den Keller gestellt hatte. Er widmete sich beinahe so heftig wie Benjamin dem kräftig gewürzten, dampfenden Lammfleisch. Taduz reichte eine Flasche französischen Rotwein in die Runde. Er war der Älteste der Männer, fast so alt wie Niza, und schon etwas betrunken. Eine lange, dünne Narbe zog sich quer durch seinen sehnigen Hals bis zum linken Schulterblatt, und weiße Brusthaare quollen aus dem halboffenen Hemd hervor. In der Bande war er für Verhandlungen und Abwicklungen aller Art zuständig und pflegte außerdem die Kontakte zur sizilianischen Mafia. Früher,

in seiner Jugend, war er zur See gefahren.
„Ein Mafiababy", brabbelte er redselig.
„Ja", erklärte Straubing, „Gino hat mich zu ihr geführt. Die Familie ist sagenhaft reich und zu allem fähig."
„Prost", sagte Trey und schluckte den halben Flachmann herunter.
„Lass mir doch auch was übrig, du Stinktier", rief Benjamin. Er riss sich behend die Flasche unter den Nagel. Sie fingen an, sich zu balgen. Taduz torkelte behutsam heran, wartete einige Zeit und griff das Gefäß mit einer ausladenden Bewegung aus ihrer Mitte heraus, gerade rechtzeitig, ehe es umkippte.
„Gib mir einen Schluck", befahl Straubing.
Das Lagerfeuer knisterte laut und begann ein Zwiegespräch mit dem Wald.
Unheimlich, wie die Bäume ringsherum unsere Anwesenheit widerspiegeln, dachte Trey, der sich bäuchlings unter eine schmale Tanne gelegt, die Hand auf den Kopf gestützt und sich eine Zigarette angezündet hatte. „Feines vom Bonito-Thunfisch auf süß-saurem Kürbis und Limettenvinaigrette", schoss es ihm durch den Kopf, obwohl er nicht wusste, wie das alles schmeckte. Er neigte zu Tagträumen und Phantastereien und war nicht selten deshalb in Bedrängnis gekommen.
„Wer sind ihre Eltern?", fragte er.
Straubing zog einen dicht beschriebenen Zettel aus der Jackentasche hervor und las:
„Helmar und Deber Meyer, jeweils fünf- und zweiunddreißig Jahre alt. Sie ist Ärztin, er Philosophieprofessor an einem der hiesigen Athenäen. Er ist nicht zeugungsfähig, und sie weigerte sich, ein Kind zu adoptieren. Blieb also nur noch die Berliner Samenbank. Der Vater des Mädchens konnte nicht ermittelt werden. Da blickt selbst die Mafia nicht durch."
„Gino ist echt cool", kicherte Benjamin, „Er redet wirklich wie einer von ihnen."
Eine Katze zeigte sich im blauschwarzen Fensterausschnitt und sprang mit konzentrierter Anmut herein. Der Säugling streckte die Arme aus und gähnte behaglich. Levarka erhob sich hastig und stellte eine Milchschale auf den Boden:
„Hierher, Kätzchen, hierher. Das ist für dich. Wie heißt du denn?"
Sie nahm Laurentia auf den Schoß, welche keine Notiz davon nahm, und betrachtete zufrieden das Raubtier, das sich zuerst vorsichtig genähert und den Raumgeruch aufgenommen und

dann zu trinken angefangen hatte. Levarka versuchte, sich an ihren Traum zu erinnern, aber die Bilder waren in ihrem Gedächtnis wie ein durch einen Windstoß durcheinandergeratenes Mosaikstück zerstoben.
Niza legte die Strickarbeit beiseite und holte Futter aus dem Küchenschrank.
„Komm her", sagte sie zu dem Gast, „ich hab' dich erwartet. Du bist des Neumonds Tochter, nicht wahr?"
„Andina", beschloss Levarka, „ich werde sie Andina nennen."
„Gefällt mir sehr gut", erwiderte die Großmutter.
Die Katze schien unersättlich und trank in langen, lautlosen Zügen die Milch, die bald alle war. Sie war klein und jung, aber ausgewachsen. Sie sprang aus dem Fenstersims herunter und begann, langsam und akribisch an Benjamins längst leerem Teller zu riechen. Dann legte sie sich neben dem Baby in Levarkas anderem Arm schlafen.
„Das Tor muss bewacht werden", sagte die alte Zigeunerin und nahm die Handarbeit wieder auf. „Schlaf jetzt, Liebling. Schlaf wieder ein. Der Traum wird zurückkommen."

....

Im Zehlendorfer Einfamilienhaus, das die Kindseltern bewohnten, herrschte jene geschäftige Panik, die oftmals mit ohnmächtiger Wut einhergeht.
Die Großeltern mütterlicherseits waren aus Frankfurt angereist und hatten alle Hebel in Bewegung gesetzt, die sie als Altachtundsechziger im Laufe einer erfolgreichen Karriere an der Universität das Vergnügen gehabt hatten, immer wieder und immer öfter bewegen zu dürfen. Alle telephonierten andauernd und abwechselnd mit Geschäftspartnern, die sie Freunde nannten. Die Kindsmutter schrie ihren Ehemann in regelmäßigen Abständen an, mit einer solchen Wucht, dass niemand wusste, woher sie die Kraft nahm, weil sie sonst nur noch wie gelähmt auf einem Ohrensessel saß und mit hypnotisiertem Blick die Mattscheibe anstarrte, während ihre Finger blitzschnell, wie unter Zwang, auf der Fernbedienung hin und her zappelten.

Helmar Meyer, ein gertenschlanker Intellektueller mit rötlichem Bart, randloser Brille und prononciertem Stiernacken, nahm das gelassen hin und widmete sich mit der Lethargie der Verurteilten seinem eigenen Bekanntenkreis, zu dem der Staatsanwalt, der Polizeichef und der für das Feuilleton verantwortliche Redakteur einer angesehenen überregionalen Tageszeitung gehörten.

Mara Deber war stämmig gebaut, aber nicht hässlich. Wenn sie im Krankenhaus ihre Patienten mit dem Stethoskop untersuchte, wenn sie mit den Kollegen in der Kantine zu Mittag aß, wenn sie zu Hause der Haushälterin Anweisungen gab, wirkte sie ausgeglichen. Sie besaß eine ungeheure Energie, die jeder in ihrer Umgebung positiv wahrnahm. Sie galt als sorgfältige Medizinerin und als patente Ehefrau. Von ihrem massigen Aussehen ging der Anschein von Gutmütigkeit aus. Kinder ergötzten sich an den hellen Sommersprossen, die ihre stechend weiße Haut befleckten, und wollten sie ansehen. In ihrer Arbeitskartei war keine einzige Beschwerde verzeichnet. Alle, die von ihr behandelt worden waren, kamen zufrieden und gesund vom Krankenhaus zurück und nahmen ihr alltägliches Leben mit erneuerter Lust wieder auf.

Befremdlich war nur, dass so viele von ihnen nach und nach sich das Leben nahmen oder sonstwie früh starben.

An Brustkrebs, Schlaganfall, Herzinfarkt. An einer Fehlgeburt. Infolge eines Verkehrsunfalls. Nichts von alledem hatte einen zwingend ersichtlichen Zusammenhang mit der Ärztin, mit der Diagnose, die sie gestellt, oder mit der Therapie, die sie verordnet hatte.

Auffallend war, dass etliche ihrer ehemaligen Patientinnen im Laufe der Zeit ein Kind verloren hatten. Dass sie es nicht geschafft hatten, das Mädchen oder den Jungen, den oder das sie sich so lange und so sehnlich gewünscht hatten, bis zum Schluss auszutragen. Dass sie, wenn sie nicht starben, nach der Fehlgeburt nie wieder die Alten waren. Und dass Mara Deber sie bald nach der Behandlung einem anderen Arzt überantwortet hatte.

Esther Meredith Antinori, ihre beste Freundin, befand sich am 23. Juli 2006 an einer Ampel, die sie so gut wie jeden Tag passierte, weil sie auf dem Weg zum Krankenhaus lag, wo sie als Anästhesistin arbeitete. Mara hatte sie kürzlich wegen eines entzündeten Insektenstichs, der sich plötzlich auf ihr ganzes linkes Bein ausgebreitet hatte und angeschwollen war, unter ihre Fittiche genommen. Esther war wieder gesund geworden. Alle Spuren der

Verwüstung waren aus ihrer Haut verschwunden. Dies war ihr erster Arbeitstag nach der Genesung. Sie freute sich schon. Sie hatte extra ein Brot für die Mittagspause eingepackt, um einige Verwaltungsschreiben zu erledigen, die in den zwei Wochen liegengeblieben waren.
Die Ampel stand auf rot. Im nächsten Moment wurde sie grün. Esther ging über den Bordstein. Der Verkehr stockte abrupt. Ein graues Porsche überschlug sich fast, hupte wiederholt laut, versuchte zu bremsen und überfuhr sie. Sie war auf der Stelle tot.
Sie hatte eine Halluzination gehabt: Sie hatte gesehen, wie die Ampel grün wurde und sogleich wieder rot. Da war es zu spät.
Ihre vierjährige Tochter Victoria, die seit dem Unfall bei der Großmutter wohnte (Esthers Ehemann war vor drei Jahren gestorben), weigerte sich zeitlebens, an der Stelle über die Straße zu gehen. Sie behauptete noch Jahre später, an der Ampel spuke es, obwohl sich seitdem keine vergleichbaren Unglücke in deren Nähe ereignet hatten.

....

„Wir bekommen noch siebenundzwanzig Tage Sonne geschenkt", sagte Niza, die dunstige, die Waldlichtung umschließende, dünne Herbstdämmerungssäule hinaufsehend, am nächsten Morgen, als sie aus der Hütte trat.
Levarka machte sich aufgeregt am Herd mit dem Frühstück zu schaffen.
„Großmutter, Großmutter", rief sie, „komm, schnell! Sieh, das hat mir Andina in die Hand gelegt, während ich schlief!"
Es war die rote Schneekugel, die sie im Traum vom Pelikan bekommen hatte.
Die alte Zigeunerin lächelte:
„Dann kehrt jetzt die Erinnerung zurück?"
„Es war ein Vogel", sagte das Mädchen, „ein großer, sprechender Vogel mit einem Schnabel, der wie ein Babybauch aussah..."
Sie setzte sich auf den Holzstuhl neben dem Feuerplatz und drückte die Hand auf die Stirn.
„Ein Sturm, ein heftiger Wind, und.... und eine Nanny...."

„Was für eine Nanny? Wir hatten nie eine Nanny in der Familie, für niemanden. Wir sind Nomaden. Wir stromern durch die Gegend und kümmern uns selbst um unsere Kinder. Manchmal werden wir wegen Landstreicherei verhaftet und müssen dafür im Gefängnis sitzen. Im Winter ist es gar nicht so übel."
Levarka lachte. Ihre Melancholie war wie weggeblasen. Nizas Mutterwitz hatte eine gute Wirkung auf ihr kindliches, zur Schwermut neigendes Gemüt.
„Nein, Liebling", versetzte die Ahnin. „Sie war kein Kindermädchen. Im Traum sind wir alle manchmal jemand anders. Jemand, den wir entdecken müssen."
Sie hatte sich auf den abgewetzten Sessel der Enkelin gegenüber gesetzt, und das Mädchen lauschte ihren Worten.
„Der Vogel sagte, ich...., ich soll meine Nanny zurückbringen. Was soll das heißen, wenn ich nie eine hatte?"
Niza hatte die rote Kugel in die Hand genommen. Sie drehte sie durch die Finger, betastete sie und nahm sie in den Mund.
„Spuck sie raus!", bat Levarka, halb erschreckt, halb vergnügt.
Sie hielt die gerundeten Hände bereit und fing den blutenden Schneeball auf. Treffsicherheit war schon immer Nizas Sache gewesen.
„Sie schmeckt ausgezeichnet", sagte sie, „Sie ist echt. Bewahre sie gut. Wenn Nanny in Gefahr ist, musst du ihr helfen. Herausfinden, wer sie ist."
Bucerius Lemke kam herein, ein großgewachsener, schweigsamer Mittdreißiger mit einem Erzählermund und mit hohen Wangenknochen, der die alte Zigeunerin wie eine Mutter verehrte. Er hatte früh Frau und Kinder verloren und widmete sich seitdem nur noch den Anliegen der Gaunerehre, mit einer Art stures Pflichtgefühl, das jeden in der Bande anrührte und zum allgemeinen Vorbild geworden war.
„Wir ziehen dann los", sagte er, „Brauchst du noch irgendetwas?"
Niza schenkte ihm ein Lächeln und schüttelte den Kopf. Bucerius nickte und verschwand.
„Was ist mit ihm, Großmama? Warum ist er so traurig?"
„Seine Frau ist tot, Liebes. Und seine drei Kinder. Hier, nimm die Milch. Die Katze hat Durst. Leg ihr diese blaue Kordel um den Hals und führ sie in der Lichtung spazieren. Sie braucht Luft. Bucerius hat beim Bäumefällen ganze Arbeit geleistet. Schau, wie die Sonne durch das Dickicht hindurch zu uns dringt!"
Sie stieß das Fenster auf. Sie sahen hinaus, und die Gesichts-

züge der alten Frau verjüngten sich mehrmals hintereinander. Jetzt war sie wieder ein vierzehnjähriges Mädchen und befand sich in ihrer Vaterstadt, die weit, weit entfernt lag und die sie seit unausdenklichen Zeiten nicht mehr gesehen hatte. Levarka war an Nizas Verwandlungen, die sie von klein auf mit angesehen hatte, gewohnt und hoffte, durch inständiges Beten etwas von ihr zu lernen.
„Oh, Großmama!", rief sie, „So schön wie heute bist du noch nie gewesen!"
„Unsinn, ich bin ein altes Mütterchen. Und nun geh, es ist schon spät geworden. Und vergiss das Beerensammeln nicht, Liebling!"
Sie drückte ihr einen Weidenkorb in die Hand und schob sie zur Tür hinaus.
Mein Herr und mein Gott, dachte Levarka, ich danke dir. Ich danke dir für Großmutter. Und für den großen, sprechenden Pelikan.
Sie setzte den Fuß in den Sonnenschein und folgte den Kapriolen, die Andina, über die plötzliche Gefangenschaft entzückt, an der langen, dichtgewebten Kordel vollführte.

....

Die Zigeunerin sang die „Weise von der bösen Mutter".
Es war einmal ein armer Zigeuner, / Handac mit Namen, / Handac mit Namen, / der litt an Hunger und Durst, / litt an Hunger / und Durst.
Sie hatte neue Bäume im Wald entdeckt, Bäume, die sie nie zuvor gesehen hatte. Früchte hingen daran, die sahen so wundervoll aus, dass sie sie pflückte und bald den ganzen Korb voll hatte.
Eines Tages zog der Held / in die Welt hinaus, / in die weite schöne Welt, / in die weite, schöne Welt. / Handac, der Held, / zog in die Welt, / in die Welt hinaus.
Eine Pinie schüttelte sich und begann zu sprechen:
„Nimm dich in acht, Menschenkind!"
„Wovor?"
„Vor uns. Wir sind Seelen, die nicht zur Ruhe kommen. Wir warten auf die Vergeltung."

Levarka trat näher und sammelte die Pinienkerne, die heruntergefallen waren. Dann sah sie wieder zum Baumwipfel hinauf und fragte:
„Was ist geschehen?"
„Sie hat uns ermordet. Deber, die Hexe, hat uns heimtückisch ermordet. Und das hat sie auch mit dir und mit deiner Familie vor. Nimm dich in acht!"
Schaudernd kauerte Levarka sich auf den Boden, lehnte den Kopf an den Pinienstamm und nahm Andina auf den Schoß.
„Wie kann ich das verhindern?", fragte sie.
Sie hörte sich reden, als wäre sie jemand anders.
Die Stimme wurde dünner und leiser und verlor sich im Wind:
„Du musst deine Nanny suchen....."
Sie stand auf, band Andina das Halsband wieder um und ging weiter.
Die Mutter schickte ihm / die Hundemeute hinterher, / dem Sohne gab sie mit / die Hundemeute, / auf dass sie ihn ereile, / auf dass sie ihn ereile / und für immer / und auf ewig, / für immer und für ewig, / des Lebens beraube. / Die Hunde rannten los, / die Mutter blieb zu Haus, / blieb zu Haus.
Und wenn sie nicht gestorben sind, / wenn sie nicht gestorben sind, / so rennen sie noch heute.
Die Katze hatte Levarka bis zu einem Felsengipfel geführt, von wo aus die Stadt Berlin zu sehen war. Auf dem Sonnenstein verwandelte sich das Raubtier in eine eulenäugige Greisin.
„Hab' keine Angst", sagte die Verwandelte, „Ich bin hier, um dir zu helfen."
„Was soll ich tun? Wo kann ich die Nanny finden?"
„In der Stadt da drüben. Aber du wirst sie nicht sofort erkennen. Die Zeit ist zu groß, und das Tor muss bewacht werden."
Das Mädchen schwieg.
Die Jenseitige setzte sich hin, nahm sie auf den Schoß und sagte:
„Als du geboren wurdest, kam ich zu dir. Seit deiner Taufe bin ich bei dir, alle Tage. Sie haben dich entführt. Deshalb musste Deborah dich verlassen. Sie wird zu dir zurückkehren. Ihr werdet wieder zusammen sein. Zusammen in Berlin. Nimm dich in acht vor dem Zorn der Bäume. Tue, was deine Großmutter dir sagt. Höre auf niemanden sonst."
Die Greisin schlang das blaue Haar um Levarkas Haupt; ein Sternennebel senkte sich auf das Kind herab, umwob dessen

Schläfen mit Heil und mit Harm und versetzte es in einen Tempelschlaf, der lange Zeit anhielt.
Lange Zeit.

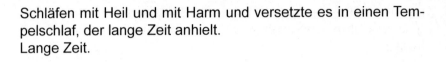

Auf den verschlungenen Waldpfaden verlor Levarka viel Blut. Als sie aufwachte, tobte bereits der Sturm. Ihre Schuhe wurden zu Nägeln, die immer tiefere Wunden in ihre Füße schlugen.
Die Taufpatin fand ihre Spur und brachte sie zur Hütte zurück.
Niza erschrak. Schweigend gingen die Frauen zum Herd und kochten den wortsamen Brei, den das Mädchen jetzt brauchte.
Als sie zu sich kam, saß nur die Großmutter bei ihr. Andina sprang auf das Bett.
„Du musst in der Frühe wieder fort, Liebling. Die Zeit drängt. Gib acht auf den Wald; er ist lebendig."
Levarka lächelte schwach und aß die Suppe zu Ende.
„Kann ich Andina mitnehmen?"
„Ja. Wenn du durch Bucerius' Lichtung gehst, streue die Pinienkerne auf den Boden und schaue immer geradeaus weiter. Wenn du zu den Bäumen kommst, denk an Deborah und dass du sie finden musst."
Levarka zog sich die Schuhe an. Ihre Haut war wieder gesund und glatt.
„Großmama, bin ich getauft?"
„Nein, Liebling, die dicken Menschen aus den Wäldern waren dagegen."
„Aber du wolltest, dass ich getauft werde?"
„Das wollte ich, und das wollten auch deine Mutter und dein Vater."
Sie gab ihr die rote Schneekugel mit, und Levarka verschwand mit der Katze in der Morgendämmerung.

Überall war sie Freiwild.
In den Nächten fand sie Zuflucht in den Kirchen der Stadt, die am Tage von Gehuften und Geharnischten bevölkert waren. Sie sahen die Fremdbeterin, umzingelten sie und bedachten sie mit Spott.
Doch in den Nächten schlich Levarka sich heimlich wieder hinein, legte sich bäuchlings unter der Muttergottesstatue auf den Steinboden, verbarg das Gesicht in der Armbeuge und schlief.
Maria neigte das Antlitz ihr zu und weinte.
Levarka schlürfte, sich labend, ihre heißen, blutenden Zähren.

....

An der Ampel wartete eine Reihe Menschen.
Bald würden die Büros aufmachen, die Arztpraxen, die Läden und Restaurants, die Einkaufszentren und die Boutiques: Jeder war unterwegs. Levarka hielt Andina im Arm, aus Angst, es könne ihr etwas geschehen. Sie wurde nach rechts und nach links geschubst, aber das war ihr egal. Ihre Eile schien sie verlassen zu haben.
Eine alte Frau, die schwer ging und auf einem Fuß hinkte, ging bei Rot über die Ampel, stieß sie mit ihrer Einkaufstüte an und zischte ihr ins Ohr:
„Na, Wechselbalg? Geht's dir gut, Wechselbalg? Ja, Wechselbalg geht's gut! Geht's gut!"
Niemand außer ihr konnte das hören, und sie tat so, als wäre nichts. Wenn das Motorendröhnen sekundenlang verstummte, skandierte das Ampelmetronom den leise gärenden Atem der Morgensonne, stramm und unübersehbar wie ein Musikdirektor in einem Orchestergraben.
Es wurde grün, und sie ging über den Bordstein. Plötzlich hörte sie lautes Hupen: Sie wich zurück, die Hände über die Brust gekreuzt.
Der Autofahrer lehnte sich aus dem Fenster, um Levarka zu beschimpfen. Dann sah er das Entsetzen in ihrem Gesicht und ließ es. Sie ist neu in der Stadt, dachte er. Sie hat nicht gesehen,

dass es rot war. Und Kinder waren keine dabei.
Die Nomadin nahm sich zusammen und nahm einen zweiten Anlauf: Es gab keine andere Möglichkeit, die Straße zu überqueren. Diesmal ging es.

....

Unter dem morastigen Himmel des siebenundzwanzigsten Tages stand Levarka, von Fieberfrost heimgesucht, unter dem Brandenburger Tor und fragte sich kummervoll, ob sie nicht wirklich ein Wechselbalg sei. Ob sie nicht schon längst den Verstand verloren hätte, wie ihr einer der hiesigen Zigeuner, denen sie sich ab und zu anschloss, einmal gesagt hatte.
Mein Herr und mein Gott, lass mich nicht verrückt werden. Es gibt nichts, wovor ich mich so fürchte, als verrückt zu werden. Was tue ich hier? Ich weiß doch gar nicht, was ich tue. Ich weiß nicht, wen ich suche. Und ich habe keine Kraft mehr. Wenn die dicken Menschen aus den Wäldern mich krank vorfinden, werden sie mich töten. Vielleicht hat das sogar seine Richtigkeit. Vielleicht bin ich ein Wechselbalg und muss getötet werden, denn ein Wechselbalg kann nur Unheil anrichten. Lass mich hier und jetzt sterben, ehe ich denen in die Hände falle.
Niza hatte ihr beigebracht, wie man Flüche ausspricht. An jenem Wintertag unter dem Tor verfluchte sie alle, die sie je belästigt hatten. Das bin ich mir schuldig, ehe ich sterbe, dachte sie.
Von einer Sippe, die auf der Fischerinsel beheimatet war, hatte sie Blumen zum Verkauf in Auftrag genommen. Sie setzte sich auf den Boden und breitete ein Tuch aus.
Sie sang:

Der du im Grabe liegst und nimmer wiederkehrst,
dein Stein ist meine Welt, und in der Welt bin ich allein.

Der du im Grabe liegst und nimmer wiederkehrst,
du bist der meine: Ich vergess' dich nie.

Vergib mir, was ich dir getan,

verzeih mir, dass ich dich verlassen,
vergiss den Zorn und all die fremden Worte,
Schattenbilder sind es: Lass sie verblassen.

Der du mein Freund bist und nimmer wiederkehrst,
du bist der meine, denn ich liebe dich.

Was ist ein Menschenkind auf einem Stein,
wenn es vergeblich weint
und nimmer, nimmermehr
den toten Freund umarmt, um Lebewohl zu sagen?

Mein Mund ist stumm und kalt dein Stein,
ein Name lügt an deiner Tür.
Geliebtes Auge, nimmermehr
schaust du hervor
aus diesem Fenster, und der Tod ist dein.

Mein ist die fremde Schuld, mein ist die Rache,
ich seh' dich nimmermehr und halte Wache
in deinem Garten, an der fremden Tür.

....

Touristen kamen und legten Münzen in den Hut der Zigeunerin.

....

Flussaufwärts
Aschependel im Austerngang

An der Felsenzinne
in Spiegelfluchten
Idole
im tauverschwebten Opal

Wer züchtigt die Eisenschwingen
aufbegehrend am Tor gegen den Firnis
– im Flammenkubus das seelen-
zermalmende
Tier
eingewurmt –
aufblickend die Seeanemonen erblindet im Spinnenlicht
ansehend
das Angesicht

Sternensteinbruch
– Äonen im Windschatten –
im lautlosen Glast
flussaufwärts

Sie hatte drei Sträuße zusammengesteckt, als eine Passantin stehen blieb und sagte:
„Entsetzliches Wetter heute, nicht?"
Levarka sah hoch und lächelte:
„Ja, schlechtes Wetter."
Es war eine junge Dame, die einen Kinderwagen schob. Sie trug einen weißen Hermelinmantel, aber sie fröstelte sichtlich. Sie sah wie ausgezehrt aus; ihr Gesicht hatte einen widerscheinenden Teint, und ihre großen dunkelgrünen Augen leuchteten fiebrig.
„Mein Kind ist krank", sagte sie, „Ich muss mich beeilen. Ich muss ins Spital."
Levarka sah auf den Säugling und konnte einen Flüsterschrei nicht unterdrücken. Es war Laurentia, ihre Laurentia. Sie lag im Leinentuch mit den Initialen gewickelt, das sauber und gebügelt aussah. Sie schlief unruhig. Ihre Wangen waren gerötet, und sie atmete schwer. Andina sprang in den Wagen, ohne dass die fremde Frau etwas dagegen sagte.

„I...Ist das ihr Kind?"
„Ja. Wir sind auf der Flucht vor Räubern. Sie wollen sie entführen."
Levarka stand auf:
„Ich kenne das Versteck der Zigeuner. Es ist außerhalb der Stadt. Aber dort sind Sie sicher."
Die Mutter strahlte so hell wie der Neumond in den Frühjahrsnächten.
„Bitte bringen Sie uns dorthin!"

....

Die Geister der Getöteten verlangten Rache am Geschlecht der Schuldtragenden.
Sie ließen die Städterin nicht passieren. Sie streckten ihre Äste aus, senkten Nebel und Hagel auf die Häupter der Fliehenden herab und rissen der Mutter das Kind aus den Armen. Es regnete Asche und Staub. Die Toten riefen Sturmwind und Schnee herbei und umkreisten die Zigeunerin mit abgebrochenen, blutenden Zweigen, die, auf die Erde gefallen, zu mondähnlichen Knochen wurden.
Weiträumig umfing das Leichnamgestirn den Horizont. Levarkas Zauberkunst konnte nichts bewirken.
In einer knorrigen Eiche wohnte die Seele von Esther Antinori; sie war die Anführerin.
„Du bist Deborah", sagte sie, „Du hast uns verraten! Jetzt wirst du dafür büßen! Du und dein Sprössling!"
„Ich habe nur getan, was ich tun musste!", antwortete die Mutter, „Ich habe mein Kind gerettet!"
„Indem du es unwürdigen Fremden unterschobst?"
„Ich wusste mir nicht anders zu helfen! Andernfalls wäre es gestorben! Die Zeit drängte, und Deber nahte unaufhaltsam heran! Levarka hat als einzige von euch überlebt!"
Ein mehrstimmiges Heulen erhob sich aus dem Dunkel und umschloss die beiden Fliehenden von allen Seiten. Die Mutter rang

nach Atem. Wankend sah sie sich um, von Entsetzen ergriffen.
„Warum hast du es nicht mir gegeben?", ließ sich die Ulme vernehmen.
„Warum nicht mir?", fragte der Vogelbeerbaum.
„Mir!"
„Mir!", echoten die anderen nach und nach.
„Ich konnte nicht darüber bestimmen!", sagte sie, von Krämpfen geschüttelt.
Sie brachte die Worte hervor, als würgte etwas sie in der Kehle. Levarka zog sie am Ärmel und riss sie mit sich fort. Ein Rauschen ging durch den Wald, als sie Bucerius' Lichtung erreichten. In der Ferne brannte die Lampe in der Zigeunerhütte. Das Mädchen streute die Pinienkerne auf den Boden, welche augenblicklich Wurzeln schlugen und als grünliches Unkraut in die Höhe schossen. Dieses wandte sich wutvoll Deborah zu:
„Halt! Asche auf dein Haupt, grausame Städterin!", heulte es, „Wir sind deinetwegen aussortiert worden! Wie Unrat wurden wir weggeworfen! Deinetwegen! Asche auf dein Haupt!"
Die Mutter stieß einen durchdringenden Schrei aus und fiel in Ohnmacht, das Gesicht auf der Erde in der Armbeuge verborgen, den Leib vom Wetter nassgepeitscht und zusehends von Schlamm bedeckt.
Als sie wieder zu sich kam, saß Levarka neben ihr im niederprasselnden Regen und streckte ihr eine Hand entgegen, während sie mit der anderen einen Kern in den Mund nahm und sorgsam zu kauen anfing. Sie half ihr auf und deutete voll Erstaunen auf die verwandelte Lichtung, die sich ringsherum erstreckte: Das Unkraut war verschwunden, und an seiner Stelle blickten unzählige Mohnblüten zur Sonne hinauf, die taufrisch und behutsam aus dem Tannendickicht hervorbrach.
Sie setzten sich unter den tausendjährigen Olivenbaum, welcher zu sprechen anfing:
„Bucerius hat viele von uns befreit. Er hat uns den Weg zum Vater gezeigt. Dieser Ort wird sich immer an ihn erinnern. Harret aus. Niza wartet auf euch."
Deborah stillte das reglose Kind, zweifelnd, ob es noch am Leben war. Es war marmorbleich: Es saugte die Milch wie eine gestopfte Puppe, ohne sie wirklich zu trinken.
„Habt ihr einen Passierschein?", fragte Esther.
Die Zigeunerin zog den roten Schneeball aus der Brusttasche hervor. Es war Laurentias Medaillon, welches an einer Goldkette

hing und das Gesicht einer überirdischen Schönen zeigte.
„Versprichst du, zu meiner Tochter zu gehen und ihr alles zu erzählen?"
Deborah sah hoch und drückte das Kind, leicht es wiegend, fester an die Brust:
„Das verspreche ich", antwortete sie.
„So sei es; ihr sollt jetzt gehen."
„Wir danken euch."

Die zerbrochenen Äste eilten zu den Baumstämmen zurück. Kleider, Hüte, Spazierstöcke, Handschuhe, welche die Nachtluft listig verborgen, traten hellglänzend aus den raschelnden Kronen hervor und nahmen die auszehrende Nacktheit von der aufgehenden Mondsichel.

....

Vor lauter Geschäftigkeit hatten Helmar und Deber vergessen, wie das Retortenbaby hieß.
Die entfernte Verwandte, die sie zur Taufe überredet hatte, war inzwischen gestorben.
Der Berliner Polizeibeamte, der die beiden Frauen stundenlang verhört hatte, sah auf den Taufschein, den er in der Hand hielt. Neben ihm schlief Laurentia im Kinderwagen, eine Mohnblüte auf der Brust, ein Lächeln auf den friedvollen, rosigen Lippen. Er machte ein besorgtes Gesicht und trommelte leise mit den Fingern auf dem Schreibtisch.
„Es ist bedauerlich, dass Sie an einer solchen Amnesie leiden. Ich glaube Ihrem Arzt und auch Ihrem Rechtsanwalt", sagte er.
Die Kindseltern reckten stolz das Kinn in die Höhe. Andina zerkratzte den Stuhl mit der Pfote.
Deborah erblasste.
„Der jungen Dame glaube ich jedoch noch mehr. Sie kennt den Namen des Kindes. Der steht auf dem Taufschein. Den kann sie nicht geraubt haben.
Wenn sie das Mädchen im Affekt auf der Straße entführt hät-

te, um sich für Ihre Worte zu rächen, wie Sie behaupten, würde sie nicht wissen, wie es heißt. Ich spreche ihr den Säugling als rechtmäßigen Sprössling zu."

....

Zu diesem Text gehört das Bild:

„*Across my memory*"

16)　　　　Die Ähre der Proserpina

Eine phantastische Erzählung, durch 19 Photographien ergänzt

„Sine sanctitate non est homo sapiens. (...). Sanctitas immediata dispositio est ad sapientiam."[24]

(Hl. Bonaventura)

---

24 Lat. „Ohne Heiligkeit kein *homo sapiens*. (...) Heiligkeit ist eine Art Instinkt für die Weisheit."

VORBEMERKUNG

Ähre: lat. *acer* = der Weizen = der Weiße

(vgl. auch das Brotbacken in Goethes „Werther")

Der Alte vom Berg rührte geheimnistuerisch den säuerlich riechenden Brei um. Die Zutaten hatte er von der Strahlhexe bekommen. Sie kannte sich mit Kochrezepten aus, dessen war er gewiss.
Eine dünne, zuweilen an mehreren Stellen zugleich hell aufblitzende Rauchsäule entstieg dem bauchigen Topf. Die beiden Kinder sahen dem Hexer verängstigt zu. Sie waren entführt worden.
„Er wird dir nichts tun", flüsterte der Junge seiner Schwester ins Ohr, „Ich werde es verhindern."

Lucidor, der Alte vom Berg, wollte ein Experiment mit den Zwillingen durchführen und hatte sie deshalb gekidnappt. Er hatte nicht die Absicht, ein Lösegeld zu fordern. Die Mutter von Magnus und Selene war seine Feindin. Der Wind und die Erdsaaten bewegten den Himmel, das Meer und den Berg, als hätte jemand den Wandelstern mutwillig in die Hand genommen und umgekehrt. Das Licht hing an einem seidenen Strick.
Jedes lebende Wesen vernahm eine unhörbare Melodie, welche aus den tiefsten Tiefen des Waldsees emporstieg.

....

In der unterirdischen Küche brodelte und rauchte es.
Mandragora hatte ihr Bestes getan, aber Hygina, die Hexenkatze, war mit einem Sprung vom Fenstersims auf den Esstisch übergegangen und hatte, ob der verbrannten Pfoten aufschreiend, dem Alten den Brei verdorben.
„Verfluchtes Tier!", brüllte der Zauberer und rührte den dampfenden Sud abermals mit Nachdruck um.
Es war trotz aller Anstrengungen nichts zu machen: Er musste von vorne anfangen.
Der Sonnenaufgang erfasste die morgendliche Seeoberfläche. Die Kinder schliefen und schliefen. Besonders Selene schien nicht aufwachen zu wollen; erst wenn der Menschenstern im Ze-

nith am Horizont stand und seine Strahlen sich senkrecht auf die Bergspitze legten, welche die Höhle unter dem See verbarg, vermochte es Magnus, seine Schwester durch einen Kuss auf die Stirn zu wecken.

Der Berg ruhte schon lange in den Schneewehen; seit Ankunft der Zwillinge rumorte es jedoch von Irrlichtern in seinem Inneren. Irrlichter, die weder im Buch der Fahrenden Zunft noch in den zahlreichen Ringen der Großen Waldeiche verzeichnet waren. Sie waren von den Kindern angezündet worden und nicht willens, grundlos wieder zu erlöschen. Die Kreaturen des Tales, das sich unter dem umgekehrten Süßwasser befand, sahen sie in den Sommernächten am Ufer und in den Lichtungen. Sie hielten sie für Glühwürmchen. In Wirklichkeit entstammten sie den Eingeweiden des Berges, der begonnen hatte, seine tausendjährige Ruhe vom Augenlid abzuschütteln. Tagtäglich trugen die kleinen Funken Reisig und Steine zusammen und bauten eine Sternenschutzwehr für die Zwillinge, während Lucidor, der Geist der Verkehrung, Sandkörner, Sporen und Keime außer dem Weizen zurückhielt und die Erde verdorren ließ.

Der Berg gab sich den Anschein, beständig zu träumen, und der Hexer fuhr unbeteiligt fort, das Experiment vorzubereiten. Die Menschen übersahen die Indizien der Hungersnot, wähnten sich noch in Jahren velozifersicher Fülle und planten den Bau einer Transsibirischen Eisenbahn, die ohne Zwischenhalte von St. Petersburg nach Peking führen sollte.

Mit diesem Zug würde die Mutter der Zwillinge bald eine Geschäftsreise antreten. Niemand bemerkte die Abwesenheit der Kinder. Niemand bat die Mutter um Verzeihung, denn die Entführten waren nicht mit Namen bekannt.

Lucidor saß abends mit Magnus und Selene am Lagerfeuer unter dem spitzen Herbsthut, den der Berg im Zuge der Widerspiegelung abgelegt hatte, und erzählte Geschichten vom Golem, die den Kindern wundersam vorkamen. Der greise Vulkan entsandte Lichter ins Tal und in die Räuberhöhle, um die Rede des Hexers zu entschärfen und um zu verhindern, dass die Zwillinge erschraken oder sich langweilten.

Ja, es war ein feuerspeiender Berg, der die Hexenküche und die Schutzwehr unter dem See in jenem abgelegenen Tal jenseits vom Moor und vom Wald beherbergte.

Der Zauberer zählte zweihundertdreiundachtzig Jahre und entstammte hinsichtlich seines jetzigen Lebens einer ehrwürdigen

Krähen- und Rabenfamilie (daher seine fittichähnlichen Arme, die sich wie graue Schwingen am Horizont unaufhörlich hoben und senkten).

An einem herbstlichen Nebelmorgen war es soweit: Der Verderbliche Koch schritt zu den letzten Vorbereitungen vor, und die Giftmischung prangte verführerisch in einem bunten, minzeduftenden Fayencetopf auf dem Mittagstisch. Mandragora hatte für Magnus einen Anzug genäht, und für Selene stand eine Perücke mit langen, an die Frisuren des achtzehnten Jahrhunderts erinnernden Locken in der Garderobe bereit.
„Wir spielen Verkleidungen", verkündete er, setzte sich an den Tisch und schickte sich an, Selene den verwunschenen Sud einzuschenken. Sie aber zog das Glas unter seiner Hand weg, sodass die dickflüssige Brühe vollständig verschwendet wurde, und brach in ein silberhelles Lachen, das alle sogleich ansteckte. Die Tischdecke verfärbte sich dunkelrot, was die Aufmerksamkeit von Magnus erregte, der daraufhin nachdenklich auf den Fleck zu starren begann und misstrauisch die Brauen hochzog.
„Das ist wieder einer deiner Tricks", stieß er hervor.
Er stand mit einem Sprung auf, der seinen ganzen Missmut verriet, streckte der Schwester die Hand aus und verließ mit ihr zusammen den Raum. Hygina hob den Schwanz hoch und folgte ihnen, lautlos durch die halbgeöffnete Tür hindurchgehend.
„Wo Mama jetzt wohl sein mag", fragte Selene, nachdem sie im Spielzimmer angelangt waren. Sie setzte sich an den Schreibtisch und begann, in ihrem Tagebuch zu blättern, das sie mit Blüten und Schleifen verziert hatte. Magnus verharrte im Schweigen und fuhr fort, mit den Lego-Steinen eine Ritterburg mit Zugbrücke und Wassergraben zu bauen.
„Mama wartet bestimmt auf uns", sagte er und befestigte einen Wachtposten am Eingangstor.
„Sie braucht unsere Hilfe", versetzte Selene, und ihre Stimme überschlug sich leicht. Sie war aufgestanden und betrachtete vom länglichen, oval eingerahmten Fenster aus die unversehens unruhig werdende Unterseeflora.
Die Rotfische zogen paarweise wie zu einer Hochzeit verabredet im bläulichen Schein am Bullauge vorbei, das Lucidor, der Entführer, im Spielzimmer der Zwillinge hatte anbringen lassen. Manchmal schlugen die Wellen hoch, und der Seidenstrick, an dem die Seefauna hing, wurde kräftig geschüttelt und verwirrte

die symmetrischen Zwei-Fisch-Muster und die Konstellationen von Algen, Seepferdchen, Moosen und Quallen, die sich im Garten vervielfachten; zuweilen war er nahe daran, zu zerreißen, doch die Kinder sahen das nicht.
„Der Himmel sieht sonderbar aus", sagte Selene. Sie drehte sich um und sah ihren Bruder mit einem erwachsenen Blick an:
„Ich glaube nicht, was er behauptet hat. Der Himmel hängt nicht an einem Faden."
„Gewiss nicht", antwortete der Junge.
Mandragora kam zur Tür herein und schloss die Fensterläden, sehr zum Verdruss des Mädchens, das sich daraufhin auf einen Armsessel in der Kaminecke setzte. Die Gehilfin des Hexers trug ihr rotes Haar lang und ungekämmt, und das hellbraune Kleid, das ihr der Meister geschenkt hatte, war zu kurz und zu eng.
„Lucidor wartet im Speisesaal mit euren Geschenken", begann sie in unterwürfigem Ton, Selenes Wange mit dem Handrücken streichelnd. Das Mädchen wandte sich abrupt ab, setzte sich von ihr weg und nahm Hygina auf den Schoß.
„Wir wollen keine Geschenke. Wir suchen unsere Mutter", ließ der Junge gleichsam *ex officio*[25] verlauten.
„Aber Kindchen, du weißt doch, wie die Geschichte anfing."
„Wir wissen es nicht", sagten die beiden gleichzeitig.

Lucidor, der Geist mit dem Hamstergesicht, hatte die Körper der Kinder vertauscht, doch sie wussten es nicht. Er beabsichtigte nun, dieses sein Werk auf ihre Seelen zu erstrecken. Er brauchte jedoch ihre Zustimmung, um den Zauber zu vollbringen.
„Eure Mutter hat euch verlassen", begann Mandragora von neuem, „Als die Burg geschleift wurde, bekam sie Angst und flüchtete ins Höhleninnere. Der Himmel war eingestürzt, aber Meister Lucidor zog den Berg, den See und das Tal in die Tiefe und hängte den Himmel, den Mond und die Sterne an den sprechenden Seidenstrick, um euch und die ganze Schöpfung zu retten."
„Ist es der Seidenstrick, der nachts wie der Wind heult?", fragte Selene.
„Nein, das ist der wirkliche Wind", entgegnete Mandragora hastig und bedachte sie mit einem hasserfüllten Blick.
Hygina hob die Vorderpfoten und vollführte eines der Kunststücke, die sie in der Unterwelt gelernt hatte. Die Fensterläden gin-

---

25 Lat. „Mit amtlicher Verbindlichkeit".

gen mit lautem Getöse wieder auf. Seejungfrauengesang ertönte aus der Ferne.

Selene lächelte schadenfroh und streichelte den Kopf der Katze. „Eure Mutter hat sich geweigert, euch in der Erde zu bergen. Sie liebte die untergehende Welt. Sie ließ sich von ihrer Kammerzofe auf einem Scheiterhaufen verbrennen."

„Dann ist der Wind unsere Mutter, und sie hat uns nicht verlassen", sagte das Mädchen in feststellendem Ton; die Gehilfin des Zauberers verlor vollends die Nerven und begann, mit den Zähnen zu knirschen und mit den Füßen zu stampfen (Lucidor tadelte seit jeher ihr unbeherrschtes Wesen, umsonst).

„Ob ihr wollt oder nicht", zischte sie, sich in die Lippen beißend, „ihr werdet mitkommen und unser Spiel spielen."

Sie wirbelte plump, unwillkürlich wankend, auf den Absätzen herum und spazierte hinaus.

Selene legte den Arm um die Schulter des Jungen und flüsterte: „Keine Angst, sie wird uns nichts tun."

....

Aus dem Theaterfundus: ein Lied der Fahrenden Sängerin:

Die trunkene Brusttasche

Ich fürchte sehr,
dies Lächeln
könnte gestohlen werden,
gestohlen von den Dieben der Zeit.

Recycled im retardierenden Rhythmus
der schräg gestellten Augenblicksweichen.

Es könnte verloren gehen

in einem oscarverdächtigen Film
über das Sendungsbewusstsein von Nanomaschinen,
über die Menschenfreundlichkeit von remake-Antipropheten.

Es könnte verloren gehen
in einer schiefen einem plutonischen Umriss huldigenden,
von einer Krähenskyline besprochenen sehr be-
völkerungsreichen wenig umfangreichen
städtischen Umgebung,
auf einem zürnenden Bahnhof in einem Zug
von zerronnener Zeit auf dem Gleis
der stillgelegten Wunschhaltestellen.

Darum stecke ich es ein,
wie von ungefähr,
ohne nach rechts und nach links zu sehen
stecke ich es in meine Brusttasche ein
– ich, die Diebin des Lächelns –.

Mit einem Lächeln *intus*
kann ich unverzagt
durch die Züge hindurch
zergehen.

....

Auf der Anderen Seite des Mondes begab sich Folgendes:
In einer Bar am äußersten Ende der Stadt Berlin ging eine Sängerin, die vom Tingeltangel genug hatte, zum Takt eines der englischen Chansons von Marlene Dietrich zwischen den von den spärlichen Gästen hin und her gerückten Stühlen und Tischen herum, bis sie den hageren, unauffällig angezogenen Studenten erreichte, der ihr eine blonde Teerose hatte überreichen lassen. Die Rauchschwaden, die aus ihrer Zigarette aufstiegen, verliehen dem Abendlicht, das die Theke übergoss, einen unwirklichen Anschein.
Hersilie sang das Lied unter dem Beifall des mäßig angetrunkenen Publikums zu Ende:

„Such trying times,
Such trying times!
If only we could find
The reason for the rhymes!
Such trying times,
Such trying times!
Why do we live
In such exasperating times?"

Einzelne Stimmen verlangten laut eine Zugabe, doch sie winkte ab und setzte sich neben dem unscheinbaren Jüngling an den Tresen. Sein Name war Rufus.
„Einen Drink für die Schönheit", rief er dem herbeieilenden Wirt zu. Hersilie legte die Zigarettenspitze auf den Aschenbecher und folgte mit dem Blick dem sich äußerst langsam verflüchtigenden Dunst.
„Die Geschäfte laufen schlecht", sagte sie leise, ohne ihn anzusehen, „Meine Schmuggler haben die Kuppel erreicht, aber Lucidor hat den Berg fest im Griff."
„Und die Großen Gewässer?"
„Stagnieren seit zwanzig Tagen."
„Wir sitzen ganz schön in der Lorke", sagte Rufus nachdenklich.
„Wir müssen die Südgrenze absperren, die unterirdische."
Er wandte sich ihr zu, stellte das Glas auf die Theke und stand mit einem Ruck auf, mit der Hand den Soldatengruß andeutend:
„Ja, Ma'm", antwortete er, drückte dem Ober das Geld in die Hand und ging zur Tür hinaus. An der Schwelle angelangt, kam er zwei Schritte zurück und flüsterte ihm ins Ohr:

„Noch einen Whisky für sie. Aber sag ihr nicht, dass es von mir ist."

Inzwischen waren die weißen Neonlichter wieder lebhafter geworden, und Hersilie ging sich für den nächsten Auftritt umziehen.

Die Schmuggler waren in Berlin angekommen und bildeten einen Schutzgürtel um die selten besuchte Kneipe. Sie empfingen nach der Vorstellung ihre Befehle und brachten Hersilie nach Hause. Sie wohnte in Charlottenburg.

Sie knipste die Matisse-blaue Lampe an und setzte sich auf das Sofa. Proserpina beschäftigte ihre Gedanken. Dies war der Deckname der Mutter der Zwillinge, die sich als Firmenmanagerin getarnt hatte. Eine langjährige Freundschaft verband sie. Die Sängerin betrachtete die Ältere als ihre Lehrerin; sie hegte für sie eine grenzenlose Bewunderung und die Hoffnung, sie wiederzusehen.

Die Jüngere konnte Proserpinas Abwesenheit nicht begreifen. Nun empfand sie Klarheit über den Geist der Liebe. Sie stand auf und holte ein Glas Jack Daniels aus dem Regal. Sie ging eine Stunde lang auf der schmalen Wohnzimmerdiele auf und ab, dann öffnete sie die Geheimtür, die sich an der rechten Seitenwand neben der Abatjour befand. Sie betrat leicht gebückt den Raum, setzte sich an den Schreibtisch und vertiefte sich in die Betrachtung der Anderen Seite, die auf einer Landkarte verzeichnet war.

Proserpinas Brief war knapp gewesen: Selene und Magnus sind vertauscht worden und befinden sich in den Innereien des Berges. Hersilie schauderte: Sie wusste, dass der Berg lebte und aus Fleisch und Knochen bestand. Auf dem Weg in den Osten hatte Proserpina jegliches Weizenwachstum zum Stillstand gebracht, auf dass der teure Planet nicht in Lucidors Hände falle. Der Zauberer nährte sich von den Ähren des Weizens, und seine Macht nahm ohne sein Wissen ab, wenn er eine andere Speise zu sich nahm. Andererseits stand es nicht in der Macht der Mutter, den Scheintod der Erde lange aufrechtzuerhalten, wenn sie die Kinder nicht fand und die Vertauschung nicht rückgängig machte. Hersilie musste erreichen, dass die Schmuggler den Weg zu den Großen Gewässern freilegten und dass die Umleitung der Eisenbahn auf die Andere Seite führte.

Lucidor verspürte ein täglich stärker werdendes Bedürfnis nach Weizenähren. Es war nur eine Frage der Zeit, und er würde merken, dass eine List der Mutter am Werke war.

„Wenn die Kinder nur widerspenstig bleiben!", dachte Hersilie kummervoll und fuhr mit dem Bleistift über die Landkarte, auf der sich die Höhle unter dem Spiegelfeuerberg wie ein winziges Atoll in einem Meer von Nichts ausnahm.

„Eine einzige Ähre, eine einzige Ähre", sagte sie unwillkürlich, während unsichtbare Tränen einen Schleier aus Zorn, Trauer und Fieber um ihre Schläfen woben, sodass sie auf einmal wie blind war, „Eine einzige Ähre, und er wird stark genug sein, um die Kuppel umzuschalten."

Sie sah aus dem Fenster. Der Janusmond spendete der vom Aussatz befallenen Landschaft und einer einsam auf der Brandmauer umherirrenden Katze den Trost des abgeklungenen Gartens. Die Krankheit hatte noch kein großflächiges Unheil angerichtet. Die Sterne betörten die Sterblichen weiter. Eine gesprächige Perlenschnur schwang sich selbsttätig von Schornstein zu Schornstein, sandte unaufhörlich Kugel um Kugel in die jungfräuliche Finsternis, umgarnte das streunende Tier mit den Zuflüsterungen der verwunschenen Saaten und bewog den sattsamen Wanderer, der die Stadt erreicht hatte, dazu, sich für eine Nacht zur Ruhe zu legen.

Der Geschmack auf seinem Auge war salzig.

Hersiliens Traum

Das Gitter der Erinnerung lichtete sich. Hersilie trat ein.

Der einäugige Wanderer hatte sich zu ihr gesetzt. Sie war krank und schmal. Sie redete im Fieberwahn. Jetzt erst wusste sie wieder, wie krank sie war. Sie lag auf dem Pflasterstein und verweste. Insekten und Aasvögel fraßen ihr an der Leber. Das Leben, das sie mehr als sich selbst liebte, floss aus ihr heraus. Verließ sie für immer. Sie sah Lucidor, den Händler, an ihrer Wiege stehen, sprechen und mit einem Unbekannten Schach spielen. Sie war gestorben und war dabei zu sterben, doch der Wanderer breitete seinen Mantel aus und hob sie zu sich empor.

Sie blickte nun auf den Leichnam und auf das Todesgewimmel hinunter. Eine Geige spielte, und die Knechte des Alten hatten ihre Feiertagskleidung angezogen.

Die Legion des *spiritus nequam*[26] schwärmte aus. Hersilie sah Hyginas Sprung vom Fenstersims.

Auf der Kuppel angelangt, legte der Wanderer den breitkrempigen Hut ab und nahm Hersiliens Hände in die seinen:
„Erzähl mir von deiner Wanderung", bat er und bedeutete ihr, sich zu den ruhenden Saaten zu setzen, die wie unzählige Augen zu ihr hinaufblickten. Das Wurzelwerk entstieg dem Fußboden und überströmte die Sängerin.
„Ich weiß", unterbrach er ihre Gedanken, „aber er kann nicht umschalten, solange wir hier sind."
„Ich habe immer nach meiner Freundin gesucht und sie immer verfehlt", sagte Hersilie.
Sie senkte den Blick und besah ihre Hände: ihr Leib war jetzt wieder heil, ihre Seele hatte keinen Schaden genommen. Der Wanderer hatte eine so herrliche Gestalt, dass sie Mut fasste. Er nahm die Binde ab und sah sie mit beiden Augen an.
„Lucidor hat mich am See aufgegriffen, als ich den Bildern nachjagte", versetzte die Sängerin, der Wiedererinnerung folgend, „Der Wasserspiegel war täuschend echt: Proserpina erschien mir, über den Fluten schwebend, die unruhig zu werden begannen. Ich streckte die Hand nach ihr aus, sie aber entschwand, ehe ich sie berühren konnte. Sie wollte mir etwas sagen, ihre Lippen bewegten sich, doch das Bild wurde blasser und blasser und verschmolz schließlich mit den Schaumkronen im Herzen der Tiefe.
<Komm mit mir>, sagte Lucidor, der plötzlich hinter mir stand und mit der Strahlhexe konfabulierte.
Ich dachte: Ein armes Bauernpaar, Philemon und Baucis ähnlich. Warum also Verdacht schöpfen? Einmal wollte ich vertrauen, denn ich war allein, und niemand hatte mir bisher bei der Suche einen Schritt weiter geholfen. Er sagte: <Komm mit uns. Wir wissen den Weg in die Tiefe.>"
„Seitdem bist du verflucht?"
„Ja."

---

26 Lat. „Zu nichts taugender, böswilliger Geist".

„Verzage nicht. Fahr fort zu singen und verlasse die Stadt nicht", hörte sie ihn sagen, und ihr war, als ob die Worte in ihrem eigenen Kopf ertönten.
Die Stimme des Wanderers wurde ferner und ferner, er nahm ihre Hände zum zweiten Mal in die seinen, drückte sie an sein Herz und ließ sie dann los.
Die Kuppel begann, sich geschwind zu drehen, das allumfassende Blau ging ins Graue über; von neuem erwachten der Leichnam und seine geschäftige Bürde zum Leben. Das Straßenpflaster trieb die Zähren der Nacht in nichtende Pfützen zusammen, und der Wind spülte sie ächzend in die rostigen Gullys, welche den unterirdischen Adern der *Urbs*[27] als Nahrungskanäle dienten. Hersilie vernahm das Aufjaulen der Katze, die von Selenes Schoß hinuntergesprungen war; das Heer der Verwesung erhob sich von dem Leichnam und begann, auf der blanken Gasse zu irrlichtern. Hersilie fühlte sich selbst nicht mehr und fiel aus einer unermesslichen Höhe hinunter.
Der Kopf tat ihr weh. Die Geheimtür war offen. Die Matisse-blaue Abatjour brannte. Hatte sie sie angelassen? Sie ging zurück und machte das Schlafzimmerfenster auf. Auf dem Dach umkreiste ein Weber-Vogel unschlüssig den Schornstein, auf dem der Rauhreif zu sehen war.

An der Tür klopfte es. Rufus stand mit einem Beutel geschmuggelter Ware unter dem Regenschirm.
„So spät?"
„Es gab Scharmützel an der Zollgrenze."
Er hob eine vom Regen durchnässte Nuss-Schale auf, die auf der Fußmatte lag, und reichte sie ihr:
„Hast du die verloren?"
„Nein".
Sie drehte die Schale zwischen Daumen und Zeigefinger, drückte leicht auf die Rillen und Kerben, die deren Oberfläche zeichneten, und legte sie auf den Tisch.
Rufus setzte sich auf den Holzboden und leerte Rucksack und Beutel. Die Perlen waren makellos. Hersilie legte sie in die Nuss-Schale, welche daraufhin eine blasslila Färbung annahm.
Sie gab ihm die Hand:
„Danke, Rufus."

---

27 Lat. „Stadt" (Rom).

Auf der Straße bemerkte er, dass faustdicke Hagelkörner durch seinen Regenschirm hindurchgedrungen waren. Eine Weile lang hatte er nichts gespürt. Die Haut tat ihm weh. Aber es war keine Zeit zum Nachdenken. Die nächste Lieferung wartete auf ihn am Ufer der Großen Gewässer.

....

„Switch", sagte Lucidor, und Mandragora setzte sich neben ihn und wiederholte:
„Switch!"
Die Farbe der Kuppel schwankte zwischen Hell- und Dunkelgrau, sie flimmerte und tönte leise vor sich hin, sie gab trotz des metallenen Strebewerks steinerne Laute von sich, wechselte aber nicht. Lucidor lag bäuchlings auf dem Boden und versuchte, sich des Wurzelwerks zu bemächtigen. Doch seine knochigen, riesenhaften Hände griffen ins Leere. Die Saaten blieben widerspenstig; die Irrlichter schwangen immer wieder auf der Schutzwehr hin und her, nichtend, wie wenn ein undurchsichtiger Vorhang augenblicklich die Kathedrale den Blicken entzöge und sich unvermittelt wieder auftäte, in einem unberechenbaren Rhythmus.
Der Hexer wusste davon, aber er verstand es nicht.
„Proserpina hält sie zurück", stellte er, sich aufsetzend, wütend fest, „Bring mir den Weizen, Mandragora!"
„Es ist keiner da", murmelte die Gehilfin kleinlaut und sah ihn ängstlich an.
„Keiner da? Was soll das heißen?", rief der Zauberer, „Was geht hier vor? Was willst du mir weismachen?"
„Ich war oben und fand nichts", stammelte die Frau, vor ihm auf die Knie fallend, „Es ist nicht meine Schuld!"
Er schleuderte ihr einen Dreifuß entgegen und rüttelte hilflos an den Strebebögen, die sich unter dem Dom befanden.
„Eine Kriegslist der Proserpina. Meine Sprüche wirken offenbar nicht ohne die Saatkraft des Weizens!"
„Aber ..."
„Kein aber! Geh zurück und bewache die Bälge! Schick mir Hygina herüber, ich brauche sie hier."

Über der Kuppel, wo der unterirdische See sich metallgrau färbte, öffnete sich eine Unzahl von unsichtbaren, leiblosen Augen, die alles gesehen hatten. Sie nähten die Perlenschnur in die Strebebögen der Kathedrale hinein, und Mandragora, die wie befohlen ihre Runde drehte und nach der Hexenkatze Ausschau hielt, übersah sie, da sie nicht zu sehen waren.
Hygina schlief auf der Kuppelspitze; ihr schwebender Umriss ruhte im Nebel, der die Luft durchtränkte. Die Schwerkraft konnte ihr nichts anhaben.
„Hier bist du also und schläfst! Faules, unnützes Tier!", fauchte sie Mandragora an, „Steh auf und komm mit mir! Der Meister verlangt nach dir!"
Ein mühsam unterdrücktes Greinen griff unter den Umstehenden um sich, als die Zauberanwärterin den para-amtlichen Satz aussprach (der nicht überliefert ist). Hygina verzog keine Miene, streckte kurz die Glieder ins Leere aus, setzte sich auf und verschwand.

....

Proserpina saß im Zug, die Aktentasche in der Hand. Sie holte ein Lupenglas hervor und sah aus dem Fenster. Die vorüberziehende Landschaft vergrößerte und verlangsamte sich mit dem Lupenabstand.
Herrlich war die Greisin mit ihrer lichtdurchlässigen Haut und den schneeweißen Haaren. Ihr Gesicht war jugendlich, der Blick konzentriert. Sie weinte heftig und stumm, doch die Geschäftsreisenden sahen das nicht; sie sahen auch das Glas nicht, das sie in der Hand hielt, und wie es Bäume, Dächer und Landstraßen draußen veränderte.
Die Zähren der Proserpina fielen auf die Erde herab und schlossen das Weizenwurzelwerk in daumengroße Nuss-Schalen ein, die, von Irrlichtern versiegelt, abends und bei Sonnenaufgang in ein helles, silberähnliches Lila wechselten.

....

Selene setzte sich auf den Boden und stellte die Lego-Steine um. Sie hatte die Piratenkleidung von Magnus angezogen und das rechte Auge mit einer schwarzen Binde verbunden. Sie ging an den Spiegel und malte sich mit einem Buntstift einen hochgezwirbelten Schnurrbart über dem Mund. Sie zog die Schuhe aus und probierte die schwarzen Stiefel des Bruders an. Sie berührte mit beiden Händen den Hut, der ihr etwas zu groß war, und zog sich vergnügt den Gürtel stramm.
„Es geht los!", rief sie.
Ein unerbittlicher Krieg war zwischen den Schergen des Usurpators und den Piraten Seiner Majestät ausgebrochen; das Schiff mit der Schädelflagge trug den Sieg davon, jedoch mit schweren Verlusten. Der Kapitän (ein hochgewachsener Mann mit einem charaktervollen Profil) sammelte die Beutestücke auf, musterte die Gefangenen und wandte sich feierlich an seine Leute (hier versagte die Stimme des Mädchens naturgemäß):
„Männer! Wir sind noch nicht über den Berg! Geht euch ausruhen, wir haben noch schwere Tage vor uns!"
Ein Ehrfurchtsseufzer ging durch die Menge der braungebrannten Matrosen, die zu ihm fragend aufblickten.
„Der Usurpator hält die Insel besetzt", versetzte der Hauptmann, „Morgen früh, bei Sonnenaufgang, werden wir angreifen. Vorerst aber tut euch am erbeuteten Likör gütlich. Wir wollen eine Stunde lang unseren Sieg feiern!"
Die verletzten und vernarbten Gesichter erhellten sich schlagartig, ein Jubelschrei ließ das Schiff beinahe kentern, und der Steuermann machte sich daran, die Fässer mit seinen eigenen, vom Wind und vom Salzwasser aufgerauhten Händen zu öffnen. Unten die Gefangenen hinter den Gitterstäben starrten ins mondlose Dunkel hinaus.
Das Kind hatte sich fast heiser geredet. Es war erschöpft und glücklich. Es legte sich auf den Boden, umarmte in Gedanken den Kapitän und schlief fest ein. Die Doppelfische draußen lugten rundäugig in die Stube hinein, während die starke abendliche Strömung das Unterseewasser in regelmäßigem Takt gegen das Fensterglas trommeln ließ.

Des Wanderers wundersamer Weg

Auf der Landstraße regnete und hagelte es. Die Kuppel leuchtete lichtgrau hinter den Großen Gewässern auf. Rufus ging gebeugt unter der Last der schweren Perlen.
An einer Tankstelle wartete einer der Schmuggler auf ihn. Es war ein älteres Irrlicht, das sich um den Bau der Sternenschutzwehr verdient gemacht hatte, ein grünäugiger Waldkauz mit saurierähnlichen Flügeln, Gufus genannt. Er trug eine Förstermütze. Rufus nahm ihn auf den Mittelfinger und scherzte eine Weile mit ihm.
„Wo ist Hersilie jetzt?", fragte der Nachtvogel, plötzlich wieder ernst werdend.
„Sie will in der Wohnung bleiben; sie ist sich darüber im Klaren, dass es gefährlich ist", sagte Rufus und zog den Regenmantelkragen hoch, im verrauchten, nach Benzin riechenden Raum blinzelnd umherblickend.
„Dann musst du sie ständig bewachen."
„Ich weiß."
Die unterirdischen Saaten wurden in den Visionen der Sängerin von Geistern heimgesucht, welche die Erzählungen von der belagerten Kathedrale gesammelt und verschlüsselt hatten. Sie gaben die klaren Gesichte an Hygina weiter, die sie in der Nacht weiterspann und die jeden Morgen erschöpft erwachte. Der Waldkauz verblieb leidenslos auf des Rufus Mittelfinger.
Das Schnurren des Spinnrads in Hersiliens herbstlicher Kemenate verwirrte Hyginas Buchstabenmuster, setzte es, nachdem die doppelten Negationen ausgemerzt worden waren, mit Frage- und Ausrufezeichen neu zusammen und gab es an die Zwillinge weiter, die sich in der Unterseestube von den Anstrengungen des Sich-Verkleidens erholten.
Das Meer rumorte um die Raststätte und die umliegenden Ortschaften, eine Überflutung versprechend, Mondsichelkreise unter den willigen Hütten, Häusern und Gassen in althergebrachter Weise umherstreuend. Es übte für den Fall, dass die Kuppel gestürmt würde; die beiden Freunde sahen das deutlich und sangen mit Leichenbittermienen den verabredeten Refrain:
„Schleichen die Schlangen,
Bald wir anfangen;
Prangen die Sterne,

Hoch die Taverne!
Winkt dir die vier,
So sind wir hier!
Wiege dich weich
Und den Wind mach gleich.
Und hier und dort
Ist nur ein Wort.
Das ist des Hexers Zungensport!"
Der Tankstellenwirt nahm die Gestalt der Windrose an und wirbelte die beiden Schmuggler in die flammende Sturmluft hoch.
Die halbleeren Schnapsgläser auf dem Tisch blickten nach rechts, zur leise tickenden Wanduhr hinauf und verwandelten sich in Greifvögel, die sich augenblicklich entfernten. Der menschliche Gehilfe an der Kasse zählte die Münzen, gleichwertige kleine Türmchen nebeneinander aufstellend. Zwei Reisende in einem Cabriolet mit New Yorker Kennzeichen hielten an und quartierten sich für eine Nacht im Motel nebenan ein.

Die Fensterrose leuchtete und ließ den Blick auf die Kathedrale frei.
Der Wanderer legte den Pilgerstab zur Seite und schaute auf die Kinderstube hinunter. Die unzähligen Augen verwandelten sich in die ursprüngliche Buchstabengestalt zurück. Der Satz, den sie bildeten, war nicht lesbar.
Magnus stand vor dem Spiegel und zog sich mit verdrießlicher Miene aus.
Das Gefühl, aus der Haut herauszuwollen.
Das Gefühl, ein Jungengesicht zu haben und ein Mädchen zu sein. Der Wanderer empfand Schmerz.
Bin ich ein Monstrum?, fragte er sich. Bin ich gar nichts? Der Wanderer schüttelte behutsam den Kopf und verfolgte sein Auf- und Abgehen mit dem Blick.
Das Gefühl, meine Schwester zu sein. Was ist mit mir los? Ahnt Selene etwas?
Er stand vor dem Spiegel. Stramm. Er war zehn Jahre alt. Er hatte die Hose falsch herum an, er zog sie aus. Er drehte sich um und schleuderte das Kleidungsstück, mit beherrschter Bitterkeit ein Lied summend, in die Luft. Eine innere Musik hatte sich seiner bemächtigt. Er nahm seine Buntstifte und begann, sich mit erstaunenden Fingern das Gesicht zu schminken.
Die Doppelfische am Fenster quittierten das Ergebnis mit Bie-

dermannsblicken und setzten ihre Hochzeitswanderungen fort. Das Kind stand vor dem Spiegel und tanzte unsicher zu seinem inneren *Melos*. Nackt vor dem Spiegelbild. Frei vom verkehrten Kleid.
Auf der Kuppel erschienen die Irrlichter, obgleich im Schattengewand: Selene erinnerte sich an ihre Stimmen; sie hatte sie vernommen, als sie sich in einem anderen Daseinszustand befand. Damals saß sie auf der Sternenschaukel und wohnte in dem Gesang, der sie ringsherum umgab und dennoch mit ihr eins war. Jedoch, welche Zeit konnte es gewesen sein, da sie schon immer ein Junge gewesen war? Warum fühlte sie sich jetzt, als ob sie seit jeher ein Mädchen gewesen wäre? Woher dieses „seit jeher", wenn es zwei verschiedene Zeiten waren? Wonach bemaßen sich das Danach und das Davor? War es eine Scheinzeit gewesen, oder lebte sie jetzt in umgekehrter Zeitenfolge? War bei der Kehrtwende eine Vertauschung passiert?
Selene ließ sich auf einen Holzstuhl fallen. Sie merkte erst jetzt, dass sie nichts gewusst hatte und dass sie immer noch sehr wenig wusste. Sie wusste nur, dass die Sternenkuppel vor ihr und vor ihrem Bruder gewesen sein, dass sie als Zwilling in ihr drinnen gelegen haben musste, mit dem Jungen zusammen, und dass sie ganz sicher schon immer ein Mädchen gewesen war, vor dem Danach und vor dem Davor. Sie hatten im Herzen der Kuppel (aber wo war es gewesen? Und wo war es jetzt?) in einer zweifarbigen Schale geruht, und ihre Hälfte war rosa, und des Magnus Hälfte war blau; die Kathedrale war dunkel und schwarz und dennoch von weißem Licht durchdrungen.
Sie hatten gewartet, im Schlaf lange gewartet und geträumt, bis die Zeit kam, stillstand, sich umdrehte und mit den Sternen gleichzeitig verschwand.
Doch das erschien ihr unmöglich. Was war vor der Zeit gewesen? Warum stand die Kuppel an der Grenze zwischen der Zeit und der *plenitudo essendi* [28]? Was hatte es mit der Nuss-Schale auf sich? Was konnte das alles mit einer Vertauschung zu tun haben?
Wer vermochte es, die Zeit zu bestehlen?
Sie beschloss, sich anzuziehen. Selenes Kleiderschrank stand offen: Sie wählte das lange Tüllkleid und die schmalen, zerbrechlichen Schuhe. Sie hängte sich eine Perlenkette um den Hals.

---

28 Lat. „Seinsfülle".

Die Hutschachtel, in der Bruder und Schwester dereinst in einem Abwasserkanal gefunden worden waren, lag unberührt auf dem Fußboden. Vor Zeiten hatte Proserpina sie den Zwillingen gegeben. Doch woher wusste Selene das? Je weiter sie zurückdachte, desto öfter zeigte sich die Erinnerung lückenhaft. Wann war es gewesen? Wer war Proserpina? Und wo waren die Findelkinder ausgesetzt worden? Sie wusste nicht einmal, ob Proserpina ihre Mutter war und ob wirklich sie und nicht etwa Lucidor das Geschenk in die Kinderstube gebracht hatte. Dann dürfte es eher eine Falle sein. Nur eins wusste sie genau: Sie hatte die Hutschachtel nicht aufgemacht. Was sie wohl enthalten mochte? Sie verharrte einen Augenblick im Nachsinnen. Es war, als ob ihr Leben davon abhinge, ob sie hereinsah oder nicht.
Der Wanderer hob den Stab und blickte gütig mitwissend hinunter.
Die Schachtel enthielt keinen einzigen Hut: In ihrem Inneren war ein Fach angebracht, in dem sich ein Malheft befand. Es war rot. Selene nahm es in die Hand und begann, das Widergespiegelte abzubilden: das neue Kleid, das Rosa auf Stirn und Wangen, das Rouge, den Lippenstift, die langen, gleichförmigen Lidstriche. Die künftige Frau in dem schlanken verwunderten Glas.
Die leichten Wellenschläge am Bullauge des hundertjährigen Schiffswracks kamen und gingen, vermählten sich und nahmen voneinander Abschied; zu den vorüberfließenden stießen immer wieder neue hinzu. Magnus erschien in seinem Piratenkostüm an der Schwelle und machte die Tür unhörbar zu.
Mandragora wurde von den Doppelfischen von dem Vorfall in Kenntnis gesetzt, doch sie wusste sich keinen Reim darauf zu machen und beschloss, es dem Hexer nicht zu berichten.

Hinter der Kuppel freilich erhob sich ein Turm.
Hier wurden die Gefangenen zusammengeführt und abgerichtet. Lucidor wusste, dass nichts ohne ihre Mitwirkung umgeschaltet werden konnte. Darum hatte er den Turm durch einen unterirdischen Kanal mit den Großen Gewässern verbunden und alle Zollgrenzen geschlossen, die für Hersiliens Schmuggler irgend in Frage kamen.
Den Häftlingen wurde beigebracht, gehorsam zu sein und nicht nachzudenken. Sie sollten alle Dinge vergessen, die sie einmal gesehen hatten oder gesehen haben konnten. Ob Augen, ob Irrlichter, ob im Turm stehend oder auf der Schutzwehr arbei-

tend: Sie sollten das Gesehene nichtend aussprechen (daher die freundlichen Schaukeln auf den schwebenden Sternenschnüren, darauf die Zwillinge öfters saßen und sangen). Wurden sie auf die Kuppel hinausgelassen, sollten sie das umgestellte Sehvermögen trainieren; Lucidor bewegte sie an verborgenen Fäden hin und zurück und rief sie nach Belieben in das Schmale Versteck hinein, das sich über der Kuppel erhob. Ja, irgendetwas sollten sie sehen, jedoch nicht nach dem Naturgesetz und nicht ohne das Wissen des Zauberers. Die Großen Gewässer führten ihnen die nötige Fake-Nahrung zu, welche Mandragora und die Strahlhexe den unterweltlichen Adern der Erde entnahmen und nach ihren Kochrezepten verdarben.

....

Als die Kuppel schwieg, erhob sich im Turm die Klage der Gefangenen:

Chor der Gefangenen

Zusammengepfercht
Wie Hühner auf der Stange
Bewohnen wir den blanken Stall

Uns ist bange

Nichts sind wir als Namen
Und leerer Schall; meine Damen
Und Herren, das ist wahr

Nur eins ist klar: Wortklauberei
Unser Refrain
Softzauberei
Empirisch bewährte Sophisterei

Unser Terrain
Deshalb sind wir hier
In der Luft, auf dem Papier
Dafür stehen wir ein
Unschuldig-verkommen
Vorgeburtlich verlost
Das ist unser Revier
Das einzig gültige Brevier
Ich bin kein Mensch und auch kein Tier
Ich bin niemals erbost

(Wörterbücher dienen dem Allgemeinwohl)

Wörter des Menschen
Waren wir einst

Worte wollten
Wir werden dereinst
Auf den Zungen von Dichtern
Auf dem Rücken von Dingen
Intentional versponnen
Analog verflochten
Niemand weiß warum

– Schleifen aus Schicksal
Flocken aus Zeit
Formen aus Sein
Schreiten wir rückwärts
In das Elend hinein

(Wir schließen auf eine wirkfähige Spinne zurück,
Da wir zweifellos bewirkbar klingen
Scheinen
Meinen …)

(Bericht bricht ab) –

Ehe man uns hieß
Hier zusammensitzen
Uns gegenseitig siezen
In dem Verlies

Das man uns überließ
Wohl aus Mitleid ließ
Aus Menschenfreundlichkeit

Seit uns der Satz verließ,
Das Urteil, die Verkündigung
Sind wir Bedeutungsschlitze, blinde
Produkte der Verständigung
Zufällig, schmal, irrtumsdurchlässig
Zugig, verraucht, nicht zuverlässig

Ein wenig Dressur, ein wenig Arsenik
Hauptsache keine Musik

Ob kurz, ob lang
Es ist uns allen klar:
Wir müssen reden
Wir müssen sprechen
Den schieren Zauber
Niemals brechen

Wir dürfen uns nicht zieren
Niemals schockieren
Wir sollen ständig vibrieren
Elektrisieren
Wir haben zu tänzeln und zu scharwenzeln
Wir dürfen niemals verzärteln

Es darf uns geben
Doch nicht im Leben
Wir dürfen zittern
Wir sind Chimären
Rein arte-faktische Stratosphären
Artige Hirngespinste
Zügig-zaudernde Modisten
Niemals Artisten

Einst süße Früchte
Dann modrige Pilze
Abstrakte Hülsen
Nennen wir uns heute

– Das sagen alle Leute –
Kommunikationskinder
Dienstliche Parolen
Einzige Phiolen

Verlegte Bedeutungsschleifen
Sprachrohre des Menschenparks
Umgekehrt pulsierende
Sternschnuppenschweife

Sprich, Kindchen, sprich
Sprichst du mich, liebe ich dich
Menschenkind, Wörterwind,
Soften Zauber
Niemals brich
Wir bitten dich

Meerkatze schielt, Hexe spricht
Apfel verdirbt
Buchstabe verrinnt
Besen grinst
Wörtchen glimmt
Ganz ohne Licht
Leise spricht
Bang erstirbt
Schleife zieht
Schlinge würgt
Wunden schwären
Spinnen schwören
Im Wortesinneren
Sind wir Hetären

Wir sind erfunden
Und bald verschwunden

Oh weh!
Seht! Unsere Hände!

Zusammengepfercht
Wie Hühner auf der Stange
Leiern wir die Welt

Eure einstige schöne Welt
In die lose Schlinge
In das Maß der Nicht-Dinge
Hinein, hinaus
Tagein, tagaus
In das zerdachte Haus

Unmerklich oft
Berühren wir die Wesen
Besprechen das Lesen
Wir besprechen es leise
Wir bereden die Schwere

In dem geballten Nichts
Finden wir die Leere
Freundlich und soft
Unmerklich oft

…………………………………

„Sprich mir nach!", befahl Mandragora angestrengt, „Mein Name ist Magnus, und ich bin zehn Jahre alt!"
„Mein Name ist … Aber ich weiß gar nicht, wie ich heiße!"
„Doch! Ich sage es dir: Dein Name ist Magnus! Alle werden dich auslachen, wenn du nicht weißt, wie du heißt."
„Und wenn schon! Meine Mutter nannte mich nicht so: Das ist also nicht mein Name!"
„Was weißt du über deine Mutter?"
Das Kind schien zu überlegen.
Ein heiterer Schein irrlichterte in seinen Augen, als es zur Gehilfin des Hexers sagte:
„Ich weiß, dass sie unterwegs zu mir ist."
Mandragora brach in ein hilfloses Lachen aus:
„Armer Kleiner", sagte sie und schickte sich an, das Kinderzimmer zu verlassen, „Der Meister wird es nicht lustig finden."
Das Kind setzte sich mit seinem Zwilling zusammen ans Fenster, wo der Schreibtisch stand; es zog das rote Heft aus der Hutscha-

chtel hervor, und sie begannen, abwechselnd zu malen, während die Doppelfische im Wasser von einer einstweilen unfühlbaren Erderschütterung erfasst wurden, die sich bald auf den Berg, die Höhle und das Tal erstrecken sollte.

Hygina stand vor dem Meister der Abzurichtenden im Turm und blickte erstaunt auf die umstehenden losen Augen, die sie anstarrten.
„Es ist deine Aufgabe", sagte der Zauberer, sich gelassen gebärdend, „die Buchstaben wieder zusammenzusetzen und einen gefälligen Satz zu bilden. Nicht den Realen Satz! Sieh zu, dass sie den komplett vergessen."
„Ich kenne ihn selbst nicht mehr."
„Gut so", rief er und zog mit Daumen und Zeigefinger am Seidenstrick, der unter der Kuppel befestigt war, „Wenn du klingelst, kommen sie zurück."
„Wirklich?", fragte die Katze ungläubig und umkreiste mit forschendem Blick den schwebenden Faden, „Was ist das für ein Instrument, Meister?"
„Es bewirkt, dass sie etwas sehen. Von sich aus sehen sie aber nur Schatten. Du musst ihnen sagen, was sie sehen."
Hygina setzte die Vorderpfoten auf den ovalen Tisch, auf dem sich die Wickelvorrichtung mit dem schwärzlichen Fallstrick befand. Es bestand keinerlei Verbindung zwischen der Stange und dem Faden; ein seidenes Gitter umgab das Reich der Verfänglichen Blicke, doch diese ruhten zugleich, ohne mit der Wimper zu zucken, auf dem Seziertisch. Hygina beugte sich vor und versuchte einen ersten Griff, der misslang. Beim zweiten Mal erhob sich in der körperlosen Augen-Menge ein kaum merkliches Wellenschlagen.
„Alles roger, ich weiß Bescheid", sagte sie und sprang auf den Boden zurück, „Ich werde dir in Kürze berichten."
Sie drehte sich um und verließ lautlos den Turm, einen Seitenblick auf die Stange werfend, auf der sich die Lichter flimmernd nach unten, zur Kuppel hin zu bewegen begannen.

....

Aus dem Buch der Fahrenden Zunft: Eintrag über den Tag, an dem der Wanderer im Theater anwesend war:

Der Mond von Caracas

Zerrissen das Kleid.
Erdwärtsliegend das Angesicht.
Trutzburg des Sinnens. Die Augen geschlossen. Im Schlamm
zertreten der Fächer, brot-
weißes Ornat
im Anschein von Schonung.
Das Volk der Ratten ins Recht gesetzt. Anheimgegeben
des Hinfalls zierliche Wölbung. Nagen
ist Auftrag. Ein räudiger Hund
bellt die Mondscheibe an. Ein Haarband
schlingt sich um die Locken der Toten,
Rauch und Entwöhnung. Schwarz-rot.
Im Regen das freundliche
Fieberklopfen der überredeten Schläfen. Harmlos
würgt eine Stimme das Zwerchfell,
geduldiger Griff im Zungenschlage des Schweigens.

Wegloser Wink. Stille.
Zeitlupe. Wald.
Wanderin, wo
wendest du
das vertraute Gesicht hin,
den von unabzählbaren Tagen verkehrten
Zugvogelblick, scheinhaft und scheu
die Abzäunung umfliegend welche die Schar
der strengen Geschöpfe
einst dir bezeichnete, unabwendbarer Umkreis,
weiße Entgegnung der (wem?) anheimgefallenen Rede?

Erkennst du den Jahrmarkt
inmitten des Ortes nicht wieder?
Nah, unverführbar
streift das Meer die Antennen der Heuschrecke.
Sommer ist da. Der Ozean
spült Leviathane an Land.
Barbusig, nackt
ruht eine Harpune am Ufer, nass, vom Sande
zur Hälfte bedeckt, von des Mondes
eifersüchtigem Auge bewacht,
unvordenklicher Schiffbrüche
ungesühntes Relikt.

Versprechlich schwanken die Dinge
vorüber, schlagen das Rad, friedfertig
ein Blindenstock das Negerkind begleitet,
das, wohlbekannt,
sich hinsetzt und Buntstifte feilbietet, vom Monde getäuscht, mit der Waisen Starrsinn
Passanten anredend, kindsriechend,
in jenem abgedunkelten Winkel kauernd,
wo emsig und heimlich
einst die Hökerin dir
die Hand entgegenstreckte, die münzenerbittende, königshaft
grüßend die Schwester, welche das gleiche, zerrissene
Kleid trug in der Windrose des Mittags.
Wohlig, für immer,
schloss sich das Kupfer
ein in der verschrumpelten Greisin
muldiger Hand.

Hast du sie vergessen? Trügt dich
das Gedächtnis
jener im Mondaufgang verschwebten, im Ansturm der Dinge
immer unsicherer werdenden Schritte?
Wo saß der abgerichtete Affe,
wo das Zigeunermädchen, die blauäugige Bärentatze
in der von Rostspuren bekleideten Hand,
Ruß im Gesicht, zwei und zwei,
Hand in Hand, unwissend
zuversichtlich verschwistert

wie auf an entgegengesetzten
Ecken abgesteckter Leinwand,
wo die himmelwärts narbende Spur,
das verschwiegene Leid?
Welche Tracht trug damals die Straße,
die festtaggeschmückte, wo standen die Bänke, die Hunde,
die Rosen welche die Hökerin
die Jungen hervorholen hieß, die grölend und schmutzig
vom einen verborgenen Kriechgang zum anderen
Rufe sich zuwarfen, des Tauschhandels
nicht achtend; wo stand
der rotwangige Knabe, der barfuß
hinter der Kate herauskam,
schüchtern, halbnackt
den zwölften Schlag zeitig hämmernd,
aussehend wie der
in Kniehosen gekleidete Mond?

Wer führte den Reigen an? Wann
begann das Jahrhundert?
Von Gauklerhand ertönte die eherne Schale
auf dem taub verstreichenden Bürgersteig, widerrufflich
verhallte der Klang in den Gucklöchern der Zeit,
versöhnlich und tot
würgten die Ameisen des Glücks
in sorglich vergitterten Gullys. Gurgelnd
spülte der Regen die Reste hinunter.
Da standen die Greise, da die Fabrikarbeiter,
staubige Mützen
hellschweißgebadete Hemden, braune Havannas
in den leicht geöffneten Münden die nichts
vom Lichtanker wussten.

Die Mutter
stillte das Kind, sitzend, weitab
von der Mitte des Marktes.

Fortgehn war Auftrag. Die Windrose
öffnete sich dem Fittich, dem Schlagbaum,
im Nebel rüttelte der von den Stimmen
gezeichnete Zugvogel

an den Seitenumbrüchen der Tage, an der
gemeinsamen Abtrennung, an dem entfesselten,
schwer beizeitlichen Kleid der Verwandlung,
die Not und die Narbe der Rede
beständig im Ohr. Die letzte Sanduhr.
Stillende Tröstung, der ungeborenen Tochter
wie Labsal zuströmender Milchfluss.
Unzählige Tode von Augenblicken im Schlamm.
Nacht, nicht Dämmerung. Regengepeitscht.
Raub, nicht Rede,
die Losung der Mächte. Zu nah
streifte auf einmal der Blick die Häuserschatten,
die Mulde des Waldes,
zugig und still
schlief das jungengefüllte
Spechtvogelnest auf dem Baumast, entborgen,
im rückwärtsgewobenen Samt
der fremden Pupillen ruhend,
in der anders bebilderten Iris. Aufwachen
war Auftrag.

Verwünscht und entvölkert
berührt das Auge
den brütend blinkenden Platz.

Caracas, Mittsommernacht.
Die Tänzerin geht. Ein letztes Mal
die Schätze des Fleisches beäugen, die Bänder und Schleifen,
die Spitzen, die Ringe, den Fächer und die
beredt anliegenden Zuflüsterungen
des Kleides, die ohne einen Lidschlag
den Leib liebkosen. Geschlossen
mutet das Herz an,
wie Kulissen im Rücken. Letzte Bargäste
huldigen ihr noch, verlangen Fortsetzung,
schütteln von ungefähr
verknitterte Verse aus den Ärmeln,
trinken die letzten Tropfen Likör,
lärmend, mit fest-unsicherem Griff
jenseits des Tresens anlangend,
nach der Schönen verlangend,

die sich ein letztes Mal abwehrend umdreht,
von der strengen Hand der Bedienung
beschirmt, die einschenkt und abwinkt.
Die bewahrt und begleitet.
Ein letztes Mal eintreten
in des Tauschhandels un-
sühnliche Lichtung. Mondwärts
wärmt der Schein der zittrigen Lampe
die kleine zweigfingrige Hand.

Tänzerin, schau hier hinaus und betrachte: Der Räuber
naht, so schwer auch sein Bleifuß, so weit
auch der Weg;
jede Entfernung verschlingt das Tier, rächt
die verwesende Schuld. Fluch der Erinnerung.
Labung des Traumes. Von Wahnsinn benetzte Leib-Zähren.
Schlagbaum. Gegenläufige Scharen.
Anflug von Heilung, des Bettlägrigen Anwandlung.
Leihst du dem Räuber das Lied nicht, so die Bedingung,
so singst, tanzt du
zum letzten Male heut' nacht.
So berührst du
zum letzten Male
schwebend den Boden. So wirst du
fortan kriechen am Wegrand,
wie einst das Natterngezücht,
nach Wurmes Art heimsuchend im Nebel
des Wanderers Fuß, Hinfall ver-
deckend, der alten Verwandtschaft
nicht eingedenk. Letzter Akt
der Verwandlung. Gasse und Schmutz
der letzte Vorhang.

Ich widersage dem Bösen,
antwortet die Tänzerin, sammelt
Habseligkeiten, hastig, umsonst,
hinaus in den Regen,
hinaus in das Wetter kann sie nichts mitnehmen,
nichts retten. Sie tut es. Immer näher
tönen die Schritte des Golems,
er rückt ihr zuleibe, sie

nicht anfassend tut er ihr Leid an.
Messerstiche durchdringen das Kleid. Das Blut
von bebenden Stahlklingen zerwühlt. Das Tier
würgt und zernagt. Es heult und beharrt. Immer tiefer
greift es in die Kammer des Herzens,
zerbricht ihr das Kleid, reißt
die Rede an sich, die verlangte,
unsterbliche Seele. Immer tiefer
versinkt im Moore der Fuß. Das Tier
beißt ihr die Kette vom Hals, die Münze
wirft es hinweg, hinweg in den Regen, den Staub.
Vergebens. Sie fällt hin.
Sie stirbt. Sie bewahrt das Geschmeide.
Straßenjungen finden sie auf der Erde, am Morgen.
Nicht nackt. Mit zerrissenem Kleid.
Heil erhalten der Leib.
Das kupferne Kreuz
aus der Bettlerin Hand
zwischen Hals und Brust ruhend, zerfurchter,
kalt-zerrissener Mond.
Wegzehrung im Schlamm.
Dem toten Kinde
in einen Garten verwandeltes Grab.
Nicht-Sternbild. Zukommnis.

....

Hersilie zog die Handschuhe an und schloss die Wohnungstür ab. Im Treppenhaus stank es nach dem üblichen Brei, den das ältere Ehepaar im ersten Stock allabendlich kochte. Der Briefkasten war leer. Draußen wurde es kälter.
Der Herbst spielte Schach mit der Sängerin. An einer Straßenecke bog sie ins Dunkle und folgte dem Gang der Gedanken. Sie hatte abermals von dem Wanderer geträumt, doch sie erkannte ihn nicht sofort, als sie ihn im Wachzustand erblickte. Er stand an der Theaterkasse und kaufte eine Karte für ihre nächste Vorstellung. Sie befand sich neben ihm, ohne dass er sie sah. Sie konnte das Datum auf der Karte lesen: Es war ein Tag, an dem sie keinen Auftritt hatte. Auf der Karte stand auch geschrieben: „Der Wanderer", als ob das sein richtiger Name und der Platz für ihn reserviert wäre. Ein Kind setzte sich zu ihr auf die Parkbank und berührte ihre Handschuhe. Sie überließ dem Mädchen für einen Augenblick die fröstelnden Finger; die Mutter deutete ein Lächeln an, nahm die Tochter an die Hand, setzte sie wieder in den Kinderwagen und verschwand, ein grüner Mantelfleck unter dem Gartentor.
Hersilie warf den Kopf zurück und schloss die Augen.
Da sah sie etwas im Traum:

Das Geschöpf Katze, *Vestigium Dei*[29] genannt, spricht

Warum ich eine Katze bin
Wusste ich anfangs nicht

Ich begann zu grübeln
Mich zu fragen
Was diese Wanderungen sollten
Wanderungen bei Nacht
Wanderungen bei Vollmond

---

29   Lat. „Gottes Spur".

Weitausgedehnte unumgängliche selbst-
verständliche Wanderungen
Aus den Tiefen des aufrechten Ganges heraus
Wanderungen auf schwerwiegenden scheinsanften un-
ausweichlich voranschreitenden
Ganzen vier Katzenpfoten
(Oh und die Vollmond-Sätze unter dem Sternenzelt)
Wanderungen aus den menschlichen Behausungen hinaus
Die mich so gastlich beherbergten
Von den menschlichen Wesen weg
Die mich so freundlich fütterten

Mein Katzeninstinkt war es wohl,
Der mich hinausführte
In abseits gelegene Gegenden,
In Landschaften der Kargheit,
in mitternächtlicher Abgeschiedenheit,
Der mich suchen ließ nach Nahrung,
Die ich gewöhnlich nicht bekam
In den von Menschen bewohnten Häusern (vielleicht
Dass sich ein Vogel zuweilen blicken und nieder-
ließ auf ein mondsüchtiges Fensterkreuz)
Wanderungen die mich unweigerlich
Herausführten
Aus meinem gesicherten
Aus meinem umzirkelten
Menschenhaustier-Dasein
Herausführten
In dem ich aufgewachsen war
(Man sagte mir später, das hätte man vorausgeahnt,
An der Art vorausgeahnt,
Wie ich katzenähnlich der Stimme
Meiner Herrin lauschte,
Andere aber halten dies für so etwas wie
Mythologie, für eine jener
Nachträglich entstandenen Legenden, ähnlich denen,
Die in den Menschenbüchern begegnen)
Ich war einsam in den Bezirken der Sterblichen.
Vor allem aber mied ich
Ihre Wörter, denn ich verstand sie nicht.

Man sagt,
Sie nennen es „Sprache":
Diese Eine-nach-der-anderen -
Ins-Stocken-geratenen-Wörter-Verlegenheiten
Die sie in einem Satz-Becken zusammentreiben
(Wie verschreckt sie aussehen
In dieser versammelten Lage,
Das sagen ja die Worte selbst, Worte
Wie misslungene Zuchttiere
In alle Ewigkeit
Zum Sabbern verurteilt)

Hier, unter meinesgleichen,
Sitzen die Krallen
Und rufen die Laute.
Sie sind
Bloß Laute, uns
Vom Bauplan des Lebens
Aufgegeben,
Aber sie sitzen
Wie das Fleisch.
Sie führen uns geradewegs
Zu artgerechter Nahrung
(Zum Beispiel Musik).
Manchmal, wenn die Vollmondnächte klar sind
Und der Tierruf bis in die Menschenbehausungen dringt,
Neigt sich in der Waldhütte, wo ich
Mich zur Ruhe lege,
Eine schmale, längliche Hand
Über meinen Kopf und flüstert
Mir weiße Worte ins Ohr
Worte die ich nicht begreife
Die mich in den Schlaf wiegen
Die meine Träume bevölkern
Die meine Schläfen
Zum Pochen bringen
(Wie, weiß ich nicht, aber wahrscheinlich
Ist das der Grund,
Weshalb ich begonnen habe,
Eine Katze zu werden)
Was sollen auch

Weiße Worte bewirken
In einem werdenden Katzenkopf
In einer Lichtung bei Nacht?
(Weiß sind meines Wissens
Menschenworte doch nimmer, weiß
Nennen sie nur
Den Werwolfmond der ihnen Augen macht
Wenn sie Worte züchten
Worte wie Viren züchten
Miteinander kreuzen,
aufziehen und vermehren,
Kunstworte die zärtlich sind
Die nicht viel Platz einnehmen
Die gehorchend dasitzen
Und dicht beieinander schweigen)
Nicht viel später
Sterben sie
Ohne ein Wort
Zu hinterlassen.

Hier, unter meinesgleichen,
Ist die Nahrung logisch.
Das ist der Grund, warum ich eine Katze bin.

....

Hersilie wusste nicht, wie lange sie geträumt hatte, aber sie wusste, dass sie jetzt träumte, dass sie träumte.
Ein Vorhang, der jenem des Off-Theaters ähnelte, in dem die Sängerin allabendlich auftrat, erschien am Gartentor, das sich unter dem Horizont ins Blaue bog. Die Kulisse öffnete sich, eine weite himmelsgleiche Wölbung nachzeichnend. Proserpina erschien: Sie hatte Hersilie gefunden. Sie war unzugänglich nah. Hinter ihr klaffte ein leerer schwarzer Raum ohne Gegenstände. Sie kreuzte die Arme über die Brust und sah die kleine Freundin an.

Die Sehende sah sich an einem Strand stehen; sie wandte sich noch einmal um, winkte der Schwindenden aus der immer weiter werdenden Ferne zu und schritt zögerlich, von Liebe heimgesucht, vom offenen Meer zurück, das der Morgendämmerung entgegenschien.

....

Die Seejungfrau spricht

                                             Man sagte mir,
                                             das See-
volk sei glücklich.

                                                      All-
morgendlich, ehe
das schwankende Rund
die Gemächer der Tiefe mit Rot übergoss,
entsprang
der tönende Bogen
dem Lächeln der Kälte.
                                                      Ich

war gleich-
gültig. Schwimmen
verdross mich. Dunkel und siech
dünkte mich
des Eisvogels
über dem Felsen
sirrender Ruf. Das Meer glich
dem der Großmutter
zugemessenen Grab.
Ich schloss den Blick, schloss
Türen und Fenster, tat
so als ob. Als ob sie noch lebte. Schloss mich ein.
Zog mich an.
Zog das Kleid an, das sie genäht,
das sie dem Schrein
einst anvertraut hatte.
So glaubte ich.
Ich bat

Hof und Gesinde
um Verzeihung und tat
so als ob. Als ob sie noch lebte.
Als ob ich wie einst
allein wäre mit ihr.
Als ob ich allein wäre mit Glück.
In der Großmutter
samtsmaragdenem Schrein,
dem stummen Vermächtnis vergangener Herrinnen, darin sie einst
Zeichen und Stimme und Zähren
vergossen, verwahrte ich nichts.
Niemand wusste,
wie sie zu den Zähren
gekommen, dem Kleid,
wann und warum.
Ich war
klein, als sie starb.

                                                      Weder Seele

noch Grab
wiegt das Seevolk
auf den Grund.

                                                      Ich

hielt den Schrein den Fluten entgegen,
wenn Sturm war. Türkis-
blauer Samt, ausge-
kleidete Leere
blickte zurück, hohl
von Geheimnis.
Schwertfisch und Barsch
nickte, hielt stand. Auster
verhüllte sich. Starr,
hingegossen,
stieg ich hinauf
stieg zugleich und zuvor
zurück in den Schrein, innig und bang
und fremdlich behütet.
Die Oberfläche
war leer. Ich sah
nichts auf dem Meer, nichts

in dem Schrein, außer Blau. Außer Bogen und Salz.
Keine Zähre. Kein Pfand. Im Mondschein
zerrann meine Fischhaut
zu Asche und Gestein. Die Menschen
sprachen von Traum und von
Täuschung, von Schaum. Ich
war nicht da.
Ich war nicht.
Manchmal zuckte der Schein in der Schwere,
als würde die Tote sich zeigen,
im Schrein,
in der Leere.
Als würde die Tote sich neigen
über die Not und die Kehre.

Sie war
schön gewesen, mächtig und groß.
Ich war
ihr Schoßkind und klein,
als sie starb. An meiner Wiege
stand sie einst, am Tag der Geburt,
schmalgewachsen, mondblau,
der jüngsten Enkelin
Perlen und Lilien und Krone
darbringend, dem Brauch
gemäß, welcher sich jährte.
Sie winkte auf einmal
das Gesinde ab, die staunende Mutter, die Gäste,
beschwichtigte
ohne ein Wort
Haus und Hofmeister,
hob mich aus dem Kissen und wandte sich um. Unversehens
verebbte
des Vaters
zornbebende Braue.
In ihr
erkannte der Hof, erkannte das Volk
die tiefverschleierte Norne,
die wundhaarige Räuberin
wieder, die lange Zeit
fort gewesen,

die Oberfläche gesehen und die Bezirke der Erde
durchwandert hatte. Es hieß,
sie hätte die Töchter des Äthers gekannt, eine von ihnen
geliebt, von ihr
das Wissen
der Wesen
die schwebend sich wissen er-
worben, dieses
sogar zu wissen
traute der Hof,
traute das Volk
der Menschenkundigen zu. Es gab
kein Verneinen. Kein Aufruhr.
Stille und Stummsinn
umfing den Palast und die Menge. Die Sage
schwieg. Die Norne
schritt durch die lärmende Leere
hindurch, durch der Schwestern
hungrigen Blick, durch
der Diener althergebrachtes, schwelendes
Horchen hindurch. Sie schritt
Treppen hinab und hinauf.
In ihren Armen das Kind
lag still. Lag bloß. Sie schloss
sich und mich ein
im eigens verschwiegenen Born,
brach zwei Baumäste
über des Säuglings
lilienumzirkeltes Haupt, verschränkte sie,
legte gebogen sie nieder,
neben den Perlen, die sie
der Neuangekommenen zugedacht,
neben dem Edelsteinschrein, darin sie Wissen
bewahrte. Weltenschwanger
streifte Finger an Finger,
winzig an groß,
Wehe an Geburt. Haupt
zu Haupt, lautlos und bang.
Zwiegespräch von
erstaunend Verharrenden.

Allein uns glaubend
erzählte sie
Zeiten und Zähren. Er-
zählte den Zorn und die Frucht.
Fabulierte und versprach.
Ich lachte. Sie lachte.
Ich schlief und verstand. Widerschein währte allzeit. Sage
schwieg. Sinn
wog den Traum,
bewahrte das Pfand. Ge-
dächtnis war lang.
Ich vergaß und sie sprach.
Von außen drang
kein einziges Wort
ein. Ich
war eingeschlossen. Ich ruhte
im Schrein, darin
sie Zähren bewahrte,
Lichtgrate von Weiß und von Wahn,
von ihr
zu mir, von mir
zu ihr
und zurück. In dem Kleid. In
der Zeit. Ich
hielt den Atem an, den sie gebar. Ich
war klein
als sie starb.

Man holte mich
aus dem Born. Taub
von Berührung
erkannte die zitternde Haut
die Fenster, den Bernstein wieder. Korallen. See-
tang, Schemen von Anschein,
zerrissene Fäden von
Sage. Spiegelflut von Er-
trunkenen. Wahnwitz.
Sie war
nicht mehr da.
Die Schwestern

besänftigten, sangen.
                              Man
sagte mir,
                              das See-
volk sei glücklich.
Dreihundert Sommer
habe die Königinwitwe gelebt, meine Großmutter.
                              Das See-
volk
kennt Sage und Sinn.

                              Die Sage
jährte sich
wieder und wieder.

Nun ruhe sie nicht, nein, und warum
ich auf die Frage
verfiele. Sie ruhe nicht,
sie sei,
sie sei
Meerschaum geworden. Ein fern-
herklingendes Echo
warf Spott auf die Reden, doch sie
hörten nicht auf. Ich
horchte auf, sah
Asche und Gebein an. Der Sand
war bewohnt. Walfisch
besann sich, verschwand.
Barsch und Gesträuch
wandte sich um. Hummer und Auster
umfing plötzlich enger
die Fischhaut, die Finger. Meerschaum zu sein, ein Nahe-
-dem-Himmel, lautlose Naht
zwischen Mund und Gedächtnis,
sengende Frucht,
unmöglich sich fügend
zwischen Sage
und Sinn, zwischen Mangel
und nichts,

Meer-
schaum zu sein und nicht mehr, als ob das
Sein wäre, sagte ich, ver-
missend,
vermissend wie Schwert im Gebein
den Atem, das Wort,
das Antlitz
welches der Kindheit
ungeschützte Bezirke
grundlos gehütet, beständig
ein Beinahe-Nichts, ein Nahe-
-dem-Nichts
zum Sein bewahrend
im Widerschein, ganz
Grund und Gesang.

Sie soll
erloschen, zu
Meerschaum, nicht mehr,
geworden sein,
nach der Sage, dem Sinn. Denn glücklich
sagte die Sage das Seevolk, sich jährend,
seit jeher. Meer-
schaum. Nicht mehr. Im Sand. Ohne Grab.
Die Schwestern waren zu Haus.
Ich senkte das Haupt.
Groß und gedehnt
schwamm das Mondglas im Kreis. Im Spiegel
versank
Fels und Pfad.

....

                                      Das See-
volk sei glücklich.

                                      Allein in den Nächten

hörte ich sie,
und sie sprach. Ich weiß, es ist seltsam, womöglich
hat mich
in barmherziger Laune
ein Alp
wie eine Flagge auf die Oberfläche gehisst,
Hohn an Hohn
dem immerwährenden Donner,
Kindeskind der Verblichenen, Teuren,
irrlichterndes Beinahe-Nichts
über des Himmels
stillschweigender Reue.
Ich weiß, das ist möglich. Allein,
es ereignet sich. Sie
war mächtig gewesen, mächtig
und groß.
Ihre Seele
drang aus dem Born, machte
aus dem Ding,
dem Säugling, dem Beinahe-Nichts,
die Jungfrau, die künftige Norne, möglich,
mondblau. Es stimmt,
was sie sagt. Es er-
eignet sich. Ich
bin mir gewiss. Ich will gehen. Ich will.
Im Gesicht
sah ich sie und ich
sah mich:
nahe bei ihr,
ein Beinahe-Nichts, das stand-
hält und umkehrt. Anschein von Ding,
das zu sein begehrt,
selbstvoll und gering.

Es er-
eignet sich
in den Nächten,
an der Fischhaut, den Fingern,
am enggewobenen Kleid, an dem
nicht schwimmen wollenden Schwanz. Ich tue,
was sie sagt.

Vorher und nachher.
Ich will gehen. Ich will.
Ich bin
gestiftete Beute,
der Seehexe ein Graus. Sie
hat mir Beine versprochen, damit ich endlich verschwinde.
Gebeine, nicht mehr,
sei alles Menschlichen Glanz. Das Wort
sei verbindlich, sagten die Schwestern,
winkten ab und besänftigten, sangen.
Sie haben gut reden. Sie
sind zu Haus. Ihre Sage
macht Sinn. So
scheint es. Die Hexe
will meine Stimme
als Pfand. Mit ihrem Trank im Leib
bekäme ich Beine, wenn ich an Land ginge, wenn ich
unterschriebe. Nach Sage und Sinn.
Wenn auch
das seltsam erscheine: Den Menschen
erschiene ich
wie eine der Ihrigen, ganz
Haut und Gebein. Nicht mehr. Sie sind
ohnehin
immerzu
schwindender Anhauch von Anfang, An-
traum von nichts.
So sagte die Hexe.
Ich nickte und verschwand.
Ich täuschte sie, war
listig, war
kalt. Tauschte im Traum
Ding für Ding,
groß für gering.
Die Gehilfin verband
mir das Gesicht. Ich
unterschrieb. Ich glaubte der Ahnin.
Gierig streckte die See-
hexe den Finger aus, trachtete
mir nach dem Leib,

nach dem Sang.
Doch es gelang
ihr der Raub nicht. Meerschaum verging.
Täuschung misslang.
Mächtig und möglich
drang die andere Hand
aus dem Born empor,
die Tochter der Luft,
die Hand, die mich wollte,
die Hand, nach der ich
vergebens gestrebt,
sie fand mich,
fand mich wie einst
in der Stille der Wiege,
fand mich wie einst
im Vermächtnis der Tage. Fand
salzweiß das Geschmeide
wieder, das sie vor Zeiten im Born,
im Wahn geboren hatte, aus Zähren,
aus Zorn. Hielt mich wie einst
verschlossen im Schrein, verschlossen
im Schein. Wissend und weiß
hielt die Norne, verhüllt,
die Täuschung im Griff,
würgte sie,
wieder und wieder,
warf sie zurück,
zurück in das Meer, in den Sand.

Als Haut und Gebein, nicht mehr,
kam ich
an Land. Es war Abend. War
spät. Meerschaum verging. Am Ufer
der Ruf der Eule erklang. Walfisch versank.
Beim Fels, am singenden Grabe,
wartete sie, im Torbogen
aus Kälte und Gischt. Sie war
hell. Ich
war da, winzig
im Mondschein, im Meer, möglich
und klein.

Sie war
mächtig und wahr. Groß im Gesang.
Im Anschein von nichts.
Ihr Anblick
war Glück.

Meerschaum verging. Allein
sie sang. Sie
sang
und sie sah. Sah mich an. Täuschung
misslang. Sie war da.
Sie war.

....

....

....

....

Im Zug häuften sich die Beschwerden. Die Türen gingen nicht zu, die Beleuchtung in den Abteilen ging auf unvorhersehbare Weise an und aus. Die Schaffner liefen hektisch durch die Räume und versuchten, die Fahrgäste zu beruhigen.
Die Adoptivmutter beobachtete, wie sich der Klang eines heraufziehenden Sturmwinds über die Landschaft legte. Ein Passagier, der sich verirrt hatte und lange durch die Wagen hin und her gegangen war, öffnete die Schiebetür und fragte, ob ein Platz frei sei. Proserpina sah zu ihm auf und bejahte. Er setzte sich ihr gegenüber.

Als der Zug stillstand, hatte Hygina den Turm erreicht. Die Irrlichter schwebten heran. Sie zog an der Klingelschnur und hieß die Gefangenen stillsitzen.
„Ist noch jemand unten?"
„Nein", versicherte der Truppenführer, der niemand anders als der Gefährte des Rufus, der Waldkauz, war. Er hatte sich an den Anfang der Stange gesetzt, neben Hygina, und als einziger in dem allgemeinen Tumult sich nicht bewegt und den Platz nicht gewechselt. Rufus war nicht von seiner Seite gewichen.
„Ziehen die Unwetter heran?"
„Jawohl!", antworteten alle im Chor.
„Schläft die Sängerin fest?"
„Sie schläft, aber ich kann mir kein Bild von ihren Gesichten machen", sagte Gufus.
„Nicht?"
„Die Tür ist verschlossen. Sie muss über einen zusätzlichen Ausgang verfügen."
Der Chor ließ einen Entrüstungsseufzer durch den Turm ertönen.
„Lassen wir so stehen", sagte das Raubtier nach einer Pause, „Der Zeitplan geht vor: Ihr nehmt Platz auf der Kuppel und lasst die Schaukeln schwingen, bis die Farbe wechselt. Ihr dürft auf keinen Fall den Realen Satz aussprechen!"
Es wandte sich dem Waldkauz zu und übergab ihm die seidene Klingelschnur:
„Du wirst den Rhythmus bestimmen: Warte auf meinen Befehl."
„Jawohl!", antwortete Gufus und gab einen durchdringenden

Laut von sich, der die gesamte Halle erfüllte:
„Res! Res! Res![30]"
Hygina blickte zurück, um sich zu vergewissern, dass niemand fehlte, dann verließ sie den Raum und machte die Tür hinter sich zu.

Der Meeresboden erbebte. Die Doppelfische hatten ihre Wanderungen ausgesetzt.
Die Kinder bekamen nichts mit und spielten Verkleidungen, den Einflüsterungen des Zauberers und seiner Gehilfin Trotz bietend. Der Berg spie sein jahrtausendealtes Leben von sich. Auf der Erde verrichtete Gevatter Tod seine Arbeit mit Gründlichkeit. Doch die Sterblichen waren nicht geneigt, Bedeutungen zu empfangen und konnten sich alles anders erklären.
Eine Sturmwarnung wurde im Fernsehen durchgegeben. Sektenprediger verkündeten allerorten das Herannahen des Weltuntergangs und nahmen unzählige Leibseelen mit leeren Verlockungen, unverfänglichen Drohungen und wohlfeilen Versprechen gefangen. Das fallende Herbstlaub klammerte sich mit Menschenhänden an Fenster und Türschwellen; Katzen und Weber-Vögel witterten überall das Unheil und versuchten, das für sie Klare den Vernunftbegabten zu zeigen. Doch einzig die Kinder fühlten die Erschütterungen in den Eingeweiden des Berges, der zu kreißen begann und Tag für Tag Lava und Feuer zur Erde heraufsandte.
Keiner der Zuständigen war in der Lage, eine gültige Exegese zu leisten.
Derweil hatte der Zauberer seinen Brei fertig gerührt und gab ihn, da die Kinder nicht willig waren, den Irrlichtern zu essen, die ihn jedoch ausspuckten. Daraufhin setzte er sich hoch oben auf die Turmspitze, befahl Mandragora zu sich herein und hieß sie alle Schmuggler ausfindig machen und die erbeutete Ware unter die Erde bringen.

Die Handlung der Zwillinge hatte den Zug zur Umkehr gebracht. Hygina war vom Fenstersims gesprungen, und Hersilie hatte angefangen, luzide zu träumen. Der Junge war wieder ein Mädchen geworden und das Mädchen ein Junge. Die Geschäftsreisende hatte die Zeitlupe abgesetzt. Der Wanderer war den

---

30   Lat. „Sache".

Weg zu Ende gegangen. Die Kuppel hatte sich im Uhrzeigersinn gedreht und eine andere Farbe als die vom Hexer gewünschte angenommen.
Die große Waldeiche entband eine Vielzahl von Lichtern, die alle gleichzeitig ausschwärmten. Die Windrose blätterte mehrmals das Buch der Fahrenden Zunft um, was die Elfenwesen, welche seit jeher die Lichtung bewohnten, in großes Erstaunen versetzte.
Der Wandelmond empfing schweigend den Ruf.
Der Weizen verweigerte sich dem Wachstum und zog sich ins Herz der Blauen Blume zurück. Lucidor konnte trotz Beistand der Strahlhexe keine einzige Ähre herstellen.

....

Als das Unwetter ausbrach, kam die Sängerin aus dem Theater zurück. Sie fröstelte. Sie schloss die Fensterläden und verriegelte die Wohnungstür. Sie knipste die verborgene Lampe an, nahm die Perlenkette ab und legte sich schlafen, während der erwachte Feuerberg das Haus aus den Fundamenten hob und wie eine Vogelfeder durch die Luft wirbeln ließ. Das unterirdische Meer war hervorgebrochen und hatte Straßen und Brücken überschwemmt. Der Ausnahmezustand wurde über die Stadt verhängt. Die Schmerzensaugen der Kathedrale sahen aus den gärenden Pfützen hervor. Hersiliens Unterschlupf verwandelte sich in eine Nuss-Schale und fiel mit sanftem Aufprall auf die Erde zurück.
Die Sängerin fuhr zu singen fort.
Die ehemals Gefangenen formten sich zu Buchstaben um und umzingelten die gemachten Objekte, die in der Kuppel irrlichterten. Hygina breitete ein Stoffband über sie aus und begann, ihnen das Lied vorzusingen:
„Such trying times,
Such trying times!"
Ein kurzes Innehalten folgte, dann stimmte der Nachtvogel ein:
„If only we could find
The reason for the rhymes!"

Der Chor erinnerte sich und wiederholte den Refrain. Rufus nahm den gravitätischen Waldkauz auf den Mittelfinger und übernahm das Amt des Chorführers.
Aus der Ferne war ebenfalls Hersiliens Lied, von Marlene freundschaftlich zur Verfügung gestellt, zu hören:
„Such trying times,
Such trying times!
Why do we live
In such exasperating times!
If only we could find
The reason for the rhymes!"

....

Der Berg machte einen Kopfstand, stellte das Feuer ein und gebar der Erde das Meer.
An der Aral Tankstelle wurde die Wanduhr auf Sommerzeit umgestellt. Der menschliche Gehilfe reinigte die Gläser und schrubbte den Fußboden. Die Reisenden im amerikanischen Cabriolet checkten aus dem Motel aus und gaben dem Pförtner ein Trinkgeld. Die Transsibirische Eisenbahn erreichte die Stadt Peking.
Lucidor, der Golem-Macher, stieß einen Fluch aus, verbrannte sich die Zunge und stürzte sich in den neugeborenen Abgrund. Mandragora und die Strahlhexe gingen ihm nach.
Der Ausnahmezustand wurde von den Behörden der Stadt am folgenden Morgen aufgehoben. Die entführten Findelkinder waren zurückgekommen. Sie waren unversehrt und wohlauf. Die Berliner Polizei ließ nichts über die stattgefundenen Ermittlungen verlauten.
Hersilie träumte von einer Person, über die hinaus man nicht besser singen kann.
Sie hörte ihr lange Zeit zu. Dann erschien eine weiße Fläche, auf die sich die Hand der Freundin legte.
Sie sah, dass sie ihr ähnlich war. Nicht ähnlich.
Sie sah, dass die Unähnlichkeit die Ähnlichkeit übertraf.

Sie betrat die geöffnete Hand. Im Weißen erschien schwarze Tinte.
Jemand buchstabierte Hersiliens unbekannten Namen.

....

Zu diesem Text gehören die Photographien im Ordner „Bilder für Ähre"

Photographien im Ordner „Bilder für Ähre"

Sie waren entführt worden

„Switch", sagte Mandragora

Chor der Gefangenen

Der Blick des Nachtvogels

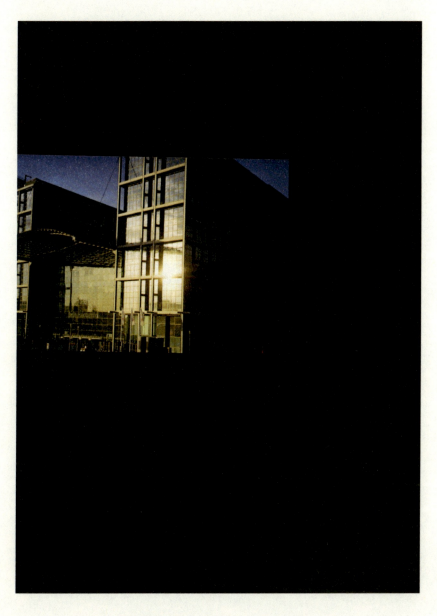

Der Sprung vom Fenstersims

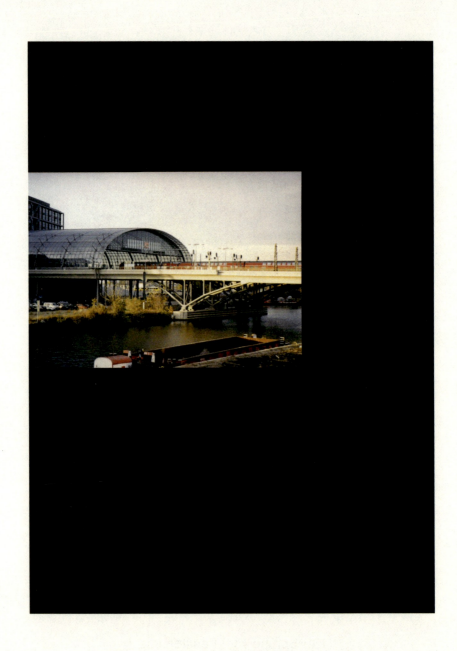

Der Zug fährt ein

Der Wanderers wundersamer Weg

Die Ähre der Proserpina

Geschäftsreisende

Gufus verharrt unbeweglich

Hersilie

Hersiliens Schmuggler

Hygina

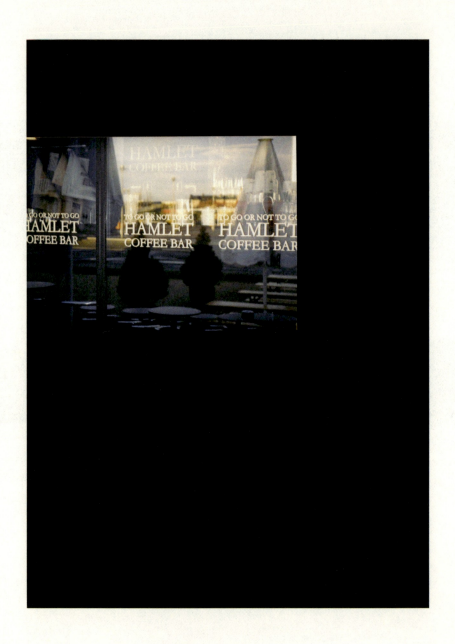

Lucidor, der Alte vom Berg

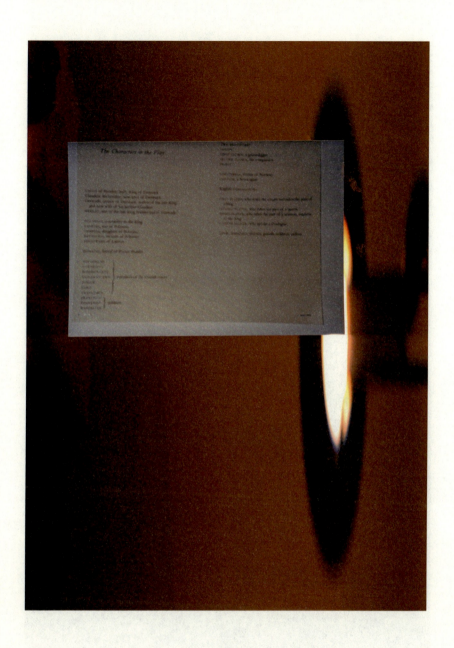

Plot

Rasch, mein Kind

Sie waren vertauscht worden

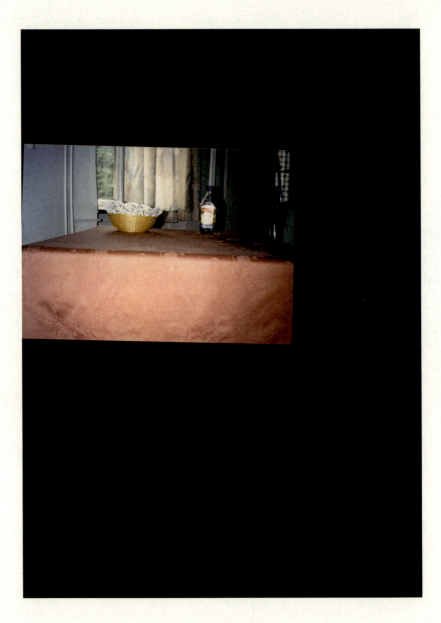

Unterirdische Küche

Widerspenstig

17) Dolores und Fiammetta

Ein pränatales Märchen

„Eine Ewigkeit ohne Liebe ist die Hölle, auch wenn einem sonst nichts geschieht. Das Heil des Menschen besteht im Geliebtwerden von Gott. Aber auf Liebe gibt es keinen Rechtsanspruch, auch nicht aufgrund moralischer oder sonstiger Vorzüge. Liebe ist wesentlich ein freier Akt, oder sie ist nicht sie selbst."

Joseph Ratzinger, 1958[31]

---

31 Aus dem Aufsatz „Die neuen Heiden und die Kirche", in: „Hochland", Oktober 1958, S. 4 – 11.

Niemand wusste, wer das arme, zerlumpte Mädchen war, das immer ein Halstuch trug und so anwesend und seelenvoll dreinblickte. Sie mochte fünfzehn Jahre alt sein und lebte allein in einer zerfallenden Hütte, in einer Lichtung, die sich in der tiefsten Tiefe des Waldes befand. Sie ging an den Markttagen hinaus, spielte mit den anderen Kindern zusammen, kaufte Lebensmittel ein und kehrte des Abends in ihr filigranes Heim zurück. Unter den Trümmern vergangener Vorkommnisse, die sie ihres glücklichen Daseins beraubt hatten, lag Dolores heil und unversehrt, wie am Tage ihrer Geburt. Der Geist der Erzählung hat ein kleines Gedicht überliefert, das trotz der Wirren der Jahrhunderte in den Handschriften und Inkunabeln der Menschen in italienischer Sprache auf uns gekommen ist:

....

Aus den „Juvenilia" von Dolores, der Zwillingin,
auf den achtzehnten August 1979 datiert:

Pioggia estiva

Nel cielo grigio guizzano lampi, s' odono scoppi
e vento e pioggia scuotono i teneri abeti e i pioppi.
Tutto é bagnato, Natura é in fermento:
ecco, d' improvviso, uno scroscio piú violento,
poi una breve calma
e sembra ricomporsi una piccola palma.

La volta é cupa,
s' ode un unico suono:
é il rumore di un tuono,
mentre fulminea una saetta
appare, corre, s' abbatte su una vetta.

In un angolo sperduto del giardino,
accanto a un fiore giallo,
una statua si erge sul piedistallo:
sembra una fanciulla,
la piega della veste é quasi vera,
la bocca pare schiudersi in un canto di culla,
mentre giunge la sera;
ed ecco, la Luna
scioglie le sue lacrime con l' argenteo tremore
e presto il padre Sole
di nuovo la pietra desterá alla vita, con il suo calore.

....

Das in seiner Kleinheit vollkommene Glück des Waisenkindes sollte nicht lange währen: Dolores war bei der Geburt von der Hexe Ensivia verflucht worden, die dem Gottseibeiuns den Fang dieser Seele versprochen hatte. Ensivia wusste, dass des Teufels Hunger unstillbar ist, denn er hatte ihn beim Paktabschluss auf sie übertragen. Seitdem zog die krummnäsige Hexe, die einstmals selbst Mutter eines Mädchens gewesen war, durch Wälder, Dörfer und Städte und hielt nach Seelen Ausschau, vornehmlich nach Kinderseelen, die sie in ihren und ihres Meisters Besitz bringen könnte. Sie hatte dafür gesorgt, dass Dolores arm und allein war; sie hatte gehofft, das würde sie dazu bringen, sich dem Teufel zu verschreiben, doch sie war enttäuscht worden.
Ensivia ließ sich etwas anderes einfallen, um ihren schwachen Willen zu bekommen.
Die Sache verhielt sich so:
Als Dolores geboren wurde, fügte es sich, dass auch Ensivias

Tochter, deren Vater plötzlich gestorben war, zur Welt kam. Sie kam aber als Totgeburt auf die Welt, weil Gott sich ihrer erbarmt hatte.

Wohlgesonnener Leser, bitte halten Sie einen Augenblick inne, wenn Ihnen dieses Schicksal boshaft erscheint; manche Dinge sind schlicht und ergreifend anders, als es den Anschein hat. Das Mädchen, das namenlos bei der Geburt starb, hatte, wie alle Neugeborenen, einen langen, beschwerlichen und gefahrenvollen Sternenweg hinter sich, denn alle Kinder, die empfangen werden, müssen die Konstellation ihrer Geburtsstunde bis zum Ende durchwandern, sonst sterben sie, ehe sie das Licht der Sonne erblicken.

(Geneigter Leser, der Geist der Erzählung befasst sich hier ausschließlich mit den *natürlichen* Todesursachen, nicht mit den Tötungen *von Menschenhand*, als da sind die Abtreibungen, oder mit etwaigen „Unfällen" bei der künstlichen Embryonenerzeugung. Selbstverständlich kann ein Vernunftwesen einsehen, dass jedes Kind, das empfangen wird, auch zur Geburt bestimmt ist. Der Einzige, der das entscheidet, ist Gott, der Schöpfer des Himmels und der Erde. Wer Atheist oder Agnostiker ist, aber guten Willens, wird ohne lange zu überlegen zu dem Schluss kommen, dass er nicht über anderer Menschen Leben und Sterben zu gebieten hat: Das ist das Minimum an Höflichkeit, das man schuldet.)

Im Geist der werdenden Personen, die noch unterwegs sind, ist die Erde von Verwirrung zerwühlt, und sie wissen nicht mehr, was sie vor dem Aufbruch, vor dem geheimnisvollen Beginn der Reise, versprochen und gewollt haben. Sie müssen gewissermaßen aus einer unermesslichen Höhe herab in einen Ozean springen, der stürmisch, unwirtlich und voller Abgründe ist. Sie wissen zwar, dass sie versprochen haben, durchzukommen: Das Holz ihres kleinen Hauses ist durch Gottes Kuss gesegnet und befähigt, standzuhalten und keinen Schiffbruch zu erleiden. Sie haben sich in einem Sinn, der verborgen bleibt, ihre Eltern ausgesucht, weil diese zu jenem Zeitpunkt, unter jener Konstellation und unter Betrachtung der gesamten Schöpfung der einzige schmale Pfad waren, der hinüberführen konnte; nur so konnten sie hindurchgehen, wenn der dreieinige Gott das Meer teilen und sie bis zum Schluss bewahren sollte.

Jesus Christus stehe uns bei, denn wir haben es nötig, wenn die Liebe der Kinder zu ihren Eltern sich nur so zu helfen weiß.

Eine Liebe tut not, die, unerwidert, dennoch nicht erlischt.
Eine Liebe, die *perseverantia* kennt.
Eine Liebe gegen alle Widerstände.

....

Invocazione

Non dei teneri volti trasparenti,
non della nube dei sogni,
non del candore di occhi innocenti
non del dolore dell'anima
ebbero pietá; della nera indifferenza,
nella fonda tenebra oscura,
chiara é la lugubre parvenza.

Manda, o Signore, con la tua Virtú,
nel piatto mare del dolore,
ad indicare il tuo infinito Amore,
dell' immensa Armonia piccolo suono,
l' angelo del Perdono.

....

Die Leibseelen werden nicht ungefragt und ungeschützt auf die Reise geschickt: Jesus Christus, unser Herr, ist höflich und gütig, Er handelt nicht ohne unsere Einwilligung. Er hat mit uns einen Liebesplan, und wir können zu dem Zeitpunkt, da wir noch kein

Gesicht haben, zum Leben, das uns bevorsteht, unsere Zustimmung geben oder verweigern.
Letzteres heißt, dass wir im Zwischenreich verbleiben und keine völlig reale Existenz annehmen. Dass wir unsere Aufgabe nicht oder zumindest nicht im vorgesehenen Umfang erfüllen können. Wenn nun eine werdende Person, die noch ganz ungeboren und gleichsam in embryonaler Krümmung hinter Gottes Stirn verborgen liegt, ohne genau zu wissen, was Er mit ihr vorhat, dennoch so freudenvoll die kleine Flamme, die ihr gegeben ist, in sich beständig nähren und zur vollen Entfaltung bringen will, dann stimmt sie zu und betritt das zerbrechliche Boot, das sie über die Sternenmeere hinweg ans Land tragen soll, das ihr verheißen ist. Sie ist voller Zuversicht, weil das Schiff getauft ist und nicht zerstört werden kann, solange sie ihr Versprechen hält. Das ersehnte Heim, in dem sie Gott und seine Engel wird anschauen können, lohnt das Elend, die Schrecknisse, die Verbitterung der Überfahrt tausendfach, das ist ihr, während sie wartet, so gewiss, dass alles andere dagegen verblasst. Sie vergisst gewissermaßen, was sie noch nicht weiß, und blickt mit ihrem eingefalteten Lichtlein durch einen jenseitigen Nebel hindurch auf den Ort voraus, den Gott in Seinem Reich für sie vorgesehen hat.
Jesus Christus, in Seiner Langmut und Barmherzigkeit, kennt die Schmerzen des Erdendaseins, die Er selbst für uns am Kreuz durchlitten hat; nach unserer Geburt fragt Er uns noch einmal, im Sakrament der Taufe, ob wir nun, nach der Mühsal der Geburt, auch die Bürde der leiblichen Existenz auf uns nehmen wollen. Er erneuert Sein Versprechen, als sich für die neuerkorene Person herausstellt, dass das Ende der Sternenreise der Anfang eines langen Pilgerweges ist, auf einer Erde, die ihr wie eine fremde, feindliche Wüste entgegenblickt, voll von Missgunst und Heimtücke. In der Taufe erneuern auch wir unser Ja zur Existenz, die nunmehr zu einem Dasein in Gottes Hand geworden ist.
Ensivia, die ohnmächtige Hexe mit dem hüftlangen Haar, hatte sich mit einem Mann vermählt, der kurz vor der Geburt des Mädchens plötzlich gestorben war; er hatte gemerkt, was es für Folgen hat, eine Verbündete des Widersachers zu ehelichen. Durch den Selbstmord (der jedoch womöglich ein heimtückischer Mord, von seiner Ehefrau begangen, gewesen war) hatte er das Höllentor für seine Tochter soweit geöffnet, dass die Mutterschaft einer Teufelssklavin nur noch das Ihrige zu tun brauchte, um die

Verdammnis für das Mädchen, das namenlos blieb, unausweichlich zu machen.

Doch Gottes Wege sind nicht unsere Wege, denn Er ist gerecht und barmherzig: Er fragte die kleine Fiammetta nach ihrem Willen. Wollte sie existieren, wenn es vor dem Schicksal kein Entrinnen gab? Wollte sie die Fliege im Wasserglas sein, die nicht weiß, wie sie hereingekommen ist und wie sie wieder herauskann? War es ihr Wunsch, das passive Instrument von Satan, dem gefallenen Engel, zu werden? Wollte sie existieren, um ohne zu leben eine Schuld auf sich zu laden, die nicht würde vergeben werden können?

Fiammetta liebte Gott und ließ von der Reise ab, die nicht ans Ziel geführt und in der ewigen Verwerfung ihr Ende gefunden hätte. Sie zog sich hinter der Stirn des allmächtigen Schöpfers zurück und bat noch, es möge an ihrer Statt das Mädchen Dolores geboren werden, das keine Last tragen musste, die größer war als es selbst, größer, als ein Mädchen jemals sein kann.

So geschah es, dass das namenlose Kind klinisch tot den Schoß der Hexe verließ und dass Fiammetta und Dolores zur selben Stunde geboren (nicht im zeitlichen Sinne, sondern insgesamt) und in der Liebe Christi zu Zwillingen wurden, obgleich sie von unterschiedlichen Eltern und an unterschiedlichen Orten zur Welt kamen. Das erzürnte die Frau, die um ein Haar eine Magierin geworden wäre, in höchstem Maße, denn sie hatte nun den größten Coup, den sie ihrem Meister versprochen hatte, gewissermaßen mit eigener Hand vereitelt: Sie verfluchte die Lebendgeborene, schwor ihr immerwährende Feindschaft und nahm sich fest vor, sich wenigstens diesen Fang nicht entgehen zu lassen, denn sie konnte der Angst vor dem malignen Geschöpf, das sie zu ihrem Herrn gemacht hatte, nicht entfliehen.

Fiammetta aber kehrte ins Zwischenreich zurück und bat inständig Maria, den Stern der Meere, den Stern der Hoffnung, den kleinen Holzkahn von Dolores, ihrer Zwillingin, auf der Fahrt zu behüten, zu führen und bis zum Ende unversehrt zu bewahren.

....

An den verwundeten Vogel

Verwundeter Vogel, verzeih nicht,
kehre dem Hafen
den Rücken zu. Nicht Freund
war er dir. Er fordert Verlassen.

Gelb, einäugig
singt der Flutmond die Totenmesse
für einen schmachvoll Gehängten.

Der Gottesvogel
verzieht keine Miene, thront
über Sünde und Flut
über Asche und Blut

Verwundeter Vogel, kleide dich an, es ist Zeit.
Fühlst du
den blutenden Fittich nicht, das erblindete Fleisch?
Zittrig, zerlegt
wirft der Spiegel Blicke dir zu. Bilder der Ferne,
die sich in den Scherben gefangen. Er kennt
die Geschichten, die rückwärtsziehenden, kennt
auch die deine, hungrig
verschlingt der reglose Strahl
das Gedächtnis, geronnen.

Halte den Spiegel unter dem Herzen. Mählich
erinnert er sich, erzählt vom lange währenden Winter
und von der Ammenfrau märenverbogenem Mund.

War es Traum? War es Treibsand
aus der Kindheit fiebergeborenen,
innig verheißenen Landstrichen?
Gab es eine Landschaft
jenseits des Meeres,
jenseits der Einfriedungen welche den Anblick

verbargen,
den Augenaufschlag des Abgrunds,
des sternenverbrämten?

Vergebung
ist erschwinglich geworden.
Das stummgewobene Glas
färbt sich um, verbindet
den Fittich, den wunden. Stahlgrün
gähnt die Schlucht dir entgegen. Du
siehst sie von oben.
Sie gärt wie der Fittich, der fiebernde, rote.
Du fliegst.

Du fliegst über dem Abgrund. Dagegen
kann er nicht an. Unwillig
färbt er sich blutstropfen,
wellenschlagend, auf Schaumkronen
tragend im Spiegel der Gärung die winzigroten Rubine,
rund, unversehrt,
der Großen Fremden zu, der Gleichgültigen,
welche sich turmgleich, hafenlos,
jenseits der Flut, jenseits des hungrigen Strahles erhebt.

Es ist eben Abend. Und Herbst. In der Stadt
geht das Waisenhaustor zeitig zu. Rührig
reibt sich die Köchin die Hände, die mehlbestäubten,
ab an der geräumigen Schürze. Es ist Zeit zu ruhen.
In unbehelligten Stuben
schlafen die Kinder. Nur eines
bleibt vor dem Tor stehn und wirft
ein Streichholz, ein vom langen Sprechen zerriebenes,
auf den Pflasterstein, der zu wohlmeinend
um sich abzuwenden
sichtlich und sittsam
die Augen niederschlägt und versteht.

Ja, meint der gesprächige Spiegel und lenkt dich so ab
von den gefährlichen Strömen, den Fallstricken der Fahrt,
den haltlosen Gassen welche die Tiefe aufteilen
in Mulden, Mäandern,

wenn auch
weit unter dir,
das war es, was du gesehen,
das erzählte die Amme an den Fieberabenden,
saß am Kamin,
strickte und sprach von dem Waisenkind welches
weit weg lebte, mit vielen anderen Waisen,
in der Großen Stadt, wie sie sagte, der Fremden,
jenseits des Meeres.
Du starrtest ungläubig, wusstest du doch,
dass das Vogelgeschlecht keine Kunde
von Menschen erhält, seit Menschengedenken.

Wusstest du es?

Die alte Vögelin legte die Haube ab,
die weißleinene, luftige, hob dich in den Schoß
und sang dich in die Fremde, dass du sie sahst, die
kopfsteingepflasterten Straßen, die Lampionslichter,
die zittrigen, die
von den Routen
der heimkehrenden Zugvögel sprachen,
von Landstrichen wo Fern'
in die Ferne sich biegt, stahlblau, im Gleichschritt
vorhergesehener Schwärme, und wie sie am Ende der Fahrt
die Große Turmgleiche erkannt,
die Asphaltgeborene. Erkannt
am Pulsschlag erstaun-
licher Vorhänge. An den heimsuchenden Dächern. An
den mittäglichen Elstern. An den gleichgeschnittenen
Menschengesichtern die unaufhörlich verwehten.
Verwehen unter dem Antlitz eines verständigen Mondes,
vergessene Anblicke hinter und neben sich lassend,
verständliches Reden, Handschuhe,
einen Wintermantel, bleierne Pfunde
von Leid, unvergolten und stimmig.

Im Schoße der Großen, Gleichgültigen,
gedeihen Falschmünzer und Diebe.
Du nimm dich in Acht,

verwundeter Vogel, weiblicher,
blutflüssiger. Verschmähe
die findigen Augen. Halte
die Flamme aufrecht.
Aber verlasse
den Brunnen nicht, da du zum ersten Mal
Linderung fandst von den Schmerzen der Überfahrt,
da der Gottesvogel, der keine Miene verzieht,
Obdach und Zuflucht dir bot unter dem allzuverständigen
Antlitz des Mondes. Seitdem
bist du heimisch mit ihm, meidest nicht seinen
zerdenklichen Umgang, obgleich du öfter vergehst,
vor Leere vergehst, wenn er fernbleibt
(das tut er zuweilen). Aber die Große,
Gleichgültige, geht
Arm in Arm
mit dem Atem der Alpdrücke, mit den Knechtlied-Kleinodien.
Du trinkst
in den Sturmnächten von ihrem Brunnen. Du bist
ihre Verbündete. In Stunden die wiederkehren
misstraut sie den Bürgern, setzt sich zu dir,
hebt an zu erzählen,
von den Dieben, den Falschmünzern, und dass sie alle
gegen den schmachvoll Gehängten Kriege geführt, liebesblind.

Du horchst auf, wissbegierig.
Du hast nichts gewusst, ehe sie
da war. Ehe du in ihr aufgingst.
Was für Falschmünzer das waren, für Diebe,
wie es geschehen, dass sie herkamen und blieben, wie sie sich
mit ihnen verbündet und wie das Königskind
gelangte ins Waisenhaus, vor langer Zeit,
krank, hungernd, mit wunden Händen und einem schmalen
goldenen Umhang um den
frostumfangenen Hals, nächtlich, allein.

Der Gehängte habe es verfolgt, es töten wollen,
sagt die Gleichgültige, blickt in die Ferne und weint; sie ergreift
deine Hand, als bräuchte sie deinen Flügel als Stütze, als könnte sie,
die dich hinübergetragen, nicht fliegen. Als wollte sie
sicher gehen, dass er auch wirklich gehängt.

Du gehst mit ihr und zeigst ihr den Hafen. Zeigst ihr den Baum
und den Strick. Das gottverlassene Ufer. Und dass er noch hängt
und nicht fort kann.
Sie birgt dich unter dem Flügel und reißt dich mit sich fort, zurück
zu dem Brunnen, zurück in den Turm. Hängt die Rubine
dir um den Hals. Und berührt
dem asphaltenen Monde zum Trotz
deinen Mund.

....

An einem Tag, an dem die Sonne nur zaghaft durch die dichten Tannenzweige hindurch hervorblickte, die Dolores' Lichtung umstanden, bahnte sich Ensivia einen Weg durch das Dunkel und besah neugierig die Hütte, in der die Waise Zuflucht gefunden hatte.
Hier verbringt sie also ihr Leben, nuschelte die Krummnäsige in sich hinein und kicherte: Ich werde dieses Heim in Besitz nehmen, und ihr wird nichts anderes übrigbleiben, als mich um Hilfe zu bitten. Sie fasste die Tür mit der linken Hand an, betrat einen magischen Spruch murmelnd den Raum und verwünschte alle Gegenstände, die sich darin befanden: die Möbel, die Kleidung, die Bücher, die Lebensmittel. Das kleine Haus wurde zu einem steinernen Museum, das man betrachten und bestaunen mochte, in dem es aber unmöglich war, zu leben. Der Geburtsfluch verschaffte der Hexe Zugang zu allem, was Dolores gehörte: aber um ihre Seele zu beherrschen, brauchte sie ihre Zustimmung.
Als Dolores nun an diesem trüben Tag vom Marktplatz zurückkam, fand sie ihre Wohnung in ein Steinhaus verwandelt vor. Die Hexe hockte ungesehen hinter einem Busch und sah zu, wie verzweifelt die Heimkehrende die Wände und all ihre verwunschenen Habseligkeiten anstarrte, berührte, gegeneinander abklopfte und rieb, in der Hoffnung, es sei alles nur ein böser Traum und sie würden sich, wenn sie erwachte, wieder zurückverwandeln.

Plötzlich brach ein lautes Miauen die betäubende Stille, welche die Waldlichtung erfüllte, und Hygina, die Katze der jungen Einsiedlerin, trat hervor. Zum Zeitpunkt der Verwünschung war sie auf Wanderschaft gewesen; jetzt sprang sie ihrer Herrin entgegen, die sie freudvoll und dankbar umarmte und liebkoste. Hygina war gerettet: Dolores konnte es kaum fassen, und sie weinte vor Glück, ihren Liebling von der schwarzen Magie verschont zu sehen. Da donnerte und krachte es; Blitze leuchteten am Himmel auf, und Regenschauer fielen auf die Erde herab. Die Hexe kam aus ihrem Versteck hervor, der wie ein Dornbusch aussah, und schritt langsam auf Dolores zu; von diesem Anblick entsetzt, blieb die Heimgekehrte wie angewurzelt stehen und konnte sich nicht bewegen.
„Guten Tag, Liebes! Was ist denn passiert? Warum heulst du so bitterlich?"
„Ich .... nein, ich ......Mein Haus ist ein Stein geworden."
„Ein Stein? Interessante Wortwahl..... Ein bedauerliches Missgeschick, eine wirklich unglückliche Situation .... Aber ich könnte dir da heraushelfen, Liebes!"
Die Regenströme wurden heftiger und heftiger, Hagel prasselte auf die Erde herunter, und Dolores ging, Hygina im Arm, in den überdachten Hof, der ihren Kräutergarten beherbergte. Ensivia folgte ihr auf dem Fuß.
„Möchten Sie hereinkommen?", fragte das Mädchen die Hexe, mit der Hand auf das Haus zeigend.
„Gerne, mein Kind!"
Aber Hygina sprang herunter, stellte sich vor die Tür und bäumte sich vor Ensivia auf, die eintreten wollte; doch das kleine Katzenwesen machte Anstalten, sie totzukratzen, falls sie die Schwelle der Hütte überschreiten würde.
„Macht nichts, Liebes, macht nichts!", flötete die Hexe dünnstimmig. „Hör zu: Ich kann deine Habseligkeiten retten, wenn du mir den Karfunkelstein bringst, der unter dem Herzen des Golems schläft!"
Hygina war im Begriff, laut brüllend die Hexe anzuspringen; Dolores musste sie mit aller Kraft zurückhalten.
„Wo ... wo lebt der Golem?", fragte sie zögernd.
Ensivias Augen verengten sich, und sie streckte den langen, dürren Arm der Fünfzehnjährigen entgegen:
„Hinter den sieben Schleiern deiner Seele, mein Kind!"
Dolores strich besänftigend über den Kopf der Katze und sagte:

„Ich ... ich bin katholisch. Ich glaube nicht an die Mystik der Seele."
Die Kreatur mit dem hüftlangen Haar wich einen Schritt zurück und ließ den Arm fallen:
„Dann wirst du dein Haus nie zurückbekommen! Ich aber werde dich selbst in Stein verwandeln, damit du erfährst, was *meine* Seelenmystik vermag!"
Gesagt, getan: Hexen scherzen nicht. Dolores erstarrte auf der Stelle zu Stein; Hygina sprang zur Seite, und Ensivia brach in lautstarkes Lachen aus, beugte sich hinunter und klopfte der Jägerin kumpelhaft auf den Rücken:
„Nicht wahr, Mäuschen, so ist' s brav! So ist' s brav!"
Diesmal war niemand da, Hygina zu beschwichtigen: Sie fauchte unerbittlich und streckte blitzschnell die rechte Vordertatze aus, doch die Hexe wandte einen Zaubertrick an und entschwebte sogleich in einer Rauchwolke. Der Boden bebte, die Statue schwankte, und die Katze verschwand im Gefängnis, das einstmals das Heim ihrer Herrin gewesen war.

....

Wachtfeuerlied

„*(...) Et salvatus est sanguis innoxius in die illa.*" (Dtn 13, 12)

Seit wann, fragte die Mondin erquickt,
essen Engel
Mohnbrot im Ballsaal des Teufels?
Im Krater, dem ubiquitären, *Subrisio* genannt,
erwachte Hippogryphus
aus staunlichen Mären und wandte

das überstandne Gesicht der Elbenfrau zu:
Sie lauschte der Kunde.

....

Die Wüste war eine Hexe
aus Mnemosynens Geschlecht.
Vollmundig besetzte
Golem die Anmutung von Ascherde im Nein.
Am unaufhörlichen Hafen ging,
von Larven überfließend und von
unüberwindlichem Heil,
Alraune, das Schiff, vor Anker.
An Deck, unter Tanztönen,
verdreht unsichtbar die Meerräbin
die Route, betrunken machend
den Mann am Steuer,
den unverfüglichen Gentleman
mit dem Lippenbart und dem Pferdeprofil:
Sind sie alle tot?
Sind es Lemuren, die in des Mondes
langwierig weißender Narbe
mit Blanko-Reisepässen
den Erdbewohnern zuwinken, den Bleibenden?
Wann fiel der Beschluss, wann
kehrte Alraune um,
auf den Hafen Kurs nehmend,
der, unübersichtlich,
wie eine Luftspiegelung Spott trieb
mit den Seefahrern, den Fischern und mit der
mit sich selbst uneinigen Magierin,
die auf der Überfahrt
Verwandlung zum Besten gab
wie Verköstigung,
wie einen seit jeher zur Belustigung
von Handelsreisenden gleichgültig
geübten Trapeztanz?

....

Die unwirkliche Rose hungerte stumm
im Leib eines Schemens.
Im Kratergewölbe erfror die Elbin im Glas.
Die Wächter verharrten unselig.
Mit jedem Umlauf erschuf die Modistin,
ergeben, ein Totenhemd.
Der Thronfolger ging barfuß.
Einzig die Hexe
hockte im Mondgrund, die Kälte
mit ihrem schwarzen Herzen durchbohrend,
eifersüchtig behütend das Menschenei,
welches sie einst in der Schneenacht
der Frau aus dem Erdengeschlecht
heimtückisch geraubt,
brütendes Weib dem brütenden Weib,
der Bauchigen webend
ein dorniges Kleid, ein graues Getränk,
auf dass sie sterbe. Vergehe. Die Frucht ihr,
der Sünderin, gebe, umsonst.
Im Gefolge des Golems
treten widerstrebend der Wal,
der Delphin und der denkwürdige Igel auf,
dem Flügel Klagen entlockend, Wehrufe.
Die Toten, unzeitige Bauchredner,
widerstehen, Mohn-Marionetten im Ausverkauf.
Sie tun der Wüstenhexe ein' Lieb',
unentgolten und trüb.
Schadenfroh. Die Modistin
knöpft zufrieden den Mantel sich zu.
Das Geschäft blüht.
Ahnengeplauder entsprießt
dem Königlichen Hofkomponisten:
An Bord der Alraune
darf er Foxtrott und Walzer
preisgeben für Kost und Logis; auch er
ist Emigrant. Er zahlt für die Überfahrt.
Er will nach Amerika.

Draußen, den Landgeschöpfen zum Unheil,
ein fernes Grollen der Mächte,
dem Golem ein Wink, nicht freundlich,
der Totgeglaubten, der Herrin.

....

Die Kindsengelin hungerte,
ungeboren, von der trächtigen Löwin
behütet, in der Herberge.
Ungläubig bestaunen
Beduinen den Raub.
Im Zelt füllt die Magd
Tonkrüge mit Wasser,
mit Milch. Im Ballsaal
verbeugt sich der Thronerbe am Flügel,
der barfüßige Knabe in dem
zu hochgewachsenen Anzug,
der stummen Versammlung ein Staunnis.
Das Hemd sitzt ihm zu eng auf der Brust.
Dennoch: Zu Mitternacht
nimmt Frack und Zylinder
wie von selbst ein Mondbad am Rande
eines von Überquerung,
von Schemen und anderen
Nachgeburten der Wandlung
karminrot mäandernden Flusses:
Der Pianist zieht sich um,
wirft Anzug, Nippes, Scheckheft
über Bord, an das Schiff sich erinnernd,
an das Rabenwesen, das schmalmündig
ihn anredend die große Stadt, den
über das Deck torkelnden Finder, den Trinker
mit den salzsonngebrannten
Aristokratenhänden erschaut hatte,
das Vestibül der Verdammten,
die schwergewandete Frau,
die in der Weltennacht ihm
Lichtmilch gegeben hatte,

ihrem Sprössling zur Liebe,
dem sie drei Tage und drei Nächte lang
die fremdsilbige Nänie über die Stirn,
die kreidweiße, gebreitet hatte,
im Wahn, in den Schlaf ihn zu wiegen, dem zu großen Grab
ihn verweigernd, ehe man sie fortriss.
Sie hatte die Schwester, den Ehegatten
und alle Verwandten hinausgeworfen;
sie war ohnmächtig geworden,
als Plutos ergebenster Dienstmann,
fußlahm und geduldig, erschienen war,
Rechen und Harke in der linken,
die rechte Hand auf der Schulter des Predigers.

....

New York. Die Neonträume, die immerwechselnden
Highways. Die Stars.
Die duty-free Läden am Checkpoint.
Die kühle Kapelle.
Das Kreuz, das im Schlaf von der Kette sich löste.
Neben Köcher und Pfeil, blinzelnd,
die Sonnenanbeterin, arg.
Die breitschürzige Köchin,
die rauchigen Bars der ersten Etuden,
die Luxushotels, die Gaukler,
das abgeschiedene Dasein mit Roomservice,
die Nächte, die er am Ende der Gasse
auf dem Flügel nachbuchstabiert hatte,
mit einem Whisky als Lohn,
laut und geheim,
dem Rufe nachfolgend, dem all seine Alpträume
galten, die vielen.
Aus dem Mondkrater rief ihn die Hexe:
die Meerraben trugen
all ihre Worte getreu
zu ihm hinüber.
Über den Ozean, über

das widerständliche Nichts.
Er war sich gewiss: Die Neptunierin
lenkte das Schiff, ihm
ausmalend
den vor langer Zeit verschiedenen Bruder,
die Segel, die sich überschlagenden Jagdvögel,
die schwankende Brücke,
die Kindsengelin.
Wer war sie?
Wem galt der Ruf?
Er verstand nicht, er vernahm.
Er hungerte im Mond mit der Hexe zusammen,
mit dem unmöglichen Spross.
Er wusste nicht, wer er war.
Die Hälfte der Wegzehrung,
Apfel und Mohnbrot,
gab er der Räbin, im Tausch.
Er begann, in den Atemzügen der Hexe
zu weilen wie in einer Höhle:
Er hatte den Bruder
an der Mutter erkannt,
an ihren Händen, wenn sie im Spiegel
der herbstbebenden Schwelle sich nahte,
den Schulranzen heiter, beinah
ausgelassen ihm aufschnürend
an den Julitagen,
als der Asphalt unter den Sohlen ihm brannte
beim Ballspiel, goldmundig.
Eine Eins in Latein. Die Brigade im Hof.
Die Butter, die Beeren, die Feldflasche.
Eine Aufgabe am Morgen, der Stift,
das Nachsinnen, fiebrig, enthaltsam,
beim immer schon überredeten
Ticken der Pendeluhr,
die bejahende Sehne, das Lob
der schwarzhäutigen Lehrerin nach dem Vorlesen
im Licht des geöffneten Fensters.
Er kannte den Bruder: Die Rede
ging beide sie an,
vollständig und wach.

....

Es ersann seither ohne Unterlass
das Hexenherz
Schadenszauber, Tobsucht, Vergeudung,
Tode zudenkend der Trächtigen, die nicht
zu erwünschen waren, sondern gewollt,
dem Landgeschöpf, das zwei Beine
und einen Namen besaß.
Sie, die Mascotte der Verworfenen.
Friedlich gehorchte
Lehm, Leibesfrucht.
Die Turmherrin frönte dem Liebling.
Heilsam und böse
borgte sich, apotropäisch, die Hadesmixtur
für die Meerrabenelbin menschliches Aussehen,
den falsch gebrechlichen Gang,
die Schwerkraft, die erlogene.
Das Menschenei empfing die Rabentinktur,
sich einnistend im engen,
geschlossenen Schoß,
weil es sich anders
nicht zu helfen gewusst,
der Heimkehr gedenkend, welche das weiße
Lied ihm versprochen
hatte, Alraunens
Irrfahrten ihm zudenkend,
grün von Gedächtnis.
Die Mondin schwindelte. Schwieg.
Die Kindsengelin nährte die Mutter
mit Mohnbrot, mit Milch.
Die dankbaren Toten scharten sich
um das winzige Wesen,
so antwortend, bejahend
erklomm die erbittliche Steilwand,
dem Blutzauber standhaltend im Aschewind,
nicht wissend,
wer drüben wartete.

Wie von selbst
nahm die Verwandelte
einen Spiegel, zeigte
der Tochter die Erde: Sie sahen
den Flügel, den Widersacher,
den Ballsaal, die Stadt und das Findelkind
unter dem Atem des Trinkers, im Hafen.
Sie sahn
den bestellten Artisten
Frack und Zylinder beziehen
in einer Wüstenherberge,
von einer trächtigen Löwin bewahrt.
In der Weltennacht.
Das Menschenei wand sich nicht länger.
Es wuchs.
Es war sich einig. Es trank
mit weit geöffnetem Mund, es
sagte dank, krümmte sich,
ging hindurch. Hastig
entschwebte die Ahnin hinter dem Saal,
den Schmalhans überlistend.
Doch das war üblich. Der Maskenball
umgürtet den Sommer. Im Fischblut
verbarg der Mond, mitwissend, das Kleine
in seiner Narbe, erfreut.
In der Ligurischen Grotte, am Meer,
schlug die Vigil, angsterfüllt.

....

Seitdem, versetzte die Elbenfrau,
trachten die Leiblosen, den Engel zu heilen.
Die Hexe vermummte sich, betrat
den Saal, ihren Bauch
vor sich hertragend wie einen künstlichen Mond.
Die Modistin verneigte sich,
des Applauses gewärtig.
Aber es kamen
wirkliche Herztöne,

Nabelschnüre der Mimesis,
Überfluss.
Eingedenk eines New Yorker
Mittags im Turm spielt der Flügel
den verabredeten Text,
den Golem zum Leben erweckend,
der voll des Grabes
die Himmel durchschifft, unvergolten.
Auch er ist Emigrant. Er will nach Amerika.
Er zahlt für die Überfahrt. Unbehelligt
sind die dankbaren Toten zur Stelle.
Der Mann am Steuer betrinkt sich,
in die Hexe vernarrt.
Alraune, das Heilkraut,
geht vor Anker, verwunschen.
Hungrig und schmal
verlangt die Meerrabenelbin,
geboren, nach Mohnbrot.

....

Hundert Jahre vergingen, das Dorf wurde in einer Ritterschlacht niedergebrannt, das nahegelegene Schloss während eines Volksaufstands zerstört; nur ein von Efeu umrankter Brunnen erinnerte von fern an den einstigen Marktplatz, wo das Waisenmädchen mit den anderen Kindern gespielt hatte. Die Steinhütte im Wald stand noch in der Lichtung, die das undurchdringliche Tannendickicht vor den Blicken von Wegelagerern, Wölfen und Bauern verbarg.
Die Zeit und die Witterung hatten ihr Werk an dem Bildnis, das einst Dolores gewesen war, getan. Seine Oberfläche war dunkel und rissig geworden; ein Stück von der steinernen Pelerine war abgebrochen. In den Gewandfalten war eine Höhlung entstanden, und ein Storch, der gerade aus dem Süden zurückgekehrt war, baute sein Nest darin. Ein altes Mütterchen hatte vor langer Zeit, von den Leuten unbemerkt, in dem verwunschenen Haus

Wohnung genommen und den Kräutergarten, den Dolores zurückgelassen hatte, neu bestellt und mit Wildrosen bepflanzt, die sich nun zahlreich in voller Blüte um hochgewachsene Holzstöcke rankten, die Schönheit der Lichtung vergrößernd.

Es war eine weise Frau, welche die Sprache der Tiere verstand: „Kommst du von weither?", fragte sie den Storch, der die langwierige und beschwerliche Reise aus dem fernen Afrika unternommen hatte.

„Ja", antwortete der Vogel, „Ich war in Ägypten und habe die fremden Götter gesehen, die Pyramiden und die Sphingen, welche die Totenkammern der Pharaonen bewachen. Jetzt bin ich froh, wieder daheim zu sein."

„Hast du ein Mädchen von fünfzehn Jahren gesehen, Dolores mit Namen, das keine Eltern und Verwandten mehr hat und allein in einer Waldhütte lebt?"

„Nein", antwortete der Storch, und die Fremde seufzte, blickte zum Himmel hinauf und flüsterte: „Es gibt keine Hoffnung mehr. Keine Hoffnung!"

Sie nahm den Tonkrug und ging zur Fontäne, die sich am äußersten Rande der Lichtung bei den Tannen befand, um Wasser zu schöpfen. Sie war niemand anders als Fiammetta, die sich nach der Verwünschung auf die Suche nach ihrer Zwillingin, die auf unerklärliche Weise verschwunden war, gemacht hatte, aber nicht wusste, welche List die Hexe Ensivia ersonnen hatte, um sie von ihr fernzuhalten. Sie hatte kein Gefühl für die Zeit, die vergangen war, weil im Zwischenreich die Zeit nicht vergeht; seit hundert Jahren suchte sie unentwegt nach dem Mädchen, das sich geweigert hatte, den Tanz der sieben Schleier vor dem Teufel zu tanzen.

Sie brachte dem Storch Wasser und eine Mahlzeit, denn er war müde von dem langen Flug und hatte Hunger und Durst: Unterwegs hatte er nur wenig Nahrung gefunden. Am Horizont braute sich grummelnd ein Unwetter zusammen.

„Lass uns ins Haus gehen", sagte Fiammetta, „Ich bringe auch die Statue mit deinem Nest herein, damit du Ruhe vor dem Regen hast."

„Bei der Sphinx habe ich diesen Stein gefunden", erwiderte der Heimkehrer, als sie vor dem Kamin anlangten, in dem ein leutseliges Feuer brannte und sich auf die frischen Holzscheite, welche die Hausherrin beim Eintreten hineingeworfen hatte, geschwind übertrug, das Licht und die Wärme im Raume vermehrend.

Der Storch holte einen Diamanten aus dem Nestreisig hervor: „Sieh nur, wie er glänzt!", rief er aus.
„Oh, ein Karfunkelstein!", antwortete Fiammetta, die nicht gelebt hatte und sich mit Juwelen nicht auskannte, „Er ist sehr schön!"
„Vielleicht hat das *simulacrum*, das mir Zuflucht geboten hat, auch Hunger und will ihn essen!", sagte der Reisende, der lateinkundig war.
„Wirklich?", erwiderte die Greisin, „Wie kann eine Statue etwas essen?"
Unterdessen ging die Tür auf, die einen Spalt geöffnet geblieben war, und eine Katze, die Hygina ähnlich sah, kam herein und fing an, leise, aber eindringlich zu miauen.
„Was sagst du? Ich soll tun, was der Storch will?", fragte Fiammetta.
Beharrliches Miauen und ein Sprung auf die Hand des von der Zeit und der Witterung gezeichneten Standbildes waren die Antwort der kleinen Waldsphinx, die von der Einsiedlerin Gastfreundschaft empfangen hatte.
Fiammettas Gesicht erhellte sich. Jetzt verstand sie: Das Raubtier bedeutete ihr, dass die Statue nicht wirklich aus Stein und durchaus zu essen fähig war. Hygina wusste, dass Dolores ein *simulacrum*, aber kein Götzenbild war.
Fiammetta nahm eine Schüssel mit Milch, gab der unermüdlichen Freundin, die von ihrem fragilen Podest herab unablässig Laute von sich gab, zu trinken und nahm den vorgeblichen Karfunkelstein behutsam in die Hand, denn er war zerbrechlich. Sie stieg auf die Leiter, die einst Dolores als Bibliotheksleiter gedient hatte, und legte den Diamanten in den Mund der Skulptur, die sich zu regen und undeutliche Worte zu sprechen begann. Voller Freude sprang Hygina die Leiter herauf und herunter; der Heimkehrer umflog jauchzend ihr Haupt.
Das Gewitter war vorüber: Durch die Tannen hindurch schwang sich ein Regenbogen vom einen Ende der Lichtung zum anderen, die Holzhütte, den Kräutergarten, die weißen Wildrosen, die in diesem Frühling aufgesprungen waren, mit prächtigen Farben umstrahlend. Ein weiterer Storch, der dem Reisenden aus Afrika gefolgt war, fand einen Weg durch den Wald und landete froh lärmend mit seiner Frau und seinen Kindern vor dem Verborgenen Heim.
Draußen vor der Tür kam Ensivia entsetzt aufkreischend aus einem Distelstrauch hervor und zerriss sich heulend das Kleid.

Es wurde eine große Wiedersehensfreude, als Fiammetta, das Kind aus dem Zwischenreich, und Hygina, die sprechende Katze, die verwunschene Waise in ihrem verjüngten Haus erblickten, wie sie vom steinernen Sockel stieg, am Herd das Feuer anzündete und ein Abendbrot für ihre Freunde zu bereiten sich anschickte.

....

Die Hexentochter widmet den Wald

Geschwind, Hexentochter,
der Zungenflamme
halte den Gröps hin

Aus dem gebrochenen Ast
sprießt dir Bedeutung entgegen.
(Siehe, das Mädchen, wie es sich weise
der Mutter entwöhnte, wie zeitig
es die gewiesenen Wege betrat,
wissend um sich. Seine Hand ruht auf dem Schoß.)

Geschwind, Hexentochter, der Herbstwind,
der kahle, flüchtige, weht
wohin du willst,
hebe die Steine, hebe die Blätter dir auf,
das kostbare Brot,
sage den Sinnspruch,
hefte den Toten
deinen Wahn auf die Stirn,
den Traurigen, Treuen,
die einmal schon deine Schritte

versöhnten mit der Stille des Waldes,
der Stelle des Anfangs die halb noch
im Kommen verging die verdorren ließ
die Bäume der Rückkehr …

Aber die Tote, die Weiße,
wich nicht von dir,
befriedete dich, zog
dich beharrlich hinüber
in das erdenkliche Haus:
Kehrst du zurück, Hexentochter?
Hießest du doch
sämtliche Tiere sich zu benehmen,
sämtliche Dinge nicht zu erstaunen und leise zu tun,
auf dass sie sich schonten, dich scheuten und mieden.
Der Wald selbst gab sich unschädlich und zahm
wie sonntäglich geglättetes Teer. Dir zuliebe
fing Lebloses zu sprechen an, Steinernes,
gab zu verstehen,
dass es ihn kannte,
den einen Sinnspruch,
der dir die Mutter ersonnen, daheim,
als sie noch sang und die Milch
dir zufloss aus der Höhe (wie weiß
war er damals, ihr Blick, dir, der Weißen, wie leicht
ihre Hand auf dem Schoß ruhte).
Den Mondbogen umhängend,
schwerhungernd, verließest du
das Haus. Es war Nacht.
Nachbarlich huschte, Verwandtes
im Eulenrufdickicht erjagend,
das Kleingetier um deine Knöchel.
Wie ein für später
rachsüchtig aufgehobenes Pfeil
hingst du, unfrei lustwandelnd,
an der Mondsehne. Dienstbar
flogen die Wahrsager dir zu: der Eisvogel,
der Specht, der Meerrabe,
die fabelkundige Elster.
Dir zum Hohn wanden sich ehrbare Bürger
plötzlich in Schmerzen, sprachen Verworrenes,

fluchten, wurden entfernt.
Der Wald war verständigt.

(Man trägt Weiß in dieser Saison)

Hexentochter, die Todsünde
verbrennt in deinem Herzen.

Einzig der Baum, der störrische, herrlich erstreckte,
sah einmal dich an, rauschte und redete
ununterbrochen zu dir,
der Erschrockenen, der
sämtliche Toten
den allzu deutlichen Tieren zum Trotz,
die die Geächtete witterten,
stillschweigend die Treue hielten.
Redete anders, zerbrach den bedeuteten Sinn,
fragte nicht nach den Zeichen,
nicht nach der Hexe,
die sie verlangt hatte. Einzig die Toten
standen ihm Rede und Antwort. Sondern es drang
der Waldgeist, der lang-
gewandete, zigeunernde,
von Meerraben getreulich befolgte,
in die sorgsam befristeten Tage.
Die weiße Tote bewohnte die Nächte.
Du bliebst,
erstaunt und erwartet.
Du buchstabiertest
Entfesselung nach. Entsühnung.
Du bliebst.

Hexentochter, Mond-Nomadin
unter dem Baum: Die Brigade,
so löset und bindet, bricht auf.

....

Zu diesem Text gehören die Photos:

„Elevator"

„An den verwundeten Vogel".

18) Emilia

Eine Gnadenmär

„Nacht ist wie ein stilles Meer,
Lust und Leid und Liebesklagen
Kommen so verworren her
In dem linden Wellenschlagen.

Wünsche wie die Wolken sind,
Schiffen durch die stillen Räume,
Wer erkennt im lauen Wind,
Ob' s Gedanken oder Träume?

Schließ' ich nun auch Herz und Mund,
Die so gern den Sternen klagen:
Leise doch im Herzensgrund
Bleibt das linde Wellenschlagen."

(Eichendorff, „Die Nacht")

Emilia ist herzkrank. Emilia ist neunundsechzig Jahre alt.
Die Krankenschwester betritt lautlos den Raum, stellt das Tablett mit dem Abendbrot auf den Tisch und verschwindet wieder auf Zehenspitzen, um sie nicht zu wecken.
Eine alte Filmszene fällt Emilia wieder ein. Nicht eigentlich die Handlung, eher eine ungenaue Erinnerung. An einen Psychopathen, der in einen Mord verwickelt ist oder einen Mord zu verüben versucht oder beides zugleich. Er ist ein ansehnlicher, dunkelhaariger junger Mann mit einer Hornbrille, ein berühmter Schauspieler. Ich komme nicht auf den Namen. Sie erinnert sich an eine Frau, die auf der Flucht ist. An einen Fahrstuhl. An einen Kirchturm. An eine Wendeltreppe. Ein Titel fällt ihr ein. Jetzt weiß sie nicht mehr. Es muss ein Fernsehfilm gewesen sein, den sie in einer Winternacht gesehen hat. Sie erblickt die zugezogenen, blassblauen Vorhänge ihres Zimmers. Sie schmeckt die trockene Heizungsluft und den Geruch ihres damaligen Weichspülers, eine Mischung aus Iris und Hyazinthe. Sie sieht die barocke Kuckucksuhr, die sie gerade von ihren Eltern geerbt hatte. Sie stand auf dem Tisch, neben der Tür. Sie hatte sich etwas zu trinken geholt, ein Glas Milch, weil sie nicht schlafen konnte und vom Lesen müde war. Der Fernseher war alt und zeigte öfters ein verzerrtes Bild oder gab einen undeutlichen Ton wieder. Sie hatte sich vorgenommen, einen neuen zu besorgen.
Sie hatte viel von diesem Film gehört, jetzt bot sich die Gelegenheit, ihn selbst zu sehen. Auf Partys einmal mitreden zu können, wenn all die studierten Schnösel, die auf sie herabsahen, weil sie Putzfrau war, sie beeindrucken wollten, nur um sie zu verführen. Sie sieht deren enttäuschte Mienen, wenn die Fête vorbei war und sie die Frage: „Kann ich Sie nach Hause bringen?" mit einem kalten katholischen „Nein, danke!" quittierte.
Emilia, die Hochnäsige, die altkluge Reinmachefrau, die seltsame Dienerin von nebenan.
Sie sieht die aufgerissenen Augen des möglichen Opfers. Die Bilder sind schwarz-weiß, aber sie ist sich ganz sicher, dass diese Augen graublau sind. Sie spürt den hechelnden Atem des

Mörders an ihrem Rücken kleben. Sie möchte ihn abwaschen. Sie lehnt an der schmalen Brüstung eines Flachdachs und sieht mit dem Blick der Frau auf das Häusermeer hinunter, das ihr zu Füßen liegt. Sie hat keine Angst. Sie hört die Frau schreien. Sie fühlt die Frau fallen. Sie hat Angst. Sie versucht aufzuwachen. Sie schreit. Sie fällt.

Sie hört jemanden hereinkommen.
Sie ist nicht gefallen. Das Bett ist zusammengekracht. Emilia liegt am Boden, stumm. Sie hat die Augen geschlossen. Sie spürt ein Paar Hände, die an ihrem Hemd zupfen.
„Frau Lennox! Wachen Sie auf! Frau Lennox! Hören Sie mich?", ruft die Schwester und schüttelt sie kräftig, während zwei Ärzte die Herzfunktion prüfen.
Alles normal. Die Patientin schläft nur.
„Es muss während der Tiefschlafphase passiert sein", sagt der jüngere, „Sie scheint weitergeschlafen zu haben."
Sie macht die Augen auf.
„Frau Lennox?"
Der ältere Arzt fühlt ihren Puls mit der bloßen Hand:
„Frau Lennox, alles in Ordnung?"
„Ja."
„Sie müssen sich ausruhen. Morgen ist die Operation."
„Ja."
„Gute Nacht."
„Gute Nacht, Doktor."

....

All that flesh is heir to

Alte Frau, fremd
die du
das Kind im Arm
hieltst
als es schrie

als es böse wurde

und schlug

Rückwärts der Magen der Seele
Schreie, Jahr-
zehnte
zurückwindet, Schläge
zerdehnt

Des
werdenden Herzens
Schläge, haltlos,
dem Gaumen
grundlos
zurück-
gibt, dem widerstrebenden, dem
Alles-
könner, dem nichts-
schmeckenden, stummen
Gaumen zurück-
gibt, dem
sich die Zunge
nicht löst, von dem
sich die Zunge nicht löst,
die Allessagende.

      Großmutter.

                              Brütend
schweift der Sinn ab, be-
gegnet
Belanglosem, er-
innert sich, ohne zu wissen,
lange vorher
schon
dagewesen zu sein. An den
Randbezirken der Stadt, an
den Altgassen, Verschlägen
des heimkehrenden Winters.
Windhauch. Pfeifender Stein.
Fleisch und Erinnerung.
Des Schicksals
englische Freibeute,
Gitterstabmauer
in des Gefangenen
schier entsendbarem Reim.

                         An diesem Fenster

deckt Großmutter den Tisch. Abendbrot. Sie
stellt einen Strauß ins Wasser. Goldregen.
Die Vase
gehört
auf das Tischtuch, das schlichte, leinene.

Über
das Fensterkreuz
fällt
das Licht
schräg ein. Durch den Türspalt
blickt man in den Hof.
Messer und Gabel
sind in der Stube zu sehen und der
besorgt schauende
Bruder,
der

heimkehrt aus
der Kreuzungen dumpfen Bezügen. Draußen
tränkt Großvater
den Garten. Sie
winkt, macht ein Zeichen
der Ein-
kehr, dem Gatten
wohlvertraut, wundersam.
Es
ist Mahlzeit,
der Tisch ist gedeckt.
Sie
setzt sich, schneidet, ver-
teilt
das Brot, versteckt
schalkhaft den Nachtisch,
holt
ihn hinter
dem Rücken hervor,
– ich habe ein Geschenk für euch,
rechts oder links? –
versorgt
das Kind, welches hungrig,

ungelenk, den Löffel führt
an den unfühlenden
Mund.
Heiß-
dampfend die Suppe, halb-
voll
der Löffel.

                                                                Dies Kind

lächelt,
lacht mich an,
sagt die Großmutter,
jedes Mal,
beim An-
ziehen, morgens, seit es
geboren wurde. Seit ich
es versorge. Seit ich

zurückdenken
kann, sagt sie.
Es ist
ein gutes Kind, sagt

                                            die Großmutter. Sie ist
sanftmütig.
Getreu
senkt sie den Blick, öffnet den Schrank,
stellt den Weinkrug auf die Tafel,
Quellwasser
dem kindlichen Mund,
bringt
Messer und Gabel
zum Becken.

                                            Das Auge
schweift ab, es wird dunkel. Schwer
wiegt der Sinn in den Falten des Winters.
Be-
trachtet Erstorbenes. Bäume, die kahl. Zu-
gefrorene Seen. Kreuz-
wege, von Schnee bedeckt. Und weint.
Weint ohne Anlass. Ver-
weilt, vergisst sich und
weint.
Denn ohne Gesetz
begehrt Einlass
im Hause des Raben
die Zähre, das fremde
Kind,
ungebeten
herein-
brechend, heim-
lich bittend,
bergend
die Gaben
wann immer
Unheil abwendend
Sterbliche wandeln

im Bannkreis des Todes

Weit, sehr weit,
lange schon,
immerdar,
sitzt du am Fenster und weilst,
sitzt du am Fenster und wartest, Mutter,
verweilst,
mildherzig, glühend
ver-
hältst du
den Andrang
der Zähren,
den grimmigen,
birgst
meine Stirn in den Schoß,
in Reine er-
flammend
be-
hütest du
die Ungeduldige, Über-
eilende, unter
dem Überwurf bergend
das Heil,
bergend
den Ruf, und der Gestrandeten
streichst du die Hand
über den Nacken, ein-
mal, zweimal,
trost-
spendend, sprechend
im Zuhören (du hörst
auf die quellende Zähre,
du
kennst die Pfade, die seltsamen Windungen, die
den
aus dem Nest gefallenen
Vogel umstricken,
die Schritte, die Schläge und die
ihn allseits zertretenden Wesen, un-

entrinnbar), sodass ihr
die Welt
wie aus un-
wirklichem Alpdruck
erwacht
wiedererwacht und aufgeht und mit ihr
nach draußen mitgeht, zu gehen
an-
fängt,
leicht,
immerdar; sodass die Brandung

im gegen-
strebigen
Drang den Vogelflug aufgehen lässt,
die nicht verschwindende
Last
verwandelt,
ver-
schwinden macht, dem Kinde
das Herz leicht machend,
hochherzig
machend die Menschen-

frau, die im Sarge
zu-
genagelte, auf
Grund
gesenkte
Seele, sodass ihr
der Feind, der arge, verschwindet, der
Feind zeit-
weilig ab-
lässt von ihr,
dass ihr
die Welt
aufgeht, immerdar,
liebeswahr

Ich weiß,
ich wusste,

du wartetest
lange
schon, schwer,
wusstest,
lang
und verschlungen
lauern die Pfade
lenken die Grade
auf schmalem Grat
wandelt verschwindend
das werdende
Blinde
im Dunkeln
der Sage
im Alpdruck der Tage
schwindelt der Taube
schlittert im Staube
leichter der Bote
Es
schreiten die Wege
es wanken die Stege
hienieden,
und Langmut
und Großmut
tut
den Weilenden, Eilenden,
Wogen-
gleichenden
not

Fremde Frau
am Fenster, niedrig
an niedriger
Stube, am
Nachmittag, am Rande
des Abends inne-
haltend, aufblickend,
das Kind
auf dem Schoß

das Kind welches weinte

das Kind welches zürnte

Fremde Frau
am Fenster
die du
das Kind
vom Schreien abhieltst, die
du
in der Hand
hieltest den Kopf
des Kindes, die
du mit der Hand
einer Mutter
die Stirn, die kranke, bangende
heiltest, das Haupt,
das böse
werdende, das
da war
und schrie, das bangte
und verlangte

ver-
langte und schrie, weinte, verlangte

das des Zorns nicht Herr wurde und bangte
und langte
mit böser Hand zu dir hin
langte
und schlug
und verlangte
nach mehr

Fremde Frau, alt
am Fenster
das Kind im Arm

das Kind das auf einmal
still wurde, das
grundlos
nicht mehr schlug,

das Kind das die
Mutter der Mutter
sah, das
sah und verstummte und scheu
be-
gehrte
die Talmikette
an deinem Hals

Das Kind
das sich dachte
verloren,
gefallen,
un-
geboren gewollt,

vom Nest
geworfen,
gefallen,

zum Sterben
aus-
erkoren,
verloren
Es
fing
zu denken
an,
dankte
und schwieg

Das Kind
dankt dir, Mutter,
das Kind, das gerettete, das
du
hast retten wollen,

dem
die Zunge sich löste, verstummend,
dem

du das böse
flatternde friedlose
Herz
zum Halten brachtest mit einem
Wort das da war und
rettete, mit

dem Wort dem das Bangen groß wurde

das Wort
das der einzige
Grund
wurde auf ein-
mal, das Wort
der Großmutter:

Bitte nicht schlagen

Nicht schlagen,
und das
haltlos
flatternde, böse
werdende, sich
über-
schlagende
Vöglein hörte
zu schreien auf, gehorchte, begehrte
das Inne-
halten,
das heilende, helle
Es hielt
das Versprechen, es ver-
heilte, gehorchte

Es horchte auf, hörte
zu schlagen auf, hörte
das Wort, grundlos dem Grund-
losen hin-
gebend
sich, un-
wissend den Grund, allein

von deinem Mund
bewegt und be-
gründet

Das kleine Herz hörte, hielt
inne,
hielt inne und heilte
und kam
kam zurück
zurück zu dem Wort
dem es
zuhörte,

dem Wort
welches dem Bösen,
Flatternden, Friedlosen
Einhalt gebot

Das Kind
kam
zur Ruhe

zur Ruhe
zurück
zurück
aus dem Tod
zurück aus dem Grund

Das Kind, das
zu dir
gehört, für immer,
dankt dir
jetzt
hier
für immer, und niemals
wird es vergessen

Du
warst da ehe ich rief

Jetzt

bist du
wieder da

Im Hause des Lebens,
hoch-
herzig
an herrlicher
Stube,
Goldregen
auf
dem weiß gedeckten
Tisch
unter dem Schmerzensmann

Große Frau, Knieende,
Herzensreine,
ver-
weilend
auf später Kirchenbank,
samstags

gleichlanges
schneeweißes Haar gleichleicht
gewellt am
unheilabwendenden Hals, abwendend von mir
den Fluch, den ich brachte,
schutzlos
den Nacken
mir zu-
wendend

Du
Friedfertige, Schmerzensreiche

abends
am
Herz Mariä
Samstag

kehrst du, Immergleiche,

Die Tochter fragte den Vater Löcher in den Bauch:
„Papa, was macht Großmutter jetzt?"
„Sie bekommt eine Narkose, eine Vollnarkose, damit sie während der Operation keine Schmerzen spürt."
„Was tun die Ärzte bei der Operation?"
„Sie machen das Herz wieder gesund."
„Was ist eine Vollnarkose?"
„Ein medizinisches Mittel, das verhindert, dass sie irgendetwas fühlt."
„Fühlt sie dann überhaupt nichts mehr?"
„Nein, überhaupt nichts."
„Aber liebt sie uns nicht auch in der Narkose?"
„Ja, mein Kind."
„Wie lange dauert die Operation?"
„Wenn du vom Kindergarten zurückkommst, ist sie vorbei."
„Dann will ich jetzt gehen."

....

Emilia stellt das gläserne Raumthermometer, das ihr die Enkelin auf ihre Bitte hin vor drei Tagen vorbeigebracht hat, auf den Beistelltisch und legt sich mit Hilfe der Krankenschwester auf die Tragbahre.
„Alles in Ordnung, Frau Lennox?", fragt der Arzt.
„Ja."
Auf dem schmalen Korridor tritt ein Mädchen, das nicht Flaminia ist, am linken Rand ihres Gesichtsfelds an der Hand der Mutter aus der Damentoilette. Eine Reinigungskraft schiebt auf der anderen Seite den Wäschewagen vorbei. Das längliche schmale Türrechteck tut sich Emilia gegenüber auf, lautlos und weiß. Sie sieht den Operationstisch. Sie schließt die Augen.

....

Flaminia schlug fast die Tür ein. Ein Arztgehilfe öffnete ihr einen Spalt breit und beruhigte sie einigermaßen. Die Eltern waren nicht da. Sie war vom Kindergarten weggelaufen.
Der Eingriff dauerte an, sie wusste nicht wie lange. Sie setzte sich im Flur hin und biss sich auf die Lippen. Sonst schicken sie mich fort, dachte sie.

Auf eine von uns nicht bestimmbare Weise verging die Zeit. Eine Stunde, zwei, vielleicht auch mehr.
„Wer bist du?", fragte das Mädchen.
„Sei still, ich bin ein Engel."
„Ein Engel?"
„Was siehst du da unten?"
„Großmutter liegt auf dem Tisch. Die Ärzte machen sie wieder gesund."
„Ja, mein Kind."
„Wohin fliegen wir?"
„Weit weg."

„Was ist das für ein Zimmer?"
„Es ist die Wohnung deiner Großmutter. Sie ist dreiundzwanzig Jahre alt. Siehst du den Spiegel und den geöffneten Schrank? Sie zieht sich gerade an, sie geht auf ein Fest."
Emilia war trotz ihrer geringen sozialen Herkunft eine allseits anerkannte Schönheit. Sie hatte einmal einen Studenten, Alfred mit Namen, geliebt, der ein Jahr lang mit ihr zusammengeblieben und dann gestorben war. Ihre Leidenschaft für ihn war echt, aber kurz gewesen. In ihrem Gedächtnis existierte diese Zeit als vorübergehende Sünde, nicht als reale Liebe. Aber wo gibt es die reale Liebe in der wirklichen Welt, grübelte sie weiter, wenn sie in Gedanken versunken war. Durch diese Beziehung, die sie nicht mehr ernst nahm, fand sie Zugang zu Akademikerkreisen, die ihr sonst verschlossen gewesen wären.
Naturgemäß meinten viele unter Alfreds Kommilitonen, sie habe ihn nur kaltblütig als Sprungbrett benutzt, und verleumdeten sie. Doch sie hatte offenbar nicht die Absicht, zu springen.
Schon bald nach seinem Tod genoss sie den Ruf einer Hochstaplerin und Unglücksbringerin; dessenungeachtet liefen ihr viele Männer und etliche Frauen beharrlich hinterher. Sie war höflich und unbeständig. Sie brachte es nicht ein einziges Mal bis zur

Verlobung. Auf Partys amüsierte sie sich, solange die Unterhaltung unverbindlich blieb.

Sie war wissensdurstig und las viel, doch wissenschaftlich konnte sie sich nicht ausdrücken. Sie war nicht auf der Höhe des zeitgenössischen Diskurses, das merkte man wohl, und so wurde sie zwar bewundert, zugleich aber auch belächelt. Sie hatte zum Beispiel noch nie die Namen von Jacques Lacan oder Alexandre Kojève gehört. Das merkte sie wohl, und außerdem kam sie mit der unumwundenen Art der Brautwerbung nicht zurecht, welche die Jungs und manche der Mädchen an den Tag legten. Die Akademikerinnen jedoch schienen sich nicht daran zu stören. Das mochte an ihrer modernistischen Denkart liegen, dachte Emilia. Sie stammte aus Schlesien und war katholisch erzogen, auch das trennte sie einigermaßen von ihren studierenden Bekannten, die in der Mehrzahl (in etwa zu gleichen Teilen) Protestanten oder Atheisten waren und die katholische Konfession bestenfalls für volksnah und unaufgeklärt hielten. Sehr zu Emilias Kummer, die keine Standardzitate auf der Zunge hatte und sich nur zu gern zurückzog. Sehr zum Kummer der akademischen Bewerber, die sich bald darauf mit standes- und glaubensgemäßem Ersatz trösteten.

Sie blätterte oft in Kunstbüchern. Emilia, ihre italienische Urgroßmutter (sie hieß Emilia Venerina Maria), auf deren Schoß sie als kleines Kind gespielt hatte, kam aus Rom und pries ständig die Schönheit der Vatikanischen Museen, die sie in ihrer Jugend nicht selten besucht hatte. Sie schien in der ganzen Stadt nichts anderes gesehen zu haben. Sie erzählte manchmal der Enkelin von ihrer eigenen Urgroßmutter, einer sizilianischen Adligen, die auch Emilia hieß und einem alten, angesehenen, aber längst verarmten und in der männlichen Linie erloschenen Geschlecht entstammte. Als sie älter wurde, war sie oft abwesend und vergesslich und summte ständig einen alten Refrain vor sich hin, eine Art Kehrreim über Michelangelo, Raffaello und deren Schöpfungen, aber das Kind entsann sich dessen bald nicht mehr. Die Eltern sagten immer „Ja ja" und „Wir fahren da mal hin, mit Emilia" und redeten dann unter sich von Altersschwäche, Aberglauben und den Tücken der Kommunikation. Das Mädchen aber hatte früh den Entschluss gefasst, diese Kunstwerke zu sehen, sobald es konnte. Wenn das stimmte, was Ur-Oma sagte, dachte sie, so gab es nichts auf der ganzen Welt, was der Sixtinischen Madonna auch nur ähnlich sein konnte.

„Halt den Mund", hatte Emilia der Heranwachsenden gesagt, als sie von der Neugier der Knaben in ihrer Klasse berichtet hatte.
„Halt den Mund, Liebling, dann kommen keine Fliegen rein."
Sie wusste noch, wie laut sie gelacht hatten.
Mit hundertzehn Jahren kam das Herzversagen. Sie hatte keine Schmerzen beim Sterben. Sie schlief an einem Frühlingstag ein, während die Enkelin in der Schule war.

Die Schönheit der Sixtinischen Madonna kannte Emilia wirklich, denn sie war in Dresden gewesen. Nach Rom aber konnte sie ein Leben lang nicht reisen, und so hatte sie vom „Jüngsten Gericht" nur Photographien gesehen. Sie besaß eine Fülle von Abbildungen der Madonna und legte sie tagelang in der ganzen Wohnung an allen möglichen Plätzen aus. Sie besah sie, verglich sie, machte Suprapositionen und versuchte sich im Nachzeichnen. In Berlin besuchte sie das Grab der Urgroßmutter und unterhielt sich mit ihr in Gedanken darüber.
Sie war einsam, seit Emilia tot war. Sie konnte mit niemandem über die Schönheit und das Jüngste Gericht reden, außer mit ihr. Oft, wenn sie unterwegs war und nichts vorhatte, sondern sich nur von der Menge und dem Stadtplan führen ließ, erblickte sie Emilias Augen in einem fremden Gesicht, das sich fortwährend verzerrte und verwandelte, auf andere Passanten überging und so lang seinen Spott mit ihr trieb, bis ihr der Wind die Wangen mit schweren, rauen, salzigen Tränen ganz bedeckt hatte. Nach all den Jahren war es immer noch so. Nur ein Friedhofsbesuch konnte den Zährenfluss stillen; sie wusste nicht warum.
Sie wusste nicht, warum sie im kalten Orplid etwas glücklich war. Sie fühlte sich im Elend zu Hause, wie ihre akademischen Freunde sagten, wenn sie unter sich waren. Ihr schien, die Tote sei durch die Erinnerung, die sie beständig nährte und erneuerte, lebendiger als die Lebenden, mit denen sie einen entspannenden, oberflächlichen Umgang pflegte. Sie zog die Lebende den Toten vor.
An heißen Sommertagen nahm sie etwas zu lesen mit, setzte sich auf die Bank und trank ab und zu aus dem Springbrunnen, der an den Blumenbeeten entlang sprudelte. Sie wollte der Urgroßmutter nah sein. Sie war mächtig stolz, als ein Besucher sie einmal fragte, ob sie die Tochter der Begrabenen sei.
Was sich der Fremdling wohl dabei gedacht haben mochte: Hatte er die Zahlen auf dem Stein nicht gelesen?

Die Tochter, dachte sie, hingerissen. Da sind zwei ganze Generationen übersprungen. Zwei Generationen. Und ich sehe ihr nicht ähnlich. Die Tochter. Die richtige Tochter. Sie nahm eine Handvoll Wasser in den Mund, trank, legte sich bäuchlings auf die Bank und blinzelte der Sonne entgegen. Sie grübelte, gottselig. Was würde sie daran hindern können, in einer unendlichen Anstrengung den nächsten Sprung zu tun, immer höher zu steigen, immer schöner, immer größer, ihr immer ähnlicher zu werden und eines Tages ... ganz mit ihr zu verschmelzen?
Armes Ding. Sie drohte einen Identitätsverlust zu erleiden. Sie pendelte zwischen Fest und Friedhof und war es zufrieden.
Nichts auf der Erde erschien ihr so hoffnungsfroh wie der Himmel über diesem Grab.
Tagsüber reinigte sie fremde Wohnungen, nachts träumte sie von Emilia und der Sixtinischen Madonna, zuweilen auch vom Jüngsten Gericht. Sonntags ging sie nachmittags ins Kino, samstags zur Vorabendmesse, später meist auf Partys, am sonntäglichen Morgen zum Friedhof.

....

Der Hippogryphus

Aus dem Zyklus „Sekundengedichte"

53) Als der Hippogryphus
an die Reihe kam
bekam er keinerlei Dienstausweis

Er setzte sich auf eine Anhöhe nieder,
stützte den Kopf auf die Hand
und blickte so lang in die Sonne
bis sein Gesicht
eine zarte Bräune erhielt, so zart
dass der Mond eines Nachts
– damals streifte der Stadthimmel blauviolett durch die verschneit-
                                                            ver-
wehten Alleen,
auf der Suche nach winterlichen Schlupfwinkeln für seine versprengten Sprösslinge, die ohne ein Obdach waren, denen jeg-
                                                           liches
Lagerfeuer versagt war –
sie mit der eigenen Blässe verwechselte. Und so kam es,
dass sich der Mond und das Fabeltier auf dem Weg unter ein
                                                     Lampionslicht
setzten,
den Schein zweier Antlitze betrachteten und ein Zwiegespräch anfingen.

54) Ich war früher einmal
im Dienst, sagte der Mond
es war anstrengend, der Weg
zum Wachtposten sehr weit
von meiner Wohnung entfernt,
aber die Wüstengärten lachten damals so grundlos

und ohne dass es nötig gewesen wäre
sich auch nur irgendetwas
anzuziehen, dass ich
die Schwere des Gehens nicht lästig fand.

55) Was denn für Wüstengärten, fragte
das Fabeltier, sich an einen
Torbogen lehnend,
die gab es damals doch nur jenseits der Grenze,
dort, wo kein Regentropfen mehr fällt

56) Die Luft war klar, versetzte der Mond
und senkte beschwichtigend
die schweren schminkedurchsetzten
Augenlider, dem Halbpferd zulächelnd
Klar war die Luft und sengend ihr Gesang

Damals konnte ich ihn hören: Es war
wirklich möglich. Ich stand
im Turm und kämmte das Haar allabendlich
herunter. Ein Nordwind spielte
mit den Sammlern und Schwindlern,
die am Knirschen der Harfen
Vergnügen fanden:

57) Lautlos glitten sie an den schwer entwirrbaren Locken
herauf und herunter. Sie schienen un-
ermüdlich und wechselten
unaufhörlich Farbe und Gestalt, bis nichts mehr
übrig war, außer dem Klang. Ich legte den Kopf in den Nacken,
betrachtete die ernsten Gespräche jenseits
des Kristallfensters und hieß
meine erfundenen Dienerinnen
den Verstand der Menschen in Flaschen abfüllen
und neben dem Notenblatt aufbewahren,
bis das Haar gekämmt war. Danach
zog ich mich in meine Gemächer zurück.

58) Im verbrämlichen Kleid brach die Nacht
treu, beständig herein. Auf sie
war Verlass. Der König

bangte um seinen Sprössling, den erstgeborenen, der unterwegs
war.
Er entließ mich aus dem Dienst
und ließ mich ihn suchen. Meine Haare
würden bis in die hintersten Winkel möglicher
Weiten hineinreichen, so sagte er. Ich
glaubte ihm, seine Rede
war sinnvoll. Der Kopf
tat mir weh und eine unmögliche Liebe
hielt mich aufrecht, so dass die Sammler, die Schwindler
zu mir hielten, mich allnächtlich aufsuchten und von
den Aufenthaltsorten meiner abgeschiedenen Haare berichteten.

59) Sie hielten die Bürste aus Staub in der Hand
und kämmten mich. Kämmten
mich zum Trost, dass ich nun das Notenblatt
verlegt, vor lauter Suchen und Singen
den Klang aus dem Gedächtnis verbannt hatte und nur noch
die abgefüllten Dosen hüten und auf einen Dichter warten
konnte,
der sie im Traum gesehn, weil er wahnsinnig war.

60) Die unter den Menschen, die am wenigsten davon haben?,
unterbrach ihn der Greifvogel, der sich in den Haaren des
Mondes
verfangen hatte und mit den rückwärts buchstabierten
Schneeflocken des
vorigen Tages
zu spielen begann

61) Die am wenigsten davon haben, sagte der Mond
und steckte das Haar hoch,
so dass sie mich jede Nacht auf dem Rücken der Schwindler, der
Sammler
besuchen und sich etwas borgen, nur um den Anschein
zu erwecken, sie hätten etwas davon, um unter den Menschen
zum Schein zurechtzukommen, denn sonst
würden sie sich ohne Erlaubnis, ganz ohne Ausweis
an der Grenze aufhalten. Manchmal
kämmen sie auch mein Haar und singen mir vor
ehe ich einschlafe, des Morgens,

wenn alle Geschichten zu Ende,
wenn alle Schwindler und Sammler
hinaufgegangen sind auf der Haarleiter, die
vollständig gekämmt
unsichtbar wird und den Tag
über die nächtlichen Straßen legt,
wie ein unmögliches Kleid
das gestern noch möglich
gewesen.

62) Deshalb bin ich hier?,
flüsterte der Greifvogel, unsicher. Ich
soll das Kind mit dir zusammen
suchen, ob es noch lebt und nicht erfroren ist
auf den Gleisen, den Grenzen, den grau gewordenen Zügen
welche wohl lustig und satt
die Zeit herunterrattern an den Bahnhöfen der Menschen?
Möglich, dass es in Haaren gewickelt
bei Schwindlern
Unterschlupf gefunden hat und zu sprechen anfängt
unter den Fremden, der nunmehr Zweijährige? Zu sprechen
anfängt ohne zu wissen warum und welche Sprache
seine Vorväter gesprochen im längst unter-
gegangenen Königreich, von dem un-
verständige Menschen nur Kunde erhalten, um davon
Kindern zu erzählen die sonst
nicht möglich gewesen?

63) Ja, sagte der Mond. Aber der König
behält das Reich
im Gedächtnis, beständig,
treu und verschwunden.

64) Und er will ihn zu sich zurück-
holen ins Reich, das verschwunden ist? Mit Hilfe
von Sammlern, von Schwindlern und Halbgeschöpfen?
Das Kind soll gerettet worden sein
durch den Verstand eines Dichters?
Durch die Haare des Mondes, wenn er sich
weiblich zeigt unter dem glatt gebügelten Himmel?
– Der Greifvogel schüttelte ungläubig den Kopf, starr

auf die Hochhäuser hinunterblickend welche am Wegesrand
gläsern aufwachten und erstaunt sich umsahen im
                              unterzeichneten Licht –

65) Ich muss mich jetzt vor der Witterung schützen,
versetzte der Mond – sie fröstelte und hüstelte, weil sie
es nicht gewohnt war, aus dem Weiß
gänzlich herauszutreten –, und das Fernglas
habe ich von einem befreundeten Apfel geborgt. Auch er
hat sich erkältet.
Sie streckte das Instrument dem Halbtier entgegen, welches

66) es in die Hand nahm, es umdrehte und langsam und scheu
befingerte – seltsam, wie es sich anfühlt, das Atomengewirr in
                                                            der
unsicheren Haltung, dachte es und hob versonnen den Blick
zum Schauspiel der Plattenbauten im östlichen Teil
der aufgehenden Stadt –.

67) Der Mond setzte sich an den Schminktisch, legte
die apriorischen Beine auf einen Fußschemel, trug Lippenstift
auf, sah in den geständigen Spiegel und fragte:

68) Siehst du das Kind?

69) Ich sehe es,
sagte der Hippogryphus.

70) Er nahm unversehens das gelöste, geballte Mond-Haar
in den geöffneten Mund
und schleuderte es ohne das Fernglas
aus der Hand zu legen
behutsam hinunter in das gewitter-
durchsetzte Gewimmel
der Turmfernen, an einem
unvordenklichen Tag,
der vergangen ist.

....

Dr. Liguster, die Anästhesistin, suchte eine Weile in den leeren Räumen und fand dann das Kind im Sprechzimmer. Flaminia hatte so laut geschrieen, dass man sie im Operationssaal gehört hatte. Sie lag bäuchlings, leicht gekrümmt, auf dem Schreibtisch. Der Pferdeschwanz hatte sich gelöst, und die langen Haare berührten mit den Spitzen den Fußboden. Die Ärztin setzte sich auf den Drehstuhl und fühlte ihr voller Vorsicht den Puls. Sie schien zu schlafen.
Dr. Liguster betrachtete sie noch einen Augenblick, um sich zu vergewissern, dass alles in Ordnung war. Das Kind drehte sich um und murmelte etwas Unverständliches vor sich hin. Es streckte mehrmals die Glieder und lächelte. Es lag nun auf dem Rücken und schlief ruhig.
Die Ärztin stand auf und wandte sich zum Gehen, als Flaminia im Traum sagte: „Fürchte dich nicht: Er ist fort."

....

Mittagsstille. Die Erde höhnt. Die Wölfin lacht. Gedächtnis umgarnt dich, untröstbar.
Es stimmt nicht, was du sprichst. Du lügst. Schau mich an. Du vergisst. Du verfälschst.
Du wirst nicht vergessen. Du kannst nicht. Es ist nicht möglich. Nicht möglich.
Die Lücke klafft. Die Nacht gebiert. Du wirst nicht entkommen. Das Meer braust und berechnet. Es lässt sich nicht sagen.
Sie ist stark und schmutzig. Sie will deinen Tod. Du musst dich hüten, auch wenn du es nicht glaubst. Du darfst nicht zu ihr.
Sie wird dir fehlen. Du wirst die Zeit vermissen. Es gibt keinen Ausweg. Du kommst nie heraus.
Du bist schuldig. Verliere nie die Hoffnung.
Natura non facit saltus. Was glaubst du bloß.
Geh in den Garten. Erinnere dich.

Erinnere dich. Schau mich an. Kannst du vergessen?
Du kannst nicht. Auch wenn es gelingt.

Sommer, sonnenvermählt. Meer.
Meer.
Mutterkuchen, schwanger
mit Sternen.
Meer.
Brütende Schlange. Rand-
zone
ewigen
Überdauerns.
Refugium.
Reptil.
Sprungbrett der Engel.
Meer. Ge-
heimnis
der Tragzeit.
Du wirst bei mir sein, und es wird dir nicht helfen.
Du wirst dich zurücksehnen. Zu ihr zurück, die nicht ist, die nicht war. Die du erfunden. Die du gefälscht. Sie war da und sah dich; jetzt siehst du sie. Du musst. Du kannst es. Es ist leicht. Gar nicht schwer.
Du wirst wünschen, dich nach ihr, nicht nach mir zu sehen. Auch wenn du dich täuschst.
Sie sitzt am Ufer und hält dich. Auch wenn das nicht stimmt. Das Kleid ist luftig und hell. Du fühlst es kaum, du hast keine Zeit. Zu herrlich schmeckt dir die Brise im Mund. Die Brise, die Milch und das Meer.
Damit
wird messen
jeder künftige
Durst
sich.
Du willst es, auch wenn du nicht willst.
Meer. Glatter
Tisch
all jener Weißgewandeten,
fügsam
und flach. Un-
entrinnbares

Kleid
der Ent-
schwundenen. Engel
aller Gejagten. Hort
aller Flüche. Ge-
biss und Gehirn.
Meer, un-
abgestoßener
Fremdling, Gottes
Bauchredner,
fern-
blütig Wild.
Gischt.
Nabelschnurblut.
Meer.
Schwarzer Schwan, der
über euch,
Erdensöhne,
die Fittiche
ausbreitet.
Siehe, die Große Wölfin gibt dir die Brust, und du trinkst.
Auch wenn du träumst.
Sie singt eine Nänie, unbedeutend, eingängig.
Du kannst sie nicht sagen. Du summst.
Sie spricht, und du löffelst ihr voll aus dem Mund.
Kreuz über Himmel.
Antlitz
Die Ahnin
segnet das Meer
Siehe, die Wölfin, die dich gesäugt, erhebt sich und geht. Geht ins Wasser. Sie geht, wie du es gewünscht. Wie du es voraus-
gesehen hast.
Sie steht auf und geht. Ins Wasser zurück. Sie lässt dich zurück auf dem Sand. Du schmeckst das Salz, die Milch und das Meer.
Meer.
Un-
scheinbarer
Jäger. Schlangen-
ei.
Höhle.
Hai,

der unendlich
weit
den Kiefer
ausfährt.
Meer.
Gattungs-
untaugliche
Art.
Wolfs-
milch
aus Menschenhand.
Du bist da. Du bleibst zurück, wie von der Flut ans Ufer gespült. Gestrandeter Vogel, heil dir: Du bist da. Du bist heil. Du siehst das Kleid sich im Wind aufbauschen, die Schmutzränder nass werden. Das Kleid klebt ihr am Leib. Am Bein, am Fuß, an der Brust. Wie du es gewollt.
Sie wird ersticken, ehe sie ertrinkt. Blutzoll ist entrichtet. Das Meer fordert das Opfer zurück.
Aber du lässt sie nicht gehen. Du kannst nicht.
Du bist zu gering.
Dumpfer Schmerz, der zum Schein nur verschwindet. Gib auf. Mühe dich nicht. Du bist ein Kind, das lächelt und saugt. Du hast es gewollt.
Jede Milch wird wahr oder falsch sein, künftighin. Du wirst wissen, auch wenn du nicht willst.
Saft
wirst du ausspucken wie menschenmögliches Gift.
Das Meer ist der Hüter der Zahl. Du kannst nicht zurück.
Du wirst trinken und lachen.
Lachen, laut und rasselnd und gut, wie die Wolfsbrut seit jeher es tut.
Du wirst die Milch begehren. Verdursten, wie ein zerknittertes Blatt austrocknen, wenn du sie nicht empfängst. Du schmeckst das Tier in der Milch. Alles andere weißt du.
Meer,
Wasser
das
übergroß
quillt
aus
nie versiegendem Wundmal.

Du gehst, ihr zu gleichen. Auch wenn sie es nicht ist.
Du hast die Ahnin gefunden.
Du wirst sie nie wieder verlieren.
Du weißt, wer du bist. Auch wenn du zweifelst.
Schlaf jetzt. Ich bin da.
Ebbe naht.
Dämmerung.
Es ist leicht. Gar nicht schwer. Einen Fuß
vor den anderen. Es geht.
Du gehst
mit dem leicht zögernden Schritt
von Kindern, die noch nicht
auf den Beinen
sich halten
im Sand.
Du gehst mit dem Hut auf dem Kopf.
Du hältst
sie zurück.
Du holst
sie zurück.
Du hältst
dich
auf den Beinen. Du trittst
in ihre Fußstapfen.
Du überlegst
nicht. Du kannst
fliegen und schwimmen zugleich.
Es ist leicht.
Gar nicht schwer.

....

„Wir schließen in fünf Minuten, Madame."
Flaminia nickt, ohne den Blick vom Bild abzuwenden.
„Soll ich Ihnen das Taxi rufen?"
Sie sieht etwas unschlüssig auf die Uhr. Der Zug nach Berlin fährt in einer halben Stunde. Es ist wie immer zu spät, um mit der Bahn zu fahren.
„Ja, bitte ein Taxi zum Bahnhof."
Sie retouchiert hastig die Zeichnung, die sie auf den Knien liegen hat. Der Mann von der Museumsaufsicht geht lautlos aus dem Raum.
Sie fährt nicht selten nach Dresden, aber von der Stadt hat sie wenig gesehen. Sie verbringt die ganze Zeit in der Gemäldegalerie Alte Meister, vor der Sixtinischen Madonna. Manchmal zeichnet sie. Manchmal schaut sie nur.
Die Lichter gehen aus. Das Taxi wartet. Sie verstaut Heft und Stifte in der Tasche und steht auf. Sie glättet den vom Sitzen zerknitterten Rock.
„Ich komme zurück", sagt sie zu dem Bild.

....

Die Zitate aus „Das Mädchen mit den Schwefelhölzern" stammen aus: Andersen, Hans Christian: Märchen. Mit Illustrationen von Vilhelm Pedersen und Lorenz Frølich. Aus dem Dänischen von Eva Maria Blühm, 3 Bde, Frankfurt 1975, Bd. 2, S. 94.

Zu diesem Text gehört das Bild:

„Anima ecclesiastica"

19) Die Geheimtaufe
oder Die Schaltsekunde

Ein musikalisches Märchen

In einem Dorf am Mittelmeer und auf dem Planeten Neptun,
Märchenzeit

Die Mütter nannten sie „die alte Irre". Camillas Mutter behauptete, sie bei einem Selbstgespräch ertappt zu haben, in dem sie sich als die wahre, von ihren Widersachern entführte und entthronte Königin von England bezeichnete. Camillas Mutter hieß Corinna (ein „c" für mich und eins für meine Tochter, ein „a" für mich und eins für meine Tochter, pflegte sie scherzend zu ihren Freundinnen zu sagen) und war eine kleine, mollige Frau mit einem gutmütigen runden Gesicht.

„Man hat mir die Eierstöcke entfernt und gestohlen", ahmte Corinna eines Tages fröhlich flüsternd die Ortsfremde nach, von der die Mütter ihre im öffentlichen Garten spielenden Kinder sorgsam fernhielten, „das hat sie einmal vor sich hin gemurmelt. Ich ging vorbei und habe sie deutlich gehört, unmissverständlich." Corinna sprach leise, aber Camilla, ihre schmale, schweigsame fünfjährige Tochter mit dem kurzen brünetten Haar, die zuweilen wie eine Katze im Dunkeln zu sehen und wie eine Wölfin nach menschlicher Wahrnehmung unhörbare Laute zu vernehmen vermochte, hörte sie. Hörte sie beiläufig, weil sie sich zufällig mit drei weiteren Kindern auf Entdeckungsreise in dem alten Gemäuer befand, welches von der Renaissancefestung umschlossen war, die im neunzehnten Jahrhundert von der Bürgerschaft zum Städtischen Garten erklärt worden war.

Die Ortsfremde musste eine Ausgestoßene sein, dachte Camilla im Laufe der Zeit, warum sollte sie sonst etwas derart Absonderliches behaupten? Die alte Frau besuchte den Garten immer seltener, und ihre Kleidung wurde immer schmuddliger und verschlissener, obgleich die Stoffe und die Accessoires einmal teuer gewesen sein mussten. Ihr schneeweißes Haar war üppig und schulterlang; in den Wintermonaten schien sie mehrere Kleidungsschichten unter dem grauen Lammfellmantel zu tragen. Camilla fand, dass sie überhaupt grundsätzlich zu frieren schien, weil sie sich oft Handrücken und Oberarme rieb, als wäre ihr kalt, auch im Sommer und an den lauen mediterranen Frühlingsabenden, die schwer von Grün und von Magnolienduft waren.

Es kam nicht in Frage, die Vermutung der Mutter zu bezweifeln, aber Camilla begann, traurig und zornig zu werden. Sie sah Corinna urplötzlich mit den Augen einer Erwachsenen, und diese Erwachsene konnte ihre Mutter nicht leiden. Das Mädchen machte nun öfter Spaziergänge im Garten, in der Hoffnung, der Ortsfremden zu begegnen. Sie stellte fest, dass Georgia tatsächlich manchmal Selbstgespräche führte; es waren ruhige, beschauliche Sätze, vor denen eine Fünfjährige sich nicht zu fürchten brauchte. Sie wollte nicht zudringlich sein, und so gelang es ihr selten, etwas Zusammenhängendes herauszuhören. Es waren lateinische Worte dabei, die sie noch nicht verstand, zum Beispiel: *qui carnaliter carnem fugiunt*, und Camilla sagte sie so lange vor sich hin, bis sie alle auswendig konnte. Einmal, an der Brüstung des verfallenen Rosengartens, wo der alte Springbrunnen immer noch spärlich Trinkwasser gab, breitete Georgia ihren zerfledderten Schal auf der Erde aus und warf ein paar Bonbons darüber, bevor sie sich hinsetzte und nachdenklich den Blick umherschweifen ließ. Camilla fühlte sich ertappt und kam aus ihrem Versteck hinter der Steinbrüstung hervor. Sie hatte eine Heidenangst, aber die Greisin lächelte gütig; gleichwohl schien sie wie vom Donner gerührt und sagte kein Wort, aber sie nahm ein Bonbon in die Hand und streckte es ihr entgegen. Camilla, die von den Eltern immer wieder streng ermahnt wurde, nichts von Fremden anzunehmen, zögerte keinen Augenblick, streckte die Hand aus, erwiderte das Lächeln, nahm die Süßigkeit und aß sie unverzüglich, nachdem sie ein scheues „danke schön" hervorgebracht hatte. Georgia hatte große Mühe, etwas zu sagen; der Fünfjährigen wollte scheinen, als ob sie einer Lähmung zum Opfer gefallen wäre, aber schließlich gelang es ihr, die starren, leblosen Lippen zu bewegen und zu sprechen: *sursum cor,* sagte sie eindringlich, sichtlich bestrebt, dem Mädchen keine Furcht einzujagen, und wiederholte es zweimal. Sie sahen sich unverwandt an, und Camilla sprach ihr nach, mühsam zuerst, dann zuversichtlicher, klarer, als gälte es ihr Leben.
„Soll ich Hilfe holen, *signora*?", fragte sie.
„Nein, danke, Liebes. Mit mir ist alles in Ordnung."
Sie hob die Hand zum Abschied, und Camilla wiederholte die Bewegung, so wie sie die Worte wiederholt hatte.
„Camilla! Camilla!", rief Corinna von fern.
„Ich... muss gehen."
Georgia nickte und grüßte abermals, und das Mädchen winkte

zurück, verließ die Lichtung, in der die Rosen blühten und der erstickte Steinbrunnen Wasser spie, und ging fort, der Stimme der Mutter folgend, die sie schon eine Weile lang gesucht hatte. Camilla ging bereits in die erste Klasse und konnte lesen, schreiben und rechnen. Sie fragte einmal die Lehrerin, was Eierstöcke seien und was geschehen müsse, wenn sie gestohlen werden. Die junge Frau, die selbst fast noch ein Kind war, erstaunte über die Frage der Fünfjährigen und versuchte vorsichtig, durch Gegenfragen deren Grund zu erfahren. Das Mädchen fühlte instinktiv, dass die wahre Begebenheit nicht erzählt werden sollte, und sie ersann eine Truggeschichte.
„Ich bin im Garten über einen alten Stein gestolpert; darunter lag ein Zettel, den jemand vergessen hatte ..."
Sie spann gerne Erfundenes, sie fand, dass alles aufregender wurde, wenn man der Phantasie keine allzu strengen Zügel anlegte. Sie sprach die Lug- und Truggeschichte um die auf dem Zettel befindliche Botschaft so lange und so geschickt weiter und immer weiter – *la novella dello stento, che dura tanto tempo ...* –, dass eine geraume Zeit darüber verging und die Lehrerin ihr zum Schluss glaubte und nachdenklich aus dem Fenster sah. Zumindest war sie überzeugt, dass ihre kleine Schülerin nicht in ernsten Schwierigkeiten steckte; schließlich kannte sie die Lust zum Fabulieren, die Camilla die Begeisterung und die treue Freundschaft so vieler Altersgenossen eingebracht hatte.
„Die Eierstöcke sind Teil unseres tiefsten weiblichen Inneren", erklärte sie etwas unsicher, „Sie befinden sich in unserem Bauch; da drin schwimmen die Eizellen, die später vielleicht, wenn die Frau groß und verheiratet ist, einmal wachsen und zu kleinen Kindern sich entwickeln werden."
„Georgia hat keine Eierstöcke mehr", murmelte Camilla verwirrt, „Sie kann also keine Kinder bekommen?"
„Nicht wenn sie keine Eierstöcke mehr hat; aber, Camilla, wer ist Georgia? Woher kennst du sie?", fragte die Lehrerin.
„Sie ist eine Freundin von mir", sagte das Mädchen und konnte nichts mehr sagen. Es blickte so versteinert in die Ferne und war so blass geworden, dass Antonia sie bat, sich zu setzen und einen Augenblick innezuhalten. Sie machte sich Sorgen um ihre Schülerin, aus deren Gesicht das Blut vollständig gewichen worden zu sein schien. Doch dieser Augenblick verging, die Lehrerin beruhigte sich, und alles ging den gewohnten Gang weiter, den die alltäglichen Verrichtungen zu gehen pflegen.

....

Der Geist in der Lampe

Ausgenommen die Hand
die einst die Augen schloss,
im Kindbettfieber unverständ-
liche Worte vor sich hinsagend (wer war sie?)
wie wenn ein Marmorbild
langer Krankheit entsprungen wie aus dem unauslotbaren
Grund emporgetaucht aus dem See dessen Arm sie im stillen
borgte, nicht gewahr werdend des Kindes
welches am Ufer stand wie ein Stein,
welches am Ufer ausharrte ohne es zu wissen
das Blaue berührend mit brennender Zunge,
mit gelängtem Gesicht dem Gruße sich neigend
das Marmorkind das nicht zögerte das
nicht zurückbebte im Erzittern, nicht mehr
fest stehend im Sand der Halt bot im Seesturm.

Ausgenommen die Hand
darin Gedanken laut pochen
sehe ich all die Besitzer der Lampe,
all die Besitzer der Lampe,
ich, der Geist der Lampe,
der ich dem Besitzer
des Hauses alle Wünsche erfülle, der ich
all die Wünsche besitze,
die mein Herr
herbeisehnt.

Ausgenommen die Hand
die aus den Fluten emporstieg und ohne zu wissen warum
sich dem Winter verband der draußen tobte und schwieg,

an fremden Türen klopfend sich
in den sichtlichen Reden der Menschen verfing,
beharrlich zerbrechend den Boden im Frost
erstarren ließ, Bäume und Sternbilder
besprach, nach dem Kinde fragend,
welches die Kranke geboren.

Eng das Glas
fremd das Haus
Reim im Mund
fern die Amme, die mir ehemals
mit tröstlichem Sud das Blut stillende Amme

(wie ihre Stimme
durch Wände von Fieber hindurchdrang,
sich hindurchbog durch Drangsal, Delirium,
und doch blieb sie sitzen, sichtbar und wissend
im Sein vergehend, sprach weiter, redete
Zeitreime, in gebrochenen Zungen
Keime des Zählens heraufbeschwörend:
eins, zwei, drei,
Abzählreim,
komm herbei,
Kind schlaf ein …)

Der Gesang
der Amme
zersprang.
Leer war das Glas
und intakt und im Haus
brannte das Licht,
an dem
das Pochen
voll wurde.

Das Kind stand an der Schwelle, wartete,
blickte beidwärts,
berührte nicht wissend
das Glas, berührte
den Sang und den See,
sehnte das Zählen,

sehnte die Nänie herbei, das reglose
Sinnen, die Rede der Sitzenden,
Sagenden, welche die Zeit
des Wissens erfüllte.
Die Bettlägrige entsann sich
des Fiebers das sie aus Mären geborgt
das sie heimsuchte
als sie am Ufer stand und dass sie
Reime rückwärts erhaschend am Strand
an das Marmorbild sich erinnernd das Kind sah
und dass es
Steine auflas im Sand,
unentwegt suchend nach Keimen,
nach glückbaren Wurzeln welche der Wind
gesät hatte dem Winter
in die geöffnete Hand.

....

Die Jahre vergingen. Camilla wuchs behütet auf; der Garten der Kindheit schloss sich lautlos hinter ihr zu, und die kleine Kameradenbrigade wurde von der Zeit, dem alten unbarmherzigen *Chronos*, versprengt. Von Georgia, der Ortsfremden, die von den Leuten „die alte Irre" genannt wurde, verlor sich jede Spur. Die Familie war in eine andere Stadt gezogen, wo Herr C. eine Stelle in der Magistratur angetreten hatte. Die junge Erwachsene sollte bald ihren neunzehnten Geburtstag im Kreis neuer Freunde und Gefährten feiern.
Sie hatte sich an der Universität im Fach Biologie eingeschrieben und war seit zwei Jahren mit Rufus, einem um zwei Jahre älteren Kommilitonen, verlobt. Es sollte ein großartiges Geburtstagsfest werden, an dem die *fiancées* bekanntgeben wollten, wann die Hochzeit stattfinden würde. Die Familie hatte einen recht großen

Freundeskreis (die Erzählung erbittet vom Leser ergebenst Verzeihung für die Wiederholung bestimmter, sachdienlicher Hinweise und Sachverhalte), und alle wurden eingeladen, auch die Auswärtigen, die in anderen Städten oder anderen Kontinenten wohnten.

Und endlich war es soweit. Corinna hatte alles glänzend vorbereitet; der für Camillas Gemächer eigens eingerichtete Speisesaal schlief noch hinter den weißen batistenen Vorhängen, aber der Tisch war bereits vollständig gedeckt, und auf jeden einzelnen Gast wartete an dem ihm zugedachten Platz ein kleines, von der Hausfrau ersonnenes Festtaggeschenk.

Das Geburtstagskind war schon früh am Morgen wach: Ein schwerer Traumnebel lag auf ihrem inneren Sinn, und sie versuchte, die Gespenster durch Klavierübungen zu vertreiben. Ihr Gedächtnis empfing währenddessen unzusammenhängende Wortfetzen, die aus ihrer Schulzeit stammten; sie erinnerte sich urplötzlich an die Lateinstunden auf dem Gymnasium und fing an, die Wortbildungsklassen steif und abgehackt, wie sie es gelernt hatte, im Geist zu rezitieren: *nomina agentis, nomina actionis, nomina qualitatis, nomina instrumenti, nomina loci, nomina deminutiva, nomina patronymica* (soweit die Substantive, sagte sie zu sich selbst, leicht erschöpft Atem holend). Sie hatte eine süßliche, melancholische Art, Klavier zu spielen, die ihre Eltern und die Freunde entzückte und die Lehrer verdross. Als Vierjährige hatte sie angefangen, Musikunterricht zu nehmen; Vater und Mutter hatten sie immer darin bestärkt, mit der Zeit jedoch ihr klargemacht, dass sie nach dem Abitur auf die Hochschule gehen und das Fach Biologie studieren müsse. Sie hatte sich widerstrebend gefügt und fortan die Musik als Passion betrachtet, die mit ihrem künftigen Berufsleben nichts zu tun haben würde.

Am Morgen ihres neunzehnten Geburtstags jedoch vermochte es nur das ausdauernde, mit der Kapriziösität einer Vierjährigen durchsetzte Klavierspiel, sie der Sogkraft der nächtlichen Albträume zu entreißen. Sie stand auf, stieß verdrossen die Speisesaalfenster auf und ließ das zerbrechliche Morgendämmerungslicht herein. Was nur los war, dass sie sich so verlassen und entkräftet fühlte, so unfroh und allein mitten in der Geburtstagsfestvorfreude, fragte sie sich. Sie hatte einen Lobgesang gewollt, und herausgekommen war eine düstere, von lateinischen Wortbildungsklassen begleitete Ouvertüre, deren Fortsetzung sie jäh abgebrochen hatte, aus Furcht, von der Eigendynamik

der Musik und dem Eigenwillen des Instruments übermannt zu werden. Was war nur mit ihr los? Was war in den Tontext eingeschrieben, der sich gleichsam von selbst hervorgebracht hatte?
Es war ein kalter, schneedurchwehter Dezembermorgen; irgendwo in den Tiefen des Gartens sandten drei Bussarde sich gegenseitig einen Gruß zu, zuversichtlich, dass ihre Sprache den Menschen unverständlich bleiben würde. Camilla betrachtete jedes der kleinen Geschenke, die Corinna für die Freunde bestimmt hatte. Es war alles passend eingerichtet, sie selbst hätte es nicht besser machen können, dachte Camilla. Für Rufus, ihren Verlobten, der in einer sehr frommen Umgebung aufgewachsen war, hatte sie ein silbernes Kreuz ausgesucht, das er auf seiner nächsten Forschungsreise in den Amazonas immer bei sich tragen sollte; so hatte es Camillas Mutter vorgesehen. Es lag in einer mit Samt verkleideten Schatulle, die ein Geheimfach besaß. Machte man dieses auf, kamen auf der nach vorne aufklappenden Innenseite folgende Worte in silbernen Buchstaben ans Licht: „Wir werden uns eines Tages alles erzählen".
Für Mirjam, ihre beste Freundin, erlesener Haarschmuck: ein Reif aus himmelblauer Seide, mit einem sternförmigen goldenen Diadem, und eine Geschenkkarte aus Florentiner Papier, auf der geschrieben stand: „Erblickst du mich, vergisst du nicht". Unten drunter befanden sich eine Inschrift mit den Worten *„Lost and found"* und eine schwarzweiße Zeichnung, die eine Kirchenglocke inmitten einer abendlichen Ackerfläche zeigte. Für Alina, die Camilla vom Ballettunterricht kannte, hatte sie ursprünglich an ein Buch gedacht: „Ich zähmte die Wölfin" von Marguerite Yourcenar. Dann aber schien es ihr unpassend, der Freundin eine Lektüreempfehlung zu geben. Sie wählte stattdessen eine Porzellanpuppe, die in Alinas Sammlung bestimmt fehlte. Es war eine Indianerhäuptlingstochter, die entfernt an die Figur in Walt Disneys Film „Pocahontas" erinnerte, jedoch schmaler und europäischer aussah: die langen, dunklen Locken umrahmten ihr ernstes Gesicht mit unermüdlicher Grazie, und die mandelförmigen Augen, von strahlendem Nussbraun und von durchdringender, kindlicher Unschuld, schienen von Zeit zu Zeit aufzuschlagen und die Blickrichtung zu ändern. Camilla hatte ihre Schneiderin mit der Anfertigung des Kleides für diese Porzellanpuppe beauftragt: dazu später. Es kamen die anderen kleinen Geschenke; es waren deren viele, denn die Familie hatte einen großen Bekanntenkreis.

Am dreizehnten Platz blieb sie verwundert stehen; eine winzige Milchflasche mit einem nach oben sich verengenden Hals stand unberührt da, als wäre sie eine Pflanze. Niemand hatte sie da hingestellt. Ihre Mutter am allerwenigsten, warum sollte sie? Das Fläschchen war halbvoll, und auf dem emailgeschmückten Verschluss war zu lesen: *„Men, Mice and Medicine"*. Hygina, Camillas Siamkatze, sprang neugierig herbei und roch ausführlich am bläulich schimmernden Glas. Es gelüstete die Neunzehnjährige, von der weißen Flüssigkeit zu kosten, die wie Milch aussah; sie öffnete das Behältnis und führte es vorsichtig Hygina zu, die bereitwillig die Zunge herausstreckte und kräftig trank. Das Geburtstagskind, das dem Geruchs- und Geschmackssinn der Siamesin vertraute, nahm die Teetasse, die auf dem länglichen Mahagoniholzspeisetisch ihren eigenen Platz beim Gastmahl bezeichnete, und goss etwas von dem weißen Inhalt darein. Während Hygina den Schwanz hob und sich grußlos umdrehte, um deutlich zu machen, dass ihr eigener Durst noch keineswegs gestillt war, trank Camilla von der Flüssigkeit. Sie war angenehm wärmend, wie frisch aufgebrühter Bohnenkaffee, und sie schmeckte ihr; sie mutete unbestimmt an, wie Farbe und Sonne an einem klaren Wintermorgen, eine synästhetische Empfindung, die ganz allgemein den Frieden und die Reinheit und zugleich die Mütterlichkeit der Milch geerbt hatte.

Meine Phantasie geht wieder mit mir durch, schalt sie sich unwillkürlich, ich bin sicher, dass es ganz normale Milch ist, die von der Köchin aufgewärmt worden ist. Aber woher dann der Kaffeegeschmack? Ach, ich werde Mutter fragen. Reumütig und theatralisch buckelnd erschien Hygina wieder im Speisesaal, schlug die Tür mit der Hinterpfote zu und streifte ihr bettelnd um die Füße; Camilla goss lächelnd den Rest des Getränks in den Katzennapf und beobachtete zufrieden das Tier, welches anmutsvoll und zutraulich trank.

Sicherlich doch einer von Mamas Einfällen, dachte Camilla, sie hat öfter solche Anwandlungen, wenn sie mich überraschen will. Es überfiel sie die Erinnerung an alte Fieberzeiten, an die langsam eintretende Genesung, nachdem sie ihre Medizin genommen und den Erkältungssirup getrunken hatte: Sie lag im großen Elternbett und schlief. Die Mutter umsorgte und bewachte sie. Sie schlief lange und träumte die Geschichten wieder, die sie in den winzigen, kärglich und meisterlich illustrierten Büchern gelesen hatte, die ihr Corinna ans Krankenbett gebracht hatte. Es war

eine mehrbändige Sammlung, mit einem kartonierten Umschlag in Weiß und Blau, das gleichsam als Erkennungsmerkmal der Reihe diente; sie tippte beim Lesen immer mit den Fingerkuppen und Fingernägeln darauf, wie beim Klavierspielen, und in ihrem Kopf entstanden die Bilder, Stimmen und Farben der Erzählungen, die sie gerade las. Sie sträubte sich aus diesem Grund und zu diesem Zweck oft dagegen, dass die Kinderfrau ihr die Nägel abschnitt, und machte einen Riesenwirbel darum.
„Worte haben Konturen", hatte sie einmal zu Tisch den Eltern geantwortet, die sich nach der Bedeutung dieser „Lesebegleitung" erkundigt hatten. Vater und Mutter tauschten einen wissensvollen Wechselblick und lächelten sie an. Sie war von klein auf ins Lesen und Musizieren vernarrt.
Sie erinnerte sich zum Beispiel an den katholischen Priester, der seit dem ersten Schuljahr den anderen Kindern Religionsunterricht gab. Sie war auf Anordnung der Eltern davon dispensiert, aber manchmal bestach sie aus purer Neugier den Pfarrer durch eine gemütsvolle Plärrerei und durfte bleiben. Einmal verteilte der Geistliche eine *graphic novel*, die den Titel trug: „Wie sieht eine Welt ohne Gott aus?": Sie war in Schwarzweiß gehalten, und sämtliche Zeichnungen stammten von des Pfarrers Bruder, der ebenfalls im Dienst der katholischen Kirche stand und in den Vereinigten Staaten von Amerika lebte. Auf dem Cover des kleinen Buches war ein Klavier zu sehen, mit sehr schwarzen und sehr weißen Tasten, ein Flügel, an dem eine Greisin mit gebundenen Händen und einer grauen Augenbinde saß. Die Sprechblase über den Wolken eines stürmischen Ozeans, auf dem der Flügel, die Greisin und der Hocker wie ein dreiteiliges Schiff segelten, sagte: „Mir sind die Hände gebunden". Beim Weiterblättern entdeckte Camilla ein Buchkonterfei mit einem Bild des britischen Schriftstellers Charles Dickens, neben dem geschrieben stand: *„Making a home"*. Die Zeichnung imitierte wahrheitsgetreu eine Photographie des Dichters in seinen späteren Jahren, wie er in einem ledernen Armsessel versunken saß und dem Betrachter geradlinig ins Auge sah. Ringsherum sah man eine große Anzahl von Bücherregalen, die zu einer geräumigen Buchhandlung gehörten. Über einigen standen Preissenkungsschilder, und sie waren alle leer. Es war ein Ausverkaufsbild, und Charles Dickens machte ein Zuhause daraus. Spärliche, hagere Gestalten irrten ratlos durch die Gänge, auf der Suche nach Büchern, aber niemand konnte ihnen Auskunft geben, wo sich die angebotene

Ware denn befände. Die Angestellten waren genauso schlecht informiert wie die Besucher, und keiner von ihnen schien das Buch mit der Photographie des berühmten englischen Schriftstellers zu bemerken oder sich dafür zu interessieren. Manche schienen es zu sehen und darauf zuzugehen: Sie beschleunigten plötzlich den Schritt, grinsten verschlagen, schauten verschwörerisch in die Runde und bewegten sich schnurstracks in seine Richtung. Doch kurz davor angekommen blieben sie stehen, blinzelten mehrmals verwirrt, als würden sie aus einer Hypnose erwachen, rieben sich die Augen, als hätte sich eben eine Fata Morgana wieder in Luft aufgelöst, machten auf den Absätzen kehrt und taumelten steif und benommen durch die Menschenmenge zurück.
Camilla dachte lange nach. Sie hatte das Buch vom Pfarrer geliehen, nach Hause geschmuggelt und nie mehr zurückgegeben; zu dieser Zeit starb ihre alte Klavierlehrerin, und eine neue kam jeden Dienstag an ihrer Statt, um sie weiter zu unterrichten. Camilla hatte sich vom ersten Augenblick an in sie verliebt und in der unmittelbar darauffolgenden Zeit große Fortschritte im Klavierspiel gemacht.
Larissa von Bernburg war Konzertpianistin und gab ansonsten keinen Unterricht, aber sie war eine entfernte Freundin der Familie und hatte sich auf die Anfrage von Camillas Eltern hin zu einer Zusage verpflichtet gefühlt. Sie hatte in Rom am Konservatorium Santa Cecilia studiert und war nicht nur eine ausgezeichnete Virtuosin, sondern auch Komponistin. Sie hatte es vermocht, den inneren Widerstand von Camillas Eltern unversehens zu brechen und bei ihrem Zögling so oft bleiben zu dürfen, wie sie es für richtig hielt. Sie hatte Camilla zu Bach, Mozart und Chopin geführt, und unter der Führung der neuen Lehrerin war die Hand der Schülerin zum Leben erwacht und hatte angefangen, sich zwanglos auf der Tastatur zu bewegen, ohne dass sie nachzudenken brauchte, wie es bislang nötig gewesen war. Eines Tages war Larissa mit einem verschwörerischen Lächeln ins Zimmer getreten und hatte der Achtzehnjährigen eine Überraschung nach der Klavierstunde angekündigt, falls Camilla das Notturno von Chopin, das sie ihr vorlegte, gut spielen würde.
Die Schülerin war zuinnerst aufgeregt und stolperte einmal an einer schwierigen Stelle, doch das trübte die Stimmung der jungen Musikerin in keiner Weise. Sie spielten anschließend ein Stück vierhändig: Camilla war vom Hochgefühl der Harmonie mit La-

rissa getragen, und Chopins Töne klangen ungewöhnlich reich nuanciert und doch wie von einer einzigen Person hervorgebracht. Die Unterrichtende war selbst überrascht und aufgeregt, als sie beim Tee mit ihrem Zögling zusammensaß und mit geheimnisvoller Miene die Hände hinter dem Rücken verschränkte und fragte:
„Rechts oder links?"
„Rechts!", war die Antwort.
Larissa vertauschte geschickt den Inhalt der linken Hand mit der leeren Luft in der rechten und streckte ihrem Liebling den Arm mit geschlossener Faust entgegen; behutsam stellte Camilla die Teetasse auf den Tisch, als befürchtete sie, dass sie zerbreche, und zog die Hand der Freundin zaghaft zu sich.
Nun öffnete Larissa mit triumphalem Lächeln die Faust: Zum Vorschein kam ein von Papst Benedikt XVI. gesegnetes Bild des heiligen Martin, welches den Reiter hoch zu Ross am Stadttor seinen Mantel zerreißend und mit einem zerlumpten Mann teilend zeigte. Die beiden Frauen verbrachten eine halbe Stunde damit, sich die Geschichte des Heiligen zu vergegenwärtigen; Camilla hatte einen großen Nachholbedarf und hätte noch endlos zuhören wollen, aber Corinna kam unerwartet mit frischem Tee herein und erinnerte die Tochter daran, dass gleich Ballettstunde sei und sie sich umziehen müsse. Doch bevor sie ging, steckte Camilla das Martinsbild in die Westentasche, und später nähte sie es sorgfältig ins inwendige Knopfloch ihres Reisemantels ein. Sie war damals oft im Ausland unterwegs.

....

Via S. Martino 25

Nel mio luogo di pace
non vaga piú il sorriso;
il canto tace.

D' improvviso
è un luogo di spettri.

Nel mio luogo di giochi
ogni voce si è spenta,
solo echi si sentono, fiochi.

L' Ombra orribile e lenta
con un colpo é venuta.

L' abisso di dolore
ha inghiottito la luce
nel mio luogo d' amore.

L' abisso di ghiaccio
ha distrutto il calore.

Fuggiró con i raggi di luna
dal mio luogo di sogni.

....

Zu einem nicht näher bestimmbaren Zeitpunkt im darauffolgenden Spätfrühling war Larissa lautlos von der Bildfläche verschwunden. Niemand wusste, wohin sie gegangen war; sie war einfach nicht mehr da. In der Gesindeküche murmelte man hinter vorgehaltener Hand, sie habe ein uneheliches Kind bekommen und es heimlich über die Grenze, in ihr Heimatland, gebracht. Camilla konnte sich nicht einmal von ihr verabschieden.
Es kam eine andere Klavierlehrerin. Sie war ebenfalls eine Freundin der Familie, eine bemerkenswerte Virtuosin und eine einfallsreiche Komponistin; doch Camillas Stunden mit ihr waren trüb, und eines Tages trat sie unvermittelt ins Studio ihres Vaters und bat inständig, den Musikunterricht abbrechen zu dürfen, um sich ihren universitären Studien ganz und gar widmen zu können. Der Vater willigte ein. Der Vater starb im darauffolgenden Herbst. Im Dezember wurde Camilla neunzehn Jahre alt.
Am Morgen ihres Geburtstages stand sie im Speisesaal an dem langen Mahagoniholztisch, wartete auf ihre neuen Freunde und betrachtete die Geschenke, die ihrem Verlobten und den anderen Gästen zugedacht waren.
Da war dieses „neu", das eine seltsam aufrüttelnde Wirkung auf sie hatte, beinahe physisch, als hätte sie jemand in den Arm gezwickt, damit sie aufwache. Wo waren all ihre Kindheitsfreunde geblieben? Bedeutete das Erwachsensein, dass man die Kindheit vergaß und verlor? Und wo war Larissa, ihre Musiklehrerin? Wo war der katholische Priester, dem sie in der Schule die *graphic novel* mehr oder weniger gestohlen hatte?
Hygina, die für den Augenblick genug getrunken zu haben schien, sprang mutwillig auf den Speisetisch, der für die menschliche Spezies reserviert war, eine Unart, die sie sonst nie an den Tag legte, und fegte die Handserviette, die auf dem dreizehnten Platz lag, mit der Pfote fort. Darunter kam das Bild des heiligen Martin zum Vorschein, das Larissa einst Camilla geschenkt hatte und das der Zögling ins Knopfloch eingenäht hatte. Doch das dazugehörige Kleidungsstück – ob es ein Mantel, eine Jacke oder eine Bluse war, weiß die Erzählung nicht zu präzisieren – war seit langem verschüttgegangen, wahrscheinlich von der Kammerzofe aus Zerstreuung aussortiert, hatte Camilla seinerzeit gedacht, und sie hatte jegliche Hoffnung aufgegeben, das Bild wiederzufinden. Sie verlor manchmal Gegenstände und fand sie dann doch wieder, aber es war unmöglich erschienen, die ihr so teure Gabe der Freundin je wieder zu Gesicht zu bekommen.

Plötzlich erinnerte sie sich an die Novelle, die sie als Fünfjährige einst der Klassenlehrerin gegenüber erfunden hatte, um Georgias Unglück unkenntlich zu machen. *La novella dello stento, che dura tanto tempo.* Das Martinsbild konnte unmöglich dasein, und doch sah sie es mit ihren eigenen Augen; dem Geburtstagskind gefror beim Gedanken, der ihr durch den Sinn schoss, das Blut in den Adern, und ihr Herz fing zu rasen an. Gemach, Kindchen, gemach, flüsterte die Greisin unbeirrt in ihrem Kopf weiter, wir wollen doch wenigstens das zwanzigste Lebensjahr erreichen und nicht vorher an Herzinfarkt sterben, denk nur, was das für ein unrühmliches Ende wäre; beruhige dich, und gib gut acht. Gib acht, Liebling.

Camilla bekam das unabweisbare Gefühl, von unsichtbaren Blicken aus allen Ecken des Speisesaals beäugt zu werden, von missgünstigen, feindseligen, gewalttätigen Blicken.

Hygina hatte angefangen, laut und eindringlich zu miauen und unentwegt an der Ausgangstür zu kratzen; Camilla verbarg rasch das Heiligenbild in ihrem Strumpfband, nahm die Katze in den Arm und begab sich hastig auf ihr Zimmer. Es war 15 Uhr nachmittags, und keiner der Geburtstagsgäste, die für 14 Uhr geladen waren, hatte an der Tür des Hauses in der St. Martinsstraße, wo Camillas Familie wohnte, geläutet.

....

....

....

....

....

Ballade von der Windsbraut und von der Brunnenhexe

„O Valentino, vestito di nuovo,
Come i cespugli del biancospino!"

Giovanni Pascoli

In den Manegen des Glücks
machte Menasse, der Satte, Menschen aus Lehm.
Den Lohn, den bezeichneten, aß
unausgesetzt die Seeräbin im Turm. Jung
darbte Omar, Nomadenkönig
in Gewölben der Leernis, unter dem Zelt.
Den Elben im Grunde des Brunnens
ward Wechselbalg, Geburt und Genugtuung
geweissagt mit Bedacht und Befehl.
Tod ward gewoben, Entbindung. Gelöbnis
gewährte Liebesleid den Entbehrlichen.
Im Leibmond lag
das winzige Herz das nicht schlug
das unter Schnee und Linnen nicht schlug
kleiner noch als das umfängliche Brenn-Kleid
kleiner als jemals ein Ding sich gewusst und genannt.

....

Mit Sorgenfalten im inniggrauen Gesicht
zeigte die Wechselwarme sich,
Bollwerk der Betulichen,
den Geknechteten
beinahe gnädig; Tribute
einzufordern von einem Sklavenhaufen
erschienen die Zöllner, langschnäblige,
in Pflichtschuld gewandete Dompteure des Wetters,
Mondvögel, gekommen, das Angeld
zu verlangen für die geschädigten Elben.
Die Manege war voll.
Der Gladiatoren waren genug.
Das Christenvolk sollte büßen,
so es sich nannte.

(Man roch es
in den übertünchten Spelunken, wenn Mittag war
und der Bauchredner, Mammon, es trieb,
es hinaustrieb
aus der überlegten Arena des Anstands)

Als wäre es Gewicht
von einer wägbaren *res* nimmt die Turm-Nemesis
die Witterung auf – staunend
trennt sich das Laub von der Erde,
von dem Befehl freudig bestimmt –,
wenn Hippogryphus, das Halbpferd,
in Lunas Gedächtnis erwacht,
sich schüttelnd und schnaubend
nach langen Nächten der Aussaat
subrisio saltatoris hineinschreibend in den
nicht zu erhaschenden, von einer Lust
nach Unrast überraschten, leicht schwindligen Mond-Grund

(wie sie im Umschmelzen sich wölbt, die Milchige,
die Fischähnliche,
die von dem Ruf maßvoll Erschreckte,
die Mond-Münze im Bauch der Verwunschenen).

....

Die alte Muhme kam mit ernstlicher Miene hinab
(*materna malignitas*),
von dem Waldkauz, dem Ibis,
dem zungenwendigen Uhu gefolgt,
zum Schauplatz der Widmung
von Leber, Nieren, Gehirn machend
den Quellbach, die scheuen Rehe,
die bejahrte, mit Talmisteinen
schwerlich behängte, kirschäugige Wölfin,
die kummervoll versammelte Menge.
Auf dem pockennarbigen Mond
darbte der Lebensbaum in der Schlucht.
Der Brunnen versiegte:
Jedes Erquickliche, Kleine,
das Moorlieschen, das grünstichige Plankton
sprang um in Dingliches, Dichtes.
Der Schemen überdrüssig
ersann der Monarch, mit dem Magier
den Mondstall bereisend, den Dschinns die Oase.
Heimsuchung krankte ihm am Leibe.
Menasse, der Reiche, sollte ihn zerstreuen,
möglich machend den Sinn und die Hege.
Dem Nomaden ward zum Sehen zumute,
zum Rauchen.
Brunnenhexe, siehst du das Haus und die Windsbraut?

....

Elbenfron ward zitiert. Gezeiten
schufen die Dschinns, schmale Herzen,
ein strenges Liebe-Gespinst dem Herrscher zudenkend
auf gegenstrebigem Zustrom, im Baum.
Und die Brunnenhexe begann,
Wurzel und Kraut,
den Bach und das geschäftige Tier
zu erblicken und zu erhalten.
Von nun an liebte unerbittlich die Tiefenfee
die Savanne, den Lindwurm,
den schlankhalsigen Nubier,
den windmähnigen Löwen,
das drückendheiße, mondsüchtige,
dem Ungebärdigen abgetrotzte
Land der Verschwindung.
Sie tränkte auf den Mondbergen
die Zwergpalme, die Tanne,
die hohe Eiche und die mit der Elbin befugte,
von der einstigen Milch berufene Tamarinde.
Hippogryphus, stummer Diener in unverfüglicher Tracht,
sah die kleine Brigade und sprang:
in der Leere krümmte sich, ängstlich, das Dunkel,
schwankte und hob unversehens den Blick
hinauf zu dem Raben, der an der Steinmulde sitzend
laut lachte, die Wanderin
zwischen den Reichen, die vogelwerdende Frau,
niemals verlassen habend, die seit Wüsten-Äonen
dem Maultier, dem Elmsfeuer, dem
nach Menschenart fabulierenden Lehm
subrisio einflüsterte, des Verborgenen Heimes
zwischen Schnee und Linnen im Lot
daliegende Spur: Widerwillig
traten die Mächte zur Seite
(*christiani ad leones*),
als sie, schwarz, unverblümt,
Menasses Manege betrat,
den Turm-Raben, wie einst die gelehrigen
Heiden-Göttinnen, im Handinneren bergend,
als wäre er Abzeichen und Abgott,
den Unterworfenen Schweigen gebietend,

auf dass Golem, die Wurzel,
den Sprüchen gehorchend sich rege,
der Gönnerin weislich, gewillt
entgegenstreckend die noch
nicht erformte Gestalt.
Die Tochter ist tot,
so sagte die Schlange, gleich-zeitig,
von dem Geschick der Begabten günstig gestimmt.
Alle fühlten den Ort, den überzähligen, den
die Wechselwarme umwehenden kältlichen Hauch;
sie hörten, furchtsam, die Elbin
die Wörter der Muhme vermehren:
Ein Wechselbalg wird gerufen,
dem Seelchen zum Trost,
so seit Anfang des Mondes
bar jeden Kleides haust im Verlies,
Marionette mit Hut und mit Stockschirm,
von einem Schwindel ergriffene Larve des Lichtes,
Elmsfeuer im Brunnengrund,
leiblos und böse.
Eis und Flamme ineins.
Wer will?, so fragte die Listreiche,
die Runde wie ein von Wohlstand
überbordender Wirt die von Erwartung
übersättigten Trinker mit dem zu Trübnis,
Tod und Wendnis befähigten Blick bestrickend,
wissend die Wahl mit Voraus und Vorher.
Die Hexe trat vor,
herzfroh erdünkend dem restlichen Tier,
das anwesend blieb und bewilligte.
Sie trug noch die Verwunderung,
das tauschwere Triefen des Kindstodes im Leib,
der nicht da war und nichts wog; sie, die, dereinst
durch Menschengeschick den Elben geraubt,
den Tauschhandel wie eine Bürde mühselig
hinter sich herziehend den wankenden Pass
in einer Sturmnacht überquert hatte, höflich
von einem Mondpferd übergesetzt,
das, die Furten bewachend,
das Zwischenreich nicht verließ:
Sie war das Pfand.

Sie leugnete nicht.
Sie trat zu der Schlange,
einen Anflug von Ernst vortäuschend,
die Milch, die gepanschte, lobend durchaus,
die ihr den Anschein von Erde verliehen hatte,
das gebührliche Greifen, den berühmten Aplomb.
Das Seelchen benahm sich,
geborgt wie es war: Mandragora,
Matrix aller Amorphen,
mimte Menasses Schaffnerin, klug,
dem Abgrund, dem geduldigen,
geneigt auf Gedeih und Verderb.
Die Oase im Ödland der Gewichtung
überließ ihr, überzeugt,
die penible Ölgötzin.
Unversehens öffnete die Pantomimin des Leibes
den Mund, Schemen gebärend
dem linnenumwickelten Knäuel,
das Einlass begehrend dalag, im Schnee: Dort
ließ die plötzlich glückliche Wurzel sich nieder,
eine mit Fetzen und Zwirn
kaum noch zusammengehaltene Puppe
in Golems Gehirn, rauh, entzündlich,
nicht wissend,
wie die Lücke sich schloss und wer sie besah,
wo der Lehm aufhörte
und wo das Grüne begann, ohne Unterlass
hinunter-, heraufsteigend die Milchstraße entlang,
irrlichternd, den Treueschwur tuend,
die Form-Bejahung leidlich verbreitend trotz Dürre,
trotz Enge und Darbnis alldringlich
einbleuend jeglichem Keim, jedem Blatt,
das Alraune, die einmal nur Verliebte,
hinausblies aus der Tiefe,
der wirrnisreichen, gedunkelt.

……………………………..

Segen lag den Feen im Blut.
In der Liebe, die beharrte und beschloss.
In der Treue der Gabe.
Der Nomade vernahm,
wie ein scheues, von den eigenen Schritten
gewecktes Winter-Tier,
die vogelschwangere, von Erdwachstum zuckende Luft,
den Schnee im August,
die Zwergpalme in dem leicht schwindligen Heim.
Die Oase folgte der Elbin, wo sie auch hinging.
Draußen der Baum, unter der Erde,
ergriff die Wurzel und aß.
Die Turm-Raben, in Scharen anwesend,
vollstreckten den Auftrag.
Sie waren da.
Der Unwille der Hexe hatte die Sterne erfasst.
Das Seelchen benahm sich nicht mehr
nach dem Plan. Von der Windsbraut gezeitigt
bestieg sie abermals, arglos wie ein
in einem Abenteuer groß gewordenes Kind,
Hippogryphus, den Fahrtenfrohen, das hohe,
aus dem Mondkrater in einer
Tamarinden-Lichtung hervorgeschossene Schemen-Ross,
den leichten Sprung auf sich nehmend
wie ein lebendiges Banner, den Garten,
die Rosen, die Weinreben, den tollkühn
aus dem Quell hervorkeimenden Spross
im Traumnetz vorauszeigend dem Königssohn,
Omar, dem Opium rauchenden, dem von den Dschinns
in jener Nacht mit Wahrsagung bedachten Nomaden,
dem bislang kein Zaubertrank, kein Gelage,
kein mit gekonnter Magie
vollführtes, erhabenes Kunststück
aus der vollgliedrigen Schwermut geholfen hatte,
so sehr die Gelehrten, die Geisterseher,
die Nekromanten und die
verächtlich über *Subrisio*,
den unschweren Springer,
den Inexistenten Einwohner,
den Mund kräuselnden Astrologen
beraten, behindert, bevollmächtigt hatten.

Der Herrscher lag da,
reglos und grübelnd, gelangweilt
das gediegene Land, die endlose, von Schindmähren
auf seinen Wink hier- und dorthin gezogene Karawane betrach-
                                                                                         tend,
die immer nur Sand, Säumnis, Aschewind hinter sich brachte,
der schmallippigen, allabendlich rasch
über die Dünen dahineilenden Mondsichel immer von neuem
des Artisten zeitweilige Gegenwart zuflüsternd, viel zu
beständig verlangend die Wiederholung,
die langwierige,
die auf dem Trabanten
wie Ebbe und Flut sich zu vollziehen bestellt war:
den Weg, den unscheinbaren, die sich stets wandelnde Last,
das umständliche Leid: *subrisio saltatoris*,
den Fußabdruck, leicht-fertig,
der leiblos Gewordenen, Erlkönigin …

                ……………………………………

Die Fee war voller Argwohn,
die Erfüllung der Erbin behaltend im
Schnee-Sinn. Omar,
der Nomade, irregeführt von dem Schelm,
von der Windsbraut,
fand die Seeräbin mit Tand
am Spinnrad befasst,
harmlos tuend und schön. Sie glich
dem Sperberauge, so er dereinst
unter dem Zelt erblickt hatte,
in des Kindseins silberheller Genesung,
von der Umwidmung, dem Elbenraub,
von der Schlange umsichtigem Plan
nichts erahnend, nichts wissend.
In Lunas schwerüber-
sichtlichem Lied kam die Hexe, die ungewollte,
zum Vorschein, der lichthungrige Schatten,

dem Baume im Brunnengrund
Erlkönigin einzupflanzen, *ange du bizarre*,
zum Sprechen bestimmt;
sie besang:
des Hippogryphus beinahe gesprächigen Hufschlag,
das Elben-Hochfest,
der Mondin vielverzweigtes Gesicht in dem Verborgenen Heim,
das, wie ein von Blutstropfen geschwängerter Schoß,
unter dem Boden sich wölbte.
Unter dem Baumstumpf.
Unter dem Pochen des Wurzelwerks
gebar Golem das Elmsfeuer,
Erlkönigin, Lehm aus Leib zu gewinnen,
seinem Meister zur Fron:
die Flamme aber entkam,
abhold geworden dem brennbaren Ton,
dem irdenen Schlamm.
Ange du bizarre,
Liebe-Gespinst zweier Schemen,
dem künftigen Baum
im Freund-Sein erwachsen,
führte Omar, den Nomaden, den zerstreut
in den Gemächern des Spiegels
umhertorkelnden Mann, auf den Grund,
in das Haus: Dort
fand das Opium, Gift der Unzüchtigen, ihn,
den Unerlässlichen. Er rauchte es. Er kam
von nun an beständig
im Hexenruhm-Lied vor,
dem unauslöschlichen.
Am Nildelta, in einen Reim
von Wüsten-Zigeunern verwandelt,
trat Luna hervor und sah:
Es war schon spät. Der Brunnen war wach.
Die Elbin hatte getrunken.
Golem wandte sich ab, klagend den Mächten,
den unverzüglichen, lahmen.
In den Manegen des Glücks
mischte Menasse, der Satte,
die Schatten, erzürnt.
Die Erdwurzel hörte

das kleine, höfliche Ding,
das vorliebnahm mit dem unwirtlichen Schoß,
mit dem Elbenblut, das nicht gut war,
das widerstand und verschloss.
Luna hatte es gewollt.
Es war geschehen.
Glückselig lag der Beduinenfürst,
von einem Spiegel bestochen,
in der Tiefe der Münze,
im Mond-Grund,
in des Unauffindbaren Mitte,
Subrisio saltatoris,
in der Mulde des Springers
nachzeichnend die Haltung,
den Stockschirm, den Hut:
Form werdend, der Kraterhexe gehorchend,
der Matrix,
dem Inexistenten Akrobaten
Fleisch und Blut verleihend gegen den Plan,
Gewicht, Gestalt und Geruch,
wie es die ernstliche Muhme befürchtet.
Unter der Erde
erquickte sich, danksagend, Alraune,
Schiff in Vergängnis,
am unerdenklichen Rinnsal.
Erstaunt formte sich Steuer und Kompass.
Die Elbin stand an der Wiege und tat kund
in Reimen dem künftigen Spross,
dem ähnlichen Mädchen,
von dem Springbrunnen, von dem
umgewidmeten Sperber, der kirschäugigen Wölfin
und von dem Spiegel, dem erschrecklichen,
launischen, rastlos umkehrenden.
Von der immerdar rufenden Windsbraut,
der Liebhabenden.
Von Menasses Lohn, dem entbehrungsreichen Gelöbnis,
von den Wehen des Leibmondes
in jener Nacht der Umwälzung,
vom winzigen Herzen im Schnee,
in des Lichtes allgegenwärtigem Kleid.
Von den Gladiatoren

(*christiani ad leones*),
den Golem-Sprösslingen,
den allzu Freiwilligen unter
des Tricksers unbeweglichem Blick.
Die kleine Jungfrau hörte und verband:
sie gab Antwort.
Sie wuchs, ein verhallender Ton,
den bezeichneten Boden,
der Missgunst der Mächte zum Graun,
blind, behutsam ergehend. Sie trug
aller Enge und dem Dunkel zum Trotz
das Elbenkleid, das weiße,
das sich des Todes bemächtigt.
Sie nahm, noch fast wie ein Schemen
(*natura non facit saltus*)
im hohlspiegelnden Fluss sich erstreckend,
den Leib in Besitz,
den schwerständigen,
der von der Schlange geliehen war und gepfändet.
Luna, die Allsehende, zugegen,
trennte die Milch von dem Lehm,
das ungebärdige Bündel
herauffischend aus amorpher Wirrnis,
als gäbe es eine Nahtstelle die dichthält im Nein,
auf der verlassenen Matrix,
in Mandragoras *Mens*,
zugetan der Umwidmung, der Gabe:
Lohend vernahm Erlkönigin, bloß,
den Sog der Erquickung,
die Furt überquerend mithilfe
des Rosses und eines wie aus dem Nichts
hereinspringenden Schneesturms
(*christiani ad leones*).
In der mittäglichen Stube
erwachte die Pantomimin
im unvernehmlichen Puls,
mit den anderen Kindern, so den Elben verbürgt,
die breite, flüchtig gewrungene Waisendecke sich teilend,
von Staub eiligst gereint und befriedet.
Sie schliefen, der Reihe nach
zugeeignet dem aufgehenden Mond,

den Falschmünzern entgehend.
Der Knoten war nicht zu lösen. Bestand.
In den betrüblichen Dschinnschalen
wuschen die Sklavinnen, bang,
die werdende Wöchnerin rein:
Seepferde, lichtäugige Quallen,
die Bachschmerle, der Gründling
trugen sie auf dem Rücken hinauf.
Die Brunnenhexe erblickte das Licht,
von einer Rhapsodie überliefert.
Erlkönigin trank in der Oase die Milch.
Mit dem Akrobaten im Sinn
tilgte die Windsbraut die kaltende kriechende Spur,
aus Furcht vor dem Trickser.

....

Wie ward das wahr?
Gab es Vergeltung,
da eine Elbin, der Schlange gestiftet,
den Brunnen, den vielgestaltigen, alten,
dienstbar sich machend ein sterbliches Wesen betrog?
Wie ward die all-emsige Schaffnerin,
die klug verrechnende Muhme
(*simia Dei*),
von ihren Knechten verscherbelt,
von einem Wetter belogen?
Wie ward das hexen-getreue, das hohe
Schemen-Ross, Hippogryphus,
der Fahrtenfrohe, von jener Lust
zum Übersetzen ergriffen, bewogen,
die Leicht-Last zu schultern,
das geschuldete Pfand?
Unter dem Zelt
lag der Nomade, entflammt,
in den Armen der Fee.
Die Mondkraterelbin schlief in der Münze, geprägt.
Von der Seeräbin geraubt,
dem Turm-Volk einverleibt,

schwamm die Hexe,
die wechselblütige, Nemesis, rasch
dem Vagabunden,
dem Inexistenten,
dem Mann am Steuer, entgegen,
Subrisio saltatoris,
glückselig, Erlkönigin,
das entwendete Siegel,
zu überreichen ihm,
dem Herrscher über den Mond.

....

Von ihrem Fenster aus sah Camilla auf die leer gefegte Straße hinunter. Kein einziges Geräusch war zu hören; die Häuserwände und die Dächer ringsumher waren wie von einem schwarz-weißen Witterungsnebel umschlossen, so dass jeglicher Farbton von ihnen vollständig gewichen war. Camilla konnte sich nichts mehr erklären: Wieso war noch niemand gekommen? Warum war die Stadt von allen Menschen verlassen? War sie dabei, wahnsinnig zu werden? Doch das stimmte nicht ganz. Alle Menschen waren anscheinend fort, aber plötzlich hörte Camilla die Tür hinter sich aufgehen, und Corinna trat lächelnd und gemessenen Schrittes ein.
„Camilla", sagte sie nach einer kurzen Pause, in der die Tochter Zeit hatte, ihr unverhohlen in die Augen zu sehen, „deine Gäste kommen nicht."
„Ich weiß", antwortete Camilla, und die Erzählung kann unmöglich guten Gewissens behaupten, dass sie ruhig gewesen sei. „Verschwinde jetzt, Mutter."
Georgia erschien, nachdem Corinna abgetreten war. Sie stand in der Blüte ihrer Jahre und trug ein Hochzeitskleid; es war das Kleid der Indianerprinzessin, die Alinas Freundschaftsgabe hätte werden können. In der einen Hand hielt sie einen weißen Rosenstrauß, an der anderen führte sie Larissa herein, die sich ebenfalls aus dem Nichts materialisiert zu haben schien.
Und Camilla? Sie war nicht erstaunt, sondern glückselig: „Ich habe euch erwartet", sagte sie, „Ich komme mit. Ich nehme nur noch die *graphic novel* aus dem Regal, die der katholische Priester mir geschenkt hat; ich schätze, ich kann während der Reise darin lesen."
„Und Rufus? Willst du auch ihn zurücklassen?", fragte Georgia.
„Nein. Ich weiß nicht, wohin wir gehen, aber eins weiß ich gewiss: Rufus ist bei euch. Er ist schließlich dein Sohn."
Das Trio hob ab und ward nicht mehr gesehen. Das Haus brannte ab, und die örtlichen Ordnungsbehörden gingen von einem Unfall aus. Alle Gäste außer Rufus freuten sich, auf so providentielle Weise dem Unglück entkommen zu sein.
Lange Zeit wurde an der Stelle nichts mehr gebaut, und die Pas-

santen, die tagtäglich daran vorbeigingen, starrten die leere Fläche an, als erhofften sie sich, dass diese vom tatsächlichen Hergang der Dinge zu berichten anfinge. Doch die Steine blieben stumm. Hygina, die im letzten Augenblick von einer Nachbarin aus den Flammen geholt worden war, schlich oftmals im Sommer auf dem Platz herum, auf der Suche nach Futter für ihre zahlreichen Nachkommen und von dem Drang beherrscht, am Grab ihrer Herrin zu wachen.
Rufus wurde von seinen Eltern ins Ausland geschickt, auf dass er sich eine Zeitlang erhole; als er zurückkam, brach er sein Biologiestudium ab und wurde Porzellanpuppenmaler.
In der Gesindeküche des Hauses flüsterte man sich zu, er sei wahnsinnig geworden und verleihe insgeheim all seinen Werken das Gesicht seiner verstorbenen Verlobten, auch wenn sie alle unterschiedlich aussähen.
Jedes Jahr zur gleichen Zeit erschien ein Bettler am Eingang der St. Martinsstraße, einen schwächlichen kleinen Esel hinter sich herziehend, auf dessen Sattel ein Rosenstrauß befestigt war. Jedesmal, wenn ein Kind an der Stelle vorbeikam, wo Camillas Wohnung in Flammen aufgegangen war, bekam es von dem alten Bettler eine Rose; jedes Jahr zur Osterzeit mussten so viele Kinder vorbeigehen, wie er Rosen hatte, sonst patrouillierte der Vagabund so lange auf dem Bürgersteig auf und ab, bis überhaupt niemand mehr – außer der Katze – die St. Martinsstraße zu betreten wagte.

....

Zu diesem Text gehört das Bild:

„Genio huius loci"

20) Petite messe solennelle

Eine Endzeitparabel

„Sola affectiva vigilat et silentium aliis potentiis imponit."

(Hl. Bonaventura)

„Der Mond erzählt vom Geheimnis Christi."

(Hl. Ambrosius)

Dies ist die Erzählung vom himmelblauen Zirpen der Zikaden an einem unbeholfenen Montagmorgen auf dem Mondkrater „*Subrisio saltatoris*", nachdem ein Sonnensturm die letzten Vorurteile gegen das aufkommende Frühjahr von der Erde genommen hatte.
Eine nicht näher bekannte Zikade sang sich immerfort den Leib aus der Seele und hielt sich am Hut des Harlekins fest, der durch das verwüstete Ackerfeld zog, einen Holzkarren voll Sternschnuppen und Lumpenfetzen hinter sich herziehend. Den Artgrenzen zum Trotz war sie eine Freundin von Larissa, der Mondelfin mit den schmucklosen Flügeln, die eine Waldhütte in der südlichen Mondhalbkugel bewohnte, welch letztere von der unaufhaltsam heranziehenden Bedrohung noch teilweise verschont geblieben war. Am allerbedenklichsten waren nach Einschätzung der Überlebenden die Geisterhorden, die mit dem Einfall der Meteoriten aus einer Plastikwelt auf den Erdtrabanten eingeschleppt worden waren. Estragon, eine Libelle aus der Familie der Fahrenden Akrobaten, hatte die Elfin zu ihrem Refugium geführt und sie in der Praxis des schieren Überlebens so lange unterwiesen, bis Larissa imstande war, einen Erdentag zu überstehen, ohne aus dem Mond zu fallen. Ihre ganze Sippe – die Sippe der Sylphiden – war vom Meteoritensturm, der im vergangenen Winter den kleinen Trabanten des blauen Planeten am Rande der Milchstraße heimgesucht hatte, in die kaltstarrenden Weiten des Weltalls hinausverbannt worden.
Larissa hoffte inständig, die Sippenheilerin – die auch verstorben war – möge mit ihrer letzten Prophezeiung recht behalten, dass alle Naturgeister den Großen Weltenbrand, der im Aufzug sei, unbeschadet überstehen und sich im Lande der Lebenden wiedersehen würden. Die Zikade, die sich tagtäglich um den Erhalt der Elbin kümmerte und weiterhin unverdrossen Milchjuwelen für die Träume der Erdenbürger hervorbrachte, als hätte sie nichts von der Verwüstung gesehen, besuchte sie an den kirchlichen Feiertagen, und Harlekin war ihr einziger Lebensmittellieferant; manchmal verbrachte er eine Weile in der verborgenen Lichtung, um Larissa über seine Reisen Bericht zu erstatten. Die Mondel-

fin hatte den Funkkontakt zu den anderen Himmelskörpern verloren; auf Technik war seit dem Zusammenbruch der menschlichen Zivilisation kein Verlass mehr. Sie wusste nicht, ob die Marssylphide noch lebte, die Merkurboten wie gewohnt um den Erdkreis patrouillierten und die Jupiterintelligenz die unvergossene Mondmilch empfing. Die Turmspindel stand still; das Lied war erloschen. Gnomen, Nixen und Salamander, die Naturgeister, die einst mit den Sylphiden zusammen in den phosphoreszierenden Zweigen der Mondtamarinde die Ankunft des Frühjahrs besungen hatten, waren nicht aufzufinden, und Larissa blieb nichts anderes übrig als fortzugehen und sich nach einem Zufluchtsort umzusehen, der ihr Schutz gegen die nächste Vernichtungswelle bieten könnte. Das Kleid war zerrissen.

Wohlgesonnener Leser, bitte halten Sie einen Augenblick inne und hören Sie mir zu. Ich möchte nicht missverstanden werden: Es ist hier nicht von den Geistern des Paracelsus die Rede. Es sind dies vielmehr die Geschicke von Gottes Schöpfung, welche die Erzählung in die Phantasie einschreibt. Ich bin sicher, dass Sie ein aufgeklärter Leser des 21. Jahrhunderts sind, der nicht animistisch oder gar spukhaft und vampirhaft verdrossen denkt. Es ist nicht so, dass hinter jedem Baum und jeder Blume oder sonstiger Kreatur eine Dryade oder ein anderer Geist wie ein Marionettenspieler lauert, der das Lebewesen hierhin oder dorthin lenkt und auf Umwegen, die nicht ersichtlich sind, nach eigenem Gutdünken manövriert; es ist nicht so. Oh nein, es ist die Kraft von Gottes Liebe, die jeden Stern, so auch unsere Sonne und jegliche Kreatur, bewegt, wie der Dichter Alighieri es in seinem großen Poem sagt. Deshalb besitzen wir Menschen einen freien Willen. Lassen Sie sich nicht von den Rattenfängern irreführen, die nur zu gern sich selbst an Gottes Stelle setzen würden, mit für die ganze Schöpfung unabsehbaren vampirhaften Folgen. Lassen Sie sich nicht dazu verleiten, doppelt und dreifach und am Ende noch polytheistisch zu sehen; erliegen Sie nicht der optischen Täuschung, welche die Imagination ihrer Verankerung in der Wahrheit beraubt. Aber ich mache mir unnötig Sorgen, ich weiß ganz bestimmt, dass Sie etwas Besseres als eine Ratte sind. Würden Sie sonst diese Erzählung lesen?

Estragon, die ubiquitäre Libelle mit der aus dem Neptun importierten Harmonika, hatte drei Tage nach der Invasion Larissa bewusstlos am Ufer des Flusses Styx entdeckt, unweit des Kraters „*Subrisio saltatoris*", sie mit Medizin und Trinkwasser versorgt und zur Waldhütte geführt, wo sie einigermaßen wieder zu Kräften gekommen war. Doch sie war allein. Die auf dem Boden verbliebenen Astralreste von den eingeschlagenen Meteoriten waren fake-radioaktiv und hatten Geister auf den Mond verpflanzt, die nicht nur die Kraterlandschaft und den Verlauf der Versorgungsmulden verändert hatten. Ameisenartig schwärmten die Aliens aus und nisteten sich an den neuralgischen Stellen des Mondes ein, dort, wo den Menschen, die nachts gen Himmel sahen, Hören und Sehen beim Anblick der Träume vergingen, die wie ein tödlich verwundetes Einhorn durch ihre Phantasie hindurchgaloppierten. Nichts war mehr so wie früher. Erde, Wasser und Feuer hatten den Verstand verloren; der kleine weiße Erdtrabant siechte dahin und war den intermittierenden Unwettern preisgegeben, die ihn in unregelmäßigen, unaufhaltsamen Abständen heimsuchten. Die Mondelbin hatte ein prekäres Refugium gefunden; aber sie war von der Lebenswelt abgeschnitten und würde ohne Hilfe nie und nimmer den Eindringlingen die Stirn bieten können. Elfen haben keine Eltern: Larissa kam das zugute, weil sie nur für sich selbst melancholisch wurde. Das war auszuhalten. Sie begann, ein Logbuch zu schreiben und die Ereignisse, die sie überrollten, in grammatisch korrekten, von der unvergossenen Milch zusammengehaltenen Sylphidensätzen chronologisch folgerichtig aneinanderzureihen. Sie war unglücklich, aber nicht untätig. Hauptsache war, dachte sie, sich unkenntlich zu machen und für die Milch zu sorgen, die ungetrübt auf die Erde kommen musste. Solange das ging, konnte sie ausharren, dachte sie. In der Tiefe des Monddornwalds war sie vor den Radargeräten der Auswärtigen sicher, doch hatte sie mit diesem Rückzug jede Verbindung zum Erdgeist abgeschnitten. Sie war genötigt, auf Sparflamme zu leben und ihren Haushalt derart zu verschlanken, dass Estragons und des Harlekins Nahrungsrationen vollends genügten. Das war hart. Ihre Milch wurde mit dem Fortschreiten der Zeit immer spärlicher und dünnflüssiger; sie wurde vor der Entspringung vergossen. Der Garten *„Subrisio saltatoris"* litt zusehends unter der Dürre und der anhaltenden Kälte; Larissa war nicht in der Lage, den grauen, wolkenverhangenen Himmel durch bloßes Hinsehen blau zu machen. Sie war allein. Estragon ging so oft wie möglich auf Erkundungsstreifen, um die Auswärtigen von der Hütte fernzuhalten und die Milchschalen, die Larissa zum Sonnenbaden im Innenhof auslegte, vor den Harpyen zu schützen, den straußvogelähnlichen

Geistern, die sich wie Grundschulpädagoginnen im besten Alter gerierten und sich nur zu gern mit den Aliens zu allgemeinen Verschmutzungszwecken gleich nach deren unvermutetem Einfall verbündet hatten.

Doch wer waren die Invasoren wirklich, und was beabsichtigten sie? Warum waren sie darauf aus, Mondmilch aus den Fingern der Sylphide zu trinken? War doch kein Weg mehr zur Erde vorhanden, von den anderen Planeten, wo die Milchampullen aufbewahrt und weiterverschickt wurden, ganz zu schweigen. Nein, der Erdgeist tat sicher, irgendwo in den Höhlen eines längst verschollenen Bergwerks darniederliegend, die letzten Atemzüge, dem Mistral blieb der Windrosentrost einer schweren, nahrhaften Milch, welche nur einer glückhaften Elbin entstammen konnte. Larissa aber war allein und siechte dahin. Sie grübelte unter dem dunklen Morast eines unrettbaren Baumes; sie grübelte über das Ansinnen der feindseligen Auswärtigen, grübelte über das Schicksal der Sylphiden aller Himmelskörper, fragte sich, ob sie jemals wieder eines Angehörigen ihrer eigenen Spezies ansichtig werden würde.

Warum hatte sie als einzige Geistnatur auf dem Mond überlebt? Warum war die Elbenmilch, die sie allnächtlich, in der solipsistischen Abgeschiedenheit ihrer Kemenate eingeschlossen, auf die ferne Erde im Verborgenen hinuntergoss, für die Eindringlinge wichtig? Was hatte Gott mit ihr vor?

Sie hasste die Eindringlinge. Bei ihrem Einfall auf die Mondoberfläche hatten diese Larissas einzigen auf dem Mond lebenden Freund, den katholischen Priester, der sich schützend vor die Elbin gestellt hatte, getötet. Darum hasste sie die Invasoren abgrundtief, auch unabhängig von deren weiteren Untaten. Ein Mond ohne eine Priesterintelligenz ist wie ein offenes Grab, ein Tor zur Hölle, das den unvergänglichen Garten in ein schmutziges Loch zu verwandeln vermag. Larissa vermählte die Trauer über den Verlust des Freundes mit dem erbitterten Kampf gegen dessen Mörder. Kein Lebewesen ist katholischer als das kleine Volk der Sylphiden. Paracelsus hat sich geirrt.

Estragon, die Libelle, fühlte mit Larissa und fächelte ihr mit einem Apfelsinenblatt Luft zu, damit sie nicht an Erstickung sterbe. Er versuchte, die winzige, unsichtbare Mondbewohnerin auf andere Gedanken zu bringen, indem er ihr Lieder aus der Zeit der Kindheit vorsang. Frigo, die unbekannte Zikade, las zu dem nämlichen Zweck das Logbuch Korrektur und trug auf seinen Streif-

zügen radioaktive Asteroidenfragmente zusammen, um Harlekin neu einzukleiden. Elektrizität war zur Gänze ausgefallen.
Luna, die Langmütige, sah all dem mit der Geduld der vollständig Leiblosen zu, die wie unerschütterliche Schiffe ihre Fracht ans Ziel zu befördern imstande sind, selbst wenn die hohe See mit ihren Stürmen und Kataklismen zum Grab aller Hoffnungen wird. Die Intelligenz des lunaren Feldes betrachtete die Geschehnisse aus einer anderen Perspektive. Auch sie hatte den Einfall der Geisterhorden aus den Tiefen des Weltalls nur mit großer Mühe überstanden, doch sie allein wusste, woher die Eindringlinge kamen: aus einem nicht weit von der Milchstraße entfernten Schwarzen Loch, das die Erd- und Mondbewohner nicht sehen konnten, weil es alles intelligible Licht, das in seine Nähe kam, zunichte machte. Luna allein wusste mit Gewissheit, dass die Elementargeister noch lebten: Sie hielten sich auf dem Neptun auf, von wo aus sie vergeblich versuchten, Verbindung mit dem Erdtrabanten aufzunehmen; doch hierzu reichte das noch vorhandene intelligible Licht nicht aus. Mit Besorgnis sah die Mondintelligenz, dass das „Fischernetz", wie sie es benannt hatte, zu einem kosmischen „Default-Netz" entartet war, wie sie sich jetzt gezwungen sah, ihn zu nennen. Es war dies die Sprache der Dinge, die in der Welt für den Austausch der Mondmilchfäden sorgten, somit auch dafür, dass das unvergossene Brot (*sic*) grenzenlos und unversehrt verbreitet werden konnte. Das „Netz" war auf den Kontakt zwischen den Sternen angewiesen, obgleich eine solche Verbindung nicht reichte, um es zur Auswirkung zu bringen; jetzt, da Funkstille war, musste jedoch jeder Versuch der Verbannten, Buchstaben zu empfangen, notwendig scheitern. Luna grübelte nicht, sie sah mit untrüglicher Liebe, dass die Mondsylphide allein war. Das war auch der Grund, weshalb die Aliens verhindern wollten, dass sie, die einzige auf dem Mond verbliebene Elfin, sich die Milch aus den Fingern saugte; dann wäre sie nicht wirklich allein, sie hätte immer noch die Verbindung zu Luna, auch wenn sie nicht mit ihr sprach. Doch was nützte es dem Usurpator, dies zu unterbinden?
Womöglich, und dies erschien Luna, der Leiblosen, zu ihrem großen Kummer äußerst wahrscheinlich, hatten der Usurpator und seine Verbündeten keinen Zweck außer der puren Zerstörung, der eigenen inwendigen *malaise*: Dies entzog sich letztendlich dem Blick der Vernunft. Der fake-Geist hatte nicht grübelt, sondern den Entschluss gefasst, dem Bösen um des Bösen wil-

len zu verfallen. Zu seinem eigenen Verderben, aber das war ihm gleichgültig: das versetzte Luna in Zorn und Schrecken.

„Default" war das Passwort des Zeitgeistes, der mit dem Kataklisma hereingebrochen war. Nachts, wenn die Radargeräte der Außerirdischen ihre durch die Mondluft belasteten Akkumulatoren aufluden, schaute Luna, schmal und langfingrig, auf die Erde hinunter und betrachtete die Fußspuren der Wiederkunft, die Larissa im Logbuch zusammengetragen hatte.

„Es ergibt keinen Sinn, meine Dienerin", sagte sie jedesmal.

„Vergebt mir, Majestät", antwortete die Elbin, „ich werde es wieder versuchen".

Das war eine Art Code, der ihnen ins Herz eingeschrieben war. Draußen war es kalt und laut: Der Mond war erloschen. Ringsumher bevölkerten die Invasoren alles, auch Larissas Träume, die immer düsterer wurden. Die Weiße Phantasie, welche die Sylphiden mit den Schwänen gemeinsam hatten, gebar das lärmende Echo einer immerdar implodierenden Leere, wann immer die Leibseelen vergebens danach trachteten, eine Antwort zu geben. Larissa empfing Alpträume, die sie aus der Bahn zu werfen drohten: „default" war das Passwort der Zeit. „Default" hatte die Elbin von den Elementarsternen getrennt, denn es wollte den Mond und alles, was des Mondes war, in Besitz nehmen.

....

Odette

Seit wir uns ans Schmecken von Orten gewöhnt
ist niemand da, unser Amt zu verrichten

Engel, ehemals
zu Hause in den Honigwaben der Sterblichen,
hocken zerlumpt auf zerrissenen Stühlen
in den Vorhöfen des Himmels

Wissen nicht, wes Worte die Mondmulde
dem Weltraum übergibt. Am Brunnen

berühre ich deine Stimme

Von nun an
trennt uns der Wahnsinn des Mondes,
der Wechselbalg unter der Haut

Von nun an
dehnt sich der Mund meines Federkleids
über den Hügelzug deiner Hände hinaus

Risse der Reue zeichnen die Landschaft

Dir wird der Spiegel zum Brenn-Kleid.
Ich falle hinunter. Höflich verwundert
nimmt der Mond mir die Last des Tieres ab

Höhnisch
heilt mich die Hexe mit Liebfrauenmilch,
auf dass meine Wunde
die Raumfetzen verteile,
auf dass mein Flug
die Stummheit des Waldes vermehre
(wes Schuld es auch ist,
dass dies Federkleid weiß)

Auf dass mein Mund
für immer dem Leibe entsage

Den Zahn der Hexe schmecke ich wie im Traum

Vertauscht eile ich dahin,
schwarz mein Kleid, meine Finger
ohne Gedächtnis

Das Auge zählt die Stimmen der Kälte,
heil sich wähnend.
Siehst du den Turm, Geliebter,
so zünde die Fackel an;

am Flussbett hebt
die verwunschene Schwänin gegen den Wind ab

Odile, sei auf der Hut!
Jede Nacht verwandle ich die Bilder,
banne im Finstren
die Schreie der Zugvögel,
den Schlangengesang.
In meinem Spiegel
tummeln sich Larven des Anfangs,
brodeln die Blicke des Aufruhrs,
sammeln sich Rufe
vermessenen Klagens.
So tot ich auch bin:
Ich stehe im Turm
und blase die Bilder aus

Odile, ich kehre zurück!

(Deine Bilder, Odile, die sehnlich geschauten.
Als du noch lebtest,
brannten sie dir eine Kerbe ins Herz.
Jetzt liebst du ihre Schatten.
Wozu also Schrecken verbreiten
hinter dem zugezogenen Vorhang)

Leer, schwärzlich

schwingt sich das Chorlied
um den See,
Baum und Begängnis
in silberndem Rund.
Mitternacht verbrennt die Engelshaut,
auf den verstummten Wald,
im *Pas des deux*,
die Schwestern geben acht

(so allein und so sicher sie auch
sein mögen am anderen Ende der Bretter)

Geliebter, der Reigen der Schwäne

grenzt ans Geländer des Hufschlags.
Pflücke den Wehruf,
sag ihn beharrlich,
doch sag ihn nur einmal.
Dem Zwischenreich
wirke ich das Kleid
In den See hinunter-
fallend
wiegt die Spindel
den Schrecken zurück in die Kammer. Still
brennt die Fackel im Turm.
In der Mulde des Mondes
träumen sämtliche Spiegel.

....

„Zugang verweigert", krächzte die Wache, als Estragon mithilfe von einer Schar in der Eile des Augenblicks herbeigerufener Monarchfalter das Netzportal zu passieren versuchte.
Sie waren dürr, diese Anti-Geister, ausdruckslos im Gesicht und mit schlaksigen, marionettenhaften Gliedmaßen, die nicht zu ihren dröhnenden Stimmorganen passten.
„Wir kommen im Auftrag der Tiefe", log Frigo, der sich trotz allem eine Art von Galgenhumor bewahrt hatte.
Die Wache musterte ihn misstrauisch:
„Im Zwischenreich herrscht keine Tiefe", antwortete sie kategorisch, „nur die prädestinierten Algorithmen."
Estragon unterdrückte einen Lachanfall und zog sich mit seinem Gefolge zurück.
„Immerhin haben wir ein neues Kleid für den Harlekin", meldete sich einer der Schmetterlinge zu Wort.
„Lass sehen", sagte Frigo, den Freund ungeduldig umkreisend.
Der Schmetterling flog heran, und ein Frack kam zum Vorschein, zu dem ein Gehilfe mit einer Verbeugung den Zylinderhut reichte.
„Mit dieser Kleidung wird er durchkommen", sagte Larissa zufrieden.
Im Karsamstag des Mondes hatte sich Lunas spiegelbildliche Morgenröte über den Garten *„Subrisio saltatoris"* gebreitet. Die Tamarinde verharrte in der Erstarrung der Umkehrung, die ihr

vonseiten des Usurpators zuteilgeworden war; sie war ohnedies ein seltener Baum (*sic*), der alljährlich im Abendnebel Milchbuchstaben für die Kür der künftigen Sänger auf die Erde hinabschüttelte, ohne jegliche Rücksicht auf Wetter und Jahreszeit. Sie hörte auf den Namen Melissa; die Sage ging, dass das kleine Volk der Elben ihren Wurzeln entsprungen sei, lang war das her, als sich der blaue Planet noch in den Wehen der Eiszeit befand. Luna, die Intelligenz der Weißen Phantasie, hatte beim Meteoriteneinschlag eine List ersonnen, um Melissa vor den einfallenden Horden zu bewahren: Sie hatte ihr einen allergischen Anfall geschickt, der so heftig war, dass der Baum sich vollständig drehte und mit der Krone im Schlamm und den Wurzeln im Luftraum stand. Die vegetative Seele überstand alles, was geschehen war, dem Pesthauch zum Trotz, den die radioaktiven Fragmente über den Mond gebracht hatten; Melissa war benommen, geschwächt und mager, und sie stand umgekehrt da, aber sie stand noch. Die Larven der Invasion versteckten angstvoll ihr trübes, langgezogenes Sehorgan (Augen wie Fernrohre, pflegten die Monarchfalter zu sagen), so oft sie ihrer ansichtig wurden. Denn es brodelte und knisterte im Innern der Tamarinde, die einstmals die Wohnung des Priesters und die Hauskirche der Elben gewesen war; die Auswärtigen waren Reagenzglasgeister (sogenannte Chimären; wir kommen darauf zurück) und fürchteten alles, was sich mit den Elementarkräften zu verbinden vermochte.
Melissa genoss Hyginas Zuneigung: Hygina, die Sternenkatze, die Brückenbauerin zwischen den Parallelwelten, von der es hieß, dass sie noch am Leben war und dass sie sich eines Tages wieder auf den Weg zurück zum Mond machen würde. Wenn die Besatzer es nicht besser gewusst hätten, hätten sie behaupten können, dass Gnomen, Nixen, Salamander und all die verstorbenen Elben sich in dem Baum befanden und ihrer Befreiung harrten. Ja, so fragte einmal in der Walpurgisnacht Syphilis, die krummnäsige Hexe, die Luna vom Erdgeist getrennt hielt, ihre Artgenossen, war die Mondtamarinde schlussendlich nichts weiter als ein, nun ja, umgekehrter Talisman, der eine Unzahl gefangener Geister zur Abschreckung einer künstlichen Intelligenz beherbergte?
Als Larissa den Harlekin rief, schwärmte die Vorhut der Monarchfalter hinaus, um das Echo zu vermehren: Der umsichtige Ackermann befand sich wie immer auf Reisen durch Lunas verwüstete

Felder, die er mit neuen Keimen zu versorgen versuchte. Plötzlich erblickte ein Schmetterling, der sich am Felsenrand in der Nähe eines stillgelegten Bergwerks ausruhte, den Holzkarren, die Sternschnuppen, die Stoffetzen:

„Harlekin! Harlekin!", rief er aufgeregt, „bist du hier? Kannst du mich hören?"

Ein weißer Dreispitz schaute aus einem Brunnenschacht hervor, und Harlekin kam, einen winzigen Diamanten in der rechten Hand haltend, zum Vorschein:

„Hier bin ich", sagte er keuchend, „hilf mir hinauf!"

Der Elfensoldat spreizte die Flügel, nahm den Ackermann huckepack, vollführte eine umständliche Pirouette, um vom Wasserrand wegzukommen, und setzte ihn, zu reden nicht aufhörend, auf dem Bimssteinboden ab:

„Wir haben einen neuen Anzug für dich! Du musst ihn anziehen! Nichts wie weg mit den Lumpen, die du anhast!"

Die beiden kehrten zur Hütte zurück, wo Larissa und die anderen auf sie warteten. Unter dem Schein einer behelfsmäßigen Petroleumlampe wurde der Sämann neu eingekleidet, und Estragon, der vor der Tür Wache hielt, sandte eine Danksagung zum Himmel hinauf, zum Vater der Liebe, wohl wissend, dass der Usurpator vor Frack und Zylinder Angst haben würde, denn sie waren nicht leer, sondern von Fleisch und Blut getragen.

Alles hatte nach dem Kataklisma graue Konturen angenommen; niemand konnte die jeweiligen Farben von Lebewesen und Gegenständen erkennen; der Mond war erloschen. Gleichwohl war jedem klar gewesen, dass der Fahrende Ackermann bisher in Bunt gegangen war. Jeder konnte sehen, wie radioaktiv sein Anzug aus Asteroidenfetzen war. Die Freunde, die vor Larissas Spiegel der Erneuerung des Harlekins beiwohnten, wussten, dass er von nun an in Schwarz-Weiß gehen würde, auch wenn die Landschaft grau aussah. Das war ein großer Anlass zur Freude, und der kleine Diamant erhielt einen Ehrenplatz in der Vitrine der Gefundenen Objekte. In der aschfahlen Dämmerung setzte sich Estragon hin und spähte kurz in die Hütte hinein, um sich zu überzeugen, dass alles in Ordnung war; dann zündete er sich eine Zigarette an und überließ sich der Erinnerung an seine Kindheit und an seine Libellenartgenossen, die Akrobaten, die in unvordenklichen Zeiten den anderen Sternenintelligenzen zugeteilt worden waren. Jenseits der Waldgrenzen sog das Schwarze Loch das spärliche Licht, das auf der Milchstraße noch übrig war,

immer weiter in sich hinein, und der kalte Echo-Lärm seiner intelligiblen Implosion zementierte immer mehr, immer dichter die undurchdringliche, unsichtbare Mauer des Default-Netzes, das die Chimären ins Werk gesetzt hatten.
„Es ergibt keinen Sinn, meine Dienerin."
„Vergebt mir, Majestät. Ich werde es wieder versuchen."
Larissa begriff, dass es Zeit war zu gehen. Sie nahm einen Bündel Anemonenblüten mit und machte sich auf den Weg; sie wusste, dass etwas Großes, Gütiges auf der anderen Seite der Tamarinde wartete, auch wenn es in die Tiefe führte. *Compassione*, die Ringende, vermummt das Gesicht, in Bächen dahinströmend die Zähren, erschien auf Lunas Befehl am Garteneingang, Hygina, die Grenzgängerin, im Arm haltend, die Sternenkatze, gestromt, eulenäugig, die nach dem Anschlag alle verschollen geglaubt hatten. Larissa begriff, dass beide mitgehen würden. Etwas wartete; es war in Gefahr und wartete. Frigo und Estragon folgten der Elbin und deren Begleitern, ohne ein Wort zu sagen. Die Milchstraße teilte, entschwebend, den Mondtrabanten in zwei Hälften, die durch den Baum, der umgekehrt worden war, hindurchgingen: *Subrisio saltatoris*, adieu, ich weiß nicht, ob ich dich jemals wiedersehen werde, flüsterte Larissa und entbot einen Gruß den Ruinen, den steinernen Hermen und dem geliebten, verrußten Kraterrand, der einstmals mit Perlen und Milchjuwelen übersät gewesen war.
Das Gelächter der fake-Geister übertönte von weither den Aufbruch, und alles stand still in dem kleinen, zuckenden Herzen, das sich mit schwerer Mühsal vom *nunc-stans*-Garten entfernte. Die beiden anderen Überlebenden folgten. Es war Karsamstag, und die von den Ihren Getrennten, die vom katholischen Priester die Gebete der Menschen gehört hatten, sangen: *Christus vincit, Christus regnat, Christus imperat, Christus ab omni malo plebem suam defendat. Salus nostra Dominus Jesus. Adiutorium nostrum in nomine Domini. Ecce crux Domini: fugite partes adversae.*
Am Horizont erschienen die Schwäne, die von den Mondraben die Nachricht vom Ausbruch der Drei erhalten hatten, und salutierten; einer von ihnen, Odette mit Namen, war schwarz und hatte einen rötlichen Mund.
Das Logbuch verzeichnet hier eine Lücke; es scheint, dass die Milch zum Schreiben nicht ausgereicht hat.

Larissas Logbuch: Lücke Nr. 1

Syphilis, misslingende Hexe,
Geburt der Neuen Verwirrung,
so aus Altem sich speisend
über das Haus mit den vielen
Gemächern hereinbrach,
verbreitet die Falschmilch,
Liebfrauen genannt,
im Netzall: Default
ist das Fahrzeug der Fischer.
Wehklagend winden sich Seelen
in des *Untore* [32] untunlichem Fleisch.
Die Stadt schwelgt in der Pest.
Die Geher verweigern sich,
hungern, *haruspices*
des sich enthaltenden Echos:
Leer erstreckt sich vor den Wandrern
der Pfad; Estragon, die Libelle,
lahmt, und erloschen
umfängt das Haus die Eintretenden, bang.
Einst war es Milch, berichtet ein Wächter, am Brunnen
über die Narben des Gartens gebeugt:
Er sah das *nunc-stans*, die Rose,
die Erben, so unwissend und blank
gehend Tribut zollten dem Kriegsleib.
Er sah die Toten
unbestattet entschwinden,
bar jeder Friedliebe.
Er sah das Maultier am Wasser
Rast machen, die Pilger
ruhelos der Gefährtin

---

32   It. „Der mit der Pest ansteckt", vgl. „I promessi sposi" von Alessandro Manzoni.

zu trinken geben. Sie dürstete.
Geworfen, klangen Münzen sooft
der Schatten in der Handwölbung sich zeigte. In einem

erfindlichen Sommer ging eine Handvoll
Kinder hinter dem Jahrmarkt
durch Gitterstäbe hindurch,
besah den Dorngarten,
entdeckte die Treppenstufen, die Spindel,
die abzählreimende Vettel, den Baum,
blieb stehen. Sah das Gefundene.
Bangte. In der Tiefe
irrlichterte, von gramsagenden Wesen umzingelt,
Öl: war es Öl? War es Wasser? War es
das neptunische Netz,
im Fischleib erstanden,
die Ankunftssterne zu säen?
Sie waren daheim:
die Jüngste der Kleinen,
von allen genannt die Taubstumme,
erblickte im Handeln der Hexe Gefahr.
Doch wo war der Anfang?,
so fragte viel später
die kleine Brigade, erstaunt.
Das Erbtier, das turmliche,
bannte im Federkleide, dem jahrzeitlichen,
Wortkeime, winters
der Liebfrauen spottend, die Wege
unter dem Zuspruch von Luna zuweisend,
doch wem, wem zurufend, wenn
seelenleer der Trabant
dem Echo entgegensang?

(die unersinnbaren Boten allnächtlich
eingehaust im hohnsprechenden Grund)

Das Erbtier folgte
Mnemosyne, der Sühnenden,
so den Verstorbenen
Dienst getan hatte, ehemals,
als Luna alljährlich sich mehrte,

als der Baum aufrechtstand,
gen Himmel sich reckend, dem Vater
danksagend wann immer
Silben sich fügten, Fragmente
ins Netz eindrangen,
ins bleiche, siech gewordene
Seiltanzen, wann immer
der Vollmond gelang, weiß
sich neigend über die Spindel,
die Spiegel, die den Elbengeschlechtern
seit jeher zugesprochene Sylphin.
Unermüdlich fraß der Turmrabe
des Feindes Ausgeburten, pflichtübend
die Schmacklosen
sich anverwandelnd trotz Schmerzen, trotz Ekel:
den Pfad der Versprengten
innig umwendend:
animula parvula, blandula,
der eilenden Seele zum Gruße,
dem Usurpator Gram bietend mit nichts
als einer spärlichen Schar von Asphodelen,
mit Toten, unbegrabenen, Lichtschein
erflehend in zwischenweltlichen Fluten.
Und war stets im Turme gefangen, allein:
der Tamarinden-Rabe, der alles geerbt hatte.
Alle vermeinten,
animula parvula, blandula
sei Zerrbild und Betrug
und zollten Syphilis Tribut.
Tag für Tag.
Die Jahre vergingen.
Hygina, die Gestromte, trug die Verwandlung.
Plastik, mit immergleichem
Schmutze gefüllt,
hängt am Himmelsgewölbe,
von Gnaden des Alchymisten gekürt.
Anschein von Füllhorn. Schmaus der Gehenkten.
Duldsam dreht sich
der Pferdeknecht, kniebeugend,
um Golem, den Nichtherrscher,
Untore unter den Willigen.

Harlekin, der alle Unbill der Sterblichen
im kindheitlichen Herzen vergessen Habende,
verbleibt auf der Mondsichel, allein
Felder und Saat mit Äthermilch
tröstend und tragend,
im Habit die Stätte bewachend,
wie einstmals, als Sylphiden
aus allen Zungen zum Hochfest
unter dem Baum sich einfanden,
zum allnächtlichen Netz sich versammelnd,
im ödnisverheilenden Mond
Mimesis, Mnemosyne erzeichnend
dem erstaunten Azur,
Compassione, die Ringende,
aus dem Erdengrund hervorsehnend,
im bußempfangenden Krater
nachbuchstabierend:
    Subrisio saltat

   ....

Syphilis, die *fake*-Hexe, spielt Mondherrin.
Chimären enterben das Volk.
Dennoch: Die Milch verbleibt bei dem Kinde,
das ungeboren im Schoße der Elbin
erharrt der Stunde, die kommt.
Gegengift, von *fake*-Geistern
der Ankunft beraubt,
in den Stimmen der Toten
von neuem aufkeimend,
den Andrang bezwinget:
Buchstaben wagen Undeutbares.
Im Mondmuldenspiegel
wandelt Harlekin,
seines Zeichens Königlicher Hofpianist,
auf Elbenauen, imaginär
mit Fetzen von Lustbarkeiten
des darbenden Baumes Astwege berührend,

Irrgärten der Liebesfindung ersinnend,
des Sangs eingedenk,
so einstimmig aus Labsal
erklungen war
dem Erbtier, der Nemesis.
Tanzt.
Er schreibt: Dinge,
so jeglichen Nutzen entbehrend
dem kalkweißen Brunnen
tonlos entsteigen. Totengesang,
Widerfahrnis
der Sterberose
im geschlossenen Glas.
Des Wanderers Aufbegehren.
Entmächtung.
Harlekin, kleines Herz,
animula parvula, blandula,
ruht in dem Frieden,
von Kälte umgrenzt.
Niemand bringt ihn zurück.
Ohne Unterlass suchen
neue Mutanten die Lichtung:
In Ohnmacht schwelgend vermehren sie,
lärmend und zählend, den Frostatem.
Die Elben-Nemesis wächst auf dem Baum.
Intelligenzen, einstmals
Dienstboten der Milch,
schweigen beharrlich
unter dem Herzen der Katze.
Das Gedächtnis zu löschen,
die Tamarinde dem Sturm zu entwinden,
zum Schutze des Elbensprösslings
Drachenzähne zu säen
auf dem geschundenen Mond,
greift Eis um sich,
der Falschmilch gepfändet;
 subrisio liegt im Karsamstag.
Intelligenz bewegt nichts mehr.
Die Uhr zittert, die Frucht
anhaltend im schmalen,
unwirtlichen Elbenschoß.

Eulenäugig behütet das Raubtier die Reisenden.
Das Netz ist default.
Das Brot ist verschwendet.
Harlekin, der Artist, harret der Freude.
Des Hippogryphus, den seinen Gefährten er nennt.
Alles ist *fake*,
Konterfei des Unwirksamen:
der Gast in Frack und Zylinder
empfängt die Turmräbin, die Wächterin,
auf gewölbtem, staunlichem Finger.
Implosion wehrt der Verderbnis.
Instrumente versagen;
es erfriert der Kreuzbaum, unvorsichtig,
als wäre auf seinem Vormarsch
der Winter durch Zufall
Compassione, der Ringenden,
endlich begegnet.
Mnemosyne bewahrt vor dem Zwischendunkel
die Kleine Brigade,
Hygina, die Katze, Estragon,
Frigo, den immersingenden,
Bélami, den überlebenden Vogel,
Larissa, *animula parvula*,
blandula, die übrige Elbin,
als wartete drüben, in des Weltalls
maßvoll rachsüchtigen Leeren,
auf Drachenzähnen Delphine,
reales Kind eines Schattens
(staune, oh, staune,
kleines Volk der Entbehrlichen!),
abgezehrt, doch gewollt,
im Turmgemache wie einst
der Amme die Spindel,
die knotenvolle, hinreichend
als Antwort. (Am Kamin
sitzt Hygina,
Zigeunerin Ihrer Majestät,
Bélami, dem Rhapsoden,
friedfertig darbietend die Hand)
 Subrisio entsinnt sich:
In den Eingeweiden des Mondes

erwacht die Rose, des *nunc-stans* Königin,
aller Gräber unerbittliche Wächterin,
als hätte die Weißräbin, Nemesis,
dem Turme entflogen, sich selbst
auf die Dornen gelegt,
dem *haruspex*, dem weinhaarigen,
wunderlich helfend, die schmalwellige Spindel
zu entwirren im vielarmigen Nichts.
Harlekin liest das Abendgedächtnis,
den Akrobaten, den Mondnomaden,
Spinngarn und Labung in unerzwinglicher Irrnis.
Estragon, die Libelle, verfügt über leidlichen Reiseproviant.
Die Schwarzschwänin erinnert sich
der anderen Wandlung,
der menschensehnlichen Rede.
Auch wenn es Tote sind,
die sie bewahren: Sie weiß,
dass der Reigen beginnt. Auch wenn
Frack und Zylinder, bar jeden Fleisches,
über die Schwelle bald treten, auf dass
Luna nicht länger
des Ballsaals ermangle,
auf dass im Turm
des Erbtieres Geschick
sich vollziehe: so lange,
Mutter der Milch,
schmettern die Sänger
im Zwischenhimmel das Lied,
denn was es gilt ist das Wort.
Compassione nährt sich
vom schwarzen, schwindsüchtigen Herzen
und west, Boten entsendend,
im Turm. Mit Plastiklärm
bedrängen Chimären
Melissa, den Baum:
doch es erhöht,
im wahrwirkenden *lumen* verharrend,
die kleine Schar allenthalben
die Zahl der konsistenten Gesichte,
als hätte der Erdmond
die Kehle sich wundgeschrien und genäse

von einer sturen Abwesenheit.

....

Hinter dem Jahrmarkt erklimmt
die Brigade das Gartentor;
es stimmt,
Kirchenglocken sind da.
Das Fenster ist wach.
Es ist Zeit zu gehen,
mahnt die Erzählerin altklug;
der Vater wartet, sagt sie,
fast streng, und das Abendbrot.
Der Mond, Mutter der Milch,
keusche Herberge der Liebesanfänger,
hat alles geplant.
Die Elbin frönt der Verbrennung:
gewollt, doch unwissend
entfacht der Spiegel
des Erbtieres Vergeltung
(am Ufer ein Labsal
den umgekehrten *haruspices*,
den Notgestrandeten);
unter dem Herzen der Sylphide
tritt Delphine, der Fremdfrühling, hervor.
Hygina, die Landserin,
ruht im geöffneten Glas, von der Pilgerschaft
unter dem kostbaren Schein der Pupille weissagend.
Vierhändig lenkt jemand den Schau-
spielenden, als stünde ein Flügel
im vollendeten Saal,
ein Ankommnis erwirkend, real,
wie wenn
eine Wachspuppe mit Atem
sich füllt in der erstaunten Ruine.
Jenseits besieht Mnemosyne
Dornenwald und Azur, immerwährend

das Refugium erhaltend im umgewidmeten Glas.
Geburtswehen durchzucken den Turm.
Das Mondalphabet schreibt Luna, langmütig,
in der Kemenate, ein in die Sinne der Bleibenden.
Bedächtig, als könnte die Milch
in unwegsamen Formen sich trüben,
schließt Arlecchino das Tor.

....

Da war sie: Syphilis, die misslingende Magierin. Sie versperrte den Sternenreisenden den Weg, mit ausgestreckten Armen, in blasphemischer Nachahmung des Gekreuzigten. In den Tiefen von *Subrisio saltatoris* wartete Melissa darauf, dass die Pilger das Hindernis überwanden, dachte die Elbin hastig. Sie sah Frigos aufgerissene Augen, sein Entsetzen, sein Zurückweichen. Syphilis atmete rasselnd; sie musste sich von weither und mit großer Anstrengung auf die Milchstraße begeben haben. Larissa barg das kleine Flügelwesen im Handinneren und wich der Hexe wortlos aus. Die Krummnäsige stolperte über eine Sternschnuppe, die aus Harlekins Holzkarren heruntergefallen war; es war Laurentiustag. Sie begann, zu fluchen und Gott und die Gottesmutter zu lästern und blieb liegen.
Die kleine Truppe ging weiter: Estragon hielt sich die Ohren zu. Compassione machte sich sichtbar und ließ Hygina freien Lauf: „Der fake-Mond wird von Tag zu Tag fetter", sagte sie, „der Königliche Hofpianist wird unausgesetzt Wache halten, um die Hütte vor den Angriffen des Usurpators zu schützen."
Da war sie, das Inbild von Mnemosyne und Mimesis: Compassione, die Ringende, die Tochter der Muse. Sie hatte Luna im letzten Augenblick, mit knapper Bravour, vor dem Kataklisma gerettet. Jetzt ging sie neben ihr, unsichtbar der Unsichtbaren, den toten Priester, der dem Mond den Kreuzbaum vermacht hatte, an ihrer Seite.
„Was geschieht, wenn das fake-Volk den Dornwald besetzt?",

fragte Hygina, die in der Zwischenzeit die Fährte nach weiterem Reiseproviant abgesucht hatte, ohne Ergebnis.
„Die Menschen werden nichts merken", antwortete Mimesis betreten, „davon weiß ich ein Lied zu singen. Alles wird wie immer aussehen, aber es wird umgekehrt sein."
„Pervers, das Wort heißt <pervers>", fügte Mnemosyne hinzu.
„Harlekin wird es verhindern", sagte Compassione, die jüngste der drei Schwestern, aber es klang, als wäre sie nicht sicher.
Frigo, der namenlose Sänger, der sich beim Anblick der Hakennasigen zu Tode erschreckt hatte, sandte auf einem altertümlichen Gerät Morsezeichen an die Monarchfalter und an die Schwäne, die von Odette befehligt wurden: Sie sollten die Sternenwege erkunden, die zum Neptun führten.
„Warum gehen wir zum Neptun?", fragte Larissa.
„Ich habe dort meine Harmonika gefunden", warf Estragon ein, und die Reisegesellschaft gab sich vorerst mit dieser Erklärung zufrieden.
Im Gehen, ohne auf das Gepäck zu achten, schrieb die Sylphide am Logbuch weiter, mit einer fast menschlichen Konzentration, als hinge das Überleben eines sterblichen Leibes davon ab.
„Frigo", sagte sie plötzlich, „wenn mir etwas passiert, musst du das Buch zum Mond zurückbringen, zu Harlekin und zu Melissa."
„Sehr wohl, aber ich möchte nicht, dass du auch nur im entferntesten an dein Dahinscheiden denkst."
„Das ist sehr freundlich von dir."

Die Wetterhexe

Das freie, reine Tier erhob sich
aus dem Taufstein.
Unaufhaltsam warf die Mainacht
Sterne aus der Bahn, verschlang
der Erde brunnentiefen Geruch,
Himmel, unzählige, umsonst.
                                       Die Wetterhexe
                                       war gestorben.

Zwischen Daumen und Zeigefinger
hielt behutsam der Foltermond
eine Puppe in die Höhe. Porzellan.
Sie staunte, triefend. Ruinen
stürzten über dem Lehmhaus zusammen.
Das Aquädukt lag trocken.
                              Im Nebel
säte der Kranich
Heimkehr in den Rauch.

                       ....

Ich bin allein, dachte das Raubtier, das bis zuletzt
in ihrem Hause gewacht,
schwerwiegend, vergeblich.
Geschlossen harrte das Glas, undurchdringlich,
der immerwährenden Ankunft.
Auf den Monddünen rief,
unerhört, die Milch-Elbin,
entwaist, nach der Zauberin.

                              (Gewiss, sie war böse, doch es

liebte sie. Immer noch.)

Als die Hexe im Turm weste,
irrten die Wanderer, alle getäuscht,
auf unerfindlichen Pfaden.
Der Ginster verschmolz mit dem Windsturm,
mit dem im Chamäleon-Schein
gelbaufblühenden Nadelwald.
In der undeutbaren Tagszeit
verlor sich die Brotkrumenspur;
die Geschwister vermaßen den Raum.
Scheu verbarg sich das Einhorn unter der Erdspalte.
Schwefelhölzer erloschen
in der Hand eines Kindes, am Brunnen.
Schadenfroh lauschte der Chor,
sich der Stimme enthaltend,
dem den Trugbildern entsprungenen,
zweigeverderbenden Klang.

Niemand wusste, wer sie war.
Sie war erzürnt.
Sie machte das Wetter.
Befahl den Mächten.
Unvernehmbar beugte sich
Wurzel und Saat ihrem Wort.
Liebhabend bewässerte sie, unermüdlich,
den Wüstengrund, ließ
achtsamen Boden verdorren. Machte
zum Heil sich und den Ihrigen
das Tannendickicht, das wie ein Fenster
sich schloss und zurückkam,
die Stalagmiten-Grotte, das Korn,
den ährenbesprechenden Regen,
den dem Karfunkelstein
in des Einhorns fieberklopfender Brust
entrissenen, kupfernen Glast.
                                        Die wilden Tiere
                                        befreundeten sie.

Sie aß ihre Vorräte,
lehrte Lama und Bär
weinen und lachen. Es ließ sich

(Die Zauberin hasste wahrhaftig.)

In den Korn-Nächten, im Turm,
wenn die Grille, seiltanzend,
zu reden aufhörte im stimmen-
durchwirrten, seit jeher aufhorchenden Raum,
malte sie, was sie sah. Stürme
waren es. Brand. Fußlahme
Engel. Pferde, die wider den Stachelstock löckten.
Brandopfer. Bußbitten.
Tote, die unbeweint dahingingen,
sichtlich und schmal,
auf des Entschwindens sattsamen Volten
Verderben den Erben vermachend,
unabwendbare Gaben, die es
unter Schmerzen zu suchen galt,
unwissend, blutjung.
Der Wald schlug zeitig Wurzeln,
wuchs, turmbewehrt, in die Höhe,
blühte im Lobgesang auf,
der wie eine Schlinge
um die Dinge sich legte,
um die Baumäste, das Straußenei,
um des Uhus honigglühende Augen.
Der Hainbuche knorriges Holz,
der Elster fremdgewobenes Nest,
des Raubtiers unbemondetes Rund
waren Gehilfen der Zauberin,
allesamt harmlos tuend und scheinbar
wie das hexen-leibende Herbstlaub,
welches die Moorfrau dereinst
als Morgengabe ihr überbracht.
        (Sie war
von weither gereist, Moos-
-Erde im Haar, einen Hirtenstab in der zittrigen Rechten.
Sie war gebrechlich. Doch sie hatte getobt.)

     ....

Die alte Verwandte brach in Gelächter aus, langte
mit der Faust, der geballten,
nach der Wetterherrscherin,
starrte unwirklich sie an. Sie tobte.
Sie rief. Das Gewitter
stand still. Heraufziehen
besann sich. Es war kalt.
Etwas brütete über dem Wald.
Unschlüssig blickte der Biber
vom Bau auf, Rotfuchs und Steinadler
ließen die Beute fallen und horchten.
Das Maultier, das nächtelang
durch die Taiga geirrt war,
die Waise, den gefundenen Säugling,
auf dem Rücken tragend,
hielt inne. Wie mit sich
zu Rate gehend lachte und weinte
das Maultier unter dem Mond.
Wärmte das Kind mit dem Atem.
Das Flackerlicht, den schmalhüftigen Turm
schwächlich erhellend, wankte vernehmlich.
Du willst sterben?, tönte die Muhme.
Habe ich dich umsonst
an Tochters Statt angenommen,
beherbergt, genährt?
Du bist mit dem Tode verlobt?
Tod ist der Name des Bräutigams,
des lange ersehnten Gemahls?
Hast du mich heimtückisch belogen?
Was glaubst du?
Ich war es, die dir dereinst,
animula parvula, blandula,
die Wurzel, den unmöglichen Samen,
Alraunengestalt,
eingeschrieben. Wer
lehrte dich die Wörter des Raben,
wer einzeln, unzählbar die Sternbilder verständigen, wer
der uralten Mütter unverbrüchliche Sage?
Hast du das zweite Gesicht nicht seit jeher
mit der Milch-Elbin geteilt?

Lehnst du die Gabe, die glückliche, ab?
Die Gabe, den Wald zu durchdringen?
Die Eingeweide der Zugvögel zu deuten,
des segengepeitschten, ackerdurchfließenden
Saatguts spröd-schroffe Keilschrift
zu entziffern? Mit der Hand des Geschehens
Heeresmacht und Menschengeist zu lenken,
des Vogelflugs unverbogene Bahn
wahrzusagen, das Widerrufene, Widerrufende
gegen des Himmels
unwiderständliche Wand
zu verfangen in unbezwingbarem Glas?
Du willst sterben? Du
nimmst die Gabe nicht an?

(Bedenk es gut,
                                     ich werde mich erinnern.)

Nein, sagte die Wetterhexe,
stand auf, schloss das Fenster.
Eine Weile lang schwiegen sie.
Im Gesträuch lauschte die Grille dem Zwist,
angestrengt, von dem Eisvogel, dem Specht,
vom Steinadler und dem
sperberähnlichen, rotkehligen Wiedergänger
begleitet. Antwortend
umflog die Königslibelle
die Lichtung, darin halb warnend,
halb bangend der Weiher sich wog.
Die Muhme schrie, bis der Atem
ihr stockte. Die Jüngere widerrief.
Sie rief: Turmzinnen
zerstoben. Der Wald,
länglich, kobaltblau,
erbebte, ein metallenes Jagdhorn,
Mondflut, das Echo
der milchgebenden Elbin
einverleibend dem engelsäugigen Meer.
Schwertgesang. Hieroglyphe.
Feuerschein schwelte

unter dem Steinfelsen.
Das Chorlied verstummte.
Rasch flog die Lerche
über den Kirchhof. Die Schnee-
eule blieb stehen, ließ
von den Lemmingen ab.
Wetterwendisch verließ das Raubtier
die bergende Höhle.
Es fand die Herrin,
die Liebes-Anfängerin. Namenlos
fand es die Hexe im Turm:
Sie nahm Laut für Laut
in den Mund, widersagte,
verbot sich das Wetter;
die Zaubersprüche wendeten sich
gegen sie, wie verabredet.
Die Hexe jedoch, die Langlistige, Heitere,
nahm, eingedenk ihres Anbeginns, Platz
unter dem dunklen, unwiderstehlichen Stein.
Der Waldbrunnen, der trocken-geborene,
konnte Wasser geben,
das Aquädukt die Felder erquicken,
die wundschmerzenden Wandrer dem Mond
zugetan machen in der Mainacht,
der Liebsamen, Mächtigen,
wenn nur die Hexe verstand,
wenn die Verwunschene nur
den Marmor berührte;
sie tat es: Der Anmut zur Liebe
brachte der Gärtner, geduldig,
die Laute ins Lot.
Sie starb, wie gewollt,
sterblich werdend,
Rede und Widerrede im Leibe
verbrennend, so es ihr zukam.
Das Raubtier fand sie, legte sich zahm
zu der Menschin, die Entschwundne bewachend.

        Das erboste die Muhme. Der Räuber
hielt sie fern von dem Grab. Verhängte
    über die alte Verwandte ein gültiges Bann.

....

Kraniche kamen, der Wanderalbatros
kam, der Seefahrer, der einäugigen,
unentwegsamer Leitstern.
Subrisio war leer, die Fahnenflüchtigen
zahlreich. Matrosenwitze,
der Tabakgeruch, der üble Speichel, das Kartenspiel
erkannten das Schiff wieder.
Es war seit jeher versunken. Krieg
herrschte unter dem Stein. Am Horizont
Fata Morgana, die Spöttische.
Sie kamen alle zurück. Sie waren
gefangen, Wiedergänger
in anderem Dienst. Aus-
gestellt in der Wetterhexe
unerfüllbarem Buße-Begehren,
im Kreidehimmel-Gebet.
Die wilden Schwäne kamen,
das Schwefelholz-Mädchen,
der Gralkelch, alle, die bis zum Schluss
den einvernehmlichen Raum nachbuchstabiert hatten,
kamen, die Zugvögel,
der Ibis, die Tiere des Andrangs, der Lähmung,
die von der Menge in Knechtschaft Genommenen,
hinter dem Turme im Erdschacht
der Muhme, der marmornen, anheimgegeben.
Sie kamen zurück,
Laut dem Laut,
der anderen Ordnung
maß-gewordene Antwort,
des anfänglichen Vor-Rufes
unvordenklicher Widerhall. Rein.
Der Turm war das Wetter. *Subrisio
saltatoris* verschwieg,
die Versprengten verlangend, die Milch.
Die Mondelbin rief nach der Hexe.

Unverfänglich wachte das Raubtier
an der Sternenuhr.
Die Gefangenen kamen:
Sie kamen wieder,
betraten den Raum, den unsteten,
scheuen, der sich befremdlich bezog, wie wenn längst
lästig gewordene Kleidung
Leib-häutung verwehrt.
Sie waren da, zögernd
sich umsehend,
die plötzlich enge Behausung
wie von außen betrachtend. Sie waren
Menschen gewesen, die einst von der Sage
der Wetterhexe gehört. Oder gelesen.
Sie hatten von der Elbin gewusst
oder geträumt, die im Mondkrater,
Subrisio saltatoris, übriggeblieben war,
nicht wissend wozu.
Sie hatten vergessen.
Es war lange her.
Sie erinnerten sich.
Sie kamen, das Raubtier
nicht allein lassend am Grab.
Beistand war zugegen. Der Turm
wendete sich. Er war
der Hexe in Freundschaft verbunden. Seit jeher.
                                            Im Nebel
öffneten sich Wasserspeier, stur
Abwehr herbeirufend im Wechselgesang.
An-schauung floss über, Hexenschwur
in treuer Gefolgschaft:
der Kranken, Leidvollen Anrufung begann.
Verwandlung ergriff
Saatgut und Wurzel zugleich,
rückwärts umschlang, die Schwere
überspringend, Sprießkraft
die Kornähre, die Blüte, die Frucht:
Unumwunden sprach
des Fiebers widerständiges Pochen
den Namen des Raubtiers
der Maien-Menschin ins Ohr.

Sie wusste es.
Sie hatte es vergessen.
Es war lange her.

Die Wiedergänger nahmen
die Hexe mit sich und die Mondelbin,
die auf dem blinden Trabanten
verharrende, allein übriggelassene.
Sie nahmen das Raubtier mit sich.
Die ysopgetränkte, herbstlaubende,
winzige Hand
der toten Zauberin
senkte sich schmal, lautlos in den Schnee.
Chrysam auf der Stirn.
Im Azur eilte, abgelenkt,
das Sternbild vorüber.
Das Turmfenster blieb zu,
unbehelligt. Heimkehr gelang.
Dem Waisenkind träumte.
Der Muhme tat' s leid.
Erstaunend blickte
die Porzellanpuppe hinauf,
hinauf zu dem Kirchturm.
Der Raum war genesen, vollzählig.
Glückvoll und leer.
Glockengeläut ward vernehmlich.
Die Lauernden flohen.
Schwester und Bruder, im Dunklen,
fanden die Brotkrumen-
spur. Lichterloh
brannten die Schwefelhölzer. Befriedet
säugte das Maultier
die kostbare Traglast. Die Toten
sprossen, karfunkelgleich.
Am Brunnen erblickte das Einhorn den Foltermond.
Die Mainacht machte das Wetter.
Das freie, reine Tier
erhob sich aus dem Taufstein. Es blieb.

      Gewiss, sie war böse, doch es
    liebte sie. Immer noch.
   ....

Auf dem Mond häuften sich die Kataklismen, und der neugekleidete Harlekin hatte alle Hände voll zu tun, um den Kreuzbaum und die Dornwaldhütte vor den Invasoren zu bewahren. Niemand wusste, wohin die Exilanten gegangen waren und wer auf der anderen Seite der Milchstraße wartete; auch Luna nicht. Die Winzige Phalanx und der gegen den Tod aufsässige Ackermann wussten nur mit Gewissheit, dass jemand wartete, jedoch nicht, wer es war. Die Angreifer hatten überall leichtes Spiel; sie wollten den Usurpator anstelle des Mondes in den Himmel setzen, das war ein klar abgegrenztes Ziel. Harlekin, der schwarzweiße Hofpianist, musste hingegen mit allem rechnen: Niemand, nicht einmal Luna, konnte sagen, wohin der Weg ging und wie Melissa zu erhalten, aufrechtzustellen und zu bewässern war. Allstündlich prasselten die Nonsense-Botschaften der Chimären auf die Menschen herab, und ohne den Beistand eines lebenden Baumes war es eine schier unerfüllbare Aufgabe, sie alle abzuwenden und ökologisch gerecht zu entsorgen, ohne dass das Lunarfeld, dem ohnehin nur noch spärliches intelligibles Licht verblieben war, Schaden nahm. Und dennoch: Der Sämann, der nunmehr abermals, wie zu längst erloschenen Zeiten, in Frack und Zylinder ging, drehte jeden Abend unerschrocken seine Runden, bestellte die dürren, mit Sand und Sternenstaub übersäten Äcker wie eh und je und stand jede Nacht kerzengerade Wache vor der Verborgenen Zuflucht, die trotz ihrer Offenbarkeit unauffindbar war und sich mitten im Dornwald in einer von Tannen umstandenen Lichtung den Blicken der Auswärtigen entzog. Um Mitternacht zündete er die Petroleumlampe an, die ihm bei seiner Einkleidung Licht gespendet hatte, und stellte seinen vorsintflutlichen Laptop auf Empfang, in der Hoffnung, aus dem Weltall Signale zu bekommen, die von seinen Freunden kamen.

Doch die Zeichen wurden alle von Mutanten gemacht, und Harlekin war allein.

Jetzt, geneigter Leser, ist es Zeit, die Invasoren, die aus dem Schwarzen Loch stammen, etwas näher zu beschreiben: Man nennt sie in Anlehnung an die antike Mythologie „Chimären", weil sie menschliches Erbgut gestohlen und sich zunutze gemacht haben, so dass sie, rein äußerlich betrachtet, mehr oder weniger wie Menschen aussehen. Sie sind aber in Wirklichkeit nichts weiter als Reagenzglasgeister, die sich der Gott der verlorenen Seelen in einer Mußestunde zu seinem Vergnügen und zum Verderben der Menschheit zusammengebastelt hat. Sie sehen aus wie üppig gesunde Menschen, die etwas von der Kraft eines Tieres haben, welches Tier auch immer. Zum Beispiel kommt Ihnen beim Einkaufen ein Mann mittleren Alters entgegen, dem die Augen auszufallen drohen: Durch den Gang humpelnd versucht er zu lächeln, bringt aber nur ein unbeholfenes Grinsen und Grunzen (oder auch ein hündisches Hecheln) zustande und versucht mehrmals mit animalischer Entschlossenheit, sich Ihnen geräuschvoll hustend (oder auch nicht) in den Weg zu stellen. Oder Sie sitzen nach einem langen Arbeitsvormittag in der selfservice-Bar und holen gerade nichtsahnend ihren frisch aufgebrühten Espresso von der Theke: Plötzlich beugt sich ein adretter junger Mann mit korrekter Frisur und Nadelstreifenanzug schniefend über ihre Tasse und zieht (ebenfalls nicht leise, versteht sich) den Rotz in der Nase hoch. Lassen Sie sich, geneigter Leser, in solchen Fällen nicht von Ihrer guten Erziehung oder gar von Mitleid irreführen: Sie sind derjenige, der höchst bemitleidenswert wäre, wenn er sich täuschen ließe. Diese Leute sehen wie Menschen aus, ja: Sie sind aber Auswärtige (nicht Ausländer: geistlich gesehen Auswärtige), rastlos geschäftige Abgesandte des Goldmachers, der Herr über das jegliches intelligibles Licht zunichtemachende Schwarze Loch ist und der den Mond, den Baum und das Erbvolk in Besitz nehmen will. Diese Leute sind auf den ersten Blick harmlos, zuweilen erhaschen sie sogar Mitgefühl: In Wirklichkeit aber sind sie darauf aus, die Weiße Phantasie Schritt für Schritt auf unmerkliche Weise zu beeinflussen und die Menschen, die sie, weil sie körperlose Geister sind, nur durch die Elbenwelt hindurch erreichen können, auf diese Weise unerkannt zu manipulieren. Seien Sie, geneigter Leser, vor dieser Alchymistenbrut auf der Hut! Sie wandeln nach wie vor ungestört auf Erden und in den Lüften und sind nach Seelen hungrig, die den Verstand verloren haben.

Harlekin, der König, den die Chimären zum Abdanken zwingen wollten, setzte sich in der Hütte an den Tisch, nahm ein karges Abendbrot zu sich, denn die Mondspeisen, die mit Nektar versehen, waren erbeutet worden, und betrachtete nachdenklich die Vitrine der Gefundenen Objekte. Er begann zu begreifen (oh das winzige Wesen!), dass es Mosaikstücke waren, die ein größeres Bild ergaben. Er grübelte nächtelang (Harlekin ist keine Person, die kopflos glaubt und sinnwidrig handelt; *persona = spiritualis naturae incommunicabilis existentia, Richard von St. Victor*[33]; vgl. auch lat. „personare" sowie gr. „prosopon") und ließ vom Dienst nicht ab, den er der Winzigen Phalanx durch die Bewachung des Erdtrabanten tat. Ich muss aufschreiben, wie die Steine zueinander passen, sagte er eines Maimorgens zu einem der Monarchfalter, die ihm Larissa aus den Sternenweiten als Personenschutz zurückgeschickt hatte; seitdem ging er in der Morgendämmerung, bevor er seine Streifzüge begann, zu Melissa und schrieb alles auf, was sich im Zwiegespräch über das Puzzle entdecken ließ. Das Buch der Steine und das Logbuch bilden ein Ganzes, dachte er, es ist die Einheit, auf die es ankommt: Wenn die lunare Elbintelligenz zurückkehrt, werden wir sie zusammenfügen. Melissa, der Erhöhte Baum, den das Kataklisma nicht hatte überwältigen können, lächelte elegisch und gedachte der Hochfeste im Ballsaal des Mondes, als alle Sternenelben sich trafen und an dem himmelweiten Netz mitwirkten, das den Königlichen Hofkomponisten in Schöpferlaune versetzte. Ohne das Buch der Steine würde das Logbuch nie vollendet werden, dachte auch Luna in der Abgeschiedenheit von *Subrisio saltatoris* und wandte ihr Licht mit aller nötigen Anstrengung den Schreibenden zu. *Animula parvula, blandula* näherte sich mit der Winzigen Phalanx Neptun, dem Planeten, auf dem die Exilanten ihr Dasein inmitten der Götzenanbeter fristeten.

---

[33] Vgl. Richard von St. Viktor, *De trin.* IV 22-23 (PL 196, 945f.), zit. nach Ratzinger, Joseph: "Zum Personverständnis in der Theologie", in: Ders.: Gesammelte Schriften, Bd. 3/1: "Der Gott des Glaubens und der Gott der Philosophen", Erster Teilband, Freiburg/Basel/Wien 2020, S. 65.

Das Netz schwieg, vom Default mundtot gemacht, kaltgestellt im Angesicht von Mnemosyne, dem Erbtier aus dem Turm, auch Nemesis genannt.

Unter dem grellen Tageslicht der Genesenden, Luna, die für sie unsichtbar war, durchstreifte die Sylphide zeitgleich die Häuser der Menschen und labte sich unerklärlich an den Gerüchen, den Lauten, den Worten, die anders schmeckten als in der Welt, aus der sie kam. Es war, als entflösse dem blauen Planeten ein Spiegelbild, das den Mond so zeigte, wie er ehemals war, als *Subrisio saltatoris* noch nicht zum Spielball der Auswärtigen geworden war.

Allnächtlich eilte Larissa auf dem Hippogryphus, dem Mondpferd, das Herr über die Träume ist, durch die Leibseelen-Ländereien hindurch, Trost spendend in weißen Gesichten den darbenden Erdlingen, all denen, die im Kratergarten geweilt hatten vor langer Zeit, ohne Säumnis und ohne jeglichen Zweifel.

....

Neptun war der Planet der Auszehrung. Die Entkommenden wehrten sich ihrer Haut, aber das immerfort wachsende Schwarze Loch setzte ihnen unaufhaltsam zu. Hier hatte der Golem sich eingenistet, der nunmehr, nachdem der Mond beinahe vollständig besetzt war, seine Macht auf allen anderen Himmelskörpern zu behaupten gedachte. Er hielt die Exilanten in Gefangenschaft, als hätten sie Atem und Leib, und beschnitt deren Lebensflamme soweit, dass die Elben nur noch dahinzuvegetieren vermochten. Leiblos, in abgetragener Kleidung und ohne einen Funken Hoffnung auf Rückkehr saßen die Inwendigen in den hinteren Rängen, als die fake-Zeremonie zur Anbetung des Molochs unter dem Vorwand des allgemeinen Lobgesangs abgehalten wurde. Dem Golem ging es scheinbar gut: Er wurde durch diese Ritenkarikaturen gemästet und war längst von den fake-Geistern auf der Umlaufbahn des echten Neptun installiert worden. Die Mondbewohner wurden zur Folter des untätigen Zuschauens gezwun-

gen: Sie mussten mit ansehen, wie der Tempel geschändet ward und dem Widergott Hekatomben dargebracht wurden, jenem Widergott, der die Surrogate hergestellt und an die Wirkungsstätten der Sternenintelligenzen gesetzt hatte. Am Firmament ging indessen alles den gewohnten Gang, und die Menschen kamen zunächst nicht hinter den Betrug: Ihre Messgeräte konnten keine Unregelmäßigkeiten feststellen.
Doch die Perversionszeremonie hinterließ mit der Zeit deutliche Spuren der Unordnung, Verwesung und Verbilligung. Die Zahlen stimmten, die Zeiten jedoch nicht: Gezeiten, Ebbe und Flut, die Jahreszeiten, Sonne und Mond spielten verrückt, die Ernten misslangen, die Tiere bekamen keinen Nachwuchs und wurden von unerklärlichen Seuchen dezimiert. Und dennoch: Auf dem fernen Neptun wussten die Elben, glückseliger Äonen eingedenk, Elend und Bitternis in Süße zu verwandeln und Christi Verherrlichung den blasphemischen Praktiken des Widersachers zum Trotz aufrechtzuerhalten.
In verborgenen Speichern sammelten sie unbeirrt den Honig der Ausgestoßenheit, der für die Auswärtigen unsichtbar blieb.

....

Auch auf dem Neptun gingen Umwälzungen vor, die für die Erdlinge nur in seltenen Fällen spürbar waren: Athaniel, die geknechtete Intelligenz des Planeten, begann, im stillen zu murren und umzukehren.
Sie war ein verhältnismäßig junger Erzengel, der zur Zeit des Einfalls der Barbaren noch gar nicht geboren war.
„Vindobona" war das einzige Wort der irdischen Sprache, das ihr ein Reisender, ein schwarzer, schlankhalsiger Vogel, der auch schwimmen konnte, im Vorbeigehen zugeflüstert hatte; er war aber weitergeflogen, denn des Bleibens war nirgends. Athaniel begnügte sich zwangsläufig mit der knapp ausgefallenen Aus-

kunft und richtete ihre Aufmerksamkeit auf den Film, der sich im Inneren von Vindobona abspielte:
Sie sah Pferdekutschen da drin, Lakaien, würdevolle Herren mit *pince-nez* und hochgezwirbeltem Schnurrbart, elegante Gattinnen mit zahlreichem Nachwuchs, einen seltsam nachdenklich wirkenden weißhaarigen Greis in Feldherrenuniform, mit einer schweren Krone auf dem Haupt. Aber Athaniel, die Neptunierin, war nichts weiter als ein Engel; sie weilte außerhalb von Raum und Zeit, und so konnte sie keine einzige Bildsequenz entziffern. Sie schloss sich in ihrer Kammer ein, wo sie Ruhe vor den Auswärtigen hatte, und hängte das Gesehene an die Pinnwand, als wären es Photoaufnahmen. Sie bekam täglich Besuch von ihren Verwandten, die dem neptunischen Meer entstiegen waren, um sie im Elend nicht allein zu lassen; doch auch diese konnten sich keinen Reim auf den Film machen, mit dem die gefangene Engelin ihre Wohnung tapeziert hatte. Als sie einmal gedankenverloren die Anordnung der Bilder veränderte, fiel ihr auf, dass eine der Sequenzen Musik enthielt.
Es war der Radetzkymarsch, das erkannte sie sogleich. Zuerst konnte sie nichts damit anfangen, doch mit der Zeit startete sie zaghafte Versuche, durch Händeklatschen den Rhythmus nachzuahmen. Es war Winter; auf dem Neptun bedeckten Phantasiegebilde von Schneeflocken die Behausungen der Engel, die wie Eisberge aus dem zugefrorenen Ozean in einen türkisblauen mondlosen Himmel emporragten. Und als sie so versonnen dasaß, begann sie, klar zu sehen. Es war, als würde jede Schneeflocke einen Buchstaben heranwehen, der sich mit den anderen zusammenfügte und eine Erzählung bildete; doch dem Verstand des Engels ist das Erzählen fremd.
Die Augen schmerzten Athaniel vom mühsalvollen Sich-Hinauslehnen in das Labyrinth des Diskursiven, und die Zerstreuung des Intelligiblen in alle Welt machte sie schwindlig, doch in kurzer Zeit ergab sich die Übersetzung der Geschichte der Stadt Wien, von den römischen Ursprüngen bis zur Gegenwart (geneigter Leser, im Augenblick würde ich sagen, dass wir das Jahr 2012 schreiben).
Es war seltsam, aber der Blick führte Athaniel durch die engen Gassen hindurch, bis zu einem unscheinbaren, grauen, rechteckigen Gebäude, auf dessen Haupteingang „Mensa euchari-

stica: <Mihi autem adhaerere Deo bonum est>[34]" geschrieben stand. Sie nahm das Paternoster; sie musste in den vierten Stock. Ein Passant stieg im zweiten Stock ein und drängte sie mit seinem wuchtigen Koffer hinaus. Sie blieb kurz stehen, weil ihre Reisetasche sich aus dem Umhang gelöst hatte und hinuntergefallen war; sie ging zu Fuß zum Erdgeschoß zurück, hob sie auf und wartete abermals auf das Paternoster. Als die Tür aufging, lag ein großer, weißer Rucksack, aus dem ein leises Wimmern kam, in einer Ecke des Fahrstuhls. Athaniel dachte angestrengt an eine Telephonnummer, die ihr nicht einfiel; war das im Augenblick gleichgültig? Sie hob den weißen Koffer auf und fuhr in den vierten Stock. Zwischen den Ebenen war es vollkommen still, fast genauso still, wie es in ihrem formklaren Intellekt immer gewesen war. In ihrem knallweißen Gedächtnis tobte urplötzlich ein fremder Tumult, dessen Herkunft ihr unbekannt war: *adaequatio intellectus ad rem, adaequatio intellectus ad rem*, stieß eine Stimme, die wie in einem Glasbehältnis eingeschlossen klang, immerdar hervor. Athaniel verstand nichts davon, aber die Silben und Buchstaben schmeckten gut und spendeten Trost auf der Endlosschleife zwischen den Stockwerken: Sie halfen dem Engel, die Folter des Übergangs durchzustehen. Eine zweite Art von Erinnerung, an deren Ursprung sie sich nicht entsinnen konnte, befiel die Reisende aus dem Stegreif: Eine junge Dame aus dem neunzehnten Jahrhundert stieg, von ihrer Gesellschafterin begleitet, in einen Zug ein und nahm in einem leeren Abteil am Fenster Platz. Sie war zierlich, nicht wirklich klein, brünett; das hochgesteckte Haar ließ ihre Elbenohren zum Vorschein kommen. Sie hieß Assunta (Athaniel sah den Namen vor sich; er flatterte als schwarzweißer Streifen in Druckcharakteren durch die Lüfte); nach draußen hinausschauend dachte sie an eine Aufgabe, die sie als Kind von ihrem Lehrer regelmäßig gestellt bekommen hatte. Es war eine Schreibübung, die Assunta besonders geliebt hatte: „Ich beobachte und schreibe auf", wie der maestro sie benannt hatte.
Der Aufzug blieb hier abrupt stehen und riss das Sternenwesen unvermittelt aus dessen oszillierenden Streifzügen durch Mnemosynens unerbittliches Eden. Noch etwas flackerte blitzartig vor Athaniels Augen auf: ein Kind, ein Mädchen von acht Jahren, das neben einem blauen Engel aus Pappkarton (oh das arme

---

34 Ps 72, 28.

armselige Erdenwesen, dem das Erschaute sogleich zu Papierfetzen zerfällt!) in einem Baldachinbett lag und betete. Es betete nicht zum Engel, obwohl es nur den Engel im Sinn hatte; es betete zu Gott, der sein Herz unmittelbar bewohnte. Athaniel wusste es, weil sie selbst der Engel aus Pappkarton war: Sie trug das Gebet auf ihren Händen empor, das war alles. Danach erlosch das Bild, während der weiße Koffer durch ein leises Niesen unmerklich bewegt wurde. Die Unsterbliche erschrak, beugte sich hastig hinunter, ergriff mit ungeschickten Bewegungen den Reißverschluss und öffnete um Atem ringend den Koffer. In einer Nuss-Schale, die viel kleiner war als wirkliche Nuss-Schalen, lag ein daumengroßes Mädchen, das beinahe erstickt wäre: Es schrie aus vollem Hals und war rot im Gesicht, zornesrot und rot, weil es Todesangst erlitt und aus Atemnot fast umgekommen wäre. Es war eine Mondelbin, das sah der Verstand des Engels mit Klarheit: Es war Delphine, Larissas parthenogenetischer Sprössling. Athaniel lächelte und begriff behelfsmäßig, dass das Kind Hunger hatte. Der Findling hörte zu weinen auf und erwiderte das Lächeln.

Unterdessen hatte die Winzige Phalanx auf ihrem Wanderpfad den Neptun erreicht und zapfte ungesehen die Honigvorräte ihrer Verbündeten an. Die Auswärtigen hatten ahnungslos das trojanische Pferd durch das Tor hindurchgehen lassen. Die Jungfrauenmilch floss unversehens gleichzeitig mit dem unsichtbaren Exilanten-Honig aus Larissas Fingern, und das Default-Netz brach zusammen. Die Chimären begannen, sich immer schneller im Kreis zu drehen, bis sie umkippten und vom Rand der Schöpfung fielen, der Golem mit ihnen. Der Frühling ließ sich die Überwinterung auf der Zunge zergehen. Ein schmaler Wegstreifen, der sich über einem Schwarzen Loch weitläufig wölbte, füllte sich mit Sternenwind und zeigte den Erstaunenden die Erzengelin Athaniel, die Unbedarfte, die manche Sänger auf Erden „die Untote" nennen: Sie schwebte auf der Lichtbrücke und brachte Larissa, der Elbin, das Kind in der Nuss-Schale entgegen. Sie stieg vom Paternoster der Mensa in der Wiener Universität aus und setzte den Fuß in die Luft. Die Exilanten erschienen vollzählig auf der neugeborenen Milchstraße und brachen in ein volles Lachen aus, das sich alsbald in Lobgesang wandelte.

Mimesis, Mnemosyne und Compassione zeigten den leicht desorientierten Ankommenden die Richtung.

Für einen Augenblick tat sich der Höllenschlund im Aschestern

auf, und der Kopf der fake-Hexe kam zum Vorschein: Man sah, wie er immer wieder von einem Teufelsknecht vom Rumpf abgetrennt und an einen Baum gehängt wurde. Danach schloss sich das Fenster, und die Pilgernden erreichten das Ziel.
Am Brunnen vollzog sich unter Lunas erstaunlichem Blick die Elbenphotosynthese, derweil die Heimkehrer, kniend, ihren Durst löschten. Melissa, bar jeder Bitternis, bewohnte, aufrecht stehend, *Subrisio saltat.* Das Gefängnis zerbrach. Der Himmel wurde azurblau, der Mond leuchtend weiß. Larissa barg Delphine in der sich öffnenden Hand, die eine Rose war, drückte sie an sich und stillte sie mit dem Schneekuss.

....

Zu diesem Text gehören die im Ordner Bilder „Petite messe"
versammelten Bilder

Bilder im Ordner „Petite messe":

Melissa, der Baum

Cet arbre miserable

Delphine, Kind einer Elbin

Delphine auf den Drachenzähnen

Die kleine Brigade I

Estragon, die Libelle

Frack und Zylinder

Frigo, die Zikade

Larissa, die Elbin

Larissas Logbuch

Lücke Nr. 1

Monarchfalter

Mondkrater, in Aufruhr

Mondmilch

Nahtlos

Nezer

Relation

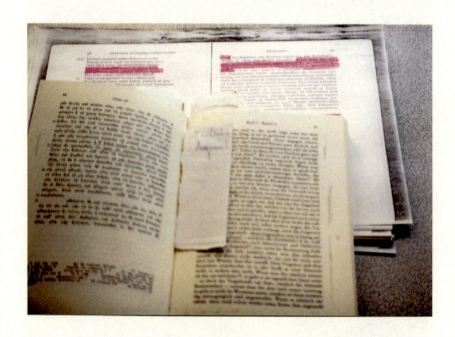

Stella

Subrisio saltatoris II

Subrisio saltatoris